TANNENFALL.
DER ERSTE SCHNEE.

TANNEN

FALL

BERNHARD HOFER

Der erste Schnee.

ROMAN

emons:

Bibliografische Information der Deutschen Nationalbibliothek
Die Deutsche Nationalbibliothek verzeichnet diese Publikation in der Deutschen Nationalbibliografie; detaillierte bibliografische Daten sind im Internet über http://dnb.d-nb.de abrufbar.

FSC
www.fsc.org
MIX
Papier aus verantwortungsvollen Quellen
FSC® C083411

Umschlagmotiv: heikihei/photocase.de
Umschlaggestaltung: Nina Schäfer
Gestaltung Innenteil: Nina Schäfer,
César Satz & Grafik GmbH, Köln
Lektorat: Lothar Strüh
Druck und Bindung: CPI – Clausen & Bosse, Leck
Printed in Germany 2019
ISBN 978-3-7408-0636-1
Roman
Originalausgabe

Für Alma und Larissa. Meine Töchter.
Für Anna. Meine Frau.

Das Wesen der Dinge
hat die Angewohnheit,
sich zu verbergen.
Heraklit

EINS

Es wird eine neue Kälte sein,

die die Seele der Menschen frisst.

Eines Tages wird es zwei Gesellschaften geben. Eine, die führt, und eine, die dient. Da es für beide Gesellschaften zu wenige Ressourcen auf dieser Welt geben wird, werden wir der dienenden die Anzahl der Luftzüge vorgeben, die jeder Mensch pro Tag zu sich nehmen darf. Das wird sie sein. Die Neue Ordnung.

Ich öffnete die Augen. Das Salzwasser klebte mir an den Lippen. Das ruhige Atmen der Wellen schlug an meinen Hals. Es roch nach feuchter Erde. Ich hatte meinen Körper verlassen und eroberte ihn nur langsam wieder zurück. Es war, als würde ich ein verlassenes Schlachtfeld wieder betreten, durchzogen mit tiefen Gräben, Bombentrichtern und dem schwefeligen Geruch eines inneren Krieges.

Meine Therapeutin beugte sich über mich. Sie versuchte zu lächeln. Hatte sie die Tränen bemerkt, die als ständige Besucher in mir wohnten? Die steinernen Tränen? Alles war vergebens. Ich wollte dieses Becken nie mehr verlassen. Draußen war es so kalt. Die Leere, die ich im Wasser fand, beruhigte mich für einen Augenblick. Dabei hatte ich solche Angst vor der Leere. Dem Nichts. Dem Loslassen. Ich hatte Angst vor den Bildern, die dann auftauchen würden. Die Gerüche, die Gefühle, die Klänge, der Abgrund. Seit Jahren war ich immer wieder in diesen Abgrund gestürzt und dann gefangen gewesen in einem Labyrinth, gebaut aus hohen weißen Wänden. Dann war ich aufgewacht. Ich hatte geschrien, und sie hatte mich zurückgeholt, da ich Angst hatte, hinter diese Wände zu sehen.

Jetzt schrie ich nicht mehr. Ich hatte keine Kraft mehr dazu. Lya war verschwunden.

Ich lehnte mich an den Beckenrand und sah an meiner Therapeutin vorbei, die mich mit fragenden Blicken durchbohrte. Sie trug einen weißen Kittel und hatte ihr gewelltes braunes Haar hochgesteckt. Sie sah müde aus. An der Wand hinter ihr hing ein Bild. Sein Rahmen war golden. Es zeigte einen Hirsch, der von einem Rudel Wölfe gejagt wurde. Nach dem Ende jeder Rückführung blickte ich zu diesem Bild. Ich fühlte mich mit dem Hirsch auf eine innige Weise verbunden. Was fühlte er, wenn die Zähne der Wölfe seine Haut durchstießen? Waren es dieselben Schmerzen, die ich spürte, die mich überfielen und niederstreckten, wenn ich dachte, dass ich genug gelitten hatte? Das Maul des Tieres war weit aufgerissen. Es sah nach oben zum Himmel, der in dicken Ölfarben über ihm hing. Ich suchte die Sterne darin, aber die waren längst verschwunden, als hätten sie Angst vor den Wölfen.

»Haben Sie nicht auch manchmal Angst, dass die Wölfe wiederkommen?«, fragte ich, ohne meinen Blick vom Bild abzuwenden.

»Seit die Wölfe zum Abschuss freigegeben wurden, habe ich keine Angst mehr«, sagte die Therapeutin, bemüht, mich langsam aus meiner Welt zurückzuholen.

»Alle folgen dem einen großen Wolf. Er ist es, der als Erster seine Zähne in den Hals des Hirsches stößt. Sehen Sie das? Dann folgen die anderen, die aufstrebenden Wölfe, die weiblichen, die jungen, selbst die schwachen, die sich ganz hinten in einigem Abstand einreihen, werden ihm folgen und es ihm gleichtun und ihre Zähne in den längst schon toten Kadaver des Tieres stoßen.«

Die Therapeutin folgte auf dem Bild meinen Worten, die nach dem salzigen Wasser im Becken schmeckten.

»Sehen Sie ihn? Den kleinen Wolf? Ganz hinten? Er hat Mühe, Schritt zu halten. Er scheint schwach zu sein, kann nicht mithalten mit den Großen. Und wenn er nicht aufpasst, dann verliert er den Anschluss und stirbt. Allein da draußen.«

Vor mir tauchte der Abgrund wieder auf, und die eisige Hand meiner Trauer würgte meine Stimme.

Die Therapeutin gab mir ein Handtuch und fasste meine zitternde Hand.

»War diesmal etwas anders? Haben Sie etwas gesehen, was Sie zuvor übersehen hatten?«

Ich schüttelte den Kopf, stieg wankend aus dem Becken und schlang meinen Körper in das warme Handtuch. Meine Therapeutin wirkte nervös. Angespannter als sonst. Hatte sie Angst? Aber wovor? Bevor ich erwachte, blitzte eine kurze Erinnerung auf. Doch sie verschwand wie die Nacht, die sich im Morgengrauen hinter dem Tag versteckt.

»Es ist immer dasselbe«, sagte ich.

»Konnten Sie diesmal hören, was sie Ihnen zugerufen haben?«

Ich schüttelte den Kopf.

»Ich habe nichts verstanden. Alles war voller Schnee. Eine Wand aus Schnee.«

Ich griff nach dem Stuhl, der neben dem Floating-Tank stand, und setzte mich darauf. In wenigen Jahren würde ich fünfzig werden. War ich dann noch in der Lage, so zu leben? Wie sollte ich dieses Dasein nur ertragen? Gefangen in diesem Dilemma. Die Suche nach meiner verschwundenen Tochter hatte mir alles geraubt, was mich früher so stark gemacht hatte. Meine Selbstsicherheit, meinen wachen Verstand, meine Entschlossenheit und meinen Glauben an die Leidenschaft, die wie ein Feuer alles erfasst hatte. Früher hatte ich geglaubt, überall diese Feuer zu sehen. Jetzt waren sie erloschen, erstickt unter hohem Schnee.

»Ich kann das nicht mehr«, sagte ich mit zerrissener Stimme, die klang wie von jemandem, der immer weiter vom Ufer abtrieb.

»Dann müssen Sie den Krieg in sich beenden. Sie müssen akzeptieren, dass sie fort ist.«

»Kann sie nicht einfach wiederkommen?«

»Sie haben alles versucht.«

»Aber war alles denn genug?«

»Was wollen Sie noch mehr geben?«

»Ich könnte über die Grenze gehen. Hinter diese weiße Wand. Hinter den Schnee.«

Ich bemerkte, wie die Therapeutin mit sich rang, als wollte sie jedes ihrer Worte abwägen.

»Jeder Mensch hat Angst, über die Grenze zu gehen. Jeder Mensch hat Angst vor der Leere, vor dieser Wand. Dabei würden wir darin die Wahrheit entdecken. Aber unser Gehirn hindert uns daran. Dafür müssten unsere Gedanken weniger werden. Unser Gehirn müsste Hemmsignale aussenden, damit es ruhiger wird und eine andere Frequenz, einen anderen Rhythmus findet. Doch diese Hemmsignale werden gejagt von den Neurotransmittern, die uns befehlen, ständig wachsam zu sein. Es ist ähnlich wie auf dem Bild. Die Wölfe jagen die Hirsche. Dabei ist der Weg einfach: Zähme die Wölfe, dann können die Hirsche wieder ihren Weg gehen. Dann spürt man den neuen Rhythmus und kann die Leere betreten. Das ist der Weg.«

»Und was finde ich am Ende des Weges?«

»Die Wahrheit. Vielleicht auch eine schreckliche.«

»Lya ist nicht tot … Sie ist vielleicht nur … woanders.«

Meine Therapeutin nahm einen Stuhl und stellte ihn dicht vor mich. Dann setzte sie sich darauf und blickte mir in die Augen. Ich sah ihre Angst darin. Tief schlummernd in ihrer inneren Kammer.

»Wo ist dieses Woanders?«

Ich schwieg.

»Am Semmering?«, fragte sie leise. Dann senkte sie ihre Stimme noch weiter. »Wo ist dieses Tannenfall?«

Mein Herz schlug schneller. Tränen flossen über meine Wange. »Ich weiß, es ist –«

»Sie dürfen sich jetzt nicht verlieren. Ich weiß, dass der Verlust, den sie erfahren haben, das Schlimmste ist, was eine Mutter erleben kann. Und ich weiß, dass viele daran zerbrechen. Aber wenn Sie zerbrechen, dann zerbricht auch die Erinnerung an Ihre Tochter. Sie müssen versuchen, stark zu bleiben, wie ein Feuer auf dem Gipfel eines Berges. Ein helles Feuer, damit sie Sie sieht, wenn sie tatsächlich dort draußen durch den Schnee irrt und ihren Weg nach Hause sucht.«

Ich dachte an die Fahrt im Auto. Ich hatte sie zur Schule gebracht. Ich hatte gesagt, dass ich sie wieder abholen würde.

Sie würde auf mich warten. Dann hatte ich meine Hand erhoben, und meine Tochter hatte eingeschlagen. Das Klatschen der Hände war wie ein Schwur gewesen. Eine geheime Abmachung, aufeinander zu warten. Doch wie klang dieses Klatschen mit nur einer Hand? Ich schloss die Augen.

Ich spürte, dass die Therapeutin ganz nah zu mir kam. Ich stand wieder am Abgrund. Warum konnte ich nicht einfach loslassen und hinter den Schnee gehen? Die alten Tannen der Vergangenheit fällen?

Ich sank nieder. Mein Blick verfing sich wieder an dem Bild der Hirschjagd. Ich dachte an den schwachen kleinen Wolf.

»Ich will es ein letztes Mal versuchen.«

»Das ist zu früh. Sie müssen sich zuerst ausruhen.«

»Wie kann ich mich ausruhen, während meine Kleine da draußen erfriert? Ich muss sie finden.«

Ich erhob mich mit letzter Kraft und stieg wieder in das Becken. Das Wasser war noch warm und schimmerte in einem fremden Blau.

»Ich gehe noch einmal zurück, und diesmal finde ich sie.«

Ich sah, wie die Therapeutin mit sich kämpfte. Die Risiken einer Rückführung waren mitunter tödlich. Schließlich konnte der Geist in Gebiete vordringen, die noch nie ein Mensch zuvor gesehen hatte. Sie wusste, dass es dort Grenzen gab – dort, wo ich Lya verloren hatte. Bei jeder Rückkehr hatte ich versucht, einen Teil von mir abzustreifen, da ich alles ablegen wollte, woran ich früher geglaubt hatte: die Regeln, die Gesetze. Dort draußen galt nichts davon. Ich musste alles neu entdecken, mich selbst neu finden, um zur Grenze vorzustoßen, zum Schnee. Ich musste alles geben, um sie zu retten, selbst mein Leben, wenn es notwendig war.

»Dann atmen Sie jetzt tief ein … und aus!«, sagte die Therapeutin und injizierte das psychotrope Meskalin.

»Sobald sich die Wirkung entfaltet, müssen Sie an den Beginn gehen. Sehen Sie sich dort ganz genau um! Meistens verdrängen wir die Dinge am Anfang und am Ende der Geschichte. Versuchen Sie, das Wesen der Dinge zu erkennen.

Dahinter liegt die Wahrheit. Erinnern Sie sich und nehmen Sie sich in Acht vor den Spähern! Sobald ich bemerke, dass etwas nicht stimmt, hole ich Sie zurück, hören Sie?«

Das Wasser umhüllte mich wie eine zweite Haut. Ich schob mein Becken nach oben und begann wieder zu schweben. Ich verließ meinen Körper und spürte, wie der blaue Schatten mein Wesen berührte. Ich blickte zu meiner Therapeutin. Die Angst hatte sie zunehmend fester im Griff. Sie sah immer wieder zur Tür des Behandlungsraumes. Als die Tür aufging und ein Mann das Zimmer betrat, war ich nicht sicher, ob das ein Teil meiner Erinnerung war oder nicht. Aber das war jetzt egal, denn die Stimme des Richters hatte sich längst erhoben.

FROST

Ich hatte mich verloren. Irgendwo in der alten Welt hinter den Wäldern. Ich öffnete die Augen und nahm meinen ersten Atemzug. Ich hatte es mir zur Gewohnheit gemacht, ohne Wecker aufzuwachen. Es gelang mir nun schon um einiges besser als noch wenige Tage zuvor, als ich immer außer Atem aus dem Schlaf gehetzt war. Das Gefühl, etwas Entscheidendes verpasst zu haben, hatte mich unruhig in meinem Bett liegen lassen. Ich hatte mich schlecht gefühlt in jener Zeit, schuldig. Wie hätte ich schlafen können, wo ich doch vorangehen musste.

Du schläfst schon wieder? Die vorwurfsvollen Worte, die mir mein Vater mein Leben lang zugeflüstert hatte, hatten mich wie ein dunkles Kind begleitet. Dabei hatte ich doch nur genügen wollen. Ich hatte diesen Gedanken immer wieder verdrängt. Er war mir zu einfach gewesen. Der Mensch musste doch mehr sein als ein unsicheres Kind, das nach der Liebe seiner Eltern bettelte. Welchen Nutzen hätte sonst die Ausbildung, hätten all die Erfahrungen, die Entscheidungen gehabt, wenn es nur darum ging, zu genügen, geliebt zu werden? Nach meinem Zusammenbruch hatte ich lernen müssen, diese einfachen Gedanken zuzulassen.

Ich sah aus dem Fenster. Ein großer Baum wartete mit ausladenden Ästen davor. Als ich die Villa bezogen hatte, hatte ich die Vorhänge zugezogen, da ich Angst vor dem stummen Riesen hatte. Ich hatte das Gefühl, der Baum würde mich beobachten. Als würde er mich entlarven mit seiner Einfachheit. Ich hatte nicht zulassen können, dass mein Leben, das ich auf Regeln und Gesetzen aufgebaut hatte, bloßgestellt wurde. Der Gedanke, dass ich schon in jungen Jahren falsch abgebogen war, hatte mir ebenfalls Angst gemacht. Auch wenn ich gewusst hatte, dass ich eines Tages genau das feststellen müsste, hatte ich es vorgezogen, hinter verschlossenen Vorhängen zu schlafen. Jetzt war es anders. Denn ich hatte begonnen, mich zu öffnen.

Es war kühler geworden. Das erstickte Kaminfeuer mischte sich mit den frischen Atemzügen des Waldes. Ich mochte diesen Geruch. Bei meiner Ankunft hatte mich das Kratzen im Hals gestört, das die rauchige Kaminluft auf meine Schleimhäute gelegt hatte. Jetzt waren sie widerstandsfähiger, rauer, hatten sich an das Leben auf dem Land gewöhnt. Ich hielt den Atem an, um nach Regen zu hören. Kein Regen, nur ein weiterer später Novembertag im Nebel. Ich stand auf.

Hätte man mich am Beginn meines Lebens gefragt, für welches Dasein ich mich entscheiden würde – für eines, in dem ich unter der sengenden Hitze der Wüste in einer Strafkolonie arbeiten müsste, oder eines, in dem ich ganz allein in einem Raum mit dem simplen Nichtstun beschäftigt wäre: Ich hätte mich für die Strafkolonie entschieden. Doch mich hatte niemand gefragt, und jetzt war ich in diesem stillen Raum gelandet. Mit nichts anderem als mir selbst und meiner Angst, einen Schritt vor die Tür zu setzen. War es selbstsüchtig gewesen, meine Tochter zu überreden, mitzukommen?

Es wird dir guttun. Du brauchst die Ruhe genauso wie ich. In der Abgeschiedenheit der Natur wirst du dich selbst finden und erkennen, was du mit deinem Leben anstellen willst.

Lya hasste das Leben hier. So wie ich es hasste. Aber ich konnte ihr nicht sagen, dass ich mich geirrt hatte. Und dass es hier in diesen verlorenen Zimmern nichts zu finden gab. Außer dem stillen Kissen der Einsamkeit, das einen jeden Tag mehr erstickte. Nein, ich konnte meinen Fehler nicht eingestehen. Sobald ich irgendetwas in dieser Abgeschiedenheit fand, was ich mitnehmen konnte in mein altes Leben, könnte ich Lya um Verzeihung bitten, dass ich ihr diese Zeit zugemutet hatte. Aber ich hatte noch nichts gefunden, und der Gedanke, wieder zurück in den Gerichtssaal zu gehen, löste allein durch die Erinnerung diesen furchtbaren Schwindel aus. Nein, ich musste hier ausharren, zurückgeworfen auf mich selbst.

Der Sommer war heiß gewesen. Obwohl ich mir jedes Mal vorgenommen hatte, ein wenig mehr Zeit einzuplanen, um rechtzeitig einen der vorderen Warteplätze am Bahnsteig zu erreichen, war es mir in diesem Sommer kein einziges Mal gelungen. Und so hatte ich jeden Morgen eng gepresst im Regionalzug von Potsdam nach Berlin gestanden. Trotz der Enge hatte ich die Zeit nutzen wollen, um mich auf die Verhandlung vorzubereiten. Mit verrenktem Arm hatte ich die Akten aus der Tasche gezogen und war die entscheidenden Stellen durchgegangen, immer darauf bedacht, keinem meiner unbekannten Bahnbegleiter einen Einblick zu gewähren.

Mein Leben bestand damals aus Disziplin. Ich musste die Zeit nutzen. Jede Minute musste sinnvoll verbracht werden. Nichts durfte verloren gehen. Regeln und Gesetze waren der Halt der Menschheit. Wer davon abließ, verlor den Tritt und fiel ab. Die Werte der Kaderschmiede der Wilhelm-Pieck-Schule bewachten wie eine unnachgiebige Lehraufsicht die Welt meiner Gedanken.

Nachdem ich in Berlin in die U-Bahn umgestiegen war, drängte ich mich durch träge Touristengruppen. Ich war mir sicher, auf vielen Erinnerungsfotos im Hintergrund aufzutauchen – als eherne graue Eminenz, selbstsicher und unnahbar deutsch, die ihrer Pflicht folgend entschlossen zu ihren Terminen schritt.

»Meine ostdeutsche Sphinx«, hatte mir der General einmal mit heißem Atem zugeflüstert, »meine zeitlose Schönheit, meine Göttliche.« Würde ich auf diesen Fotos als Göttin bemerkt werden? Oder eher als blasse, hochgewachsene Frau mit geheimnisvollen Augen, schmalen Lippen und einer Haut weiß wie Schnee? Paul hatte mich einmal mit Greta Garbo verglichen. Aber das war lange her, und anders als die schwedische Filmgöttin hatte ich kein einziges Mal gelacht. Warum auch? Was zählte, war Wissen. Und das erzielte man durch Beobachtungen aus der Distanz. Gefühle hätten Brücken zu all dem gebaut, was lebendig war, hätten Nähe zulassen. Aber Nähe bedeutete, dass man verwundbar wurde, und das hätte ich mir als Staatsanwältin nicht leisten können. Zu jeder Zeit musste ich aussehen, als hätte ich alles im Griff. In Wahrheit aber war mir alles entglitten.

Ich verließ die U-Bahn und wechselte am Franziskanerkloster die Straßenseite zum Gericht. Mit einem Blick auf die Uhr wartete er schon auf mich. Ich kontrollierte noch einmal alles, zupfte das Jackett meines Hosenanzuges zurecht und strich die Seiten meiner Haare glatt. Hatte ich vergessen, Parfüm aufzutragen? Ich führte die Innenseite meines Handgelenkes zu meiner Nase und roch daran. Nichts. Kein Duft. Oder doch? Ich wusste es nicht.

Wie ein Ritter, der vor dem Turnier erkannte, dass ein kleines Stück seines Harnisches aus den Fugen geraten war, konzentrierte ich mich auf den Rest meiner Rüstung. Der Anzug war frisch gereinigt, das Haar saß, das Make-up zauberte Lebendigkeit und Lebenskraft auf mein Gesicht, und meine Gedanken waren geordnet. Ich würde an diesem wichtigen Tag nicht verlieren. Ich hatte noch nie verloren. Außer gegen ihn. Am Ende gewannen immer die Tüchtigen und Fleißigen. Und, mein Gott, das war ich mit jeder Faser meines Körpers!

»Bist du bereit für den großen Schlag?«, fragte der Generalstaatsanwalt und küsste mich auf die Wange. Ich nickte und schlüpfte in Gedanken bereits in die samtige Robe der Staatsanwältin. Das kühle Foyer empfing uns, und ich ging, ohne ein weiteres Wort zu verlieren, zum Aufzug.

»Sie will dich sprechen«, sagte der Generalstaatsanwalt und blickte auf die Etagenanzeige.

»Das heißt, heute Abend bei ihr?«

Er nickte.

Ich mochte die Ministerin. Schon in der Kaderschmiede war sie die Einzige gewesen, die meinen Sinn für soziale Gerechtigkeit verstanden hatte wie keine andere. Bis jetzt kämpfte sie mit eisernem Willen und mit allen Mitteln, die ihr zur Verfügung standen, gegen die kapitalistischen Imperialisten. Natürlich hinter vorgehaltener Hand. Die Zeiten hatten sich geändert, und der Kapitalismus war zu einem gefräßigen Monster geworden, das die Moral der Menschen schluckte und sie mit Geld beruhigte. Ich kannte das Feuer, das in ihr brannte. Jetzt, Jahrzehnte nach der Wende, war das Feuer dasselbe – nur die Feindbilder waren andere.

»Sie will nach dem Urteil heute eine Entscheidung treffen. Sie weiß, was sie an dir hat.«

»Eine eigene Abteilung?«

»Vielleicht mehr als das. Es geht um einen neuen Fall. Das Spektrum.«

Ich ging ans Fenster. Der Boden unter meinen nackten Füßen knarrte. Der Nebel war dicht ans Haus getreten, und die Arme des Baumes ragten daraus hervor, als wollte er nach mir greifen. Ich hatte am Vortag zu wenig getrunken. Drei Liter sollte man zu sich nehmen, um die Zellteilung zu unterstützen. Die Gedanken an damals taten mir nicht gut. Ich musste lernen, neu zu denken. Musste lernen, einen Baum zu betrachten, das Geräusch des Wassers in meiner Kehle zu hören und das Knistern des Nebels auf meiner Haut zu spüren. Ich konnte nichts von dem, denn ich war immer noch Gefangene meines alten Lebens.

In wenigen Minuten begann der Prozess, und ich wechselte in den Status der Konzentration und Fokussierung. Das war das Geheimnis meines Erfolges, das machte mich zur Besten meiner Zunft. Wenn es eine Herrin des Ermittlungsverfahrens gab, dann war ich das. Unfehlbar. Frei von quälenden Hoffnungen und Emotionen.

Doch was brachte es, in einem Spiel der beste Spieler zu sein, wenn die Regeln außer Kraft gesetzt wurden? Wozu brauchte es Staatsanwälte und Richter, wenn das Gesetz, auf das sich alle bezogen, nicht durchgesetzt wurde? Das Gegenüber hatte längst begriffen, dass die Regeln, welche die Gesellschaft zusammenhalten sollten, nicht mehr die Kraft besaßen wie früher. Ich verabscheute den Gedanken, denn er wäre der Anfang vom Ende. Doch als ich den Alten sah, der mit aller Kraft gegen den Tod kämpfte, als wollte er auch dessen Regeln brechen, wusste ich, dass ich verloren hatte. Dass ich immer schon verloren hatte, da mein Leben auf den falschen Säulen erbaut war. Aber ich wollte das nicht einsehen. Damals nicht, und auch jetzt wollte ich diese Wahrheit nicht annehmen.

Dr. Merten erhob sich aus seinem Stuhl und reichte mir die Hand. Sie war dünn, wirkte zerbrechlich, und ich hatte Angst, dass sie zu Staub zerfallen würde, wenn ich zu fest zudrückte.

Ich hatte Durst, vermochte aber nicht, mich vom Fenster wegzubewegen. Wie der Baum stand ich angewurzelt da. Was uns unterschied, war, dass der Baum lebte, er trieb, zog Wasser aus den Wurzeln, bildete ein unsichtbares Netzwerk mit einer mir unbekannten Welt da draußen. Ich aber lebte nicht mehr. Ich erinnerte mich an das Gemälde der Medusa von Franz von Stuck. Ich hatte es im Wiener Belvedere gesehen.

Hatte es damals angefangen? Waren die versteinernden Blicke damals in mich eingedrungen? Wann hatte es begonnen? Wann hatte ich begonnen, mich in einen Stein zu verwandeln?

Ich spürte die Hand des Generalstaatsanwaltes an meiner. Sie war kalt. So wie meine. Ich zog sie weg. Ich konnte nicht, ich war verheiratet und musste zudem arbeiten, da der Prozess es nicht erlaubte, nie erlaubte, dass ich mich auf etwas Unkontrollierbares einließ. Und Begehren war unkontrollierbar. Es war wie Feuer, das einen verbrannte. Also entschied ich, nicht zu verbrennen, und wurde zu Stein. Hatte es damals begonnen?

»Womit wir es hier zu tun haben, ist ein perfides System aus Korruption. Ein Korruptionsgeschwür, das seine Metastasen bereits in der ganzen Welt gebildet hat. Getragen wird dieses System nicht nur von diversen Unternehmen wie der europäischen Fondsgesellschaft Liquid Asset Management, kurz: LAM, sondern von Männern wie ihrem Vorsitzenden, Dr. Merten … Mitglieder des organisierten Verbrechens. Seit Jahrzehnten Handlanger der Khalbergs, der Schwarzen Familie.«

Ein Raunen ging durch den Gerichtssaal.

»Einspruch!«, rief der Anwalt des Beklagten und lächelte mich an. Die Maske des ewigen Lächelns. Ich beneidete mein Gegenüber für diese Gabe. Ich wusste, dass in meinem Gesicht keine Emotion mehr Platz fand. Der Stein hatte es längst erreicht. Für Gefühle, auch wenn sie nur gespielt waren, hatte ich keine Zeit, keinen Raum.

Ich war mit der Verlesung der Anklageschrift zufrieden und sicher, dass diesmal die Beweislage ausreichen würde, um den gebürtigen Georgier endlich zu überführen. Mir war klar, dass ich mich mit dem Vorwurf, dieser Dr. Merten wäre ein Teil des organisierten Verbrechens, zu weit vorgewagt hatte, aber ich wollte provozieren.

Ich wartete, bis der Richter den Einspruch behandelte, und fuhr mit der Verlesung fort.

»Hier und heute liegt neben dem Strafbestand der Bestechung auch jener der Geldwäsche vor.« Ich verwies auf die langen Papierschlangen, die hinter mir an der Wand des Gerichtssaales hingen, und klopfte auf den Ordner, den ich zuvor von meiner Assistentin erhalten hatte. Ich hatte sämtliche Zahlungen und Geldbewegungen auswerten lassen. Exakt, ohne den geringsten Fehler! Wieder ging ein Raunen durch den Saal.

Ich genoss dieses Raunen. Ich fühlte mich in diesem Moment mächtig und stark. Ich war mir sicher, dass ein kleines Lächeln über meinen schmalen Mund glitt, das in mein geradliniges Gesicht vorsichtig weiche Züge malen wollte. Die prüfenden Blicke meiner Assistentinnen verrieten allerdings nichts Gutes, und ich wusste, dass ich gut daran täte, wieder meine gewohnte Miene aufzusetzen.

»Sie hat sich mit dem General eingelassen«, sagte meine Assistentin zu einer Kollegin, die neben ihr saß. Ich konnte ihre Lippen lesen. Sie trug einen ähnlichen schwarzen Hosenanzug wie ich unter meiner Wollrobe, nur quollen aus ihrem Dekolleté zwei prächtige weibliche Brüste statt einer zugeknöpften klassischen dunklen Designerbluse hervor. Die andere war ein geduckter und gedrungener Charakter mit hinterlistigen Augen und einem billigen Geschmack.

»Was? Die Spröde? Wer lässt sich denn mit der ein?«

Die erste Assistentin erzählte mit zischenden Worten von ihrer Beobachtung und ihren Schlussfolgerungen. Ich dachte an Wien und sah zu ihr. Sie genoss es, über mich zu reden, blickte immer wieder zu mir und schickte mir aufmunternde Gesten zu. »Jetzt wissen wir, wie sie Karriere macht. Die letzte Waffe der Armen.«

Ich blickte zum Richter, einem geduldigen Mann um die sechzig, der mir aufmerksam zugehört hatte. Nach einer kurzen Pause – hatte er auch bemerkt, dass mein Duft fehlte? – ergriff er das Wort und bat die Anwesenden, laut zu sprechen, da die Akustik im Landgericht in der Littenstraße immer wieder zu Verständnisschwierigkeiten führte. Dann besah er die Handakten, die an seiner rechten Seite lagen, und nahm einen tiefen Atemzug. Er suchte nach dem Duft. Natürlich. Er hatte es bemerkt. Ich hatte vergessen, ihn aufzutragen. Dabei machte ich keine Fehler. Ich machte keine Fehler. Es würde nie wieder vorkommen. Nie wieder. Der Richter nahm einen Schluck Wasser und schien auf etwas zu warten.

Ich hatte Durst und ging in die Küche, wo ich Wasser in ein Glas laufen ließ.

Ich wurde zu Stein, wollte keine falsche Bewegung machen, keine Fehler. Ich hatte das letzte Jahr Tag und Nacht damit zugebracht, die Beweise gegen LAM und vor allem gegen Dr. Merten zu sammeln. Jetzt, da der Richter diese kurze Pause machte, war ich verwundert. Ich hatte mich auf einen Schaukampf eingestellt, der mit einem Startschuss begonnen hatte und sich nun verzögerte. Ein mulmiges Gefühl kroch durch meinen Magen. Ich blickte zu Dr. Merten, der geduldig und mit einem gelassenen Lächeln auf der Anklagebank saß und auf sein Recht wartete.

Ich trank und dachte an diesen Moment. Ich konnte ihn kaum ertragen, da ich spürte, dass die Gerechtigkeit der Gesetze wieder einmal wie Wasser nur die Haut benetzte, aber letztendlich im Abfluss versickerte.

Die Blicke des Publikums lagen auf mir. Ich sah in jedem einzelnen Gesicht eine tiefe Ablehnung mir gegenüber. Auch wenn der Angeklagte, Dr. Merten, vermutlich einer der gefährlichsten Männer Europas war, so war er doch alt. Und eine Frau aus Stein stellte den Sterbenden, dessen dürre Hände zitternd bei seinen Anwälten nach Erbarmen suchten, an den Pranger. Doch der Tod stand hier nicht unter Anklage: Es ging um Korruption – und das war die einzige Front, an der ich gegen LAM und die Schwarze Familie kämpfen konnte. Fußte die moderne Gesetzgebung noch auf Gerechtigkeit oder längst auf Moral? Kam es aber auch dabei im Grunde nur auf die Perspektive an, die man einzunehmen gewillt war? Hatte ich das Recht, zu töten, wenn ich selbst verfolgt wurde?

Hatte ich das Recht, zu töten, wenn ich alt war? Hatte ich das Recht, Böses zu tun, wenn mir Böses angetan worden war? Das Gesetz hatte längst aus den Tätern Opfer gemacht und aus den Opfern Täter.

Ich trank und wusch mein Gesicht. Ich hatte es in meinem alten Leben weit gebracht. Ich war gut vernetzt und beherrschte meinen Beruf bis zur Perfektion. Ich war im Osten aufgewachsen und hatte jede Gelegenheit genutzt, um meine politischen Ansichten dem Westen anzupassen. Irgendwie war es skurril, dass ich, die seit jeher gegen den Kapitalismus gewettert hatte, nun selbst genügend Kapital besaß, um Menschen für mich arbeiten zu lassen. Doch was zählte die politische Einstellung bei einem Staatsanwalt?

Ich nutzte die Zeit und ordnete mein Pult. Dabei stapelte ich die Anklageschriften exakt aufeinander und entschloss mich, um beschäftigt zu wirken, eine Akte in meine Tasche zu schieben, da sie für den weiteren Verlauf unnötig war. Mit gespitzten Lippen schob ich die Akte unter die kleine Wollmütze, die ich einst von meinen Eltern um fünfzig Pfennig geschenkt bekommen hatte. Diese Mütze war das einzige Andenken an sie. Mein Talisman. Bevor ich die Tasche wieder schloss, strich ich mit dem Daumen über die gestickte blaue Blume auf der Mütze. Ich brauchte Kraft. Jetzt.

War Lya schon aufgewacht? Ich hatte vergessen, auf die Uhr zu sehen.

Ein Gerichtsdiener lief aufgeregt durch den Saal und gab dem Richter einen Umschlag. Der Richter rollte die Ärmel seiner Robe hoch und öffnete das Kuvert. Sein Blick verriet, dass er die Information, die sich darin befand, bereits kannte. Dann sah er zu mir und zum Anwalt des Angeklagten. Dr. Merten wagte er nicht ins Gesicht zu blicken.

»Wie ich soeben erfahren habe, hat die Anti-Korruptionsbehörde bestätigt, dass sich Liquid Asset Management verpflichtet hat, neunhundert Millionen Euro zu bezahlen, um die im Raum stehenden Korruptionsvorwürfe aus der Welt zu schaffen. In erster Linie geht es hier um die Länder USA, Iran, Indonesien und China. Als Gegenleistung erklärt sich die Behörde dazu bereit, das Verfahren gegen Dr. Merten einzustellen. Ebenso wird das Verfahren wegen Geldwäsche eingestellt, da mittlerweile alle betreffenden Beträge wieder rücküberwiesen wurden und der einstige Geschäftspartner der Familie Khalberg leider an einer langen, schweren Krankheit verstorben ist. Somit ist das Verfahren zu beenden. Noch Fragen?«

Der Richter sah mir mit versteinerter Miene ins Gesicht. Hatte er ebenfalls längst aufgegeben? Hatte auch er eingesehen, dass es vergebens war, auf das Gesetz zu bauen? Es gab keine Gesetze mehr.

Ich blickte zu den selbstsicheren Anwälten des Angeklagten, die nur darauf warteten, dass ich endlich begriff: Mein Kampf für Recht und Ordnung war ein Kampf gegen Windmühlen. Ich hasste Niederlagen. Ich hasste die dazugehörige Ohnmacht. Aber noch viel mehr war mir diese Arroganz und Selbstgerechtigkeit zuwider, der ich hilflos gegenüberstand. Diesen Menschen auf der Anklagebank war es zu verdanken, dass der Westen an seiner eigenen Gier zugrunde ging, dachte ich. Zypern, Malta, Luxemburg, Österreich. Die geheimen Schaltstellen dieses Wahnsinns. Mir aber blieb nichts anderes übrig, als zu schweigen und geduldig zu verlieren.

»Dem ist nichts hinzuzufügen!« Der Richter blickte in die Menge und nickte meiner Assistentin zu, damit sie der Staatsanwältin eine Kopie des Beschlusses anfertigte.

Ich erhob mich, ordnete mich. Jetzt, wo alle Menschen im Saal wisperten und raunten, fehlte mir der Schutz meines Parfüms. Ich war ausgeliefert und kam mir mit einem Mal selbst vor wie eine Angeklagte. Ich fühlte mich wie damals, als ich die Eltern einer vergewaltigten und grausam ermordeten jungen Frau vertreten hatte. Auch damals hatte ich verloren und in die stolzen Gesichter selbstsicherer Männer geblickt.

Schweigend ordnete ich die Akten, klemmte sie unter meinen Arm und wollte, ohne ein Wort zu sagen, den Gerichtssaal verlassen, als mir meine Assistentin ein keckes »Für Sie« nachrief und mir nicht nur die Kopie des Richters, sondern auch ihren jungen Busen entgegenstreckte.

Ich bemerkte, dass meine Hände zitterten. Ich fühlte mich von allen beobachtet. Ein Kribbeln lief durch meine Nervenbahnen. Ich war es nicht gewohnt, zu versagen. Ich sah meiner Assistentin nach, die wie ein artiges Hündchen dem Generalstaatsanwalt hinterherstakste, der enttäuscht den Saal verließ. Ich dachte an seine kalte Hand vor dem Bild der Medusa.

Als ich die beiden verschwinden sah, kam der Schwindel. Ich wusste nicht, warum, aber insgeheim war mir klar, dass der General mich an diesem Abend nach dem Essen mit der Ministerin verlassen würde. Dann würde sie wiederkommen, diese Einsamkeit, die ich gemeinsam mit meinem Mann, mit Paul, fristen musste. Nein, allein der Gedanke daran war unerträglich. Niemals! Hätte ich gekonnt, ich hätte geheult wie ein Mädchen – vor Scham, vor Schuld, vor Demütigung.

»Guten Morgen!« Lya kam in die Küche.

»Hast du gut geschlafen, mein Schatz?«

»Geht so.«

Ich schwieg.

»Wollen wir gemeinsam frühstücken?«

»Keinen Bock.«

»Wollen wir dann rausgehen? Ein wenig die Gegend hier erkunden? Vielleicht finden wir ja schöne Plätze. Dort können wir uns dann unterhalten.«

Jetzt schwieg Lya. Sie sah mich an, als hätte ich sie beleidigt. Dann drehte sie sich um und ging wieder in ihr Zimmer. Ich fragte mich immer, was sie in ihrem Zimmer tat. Hier gab es kein WLAN, und sie weigerte sich auch, die Bücher zu lesen, die ich mitgenommen hatte. Ich würde es nie herausfinden, da sie mir verboten hatte, ihr Zimmer zu betreten. Ich wollte mich daran halten.

Ich zog meinen Anzug zurecht und wartete an der Kreuzung darauf, dass die Ampel auf Grün sprang. Noch stand sie auf Rot. Neben mir gingen zwei Männer über die Straße. Weit und breit war kein Auto zu sehen. Sie hatten recht, dachte ich. Warum sollten sie auch warten? Warum nicht die Regeln brechen und bei Rot über die Straße laufen? Ich blieb stehen. Ich blieb immer stehen, weil ich die Welt der Regeln und Gesetze vertrat. Ich sah mich um. War die Welt nicht längst über die Ufer der Regeln getreten? War ich die Einzige, die stehen blieb? Ich spürte ein Kribbeln, das mein Rückgrat hinunterlief. Ein Schwindel spannte sich in meinem Kopf. Es war immer noch rot. Ich setzte einen Fuß auf die Straße und verlor mein Bewusstsein.

Ich ging zurück ins Schlafzimmer und setzte mich auf das Bett. Wann hatte es begonnen? Wann war die Welt verschwunden? Mein Atem war das Einzige, was mir noch geblieben war. Ich konnte nichts mehr empfinden, keine Freude, keinen Schmerz, kein Leid, keine Liebe. Wann hatte es begonnen? Ich versuchte, mich zu erinnern. Wie waren die Tage vor meinem Zusammenbruch? Alles hatte doch einen Anfang! Nichts war einfach da! Oder irrte ich mich? Wann hatte es begonnen? War es an dem Tag, als die Hand des Generalstaatsanwaltes nicht mehr kalt gewesen war? War es, als ich meinem Mann gestanden hatte, dass ich ihn nicht mehr liebte, und wir trotzdem beschlossen, wegen Lya zusammenzubleiben? War es an dem Tag, als ich begonnen hatte, gegen LAM vorzugehen? Oder war es früher, als ich festgestellt hatte, dass meine Werte nach der Wende zerbrochen waren? Oder war es in der Schule, als jeder mich mied und niemand meinen Mund küssen wollte? Oder waren es meine Eltern? Haben sie mir bei der Geburt das Leben genommen?

Das Leben. Es war in mir erloschen. Ich lebte, und dennoch war ich tot. Ich schloss die Augen und wartete, dass etwas geschah. Aber es geschah nichts, also beschloss ich, zu schlafen.

TOTE SEELEN

Es war dunkel geworden. Eine Krähe suchte ihr Lied. Der Baum war im Schwarz versunken. Ich hatte Hunger. Hatte Lya bereits gegessen? Ich stand auf und ging in die Küche. Die Herdplatten waren kalt. Ich ging zu ihrer Tür und klopfte.

»Hast du Hunger, Schatz?«

»Nein. Ich möchte gerne weiterschlafen.«

Ich nickte und ging zurück in die Küche. Ich holte zwei Scheiben Brot aus dem Korb und biss ab. Es schmeckte sauer. Und nach Kümmel. Ich hatte es aus dem Dorf. Eine ausgemergelte Bäuerin hatte es dort auf dem Wochenmarkt verkauft. Als ich gleich nach unserer Ankunft am Semmering vorgeschlagen hatte, den Bauernmarkt in Mürzzuschlag zu besuchen, war ich davon überzeugt gewesen, die aufrechte Herzlichkeit der Landbevölkerung würde mich mit offenen Armen empfangen. Ich hatte mich geirrt und nach wenigen Minuten den Markt mit einem großen Laib Brot verlassen. Den Rest hatte ich im Kaufladen besorgt, wo ich schweigend Lebensmittel über das Band geschoben und in einer Plastiktüte verstaut hatte. Fertigprodukte. Für die Mikrowelle, die ich nicht hatte. Für den Backofen, den ich nicht hatte. Ich hatte in jener Zeit, in der ich versuchte, die Schwarze Familie zu stürzen, vergessen, wie man kochte.

»Wir müssen morgen wieder ins Dorf. Einkaufen. Hast du auf etwas Besonderes Lust?«, rief ich meiner Tochter zu und widersetzte mich mutig ihrer Bitte, sie schlafen zu lassen. Ich bekam keine Antwort. Ich hatte auch keine erwartet. Aber ich wollte zumindest für einen Moment eine gute Mutter sein.

Essen. Was hatte ich früher gerne gegessen? Ich konnte essen, was ich wollte. Ich hatte auch genug Geld mitgebracht, um mir kaufen zu können, was ich mochte. Aber was mochte ich? Hatte ich jemals eine Lieblingsspeise? Als Kind hatte ich Putenfleisch mit gelbem Reis und Dosenpfirsichen geliebt. Wenn das Geld gereicht hatte, dann hatte meine Mutter das Fleisch mit Mandelsplittern überbacken.

»Magst du Putenfleisch?«, rief ich wieder.

Ich würde uns Pute machen. Eine Liste. Ich würde eine Einkaufsliste schreiben. Ich hatte ja Zeit. Ich konnte kochen, was ich wollte und was ich mochte. Natürlich konnte ich immer essen, was ich wollte, aber mochte ich immer, was ich wollte? Ein verrückter Gedanke.

Ich stand auf und kramte aus der Besteckladde der Küche einen Stift, der sich zwischen den Gabeln versteckt hatte. Meine Schrift war kaum leserlich. Ich hatte verlernt, zu schreiben. Es hatte immer schnell gehen müssen. Wenn mir der General Anweisungen gegeben hatte. Für Notizen war kaum Zeit geblieben. Ich hatte sie immer schnell in meine To-do-Liste übertragen müssen, sonst hätte ich meine eigene Schrift nicht mehr entziffern können. Ich sah auf mein Gekritzel. Wenn die Schrift das Wesen eines Menschen beschrieb, dann war ich jemand Krakeliges. Ohne Wert und Substanz. Aber nun konnte ich doch in aller Ruhe schreiben. Ich musste keine Notizen entgegennehmen.

Wollten wir jeden Tag Pute essen? Sollte ich nicht einen Wochenplan anlegen? Ich lebte ja jetzt in der Provinz, hier musste es doch ein Leichtes sein, regionale und hochwertige Lebensmittel zu erstehen, aus denen sich wunderbar duftende Speisen zubereiten ließen. Aber würde ich nicht enttäuscht sein, wenn der Duft weniger intensiv war? Oder hatte ich auch verlernt, zu riechen?

Ich unterbrach meine Arbeit an der Liste und dachte an den Wochenmarkt. Ich hatte Angst vor den Menschen. Ich wusste nicht, was ich mit ihnen anfangen sollte. Sie waren schweigsam gegenüber Fremden. Gab es nicht auch Fertiggerichte, die man in der Pfanne zubereiten konnte? Ich glaubte mich an einige Packungen im Kaufladen zu erinnern. Ich war in Berlin immer in ein Restaurant gegangen und hatte in Potsdam vom Lieferservice gelebt. Ich musste ja nicht gleich mit dem Kochen beginnen. Wir waren schließlich noch eine Zeit lang hier, kein Grund, irgendwas zu überstürzen.

Und während ich auf meine eilig hingekritzelte Einkaufsliste sah, begriff ich, dass ich mir ein Gefängnis gebaut hatte, mich selbst in dessen tiefstem Kerker vor der Welt weggesperrt. Meine Sinne, die Brücken zur Welt, sie alle waren verbrannt.

Ich schnitt eine weitere Scheibe Brot ab und ging zurück ins Schlafzimmer. Ich wollte nach dem Baum sehen. Wollte sehen, ob der Nebel gekommen war.

Zur Ruhe kommen.

Das waren die Worte meiner Therapeutin. Ich sollte auf den Semmering fahren. Ein Luftkurort in den österreichischen Voralpen.

Wir waren mit dem Auto gefahren. Über Tschechien und Wien. Mich hatte der Semmering mit seinen ausladenden Villen an Potsdam erinnert. Was gefehlt hatte, waren die Menschen. Als ich die geschlungene Passstraße nach oben gefahren war und zum ersten Mal auf der rechten Seite das Südbahnhotel erblickt hatte, war mir sofort mulmig zumute gewesen.

Ich wusste an diesem Tag nicht, warum. Es war im Grunde wunderschön hier. Es war ein warmer Tag im späten Oktober mit goldenen Strahlen. Und doch hatte etwas Unbestimmtes diesen Ort ergriffen. Ich fuhr den Wagen zur Seite und stieg aus. Lya blieb sitzen, starrte auf ihr Handy und knetete mit den Eckzähnen ihre Lippe. Hinter dem Südbahnhotel, das auf einer Anhöhe in einer tief gelegenen Mulde lag, erstreckte sich das Massiv des Schneeberges. Von hier aus konnte man auch das Wiener Becken einsehen, während sich auf der linken Seite das Gebirge wölbte und die Semmeringbahn mit ihren fabelhaften Viadukten und Tunneln beherbergte.

»Guck mal, Lya! Das sieht wirklich sehr schön aus hier. Guck mal!«

Lya rührte sich nicht. Sie hatte die Idee, mit mir ein paar Wochen wegzufahren, vom ersten Moment an gehasst. Aber nachdem sie die Schule geschmissen hatte und von zu Hause fortgelaufen war, musste sie sich auf einen Deal einlassen, nachdem ich sie gefunden hatte – allein und hungrig im Foyer einer Sparkasse in Berlin. Entweder sie fuhr mit mir mit und wir überlegten in aller Ruhe, wie es mit unserem Leben weitergehen sollte, oder wir würden für immer getrennte Wege einschlagen. Ich hatte hoch gepokert. Und Lya hatte eingewilligt.

»Wann sind wir da?«

Ich war fast erschrocken, als ich Lyas Stimme hörte. Sie hatte die ganze Fahrt über nicht gesprochen, umso überraschter war ich über den rauen Klang ihrer sonst so zerbrechlichen Stimme.

»Gleich, mein Schatz. Wir müssen noch über den Pass, dann sind wir bald dort.«

Ich stieg wieder ins Auto und ließ das Gefühl der Unbestimmtheit hinter mir. Ich startete den Wagen und lenkte ihn zurück auf die Straße. Wenige Augenblicke später erreichte ich die Passhöhe. Die Verlassenheit eines ausgestorbenen Wintersportortes empfing mich. Unser Auto war das einzige weit und breit. Seit dem Bau des Tunnels verirrte sich außerhalb der Wintersaison kaum jemand auf den Semmering. Doch auch im Winter ging die Gästezahl zurück. Ein Konsortium aus der Ukraine hatte in der Gegend investiert und zeigte wenig Interesse am Betrieb der Skianlagen. Mir war das nicht unrecht, denn sollte ich mich entschließen, bis zum Winter zu bleiben, hätten mich die vielen Touristen eher abgeschreckt. Ich suchte Ruhe und weder Après-Ski noch überfüllte Pisten oder verstopfte Bergstraßen.

Ein Blick auf die Benzinuhr empfahl mir, zur nächsten Tankstelle zu fahren. Aber nach der langen Fahrt war ich müde und wollte erst einmal unser neues Zuhause sehen. Tanken kann ich immer noch, dachte ich und bog links in eine schmale Straße ein.

»Guckst du auf die Karte, ob wir hier auch wirklich richtig sind?«, bat ich Lya, die angewidert auf ihr Handy starrte und auf die Navigations-App wechselte.

»Kein Empfang«, sagte sie, ohne aufzublicken.

Fichten- und Tannenzweige griffen nach dem Auto, und die Straße verwandelte sich in einen mürrischen Weg, der nach jeder Kurve versuchte, uns abzuwerfen. Nach zehn Minuten aber tauchten wir wieder aus dem Wald auf und erreichten eine weite Wiese, an deren Ende ein Haus stand. Es wirkte wie eine kleine vergessene Villa, in der zwei Familien Platz gefunden hätten. Dahinter türmte sich der weite farbige Horizont, der in die Steiermark hineinreichte. Umfasst wurde der warme Himmel von zwei weitläufigen Bergketten, auf deren Gipfeln bereits die Vorboten der nahen Nacht lagen.

Ich kämpfte mit den Tränen, als ich die letzten Meter zu unserem neuen Zuhause fuhr. Ich hatte ganz vergessen, wie schön die Welt sein konnte, wenn man nur einmal wirklich hinsah. Das Haus war in Richtung Osten gelegen und wurde im Süden von hohen Tannen bewacht. Auf der rechten Seite öffnete sich das Semmeringmassiv und gab einen weiten Blick auf den gegenüberliegenden Hang frei, auf dem ebenfalls vereinzelt Häuser standen.

Mittlerweile war der Nebel gekommen, und ich dachte daran, wie schnell mein Herz geschlagen hatte, als ich das Haus zum ersten Mal betreten hatte. Ich hatte so viel Freude und Zuversicht mit der Zeit hier verbunden, hatte gehofft, mit Lya in den Sonnenuntergang zu blicken und erste Gespräche zu finden, die uns wieder zusammenführen würden. Aber ich fand nur Einsamkeit und Stille. Schreckliche Stille. Nur das Drücken der Nacht und das heimliche Geflüster der Vögel am Morgen. Und die schwere Luft, die von Tag zu Tag kälter wurde.

Zur Ruhe kommen.

Ich hatte verlernt, wie das funktionierte. Ich hatte eher das Gefühl, zu ertrinken, und spielte jeden Tag mit dem Gedanken, nach Berlin zurückzufahren, statt hier in der Stille zu verenden. Dabei hatte ich das Haus noch nie richtig verlassen. Ich wechselte zwischen dem viel zu großen Schlafzimmer mit Kamin und ausladendem Balkon und der niedrigen, dunklen, verwinkelten Küche hin und her. Lya hatte sich in einem Zimmer verkrochen. Natürlich waren wir im Dorf gewesen, hatten uns am Semmering umgesehen, waren auf der steirischen Seite hinunter nach Spital am Semmering gefahren, wo der Wintersport ungeduldig auf den ersten Schnee wartete. In die andere Richtung, weiter nach Niederösterreich, waren wir nicht gefahren.

Der Semmering stellte eine Art unsichtbare Barriere dar. Durchbrach man sie, wollte man nicht mehr zurück und floh umgehend weiter bis nach Wiener Neustadt oder Wien – und dann war es nicht mehr weit bis nach Prag und Berlin. Nein, wir kannten nichts von unserer neuen Heimat und fanden auch niemanden, mit dem wir hätten sprechen können. Selbst der Eigentümer der Villa, den meine Therapeutin kannte, kommunizierte mit mir nur per E-Mail und hatte den Schlüssel unter die Matte am Eingangstor gelegt.

Je tiefer die Nacht in den Nebel tauchte, desto schneller verzog er sich wieder zurück in die nördlichen Wälder. Dann erhob sich über unserem Haus ein weitläufiger Sternenhimmel.

Am nächsten Tag wollte ich beginnen, mich neu zu finden. Sollte Lya zu Hause bleiben, ich würde einkaufen gehen und später kochen und mich am wunderbaren Duft gerösteter Mandelsplitter erfreuen. Ja, das wollte ich. Die Sonne sollte mich wecken oder das Wanken der Bäume oder der Ruf der Vögel. Doch es kam anders.

Was mich weckte, war dieses seltsame Grollen aus den Wäldern. Es schien das ganze Haus zu erfassen. Ich fuhr schweißgebadet aus meinem traumlosen Schlaf hoch. Ich lief zu Lya, da ich Sorge hatte, ein Erdbeben hätte das Grollen ausgelöst.

Doch Lya schien fest zu schlafen. Ich zog meinen Morgenmantel über und trat auf die Terrasse nach draußen.

DAS VOLK DER NACHT

Ich erstarrte.

Es war schrecklich.

Ich wurde zu Stein.

Konnte mich nicht bewegen.

Der am Tag so wundervolle Ausblick war wie ausgewechselt, denn es schien, als hätte das dunkle Brummen und Vibrieren alles ergriffen, was ich sehen konnte. Ich zog meinen Mantel enger zu und hatte plötzlich Angst. Was war das? Was mochte solch einen Lärm verursachen? Ich hatte nie zuvor so ein tiefes, bedrohliches Geräusch gehört, wie ein unheimlicher, vergifteter Wind.

Ich suchte mit meinen Blicken nach der Ursache. Aber ich konnte nichts entdecken. Obwohl der Mond den gegenüberliegenden Hang gut ausleuchtete, konnte ich nichts Ungewöhnliches erkennen. Erst als ich mich hinhockte, um mit der Handfläche zu fühlen, ob das Brummen tatsächlich so stark war, dass das ganze Haus vibrierte, wurde mir klar, dass ich es mit etwas sehr Großem zu tun haben musste. Denn ich spürte, wie das Grollen meinen ganzen Körper erfasste und mir eine allumfassende Gänsehaut verursachte. Eine innere Stimme befahl mir, zu fliehen. So schnell ich konnte.

Und tatsächlich. Im lichten Schatten des Mondes sah ich einige Rehe und sogar Hasen, die sich lautlos und schnell aus dem Staub machten. Sie alle schienen den Hang zu verlassen. Also musste das Grollen von dort ausgehen. Ich trat näher an die Balustrade der Terrasse und kniff die Augen zusammen. Irgendetwas musste dort vorgehen. Plötzlich erfüllte der strenge Duft verbrannten Holzes die Luft. Es war dieser modrige Gestank, den nasses Holz erzeugte, wenn es den

Kampf gegen das Feuer verlor. Der Geruch von nassen Flammen. Ich wunderte mich, woher ich diesen Geruch kannte, als meine Glieder erstarrten.

Da sah ich sie zum ersten Mal.

Die Menschen.

Es waren viele.

So viele.

Sie gingen schweigend und lautlos über den Hang. Sie schienen einer dunklen Gestalt zu folgen. Es waren sicher an die vier- bis fünfhundert Menschen. Lautlos schritten sie über das Mondfeld. Ich legte meine Hand über den Mund, da ich nicht glauben konnte, was ich da sah. Je mehr sich meine Augen an das Schauspiel gewöhnten, desto deutlicher konnte ich den dunklen Zug erkennen. Die Menschen hatten alle den Kopf gesenkt und folgten der finsteren Gestalt, die aussah wie eine alte Frau. Der Prozession gehörten viele Frauen und sogar Kinder an. Ich spürte ihre Verzweiflung bis hierher. Bewacht wurde der Zug von Hunden – oder nein: Wölfen! Es waren Wölfe! Deshalb waren die Tiere geflohen. Es war ein großes Rudel von sicher dreißig Tieren. Alte und junge. Und am Ende der Prozession versuchte sogar ein kleiner Wolf, den Anschluss an den unheimlichen Marsch nicht zu verpassen.

Die Angst in mir wurde mit jedem Atemzug größer; ich ging noch zwei Schritte zurück, um von den Menschen nicht entdeckt zu werden. Aber was, wenn sie den Hang verlassen und hier heraufkommen würden? Sollte ich Lya wecken, damit wir schnell fliehen könnten? Was, wenn sie uns umzingelten? Wenn das nicht der einzige Zug war? Vor lauter Panik wurde mein Atem immer flacher.

»Was ist los?«

Ich erschrak, als Lya plötzlich hinter mir stand. Ihre Dreadlocks sahen in der Nacht aus wie der Kopfschmuck einer Kriegerin.

»Bist du auch davon aufgewacht? Dieses Grollen, was ist das? Und dort: Schau dir das an!«

Ich zeigte mit dem Finger zum gegenüberliegenden Hang und wagte mich sogar wieder ein bis zwei Schritte nach vorn.

»Was ist dort?«

Ich sah Lya fassungslos an. Wie konnte sie das Grauen dort drüben nicht erkennen? Ich wandte mich von ihr ab, hin zum Hang auf der anderen Seite, und – wie konnte das sein? – außer dem bleichen Mond, der sein Licht über die dunklen Konturen der Nacht schmiegte, war dort nichts zu erkennen. Und auch das Grollen war verschwunden und wich einer neuen Stille, die sich wieder zu uns gesellte.

»Du brauchst echt Hilfe, Mutter. Ich bin müde, ich gehe wieder in mein Zimmer«, sagte Lya und verschwand so schnell, wie sie gekommen war. Ich zitterte am ganzen Körper und konnte mich nicht mehr auf den Beinen halten. Ich ging nach hinten, bis ich mit dem Rücken an die Wand stieß, und rutschte zu Boden.

Ich durfte jetzt nicht wahnsinnig werden. Ich durfte jetzt nicht wahnsinnig werden.

Hast du etwas übersehen? Erinnere dich an jedes Detail. Wann ist er gekommen, der Frost?

ZWEI

Wasser zu Wasser. Staub zu Staub.
In den Wolken gefriert mein Schicksal.

In dieser Nacht fand ich keinen Schlaf mehr. Nur langsam verlor die Welt ihren Schrecken, deshalb erhob ich mich, um im Liegen nicht erst recht niedergedrückt zu werden. Meine Kehle war trocken. Ich ging nach draußen und sah auf den Hang, der nun in der beginnenden Dämmerung an Konturen gewann. Erste Vögel glitten durch die feuchte Luft. Nebelwände hingen in den Wäldern. Keine Hinweise auf die Ereignisse, die mich aufgeschreckt hatten. Keine aufgeregten Menschen, die die Spuren der unheimlichen Prozession untersuchten. Keine Hunde, die den Schatten folgten, keine ängstlichen Mütter, die ihre Kinder auf den Höfen beschützten.

Ich ging in die Küche und setzte Tee auf. Lya schlief noch. Hatte Lya recht, und ich brauchte tatsächlich Hilfe? War das, was ich gesehen hatte, bloße Einbildung? Ich hatte meiner Therapeutin von meiner Angst erzählt, eines Tages wahnsinnig zu werden. Sie schob es auf die Arbeit. Seit ich denken konnte, hatte ich immer hart gearbeitet. Freizeit gab es nicht, war beinahe ein Schimpfwort gewesen für mich. Ich hatte meinen Eltern im Alltag geholfen, für die Schule gelernt und mich auf das Studium und später auf den Beruf konzentriert. Ich hatte mich ausgebeutet. Für ein Mädchen wie mich wäre sonst nicht viel übrig geblieben.

Wollte ich mehr erreichen als meine Eltern, dann musste ich arbeiten. Aber was sollte ich nun tun? Akzeptieren, dass Bilder in meinem Kopf sich zu formen begannen? Akzeptieren – wie sehr ich dieses Wort hasste! Akzeptieren, dass Menschen so waren, wie sie waren? Dass Menschen die Regeln brachen, Gesetze überschritten, weil sie nicht anders konnten, als Opfer ihrer eigenen Vergangenheit zu werden? Akzeptieren, dass die Welt so war, wie sie war? Akzeptieren, dass jede Anstrengung, die Welt ein Stückchen gerechter zu machen, am Ende sinnlos sein würde?

Nein, ich wollte nicht akzeptieren, dass ich meinen Verstand verlor. Ich klopfte an Lyas Tür.

»Komm! Lass uns frühstücken im Dorf! Das tut uns gut nach der Nacht gestern. Und dann gehen wir einkaufen und lassen uns viel Zeit.«

Ich hörte, wie sich Lya im Bett umdrehte. Sie sagte mir, dass sie keinen Bock habe. Ich ließ nicht locker und war anschließend stolz, dass sich Lya ohne großes Motzen doch entschloss, ihr Zimmer zu verlassen und mich ins Dorf zu begleiten. Machte sie es, weil sie sich seit gestern um mich sorgte? Ich startete den Wagen, wendete ihn auf der Wiese, und wir fuhren ins Dorf.

»Du hast gestern wirklich gar nichts gesehen?«

Lya hatte die Beine anzogen und unter ihre Arme geklemmt und sah auf das Baumspalier, durch das vorsichtige Sonnenstrahlen eines kalten Tages blitzten.

»Da war nichts, Mutter.«

»Hast du auch dieses Dröhnen nicht gehört?«

Lya schwieg. Ich steuerte den Wagen auf die Semmeringer Passstraße und bog links in Richtung Hochstraße ein. Vor dem Gemeindeamt hielt ich an.

»Ich dachte, wir wollten frühstücken.«

»Lass mich kurz mit dem Bürgermeister reden.«

»Mit dem Bürgermeister? Als ob der mit dir reden würde …«

Ich überhörte Lyas Kommentar und stieg aus. Sie folgte mir. Ich war überrascht, dass sie nicht im Auto warten wollte. Hatte sie auch etwas gesehen? Wollte sie auf Nummer sicher gehen und hören, ob ich etwas in Erfahrung bringen konnte?

Ich war verwundert, wie schnell ich vor dem Bürgermeister saß. Er kauerte in einem kleinen Zimmer, und ich hatte das Gefühl, mir würde ein Beamter des Berliner Ordnungsamtes gegenübersitzen. Er lächelte mich höflich an. Er roch nach Duschbad. Auf seinen Schultern lagen Schuppen. Ich nannte meinen Namen und erzählte von meinem Plan, am Semmering Erholung zu finden. Nach ein paar Floskeln über die Landschaft und die lange Reise und den Eigentümer der Villa, in der wir lebten – er kannte den Mann von früher –, trug ich mein

Anliegen vor. Kurz darauf füllte ein unangenehmes Schweigen die Bürokammer. Ich war mir sicher, dass der Bürgermeister und meine Tochter Blicke austauschten. War in der letzten Nacht tatsächlich nichts passiert?

»Ich befürchte, ich kann Ihnen auf diese Frage keine Antwort geben«, sagte der Bürgermeister, erhob sich und streckte mir die Hand entgegen. Wollte er mich loswerden? Hatte ich in ein Wespennest gestochen? So wie man es aus Filmen kannte, wenn ein ganzes Dorf ein gemeinsames dunkles Geheimnis hütete? Gab es etwas zu hüten? Aber hier würde ich nicht weiterkommen. Also nahm ich seine Hand, schüttelte sie und ging mit Lya zurück zum Wagen.

»Wir fahren da jetzt hin«, sagte ich. Von Lya kam kein Protest. Anscheinend war sie mittlerweile selbst neugierig.

Ich lenkte den Wagen nach Gefühl und fuhr durch ein kleines Netzwerk aus Straßen und Wegen, bis ich endlich den Hang erreichte, den der finstere Zug der Menschen entlanggeschritten war. Den Wagen ließ ich an einer Scheune stehen und stieg aus. Der Hang war steiler, als ich erwartet hatte. Ich sah hinüber zu unserem Haus. Es sah einsam aus. Und mir war, als würde uns jemand beobachten. Aber nein, das war sicher auch Einbildung. Ich blickte hinauf zum Waldrand, der über mir am Ende des Hanges lag, und ging ein paar Schritte auf die Wiese. Sie war uneben. Ich hätte andere Schuhe anziehen sollen. Weit würde ich so nicht kommen. Keine Spuren im Gras. Nichts. Aber würde ich überhaupt Spuren finden? Ich konnte nichts entdecken – außer dass ich spürte, wie die Kälte kam. Wollte ich zu den Bauernhäusern weiter oben und die Einheimischen nach der letzten Nacht fragen? Würden sie mir antworten oder mich mit dem gleichen Blick ansehen wie der Bürgermeister?

»Was suchen Sie hier?«

Ich fuhr herum. Neben meinem Auto hielt ein Polizeiwagen. Eine Frau mit kurzem blonden Haar stieg aus. Sie war Mitte vierzig und stand trotz der Kälte mit hochgekrempelten Hemdsärmeln vor mir. Sie schien Schmerzen zu haben, die sich in ihrem Rücken festgebissen hatten wie ein Rudel wilder Hunde.

»Ich bin … Ich wollte …«, stotterte ich herum und wägte ab, ob ich mich der Polizei anvertrauen sollte. Ich sah zu Lya und entschied, die Wahrheit zu sagen.

»Ich hatte gestern einen Traum, der in Verbindung mit diesem Hang steht, und ich wollte –«

»Einen Traum?«, unterbrach mich die Polizistin. »Sie sind nicht von hier. Berlin?« Sie sah auf das Kennzeichen des Wagens.

»Potsdam eigentlich, aber ja: Berlin.«

»Es dauert noch, bis der Schnee kommt.«

»Nein, wir sind nicht zum Skilaufen hier. Wir wohnen dort drüben und suchen hier ein wenig Entspannung.«

Die Polizistin blickte zu unserem Haus. Ich glaubte zu sehen, wie sie ihre Stirn runzelte.

»Der Semmering war immer ein Luftkurort«, sagte sie mit müder, enttäuschter Stimme. »Und fühlen Sie sich hier wohl?«

»Sicher«, sagte ich. »Ist schön hier.«

»Sie hatten einen Traum?«

Ich nickte. Mehr und mehr begann ich zu zweifeln, ob ich meine Erlebnisse in der Nacht näher schildern sollte. Der schweigende Blick der Polizistin war mir unangenehm, sodass ich mir schließlich einen Ruck gab.

»Ich habe geträumt, dass Menschen … schweigende Menschen … hier durchgezogen sind … Ich weiß, dass es wahrscheinlich auf meine Überarbeitung zurückzuführen ist, aber Sie wissen ja: Man will sich schließlich doch absichern …«

»Sie haben das Nachtvolk gesehen?«

Das Nachtvolk.

Ein Schauer lief über meinen Rücken.

»Was ist das Nachtvolk?«

»Eine Sage. Es gibt viele davon. Meist folgen sie einer schwarzen Frau. Sie hat kein Gesicht und keine Stimme. Die Sage lebt im gesamten Alpenraum. Manchmal ist das Nachtvolk ruhig und still, dass man erschrickt, wenn man es sieht, dann ist es wieder ohrenbetäubend.«

»Was wissen Sie noch über diese Sage?«

»Unten in Spital am Semmering gibt es eine Bibliothek und ein paar Bücher über Sagen sowie eine Chronik. Vielleicht finden Sie dort etwas.«

»Haben Sie das Nachtvolk auch einmal gesehen?«, fragte ich.

»Ich? Gott bewahre, nein!« Die Polizistin versuchte zu lächeln. »Aber wenn Sie darüber reden möchten, gibt es unten in Spital auch eine Ärztin, die, sagen wir mal, spezialisiert ist auf ganzheitliche Medizin. Sie glaubt an solche Dinge. Vielleicht sollten Sie mit ihr sprechen.«

Was für ein charmanter Versuch, mir zu empfehlen, mich behandeln zu lassen. Ich lächelte und dankte der Polizistin für ihre Empfehlungen. Dann versprach ich, in Zukunft nicht mehr unerlaubt über fremde Wiesen und Felder zu laufen. Wir verabschiedeten uns und gingen zurück zum Auto. Die Polizistin folgte uns schweigend. Bevor ich den Wagen startete, beugte sie sich zum Seitenfenster und bedeutete mir, die Scheibe hinunterzukurbeln.

»Passen Sie auf sich auf! Wenn Sie Hilfe brauchen, rufen Sie mich an! Es kommt schon mal vor, dass Leute hier verschwinden. Wie gesagt, rufen Sie mich jederzeit an!«

Die Polizistin streckte mir eine Visitenkarte entgegen.

»Was heißt, hier verschwinden Leute?«

»Vor vier Jahren ist hier in der Gegend ein Mädchen verschwunden. Es war mit seinem Vater zum Wandern hier. Seitdem fehlt von den beiden jede Spur. Aber das ist lange her.«

Ich schwieg und sah zum ersten Mal genau in das Gesicht der Polizistin. Sie hatte eine raue Schale und dürfte wohl den Fall damals bearbeitet haben. Früher war sie sicherlich sehr hübsch gewesen, aber das schroffe Klima und die einsame Gegend hatten ihr Gesicht geformt wie der Wind den Stein.

»Passen Sie auf sich auf!«, wiederholte sie, klopfte zum Abschied auf das Autodach und ging zu ihrem Wagen.

Ich startete mein Auto und fuhr los. Gab es einen Zusammenhang zwischen dem verschwundenen Mädchen und dem Nachtvolk? Hatte ich nicht auch Kinder gesehen, die dieser schwarzen Frau folgten? Ich musste zu der Chronik gelangen und mehr über diese Sage erfahren. Nein, was ich gesehen hatte, war keine Einbildung gewesen. Dazu fühlte sich alles zu anders an diesmal.

Ich sah zu Lya und lächelte. Ihr Gesicht lag im Schatten, aber ich fühlte ihre Augen: zwei zitternde Tropfen in der Kälte.

»Und? Hunger? In Spital am Semmering soll es einen Laden geben mit leckerem Essen.«

STAUB

Lya hatte wieder die Knie angezogen und lümmelte auf dem Beifahrersitz. Wann hatte sie ihre Neugierde verloren? Wann hatte sie begonnen, die Welt um sich herum auszublenden? Ich erreichte wieder die Bundesstraße und fuhr nach Spital. Stille. Nur das Knistern der Steine. Das Gurgeln des Motors. Der Gedanke, dass hier draußen ein Mädchen verloren gegangen war, berührte mich. Ich malte mir aus, wie dieses kleine Geschöpf irgendwo in den Wäldern Tag für Tag, Nacht für Nacht um sein Überleben kämpfte. Wo war dieses Mädchen? Hatte der Vater es am Ende verloren?

Ich kannte so viele Fälle. Ich dachte an die Ministerin und die Akte, die sie mir zugesteckt hatte. Ihre Worte waren wie Wolken gewesen. Schwerelos, leicht und doch gefährlich und dunkel. Das Wort »Spektrum« hatte mit kleiner Handschrift auf dem Deckblatt gestanden. Darunter »Streng vertraulich«. Dann hatte ich die Bilder der verschwundenen Mädchen gesehen. Sie hatten mich traurig gemacht. Jedes einzelne. Es waren viele gewesen. So viele. Gab es eine Verbindung zu diesem Fall? Das konnte nicht sein. Durfte nicht sein. Es war ein Zufall, ganz sicher. Ich suchte hier am Semmering Ruhe, suchte Distanz zur Arbeit. Ich brauchte Kraft, um die Kinder zu retten. Kraft, die ich nicht hatte. Ich blickte zu Lya. Würde sie da draußen zurechtkommen?

Lya drehte sich mit einem Mal um und holte aus ihrem Wanderrucksack ein Magazin mit aufgeschlagenen Seiten. Sie legte es auf ihren Schoß und begann zu lesen. Ich war verwundert. Hatte doch irgendetwas ihr Interesse geweckt?

Bevor ich mich erkundigen konnte, was sie beschäftigte, begann sie: »Kennst du Benthams Panoptikum?«

»Was ist das?«

»Ein kreisrunder Bau mit einem Wachturm in der Mitte, der es einem einzigen Wächter möglich macht, alle Zellen im Gebäude zu beobachten. Krass, nicht?«

»Wie kommst du darauf?«

»Benthams Panoptikum steigert die Moral und bringt die Dinge in eine neue Ordnung.« Lya hob den Kopf und sah aus dem Fenster. »Scheiß-Nazigegend.«

Ein waldiger Hügel schob sich an uns vorbei, ein mittelalterlicher Turm, ein Felsen, steil abfallend. Lya hatte ihre schwarzen Dreadlocks zu einem Zopf gebunden. Um ihre stahlblauen Augen lag ein dunkler Schatten. Unter ihrem Parka aus schwarzem Rauleder und mit einem schmutzigen Kragen aus Lammfell trug sie ein Trägertop, das ihre kleinen Brüste verdeckte. Sie war stolz auf ihren knabenhaften Körper. Sie klappte die Pilotenbrille nach hinten und schloss das Magazin.

»Ich hasse das Land.«

»Das habe ich mittlerweile begriffen«, sagte ich.

»Alles Nazis.«

Ich warf Lya einen bösen Blick zu. »Nicht alle hier sind Nazis.«

»Die kommen doch alle von hier. Hier hat alles angefangen. Auf dem Land. Zwischen all den Kühen und dem braunen Gestank.«

»Das kannst du nicht behaupten.«

»Doch, das kann ich.«

»Wie viele Klavierstimmer leben in Chicago?«

»Nicht schon wieder diese Spielchen von Fermi. Ich weiß, dass für meine Aussage keine relevanten Daten vorhanden sind. Aber nur, weil du besessen bist von der logischen Denkweise eines Freaks, den du verehrst wie keinen anderen, muss ich es nicht auch sein. Also bleib ich dabei: alles Nazis.«

»Enrico Fermi ist eine vernünftige Einschätzung der Wirklichkeit gelungen, ohne verfügbare Daten.«

»Wie langweilig.«

»Schöngeisterei und Imagination sind langweilig«, konterte ich und blickte abschätzig auf die kupferroten und smaragdgrünen Striche, die sie auf ihre linke Gesichtshälfte gemalt hatte.

»Was soll das eigentlich bedeuten? Dieses Rot und Grün?«

»Ich bin eine Wanderin. Wir alle wandern auf dieser Welt«, sagte Lya leise und versank augenscheinlich in einer ihrer Utopien. Schweigend suchte ich nach ein paar Kühen, die auf Wiesen weideten. Ich fand keine einzige.

»Ist das nicht schrecklich, dass hier ein Mädchen verschwunden ist? Und die Sagen des Nachtvolkes und meine … Vision? Findest du das nicht … spannend?«

»Ich habe gelesen, dass Bienen nach einem faschistischen System leben. Bienen! Glaubst du, es gibt hier welche?«

»Die Natur lehrt dich ihre Logik, deine Aufmerksamkeit gegenüber den kleinsten Dingen zu schulen. Die Natur zeigt dir einen Weg. Das hat nichts mit Faschismus zu tun.«

Ich hatte etwas anderes sagen wollen. Warum geriet ich bei Lya immer in die Rolle einer Lehrerin? Dabei wollte ich ihr doch nah sein, mich auf Augenhöhe mit ihr begeben, damit ich wieder zu ihr fand. Ich presste die Lippen zusammen.

»Trotzdem. Alles Nazis. Alle verrückt.«

»Das stimmt nicht. Es gab viele, die dagegen waren.«

»Wie ihr im Osten. Alle verrückt.«

Ich lenkte den Wagen zur Seite, trat auf das Bremspedal und brachte das Fahrzeug abrupt zum Stehen. Zwei Raben stiegen hoch.

»Hör zu, ich will nicht streiten. Ich will auch nicht schweigen. Lass uns über Dinge reden, die schön sind. Wir könnten doch auch Freundinnen sein.«

»Mutter! Wir zwei Freundinnen? So wie: Verstand sucht Herz?«

Ich stieg aus und ließ Lya schmollend im Wagen zurück. Ich hatte Kopfschmerzen. Vielleicht war es ein Fehler gewesen, Lya hierherzubringen. Aber jetzt war es zu spät. Ich durfte nicht zu schnell aufgeben. Ich hatte sie lange genug verloren. Wie konnte ich erwarten, sie sofort wiederzufinden, sobald ich einen ersten Schritt auf sie zumachte? Ich sah auf mein Handy. Das Zeichen »E« klebte am Display. Edge. Kein Empfang.

»Lass uns etwas essen und sehen, dass wir irgendwo Internet finden. Dann recherchieren wir ein wenig und fahren wieder zurück. Dann kannst du ja wieder in dein Zimmer, okay? Und ich meine das jetzt nicht als Angriff. Ich will dich nur nicht einengen oder so.«

Lya blickte mir in die Augen. Sie erkannte, dass ich mit einer Migräne kämpfte. Meine Pupillen waren sicherlich kleiner als sonst, und auch das Blau meiner Iris musste blasser schimmern.

Lya nickte und sah auf die Straße vor sich. Sie hatte Angst, dass ich sie wieder wegstoßen würde wie damals.

Zwei Scheiben Brot. Käse. Wurst. Gemischtes Frühstück. Dazu Kaffee und Orangensaftkonzentrat. Wir saßen allein in der Stube. Der Rauch des Vorabends klebte noch an den Wänden. Es war kalt. Die Heizung sei ausgefallen, sagte die Kellnerin, die versuchte, uns mit so wenigen Worten wie möglich zu bedienen. Dass es hier WLAN gab und dass es funktionierte, wunderte mich. Da es sonst nur auf den großen Straßen Internetempfang gab, loggten wir beide uns schweigend mit unseren Telefonen ein. Wir mussten aussehen wie zwei Alkoholkranke, die nach Langem wieder die Flasche ansetzten.

Das Brot war industriell vorgeschnitten und schmeckte wie

Pappe. Der Käse und die Wurst rochen nach Plastik. Dennoch aß ich davon und tippte das Wort »Nachtvolk« in die Suchmaschine ein. Der künstliche Geschmack von Plastikkäse strömte in meinen Mund.

... hör auf das Geräusch, das in der Nacht wohnt! Ist es das Murmeln, das Rauschen des Baches? Sind es die Blätter, die fallen? Der Wind? Es sind Schritte von vielen Menschen. Sie ziehen in einer langen Prozession vorbei. Ihr Gerede ist dumpf, ihr Geruch fürchterlich.

Ich wischte mit dem Daumen nach oben.

Das wilde Heer streift durch die Nacht. So heißt es denn, dass ein einsames Haus die Türen offen zu halten hat, damit es durchziehen kann und nichts ihm im Wege steht. Und doch waren einige versucht, die Türen zu schließen, und dann rüttelte das Heer wie ein tosender Sturm an den Mauern, dass der ängstliche Mensch sich winselnd in die Ecke hockte.

Die schwarze Frau ist es, die mit dem Nachtvolk durch die Flure zieht und alle holt, die in Sünde leben. Sie kommen in der Nacht und holen die Verlorenen, die mit gesenktem Haupt sich ihnen anschließen. Niemand bleibt verschont von der schwarzen Frau, denn sie sieht alles.

Gänsehaut lief über meine Arme. Es gab viele Sagen über das Nachtvolk. Jede Region in den Alpen erzählte ihre Version des Grauens. Keine glich der anderen, und doch glichen alle einander. Konnte es sein, dass eine Sage sich verbreitete, ohne dass ein Funken Wahrheit in ihr steckte? All jene, die das aufgeschrieben hatten: Waren sie alle Opfer ihrer Einbildung? Ich sah zu Lya. Hatte sie tatsächlich nichts gesehen? Vielleicht sollte ich mich in der kommenden Nacht auf den Balkon setzen und mit Lya auf das Nachtvolk warten. Ich würde es ihr vorschlagen, denn es war unmöglich, von hier abzureisen, ohne den Beweis erlangt zu haben, nicht verrückt zu sein. Ich war nicht verrückt. Ich griff nach Lyas Hand, doch sie zog sie angewidert von mir weg. Ich war dennoch glücklich, denn ich spürte, dass ich Lya in winzigen Schritten wieder näherkommen würde.

Gemurmel drang in die Gaststube und vertrieb die Stille, die mir draußen im Nacken gesessen hatte. Schritte schwollen an, ein staubiger Geruch von Kalk wehte in die Stube. Ich blickte auf, als die Tür aufsprang und fünf robuste Männer in den Raum traten. Sie nickten mir zu und stellten sich zu der Kellnerin, die sie mit einem aufreizenden Lächeln bediente. Sie wirkte plötzlich wie ausgewechselt. Ich versuchte zu verstehen, was die Männer sprachen, vernahm aber nur ein paar Wortfetzen in einer fremden Sprache. Auf ihren Rücken befand sich die Aufschrift eines Bauunternehmens, das ich nicht zuordnen konnte. Erst als die Kellnerin wieder mit bitterer Miene unseren Tisch abräumte, bekam ich eine Antwort.

»Tunnelarbeiter.«

»Welcher Tunnel?«

»Der Basistunnel. Dauert noch zehn Jahre.«

Ich bedankte mich und bezahlte. Mit einem Nicken verabschiedete ich mich von den Männern und verließ mit Lya das Gasthaus. Neben unserem Auto standen drei große Baufahrzeuge.

Wir verbrachten den Vormittag in Mürzzuschlag. Bevor wir in der Bibliothek in Spital nach der Chronik und dem Buch über Sagen sehen wollten, liefen wir durch die Einkaufsstraße der kleinen Stadt. Immer wieder zeigte ich Lya Dinge, die meine Aufmerksamkeit erregten. Kleine Dinge in Schaufenstern. Architektonische Eigenheiten. Ungewohnte Verhaltensweisen der Einheimischen. Ich tat so, als würde ich hierhergehören, doch ich fühlte mich wie Lya. Beobachtet. Fremd. Und so entschieden wir uns, zurückzufahren, nach den Büchern zu sehen und ein paar Einkäufe zu erledigen.

Wir waren wohl beide froh, als wir das Auto wieder vor unserem Haus parkten. Ich hob die Tüten aus dem Wagen und trug sie hinein. Lya hielt mir die Tür auf, und ich war mir sicher, dass sie mir ein Lächeln schenkte. Obwohl sie nie richtig lächelte oder gar lachte. Es war immer ein Grinsen, ein zarter Versuch, mit der Wirklichkeit zurechtzukommen.

»Ich habe uns Wein gekauft. Wollen wir heute Abend auf der Terrasse auf uns anstoßen?«

»Und auf das Nachtvolk warten?«

Lya durchschaute mich. Sie hatte mich immer durchschaut. Warum sollte ich auch taktieren. Ich hatte immer Schwierigkeiten, die Dinge klar auszusprechen. Immer spielte ich um die Ecke. Sagte »Wein trinken« und meinte »auf die Dunkelheit warten«.

»Ich will dir zeigen, dass ich nicht verrückt bin«, sagte ich und wich ihren Blicken aus.

»Okay. Lass uns trinken!«, sagte Lya und verschwand in ihrem Zimmer.

Mein Herz schlug schneller, denn ich spürte, dass der erste unsichtbare Wall überwunden war. Der Weg zu Lya, meiner kleinen, wunderbaren Lya, meiner kleinen Grinsemaus, die selbstvergessen in der Welt versank und in der Wirklichkeit, in der sie aufwuchs, nie ankam. Ich ging in mein Schlafzimmer, machte ein Nickerchen und wartete auf die Nacht.

»Mutter?«

Ich schrak hoch. »Was ist, mein Schatz?«

»Hörst du das?«

Ich sammelte mich und ordnete die Welt. Es war dunkel geworden. Das Haus war ausgekühlt. Lya stand an der Tür. Sie hatte die beiden farbigen Striche in ihrem Gesicht nachgezogen. Ich wollte aufstehen, als ich das Dröhnen hörte. Tief. Schwer. Als würde der Hügel, auf dem unser Haus stand, sich erheben.

»Du hörst es auch?«, fragte ich erleichtert, erhob mich und öffnete die Terrassentür. Ein vom Mond in Gelb gehüllter

Nebel hatte unser Haus erfasst und verbarg den Blick auf den Hang gegenüber. Und wieder. Das Dröhnen. Es war unheimlich, bedrohlich. Hatte sich das Nachtvolk erneut aufgemacht? Konnte ich hinter dem gelben Nebel etwas erkennen? Lya stellte sich dicht hinter mich. Ich roch ihren Duft. Er hatte etwas Würzig-Süßes an sich.

»Lass uns nachsehen, was das ist!«, sagte Lya und sah mich erwartungsvoll an, als wollte sie mit diesem Abenteuer ein neues Kapitel in unserer Beziehung aufschlagen. Mutter und Tochter auf der Suche nach dem unheimlichen Grollen im Berg. Ich nickte und zog mich an. Obwohl ich Angst hatte, nach draußen zu treten, tat ich es. Für Lya, für mich, für uns.

Wir tauchten in das gelbe Licht und verschwanden darin. Nach wenigen Schritten verließen wir die Wiese und drangen in den Wald ein. Dort war die Sicht ein wenig besser, da sich der Nebel wie ein Zelt über die Baumkronen spannte und ein diffuses Licht uns den unebenen Weg zeichnete. Lya hatte einen abgebrochenen Ast gefunden, den sie wie eine Waffe bei sich führte. Mit ihren Dreadlocks, die wie aufgeschreckte Schlangen auf ihrem Kopf wuchsen, dem Parka, ihrer Gesichtsbemalung und dem Stock sah sie aus wie eine Kriegerin. Würde es denn zu einem Krieg kommen? Ahnte sie etwas? Was hatte ich zur Verteidigung? Sollte ich auch am Waldboden nach etwas Nützlichem suchen? Nein. Das war Irrsinn.

»Wir dürfen einander nicht verlieren«, rief ich Lya nach, die immer schneller vor mir durch den Wald schritt, als folgte sie einem Instinkt. Ich hatte Mühe, ihr zu folgen, und zögerte. Sollten wir nicht Hilfe holen? War es nicht zu gefährlich? Allein im Wald? Der geduldige Atem der Bäume prickelte auf meiner Haut. Ein fernes Flüstern und das Fallen des Nebels beunruhigten mich. Zweige peitschten mir ins Gesicht, immer wieder knickte ich um, verlor in einer Unebenheit das Gleichgewicht, suchte Lya vor mir und blickte mich immer wieder um, wenn das Grollen von Neuem ansetzte.

»Es kommt von dort hinten«, sagte Lya und setzte gekonnt und lautlos durch den Wald. Wäre es gut gewesen, wenn sie auf dem Land aufgewachsen wäre? Vielleicht war das der Grund ihrer Isoliertheit? Obwohl sie sich immer in ihr Zimmer zurückzog, bewegte sie sich hier mit einem Mal so leichtfüßig, als wäre es ein Teil ihres Wesens.

Bevor Lya mit den Schatten verschmelzen konnte, erreichten wir eine kleine Anhöhe, auf der sie im Nebellicht auf mich wartete. Und tatsächlich. Trotz des schweren Keuchens aus meinen Lungen spürte ich das näher kommende Dröhnen mit jedem Schritt. Es war, als würde irgendwo im Inneren des Berges etwas bersten, wie ein Damm, der zerbrach. Der Boden unter meinen Füßen begann zu zittern, und ich fror von einer Sekunde auf die andere.

Oben angekommen stellte ich mich neben meine Tochter und blickte in ein weites Tal hinunter. Ich war überrascht über diese versteckte Weite, die sich scheinbar mitten im Wald vor uns auftat.

»Da haben wir den Übeltäter«, sagte Lya und hob stolz ihren Kopf, als hätte sie einen legendären Drachen entdeckt.

Die Anlage wirkte wie eine Raumstation. Unzählige Lichter, die den dumpfen Nebel der Wälder in das Gelb tauchten, das bis in unser Haus hinüberschwappte. Lange Förderbänder und große Baumaschinen schlängelten sich durch die geordnet angelegten Hütten und Container. Ich fühlte mich, als hätte ich eine Mondbasis entdeckt, hier, mitten auf der Erde. Ich versuchte, die Größe der Anlage auszumachen, wurde aber immer wieder von einem großen dunklen Fleck angezogen, der durch die trübe Sicht fast unwirklich von der anderen Seite des Tals zu uns herübersah wie das aufgerissene Maul eines Dämons. Förderbänder und Rohre liefen aus dem Maul. In der Ferne erkannte ich Männer, die auf der Großbaustelle arbeiteten. Ich war mir sicher, dass das Zeichen auf ihren Rücken dasselbe war, das ich bei den Arbeitern in der Gaststube gesehen hatte.

»Da hast du die Ursache gefunden. Es ist der Semmering-Basistunnel«, sagte Lya. »Das Grollen ist nicht das Nachtvolk. Es sind gierige Maschinen, die unsere Welt auffressen.«

Ich wusste nicht, ob ich erleichtert sein sollte oder nicht. Trotz dieser logischen Erklärung fühlte ich, dass etwas nicht stimmte. Es war Nacht. Und doch verriet die Betriebsamkeit auf der Baustelle, dass hier mit Hochdruck gearbeitet wurde – so als durfte man keine Zeit verlieren. Aber warum? Ich hatte viele Prozesse geführt, in deren Zusammenhang immer wieder öffentliche Projekte standen. Meist waren sie von Korruption befallen gewesen und einem geheimen Briefing gefolgt. Das hier schien anders. Handelte es sich tatsächlich um den Tunnelbau? Aber was sollte es sonst sein? Ich spürte, wie die Ohnmacht, die sich seit meiner Ankunft hier versteckt gehalten hatte, wieder nach draußen kroch und begann, alles in mir zu verdunkeln.

Jemand schien uns entdeckt zu haben. In meinen Augen blitzten Scheinwerfer, die auf uns gerichtet waren. Ich glaubte, ein Murmeln zu hören, und etwas in mir sagte mir, dass wir laufen sollten. So schnell es nur irgendwie ging. Laufen.

»Wollen wir hinuntergehen?«, fragte Lya. Mutig. Naiv. Hungrig nach Abenteuern.

»Lass uns morgen früh zum Bürgermeister fahren. Im Anschluss kommen wir noch einmal her und sehen uns um. Jetzt wissen wir ja, dass alles in Ordnung ist.«

»Alles in Ordnung?«, fragte Lya. »Dort unten ist nichts in Ordnung. Sieh dir dieses Monstrum doch an, das sich hier durch die Natur frisst.«

»Lass uns gehen, Lya! Bitte!«

Die Scheinwerfer trafen uns immer öfter. Erste Stimmen waren zu hören. Mein Herz schlug schneller. Ich fasste Lyas Hand. Sie war kalt. »Lass uns gehen, Schatz! Bitte!«

Endlich. Sie zuckte mit den Achseln. Umklammerte den Stock. Sah ein, dass sie im Kampf mit den Männern unterliegen würde. Sie nickte mir zu, wir wandten uns um – und liefen beinahe in einen Mann hinein, der die ganze Zeit hinter uns gestanden hatte.

»Ihr müsst hier weg!«

Ich konnte sein Gesicht nicht erkennen, aber ich fühlte

mich in seiner Stimme wohl und vertraute ihm. Ohne zu widersprechen, glaubten wir ihm. Wieder spürte ich den Instinkt in mir, der mir diesmal sagte, dass alles richtig war.

»Wer sind Sie?«

»Jakob.«

»Und was machen Sie hier in der Nacht? Haben Sie uns verfolgt?«

»Wanderer leben hier gefährlich. Es gibt viele ungesicherte Stellen. Viele sind schon verschwunden.«

Ich dachte an das vermisste Mädchen und seinen Vater. Waren auch sie dem Grollen gefolgt? Waren sie auf der Flucht vor den Männern in eine Falle geraten? Oder waren auch sie auf Jakob gestoßen – und war es am Ende gar Jakob, der …

»Was machen Sie hier?«, fragte ich mit der festesten Stimme, die ich finden konnte.

»Ich bringe euch zurück. Zurück nach Hause«, sagte Jakob und trat näher ins Mondlicht. Er war Mitte zwanzig, seine Haut war rau und sonnengegerbt, und in seinen Augen lag eine tiefe innere Ruhe und Vertrautheit.

»Ich bin Bergführer hier. Ich kenne alle versteckten Täler und Dörfer, ich kenne alle verborgenen Gipfel und Ebenen. Von hier bis weit in den Westen kenne ich jeden Stein. Ihr könnt mir vertrauen, aber wir müssen jetzt wirklich gehen, damit wir rechtzeitig nach Hause kommen.«

»Warum sind Sie hier?«, fragte Lya. »Haben Sie uns gesucht?«

Ich nickte und wollte ebenfalls eine Antwort auf Lyas Frage, als ich bemerkte, dass sich in ihren Zügen etwas verändert hatte. Ich hatte diesen Ausdruck schon lange nicht mehr gesehen und zweifelte kurz sogar an seiner Echtheit. Doch als ich sah, dass Lya begann, eine Schlange auf ihrem Kopf zu zähmen und nach hinten zu streichen, begriff ich: Sie war verliebt!

Sie hatte sich verändert. Als der neue Morgen auf unser Haus fiel, war es Lya, die vor mir in der Küche stand. Sie hob die Kanne vom Herd und goss heißes Wasser in zwei Becher. Tee strömte in Blutbahnen aus dem Beutel. Zwei Scheiben Brot lagen mit geschnittenen Radieschen auf einem Teller mit blauen Blumen.

»Guten Morgen!«, sagte sie und warf mir ein Lächeln zu.

Ich versuchte, auch zu lächeln, aber ich wusste nicht, ob es mir gelang – zu überrascht war ich von Lyas neuem Verhalten. Ich war so lange winselnd um sie herumgeschlichen wie ein Hund, der darum bat, gestreichelt zu werden, dass es mir schwerfiel, zu glauben, dass endlich eine warme Hand das Fell meiner Seele berührte.

»Was wollen wir heute unternehmen?«

Ich musste jetzt darauf achten, Lyas Stimmung nicht mit einer unüberlegten Antwort ins Wanken zu bringen. Ich musste sehr behutsam vorgehen. Also bat ich sie um etwas Zeit, ich sei noch nicht ganz wach. Ich betonte aber, wie großartig ich es fand, dass sie mich mit Tee empfing und einem warmen Lächeln und der Idee, gemeinsam mit mir Zeit zu verbringen.

Sie hatte sich verliebt. So viel stand fest. Ich holte das Gesicht des Bergführers zurück in meine Erinnerung. Es war in der Dunkelheit schwer zu erkennen gewesen, aber seine warmen Augen und sein fester Körperbau waren selbst mir sofort aufgefallen. Als er uns an der Eingangstür abgesetzt hatte, hatte er sich mit einem »Bis bald!« verabschiedet. Gab das Lya Hoffnung, dass er auch sie anziehend fand? In meinem Kopf überschlug ich den Altersunterschied und stellte fest, dass er zu mir kaum größer war als zu Lya. Mutter und Tochter rangen um einen Kerl? Was für ein Gedanke! Ich musste jetzt sehr vorsichtig sein. Lya durfte keinen Augenblick lang den Verdacht hegen, ich selbst könnte mich für Jakob interessieren. Jakob. Der Sohn Isaaks und der Enkel Abrahams.

»Ich finde so ein Leben spannend«, fiel Lya in meine Gedanken.

»Welches Leben?«

»Jakobs Leben. Er ist ein Wanderer. Kennt alle verborgenen Wunder dieser Welt. Ist niemals lange an einem Ort. Er ist hier und gleich wieder weg.«

»Ich stelle mir das schwer vor, ohne Zuhause leben zu müssen. Wie ein Nomade durch die Berge zu ziehen ... ich weiß nicht«, sagte ich und korrigierte meine kritischen Worte gleich mit einem hilflosen Schulterzucken und naivem Lächeln.

»Seine Heimat sind die Berge. Er ist wie der Wind. Wo wohnt der Wind?«

Lyas romantischen Ausflügen konnte ich schwer beikommen. Also beschloss ich, für einen Moment zu schweigen und aus dem Fenster zu sehen, als fände ich stummen Gefallen an Lyas Gedanken.

Der Wind. Achte auf den Wind.

Ich umfasste meine Tasse Tee und setzte mich an den Küchentisch. »Wir kennen ihn doch gar nicht. Vielleicht hat er auch ein wenig übertrieben.«

»Warum sollte er?«

»Na ja. Zwei attraktive Frauen in der Nacht im Wald. Die wollen schon Geschichten von einem starken Mann hören, der alle versteckten Täler und Gipfel einer ihnen fremden Welt kennt.«

Lya schwieg, und ich schämte mich für meine Worte.

»Ich glaube ihm«, sagte Lya schließlich, und ich bemerkte die kleine Falte auf ihrer Stirn.

»Aber du hast recht. Warum sollte er uns etwas vormachen? Und wenn ich mir vorstelle, ich würde von Hütte zu Hütte ziehen, mit dem Wind gehen – das klingt wie ein großes Abenteuer«, sagte ich.

»Oder wie ein Konzept.«

Ich bemerkte, dass Lya nahe dran war, aus ihrer guten Laune zu kippen. Ich durfte mich nicht zu ihrer Feindin machen. Also beschloss ich, auf ihre erste Frage einzugehen.

»Lass uns die Plätze suchen, von denen er uns erzählt hat! Hast du Lust?«

Lyas Gesicht hellte sich auf. »Wir haben einen Deal, Frau Staatsanwältin«, sagte sie mit einem breiten Lächeln. »Gib mir fünf Minuten!«

Sie überrumpelte mich mit ihrer Eile, aber ich wollte nicht widersprechen und trank mit großen Schlucken meinen Tee aus.

Draußen wartete die letzte Herbstsonne. Jeden Augenblick konnte der Winter zuschlagen wie ein wütender Wolf, der seine eisigen Zähne in unsere Haut trieb. Wir waren darauf vorbereitet und hatten beide unsere Hälse in dicke Schals gewickelt und unsere Körper in feste Winterkleidung gehüllt. Lya hatte sich gleich wieder den Stock gegriffen, den sie nach ihrer Rückkehr aus dem Wald neben die Eingangstür gelehnt hatte.

»Was hat er gesagt? Es liegt hinter diesem Hang, hinunter bis zur Baustelle und links den schmalen Pfad hinauf bis zum Plateau. Dann könnten wir es sehen.«

Ich nickte und versuchte, mich zu erinnern. Auf dem Weg zurück hatte Jakob von diesem einen besonderen Ort erzählt, der schöner war als jeder andere. Er hatte damit Lyas Herz berührt. Ich hatte ihm nicht richtig zugehört, da ich ständig darauf achtete, ob uns niemand im Dunkeln verfolgte. Doch Lya war seit diesem Moment besessen und wollte unbedingt zu diesem Ort durchdringen und dem Ruf ihrer Seele folgen. Kälte berührte mein Gesicht.

»Aber vielleicht umgehen wir die Baustelle.«

»Wir sind Wanderer! Was will man uns verbieten?«

Ich dachte an die Entschlossenheit der Arbeiter bei unserer nächtlichen Begegnung. »Es hatte doch einen Grund, warum Jakob uns wegbrachte. Wer weiß, was tatsächlich hinter den Gesinnungen der Männer steckt?«

»Mutter! Das sind die Bauarbeiten des Semmering-Basistunnels. Anscheinend arbeiten die auch nachts, weil sie einen Terminplan einhalten müssen. Du weißt ja, wie das läuft.«

»Wir sollten trotzdem auf der Hut sein. Ich sage das, weil ich ja eben weiß, wie das läuft«, erwiderte ich und spürte, wie sich wieder diese beruflich bedingte Enge um meine Brust legte.

»Wanderer sind immer auf der Hut. Und jetzt lass uns gehen! Ich will die Hirsche sehen. Ich habe noch nie Hirsche gesehen.«

Ich nickte und kontrollierte, ob ich die Haustür verschlossen hatte. »Wie heißt dieser Ort? Was hat Jakob gesagt?«

»Verborgen in einem geheimen Tal, wo ein verschlungener Weg hinaufführt zum wundervollen Tannenfall. Der mystische Ort, von dem aus man ins Paradies sehen kann.« Lyas Stimme klang so romantisch wie ihre Worte.

»Na, dann lass uns das Paradies suchen, Wanderin!«, sagte ich und legte kurz meinen Arm um ihre Schulter.

Lya ging voran, und ich folgte ihr. Bald erreichten wir die Stelle, wo wir am Vorabend auf Jakob gestoßen waren. Ich hielt den Atem an, um nach dem Dröhnen zu hören. Doch es war ruhig. Nur ein fernes Vogelgezwitscher klang durch die kalte Herbstluft. Es roch nach Harz und Gewürzen.

»Sie sind weg«, sagte Lya und sah mich an, als wären wir auf einer geheimen Mission und sie wäre eine Spionin.

Sie hatte recht. Ich konnte keine Arbeiter sehen. Nichts. Alles war still. Bewegungslos. Ich überlegte, welcher Wochentag war, und stellte fest, dass ich es nicht wusste. Vielleicht Sonntag? War das der Grund für die Stille? Über uns flog ein Rabe, das Schlagen seiner Flügel klatschte durch die Stille. Der Wind frischte auf.

»Sieh mal, dort ist einer … ein Hirsch!«, sagte Lya mit aufgeregter Stimme.

»Ich sehe nichts. Wo? Wo ist er?«

Zunächst sah ich nur das weiße Geweih, das wie ein sich bewegender Baum in der verborgenen Dunkelheit der Höhle ausharrte. Erst als ich den breiten Brustkorb und das stolze Haupt des Hirsches aus dem Tunneleingang treten sah, ergriff mich eine Ehrfurcht, wie ich sie noch nie gespürt hatte. Mir war, als müsste ich innehalten, mich verbeugen. Aber es war Lya, die mich aus dieser Andacht vor dem Verborgenen herausriss: Denn sie erhob sich und ging langsam auf den Hirsch zu. Mit gesenkter Stimme rief ich ihr zu, stehen zu bleiben. Wir wussten nichts über Hirsche und ihr Verhalten. Sie waren wilde Tiere. Wir waren es nicht. Sie waren Geschöpfe der Natur und folgten einem anderen Weg, als wir es taten. Doch es war zu spät. Lya hatte sich längst aufgemacht und zwang mich, ihr zu folgen.

Als Lya die Ebene vor dem Felsmaul erreichte, wurde es noch stiller. Paul hatte erzählt, dass sich unmittelbar vor Lyas Geburt eine kurze Stille eingestellt habe, die für ihn magisch gewesen sei. Er hatte behauptet, für einen Augenblick hätte sich die Ewigkeit gezeigt. Damals, als die Schmerzen der Geburt mich zerrissen hatten, hatte ich nichts gespürt. War dieser Moment, den ich eben erlebte, damit vergleichbar?

Lya achtete auf ihre Schritte. Sie setzte langsam und ohne schnelle Bewegungen einen Fuß vor den anderen. Der Atem des Hirsches trieb weiße Wolken in die eisige Welt. Ich hatte noch nie so ein großes Tier gesehen. Es war riesig. Sein Kopf überragte Lya und drehte sein majestätisches Geweih wie eine Krone in die Höhe. Er hatte sein Haupt zur Seite gewandt.

»Sei vorsichtig!«, ermahnte ich Lya, die sich nach und nach dem Tier näherte. Ich folgte ihr in einem Abstand von zwei Armlängen. Plötzlich blieb sie stehen und reichte mir den Stock.

»Ich will ihn nicht erschrecken. Er soll nicht denken, dass das eine Waffe wäre.«

Ich nahm den Stock und senkte seine Spitze. Lya nickte mir zu und gab mir ein Zeichen, zu warten. Ich erkannte in ihrem Blick, dass ich ihr vertrauen musste. Es waren dieselben Augen, die mich vor der Bankfiliale in der Berliner Torstraße angesehen hatten, als ich sie von der Straße geholt hatte. Damals musste sie mir vertrauen. Jetzt tat ich es und nickte ihr ebenfalls zu. Ich umklammerte fest ihren Stock und ließ sie gehen.

Ich spürte sie, die nassen Flammen. Ich konnte das Gefühl erst später beschreiben, aber es waren nasse Flammen. Das Feuer, eigentlich der Feind des Wassers, und das Wasser, eigentlich der Feind des Feuers, vereint. Nasse Flammen.

Lya.

Lya.

Dann auf einmal drehte der Hirsch seinen Kopf und sah zu Lya, die daraufhin wie angewurzelt stehen blieb. Ich wagte nicht, zu atmen, hatte Angst, was als Nächstes passieren würde. Doch bevor ich begriff, in welcher Gefahr wir beide uns womöglich befanden, setzte der Hirsch nach hinten und verschwand in der Höhle. Lya aber folgte ihm und tauchte ebenfalls ins Dunkel ein. Dabei wirkten ihre Schritte anders als zuvor. Es war, als würden Sekunden aus der Zeit herausgeschnitten, als würde sie in der Welt zittern wie frierendes, sterbendes Laub im drohenden Winter. Bald begriff ich, dass es der kalte Staub war, der vom Hang über dem Tunnel auf sie niederrieselte und den Eindruck entstehen ließ, als würde Lya über eine magische Grenze treten.

»Lya?«

Ich wartete auf ihre Antwort und näherte mich langsam dem Tunnel. Ich hob den Stock. Hatte ich Angst? Wovor? Wovor hatte ich Angst?

Erinnere dich. Erinnere dich.

Ich trat in den Tunnel. Ich spürte eine ungewöhnliche Wärme darin. Es roch nach fauligem Holz und Honig. Ich rief ihren Namen: »Lya!« Immerfort. »LYA!«

Je tiefer ich in den Tunnel ging, desto schneller begriff ich, dass er sich in unzählige kleinere Gänge, Röhren und Flure teilte. Führte einer dieser Wege nach Tannenfall? Ich verdrängte diesen Gedanken. Welche Bedeutung hatte er schon in diesem Moment?

»LYA!«

Ich hörte mein Echo. Draußen fuhr ein Wagen vor.

»LYA!«

Ich rief weiter.

Hinter mir tauchte ein Licht auf.

Ein Schrei. Es war Lya. War sie gefallen? Sie war gefallen!

Lya!

»Was tun Sie hier? Kommen Sie sofort heraus!«, rief die Stimme.

»Meine Tochter ist da drinnen. Helfen Sie mir! Um Gottes willen, helfen Sie mir!«

»Kommen Sie sofort raus! Es ist zu gefährlich hier!«

»Lya! Wo bist du? Lya!«

Hände umfassten mich und zogen mich zurück. Ich schlug aus wie ein gefangenes Tier. Ich schrie, rief ihren Namen. Ich umfasste den Stock, stieß ihn nach hinten. Geschrei. Blaues Licht blinkte in der Höhle. Die Welt kippte um. Ich lag auf dem Boden. Erde grub sich in meinen Mund.

»Bringt sie nach draußen! Schnell!«

Ich kannte diese Stimme. Es war die Polizistin. Ich wollte schreien, und ich schrie.

Und es wurde Nacht.

WANDLUNG

Ich zog die Decke näher an mich. Meine Hände umklammerten die Tasse Tee. Er war längst kalt. In meinen Adern kroch Watte. Eine Nadel war in meine Haut eingedrungen. Ich musste warten. Vertrauen. Die Lichter. Die vielen Lichter. Die Polizistin stand neben mir. Ein Funkgerät zischte. Scheinwerfer. Die Bauarbeiter waren zurück. Alle suchten nach Lya. Ich suchte nach ihrem Stock. Er klemmte die ganze Zeit unter meinem Arm. Ich würde auf ihn aufpassen, bis ich ihn Lya wiedergeben könnte. Sie konnte mir vertrauen.

»Ich bringe Sie nach Hause.«

Ich sah zur Polizistin und schüttelte den Kopf.

»Wir finden sie.«

Ich schüttelte den Kopf.

»Sie müssen sich ausruhen. Wir werden sie finden.«

Jakob. Jakob konnte sie finden. Er kannte alle versteckten Täler und Schluchten. Er konnte sie finden. Ich formte meine Lippen, aber ich hatte verlernt, zu sprechen.

Ein Arm legte sich auf meine Schulter, und ich folgte ihm. Ich konnte mich nicht mehr wehren. Nicht mehr. Es war vorbei. Ich konnte nicht mehr.

Es war zu Ende. Lya war fort.

Es wurde Nacht, und ich schlief ein.

Ich habe noch nie Hirsche gesehen, Mutter. Hast du je welche gesehen?

DREI

Das Verhältnis ist eins zu sechs.

Ein Staubkorn in der Mitte

und sechs Teilchen Wasser.

»Sie sind eine von uns. Und Sie wissen das im Grunde Ihres Herzens.«

Ich sah ihn an. Es fiel mir schwer, Menschen in die Augen zu blicken. Ich hatte Angst davor. Warum, das wusste ich nicht. Vielleicht hatte ich Angst, dass sie etwas entdeckten, was mir nicht gefiel. Der General hatte mir aber beigebracht, zu sehen.

Sieh sie an, geradewegs in die Augen. Und sieh in den Abgrund deines Gegenübers. Du musst nur darauf achten, dass du nicht in deinen eigenen fällst. Aber wenn du stark bist, dann verunsichert es sie, wenn du sie direkt ansiehst. Wie eine Schlange. Auch wenn du sie nicht anspringen willst, sieh sie immer an!

Dr. Mertens Gesicht war ein Meer aus Falten. Trotz seines hohen Alters achtete er immer noch auf sein Äußeres. Er trug maßgeschneiderte Anzüge, darauf abgestimmtes Eau de Toilette und legte seine weißen Haare streng nach hinten.

Als ich Merten zum ersten Mal getroffen hatte, war ich von seiner Freundlichkeit überrascht gewesen. In seinen Augen hatte ich Güte gefunden, keinen Abgrund. Womöglich war sie mit dem Alter gekommen, hatte ich damals gedacht und ihre Wärme genossen, wie man die Sonne genoss, wenn man sie an trüben Novembertagen kurz vor dem Abendrot ertappte. Bei unserer ersten Begegnung hätte ich es niemals für möglich gehalten, dass Merten eine Bestie war.

Nach meinem Studium hatte mich der General schnell zu sich geholt. Er hatte die Art gemocht, wie ich dachte, wie ich funktionierte, hatte er gesagt. Im Grunde hatte er aber vor allem gewollt, dass ich in seiner Nähe war. Nach der Wende war mir das allerdings egal gewesen. Ich hatte jede Chance genutzt, um voranzukommen.

Die Khalbergs seien wie ein Geschwür, hatte er gesagt. Sie hielten sich nie an Gesetze. Sie seien für sie nur ein Übel, das der Gesellschaft das Gefühl geben sollte, alles laufe in geordneten Bahnen. Die Guten würden belohnt, die Bösen kämen in den Knast. Was für ein Aberglaube und Unsinn! Die Khalbergs hätten das längst begriffen. Grenzen gebe es für sie nur im Kopf, nicht in Paragrafen auf einem Stück Papier. Diese Einstellung ließ sich weit ins 13. Jahrhundert zurückführen. Sie seien die Rothschilds Europas, hatte der General gesagt. Aber es waren nun einmal unsere Gegner, gegen die wir Tag für Tag ankämpften.

Merten hatte den Khalbergs eine Stimme gegeben. Eine warme, vertraute, besorgte Stimme. Voller Zuversicht und Mitgefühl. Und die Vorsitzende der Familie war ihr Imperator.

Ich klemmte die Akten dichter an mich, als wollte ich sichergehen, dass er sie mit seiner Anwesenheit nicht wertlos machte. Merten besaß die Gabe, allein aufgrund seiner Gegenwart für die Wahrheit zu sorgen. Wie oft hatten wir uns nächtelang vorbereitet, hatten sogar an unserer Körpersprache und Stimme gearbeitet, um im Gerichtssaal nicht schon zu verlieren, bevor der Richter die Sitzung eröffnet hatte. Merten aber hatte immer alles zunichtegemacht. Niemand konnte sich mit ihm messen. Er wusste das.

»Ich werde niemals eine von euch sein«, sagte ich und lächelte Merten in sein wohlwollendes Gesicht. Meine Brust und mein Hals verspannten sich, hielten das Lächeln wie eine zitternde Puppe nach oben.

»Meine Liebe, Sie wissen: Wenn Sie die Seite wechseln wollen, sind Sie jederzeit willkommen.«

»Eines Tages werde ich Ihnen das Handwerk legen – Ihnen und allen, die das Wort ›Khalberg‹ in ihrem Namen tragen. Sie werden diesen Tag erleben, das verspreche ich Ihnen. Dieser Tag wird Ihr Untergang sein.«

Dr. Merten lächelte und holte sich Zustimmung von seinen Anwälten, die ihn im Marmorfoyer des Gerichtsgebäudes umgaben wie Speichellecker einen Tyrannen.

»Ich gebe Ihnen alle Zeit der Welt, um Ihr Versprechen einzulösen.«

»Ich werde mich beeilen«, sagte ich und warf ihm einen

Blick zu, als hoffte ich, dass er bald sterben würde. Merten war über hundert Jahre alt. Sein genaues Geburtsdatum kannte man nicht. Nur, dass er aus Georgien kam und bei seiner Flucht in den Westen seine Papiere verloren hatte. Merten war das, was man ein Universalgenie nannte. Es gab kaum ein Gebiet, auf dem er nicht brillant war. Die Neurologie war allerdings das Feld, für das er die größte Begeisterung entwickelte. Er hatte alle Studien und Publikationen verschlungen, die er zu fassen bekam, und war selbst vor den Erkenntnissen des Naziregimes nicht zurückgeschreckt. Die Unsterblichkeit kenne keine Moral, hatte er einmal gesagt. Was zählte da der Tod von ein paar Taugenichtsen?

»Im Übrigen kenne ich einen guten Schuster«, sagte Merten und sah auf meine Schuhe.

Ich hatte an diesem Morgen noch festgestellt, dass die Sohle ausgewechselt werden müsste, aber ich hatte keine Zeit dafür gehabt und gedacht, es bliebe unbemerkt …

»Aber nein, ich spare mir die Zeit, Ihnen meine Kontakte preiszugeben, da die Besoldung meines Schusters Ihre finanziellen Möglichkeiten vermutlich bei Weitem übertrifft.«

»Zynismus steht Ihnen nicht, Dr. Merten.«

»Eine Staatsanwältin zu spielen, steht Ihnen nicht.«

»So? Und was würde mir dann stehen?« Ich wusste nicht, warum ich mich auf das Spiel einließ.

»Sie sind ein Bauerntrampel. Das waren Sie immer. Da nützt es auch nichts, wenn Sie mit schönen Schuhen durch Berlin laufen.«

»Umso mehr muss es Sie verletzen, wenn es ein einfacher Bauerntrampel ist, der Sie vom Thron stürzt.«

»Niemand wird mich vom Thron stürzen.«

»Der Tod wird es tun.« Ich erschrak vor meinen Worten. War es rechtens, seinem Gegenüber den Tod an den Hals zu wünschen?

»Der Tod. Was für eine traurige Gestalt«, sagte Merten. »Sie unterschätzen das Leben. Das Leben ist nicht entstanden, um wieder zugrunde zu gehen. Das Leben ist ewig.«

»Ich kenne Ihre kruden Theorien.«

»Krude und wissenschaftlich belegt.«

»So nachhaltig wie die Studien der Pharmakonzerne …«

Plötzlich spürte ich Mertens Finger auf meiner Stirn. Er war warm, und ich fühlte ein Kribbeln, das meine Kopfschmerzen, die ich seit dem Aufwachen hatte, linderte.

»Da drinnen, meine Liebe, ist ein großes Geheimnis. Darin sind verborgene Winkel, die uns den Zugang zum Paradies zeigen können. Jeder trägt eine Idee in sich, die die Welt verändern kann. Eine Idee, die alle Regeln neu ordnen kann. Eine Idee, die Welt neu zu denken. Warum nicht die Idee der Unsterblichkeit? Unser Gehirn kennt den Weg, die Menschen glauben nur noch nicht daran. Aber ich glaube daran. Und deshalb will ich diese Ideen rauben.«

»Sie können keine Idee rauben.«

»Ah, da ist sie wieder, die kleine Grenze in Ihrem Kopf. Und Sie wollen mich tatsächlich besiegen? Mit einem dieser lächerlichen Prozesse wie diesem hier? Diesen Scheinprozessen? Mich? Den Menschen, dem es gelingen wird, den Tod zu besiegen?«

Sie kamen aus allen Richtungen. Es waren viele. Zwanzig. Sie bewegten sich langsamer als die anderen Menschen und waren doch schneller. Sie schienen unbemerkt, sie waren schön und groß und weiß und trugen welliges Haar. Sie umringten uns, umringten mich und erhoben ihre Stimmen. Ihre schrillen, hohen Stimmen.

»Wie geht es Ihnen?«

Ich fuhr aus dem Schlaf. Die Polizistin war über mich gebeugt. Sie bemerkte, wie ich meine Hand an das linke Ohr hielt.

»Haben Sie Schmerzen?«

Ich schüttelte den Kopf, da ich nicht wollte, dass sie vom Pfeifen in meinem Ohr erfuhr. Es war in mich eingedrungen wie eine spitze, kalte Nadel, als … als ich Lyas Schreie aus dem Dunkel der Höhle gehört hatte.

»Haben Sie sie gefunden?«

Die Polizistin schüttelte den Kopf. »Wir tun alles, was in unserer Macht steht. Wir haben einen Suchtrupp zusammengestellt. Wir drehen seit einer Woche da draußen jeden verdammten Stein um.«

Ich schloss die Augen, und die Tränen kamen. Ich fühlte mich, als würde ich vor einer großen weißen Wand stehen, die wie ein Staudamm bis hoch in den Himmel ragte. Ich spürte, dass die Mauer mich erdrücken würde, aber noch hielt sie dem Meer aus Trauer stand, dem unendlich weiten schwarzen Meer, das dort oben unter dem Himmel auf mich wartete.

»Sie wissen, dass Sie sie nicht finden werden«, sagte ich und sah die Polizistin an, die verlegen meinen Blicken auswich. »Hier verschwinden Menschen …«

»Wir werden nicht aufgeben. Diesmal nicht.«

»Diesmal nicht?« Ich setzte mich auf. »Haben Sie denn jemanden aufgegeben? Das Mädchen und seinen Vater? Die sind also noch da draußen, weil Sie aufgegeben haben?«

»Es waren vier Jahre. Wir haben sie vier Jahre lang gesucht. Es gibt keine Spuren mehr, die wir nicht verfolgt hätten. Immer und immer wieder. Wir sind an die Grenzen gegangen.«

»Und darüber hinaus?«

»Was meinen Sie?«

Ich stand auf. Draußen war es Nacht. Von der Terrasse aus konnte ich die Suchtrupps sehen. Dort, wo ich vor Tagen das Nachtvolk erblickt hatte, blitzten nun die Lampen der Polizisten und freiwilligen Helfer.

»Ich möchte gerne allein sein«, sagte ich.

Die Polizistin verstand und verließ mich. Ich spürte ihre Unzufriedenheit bis hierher. Hatte sie auch Kinder? Konnte sie auch nur im Geringsten ahnen, wie es mir ging? Noch verdrängte ich, was passiert war. Noch hielt ich mich an kargen Dingen fest, die ich zu fassen bekam. Wie eine Ertrinkende, die wusste, dass ihr in wenigen Augenblicken die Kraft ausgehen würde und sie zu schwach wäre, um zu schwimmen.

Wie fühlte es sich an, zu ertrinken? War es nicht besser als all das, was jetzt auf mich zukam? Was, wenn sie Lya niemals fanden? Wenn die Ungewissheit mich lähmte, wenn der Schlund der Unsicherheit immer auf mich wartete und mir zuflüsterte: Lass los, lass los! Ich sank zu Boden. Der kalte Wind deckte mich zu, und ich weinte, bis der Morgen aus dem Nebel kroch.

Wie sollte ich nur mit der neuen Situation umgehen? Ich hatte Angst, mich zu bewegen. Wollte ich überleben, musste ich die Welt um mich kleiner machen. Ordnen. Mich nicht verlieren. Bevor ich mit Lya dieses Haus bezogen hatte, war mein Verstand wie ein Wolf gewesen, der ständig auf der Hut war, bissig, gefährlich, ruhelos. Hier im Haus hatte er sich in einen Hund verwandelt, der vor dem Kamin schlief und den Vögeln nachsah, wie sie in die Ferne zogen. Jetzt, nach dem Verschwinden von Lya, war er tot. Die Nacht kam, und der Tag verschwand darin. Ein müder Kreislauf, der nichts änderte und nur darauf wartete, bis der Gevatter seinen Stock in die Speichen hielt und das Leben vornüberkippte und auf der eisigen Erde erfror. Wie Lya. Ich ertrug es nicht mehr und beschloss, mich zu bewegen. Ich hatte in den Wald gestarrt, draußen vor meiner dunklen Welt, aber ich hatte nichts verstanden und gesehen, nur geatmet. Wie belanglos mein Leben doch war – hier, im Angesicht des Waldes, aus dessen Eingeweiden die Lichter drangen und Lyas Namen riefen. Immerzu. Immerzu.

Ich setzte mich an den Küchentisch. Vor mir stand ein Teller mit Broten. Die Polizistin hatte ihn hingestellt. Hatte sie einen Namen? Ich hatte vergessen, sie danach zu fragen. Hatte sie mir nicht eine Visitenkarte gegeben? Sollte ich mich nicht melden, wenn mir noch etwas einfiel? Sollte ich das? Wie war ihr Name? Ich hatte keine Kraft, die Karte zu suchen, und probierte vom Brot. Es hatte bereits seine Feuchtigkeit verloren. Am Rand hatte der Käse dunkle Stellen. Ich kaute. Starrte auf den Stuhl auf der anderen Seite des Tisches. Er war leer. Lya hatte immer dort gesessen. Was hatte sie zuletzt gesagt? Was waren ihre letzten Worte gewesen? Ich wusste es nicht mehr. Mein Verstand fühlte sich an, als würden leere weiße Wände darin stehen wie ein unfertiges Labyrinth.

Ich erhob mich. Ich konnte doch nicht hier sitzen und warten, bis die Polizistin wiederkam. Mit neuem Brot und einer neuen oder alten Nachricht.

Wir werden sie finden. Wir geben sie nicht auf.

Warum ließ man mich hier allein? Warum war niemand bei mir? Psychologische Betreuung? Gab es so etwas hier auf dem Land? Natürlich gab es so etwas, aber alle waren auf der Suche nach Lya. Man wollte nichts unversucht lassen. Natürlich. Alle suchten nach ihr. Nur ich nicht. Ich war hier und wartete, bis die Fluten kamen und ich in ihnen ertrank und das Pfeifen in meinem Ohr anschwoll, so laut, dass es eine Erlösung war, endlich, endlich zu sterben. Ich schloss die Augen. Die Wände in meinem Kopf hatten sich verschoben. Ich musste etwas unternehmen!

Ich suchte nach Erinnerungen, suchte, was vor dem Verschwinden passiert war. Wie hätte ich es als Staatsanwältin gemacht? Es war doch immer so einfach gewesen, klar zu denken. Alle Gedanken und Ideen und Pläne und Strategien hatten geordnet in einem riesigen Turm gelegen, der bis nach oben in den Himmel geragt und in dessen Mitte ich gesessen und alles im Griff gehabt hatte. Wie in Benthams Panoptikum. Ja, es war das ideale Gefängnis gewesen, der ideale Bau für meine eigene Erziehung. In großen Strahlen waren die Trakte angeordnet gewesen mit Regalen, die bis zum Himmel gereicht hatten. Und in der Mitte hatte ich gesessen, der Aufseher meiner eigenen Gedanken, darauf bedacht, sie ständig zu überwachen und zu kontrollieren. Überwachen und Strafen. Benthams Panoptikum.

Hatte Lya das nicht erwähnt? Lya. Hatte sie sich mit dem Panoptikum beschäftigt? Hatte sie Michel Foucault gelesen? Hatte sie überhaupt gelesen? War ich je in ihrem Zimmer gewesen? Mein Herz schlug bis zum Hals. Sollte ich es öffnen? Ich hatte Angst. Was würde ich darin finden? Eine unendliche

Weite, an deren Ende das riesige Panoptikum stand wie ein dunkler Turm. Und in einer der vielen Zellen kauerte mein Liebling, meine Herzenswärme, mein Schatz, mein kleiner Rebell, meine Lya.

Ich öffnete die Tür. Die Fensterläden waren verschlossen. Es war kalt. Kälter als im übrigen Haus. Auf dem Boden lag eine Matratze. Eine Decke war darübergeworfen. Versteckte sich noch ein wenig Wärme von ihr in der grauen Wolldecke, irgendwo in einem achtlos gefalteten Winkel?

Ich dachte an das Lager, das Lya im Bankfoyer neben einem Geldautomaten aufgeschlagen hatte. Ein aufgefalteter Pappkarton hatte ihr als Bett gedient, ihr Mantel als Decke. Warum hatte sie sich geweigert, bei mir im Schlafzimmer zu schlafen? Oder in einem anderen Zimmer? Das Haus war doch so groß. Ich öffnete das Fenster. Der Geruch nahen Schnees drang herein. Ich wusste nicht, ob es in diesem Haus noch andere Betten gab. Was kannte ich? Das Schlafzimmer, die Terrasse, die Küche, den Weg nach draußen. Ich war noch nie im zweiten Stock gewesen. Oder im Dachgeschoss. Gab es einen Keller? Eine Scheune? Hatte ich mich jemals umgesehen? Hatte sich Lya umgesehen? Die Wände in meinem Kopf raubten mir wieder die Sicht.

Der Tinnitus schwoll an. Ich presste die Augen zusammen, schloss das Fenster. Versuchte, das Pfeifen zu beruhigen, und ging wieder in die Küche. Ich sah mein Smartphone. Es lag auf dem Tisch. Natürlich. Ich hatte am Vortag telefoniert. Ich hatte ihn angerufen. Zwei verpasste Anrufe von ihm warteten jetzt. Ich blickte in das offene Zimmer von Lya und stellte mir vor, was sie die ganze Zeit über darin gemacht hatte. Ich drückte den Button »Anrufen«, wartete auf eine Antwort und dachte an Jakob. Natürlich wollte sie hinaus, weg von mir, hinaus in den Wald, hinaus zu ihm. Ich konnte sie so gut verstehen. Ich war zu schwach geworden, zu kalt, um ihr das zu geben, was sie so sehr ersehnte. Liebe.

»Gott sei Dank! Ich habe mir schon schreckliche Sorgen gemacht.« Die Stimme des Generals passte zu seinen Worten.

Hätte ich sie nur schon früher so empfunden, vieles wäre anders geworden. »Hast du sie gefunden?«

Nein. Ich suche sie nicht. Ich bin zu schwach. Ich erstarre. Ich ertrinke.

»Nein. Sie suchen sie noch.«

»Ich habe dir die Akte geschickt. War nicht ganz legal, sie zu beschaffen. Behandle das streng vertraulich! Ich will nicht, dass wir deswegen in Schwierigkeiten geraten.«

Ich schwieg, bedankte mich stumm. Der Generalstaatsanwalt verstand, und seine Stimme klang wieder so wie die Jahre zuvor. Sachlich, sicher, geordnet.

»Soll ich dir Leute schicken? Oder denkst du, dass die Österreicher einen guten Job machen? Unsere Leute finden Lya sicher im Handumdrehen.«

»Ich bin ja hier …«, sagte ich und dachte an die Zeit, als ich noch das Gefühl hatte, die Dinge im Griff zu haben.

»Wenn du Hilfe brauchst, gib mir ein Zeichen und …«

Ich kannte diese Pause. Er wollte auf etwas Bestimmtes hinaus, auf etwas, was ich selbst vorbringen sollte, da er nicht für seine vielleicht unsensible Art verurteilt werden wollte. »Um die Ecke spielen« nannte er das.

»Ich brauche noch ein wenig«, sagte ich, da ich wusste, worauf er hinauswollte.

»Wir sind nahe dran, unseren ersten Schlag zu setzen. Ich brauche dich hier. Zudem will ich nicht, dass bei der Ministerin der Eindruck entsteht, dass du nicht belastbar bist … Wir alle müssen immer wieder mit schwierigen Situationen klarkommen.«

Ich schloss die Augen und schrie. Wütend schleuderte ich das Telefon an die Wand. Es fiel plump zu Boden. Das Display zerbrach. Ich sah aus dem Fenster. Keuchte. Legte meine Hand auf die Brust. Zählte. Von zehn rückwärts. Als ich die Null erreichte, setzte ich mich mit dem Rücken zur Wand neben das Telefon und schob es wieder an mein Ohr.

»Bist du noch da?«, fragte ich ihn und war froh, dass das Telefon noch funktionierte.

»Was war das?«, fragte der General. »Brauchst du Hilfe?«

»Alles gut.«

Ich zitterte am ganzen Körper, da alles, was ich gesagt hatte, gelogen war. Ich bedankte mich für die Akte, versprach, sorgfältig damit umzugehen, und bat um Verständnis, wenn ich nicht erreichbar sein sollte. Der Empfang und die Suche nach Lya würden es nicht immer einfach machen. Ich versuchte, in seinen letzten Worten eine Frist zu erkennen, wann er mich wieder in Berlin haben wollte. Als ich ihm von der Auszeit erzählt hatte, hatte ich um drei Monate gebeten.

Ich will mich erneuern. Im Winter. Ich muss sterben, damit ich neu anfangen kann. Wie die Welt draußen.

Wir nannten es Sabbatical, um keinen Verdacht zu erregen. Konnte ich wirklich bis zum Frühling bleiben? Ich hasste mich für diesen Gedanken. Sie war weg, und ich dachte daran, wie ich es ihm recht machen konnte? War sie am Ende weggelaufen, weil sie mich nicht mehr ertrug? Natürlich. Ich spielte meine Erinnerungen an Lya durch, die zwischen den Wänden hindurchhuschten.

Ich blickte auf den roten Punkt auf dem E-Mail-Symbol meines Smartphones. Der Riss teilte das Zeichen in zwei Hälften. Es war die Akte. Waren das Mädchen und sein Vater auch weggelaufen? Hatten sie in ihrer Welt nicht mehr leben wollen? Gab es einen Zusammenhang? Ich wollte den Anhang über eine VPN-Verbindung herunterladen. Kein Internet. Natürlich. Lya hatte sich ständig darüber beklagt. Ihr Handy. Hatten sie versucht, sie zu orten? Lya hatte diese Einstellung deaktiviert. Ich solle sie in Ruhe lassen, hatte sie gesagt. Ich und diese Welt.

»Sie haben ja gar nichts gegessen.«

Ich erschrak. Ich musste aussehen wie ein Geist. Die Polizistin kam mit einem Korb ins Haus, und ich bemerkte an ihrem Blick, dass sie keine neuen Nachrichten hatte.

»Wie heißen Sie eigentlich?«

»Gertrud Berger.«

Ich nickte. »Es gibt da einen Gasthof …«

»Wollen Sie, dass ich Sie dorthin bringe? Aber nur, wenn Sie mir versprechen, dass Sie dann auch etwas essen.«

Ich versprach es und bat um ein wenig Zeit, um mich frisch zu machen. Ich konnte nicht mehr hier in meinem Panoptikum sitzen und die Welt beobachten. Ich musste meine Tochter finden und sie retten, bevor der Winter kam.

Ich rührte das Essen nicht an. Kalter Rauch stand im Raum. Die Kellnerin trocknete Gläser. Wir kannten einander. Durch ein kleines Fenster kroch Licht. Wir schwiegen. Gertruds Funkgerät rauschte. Sie reagierte nicht. Irgendwann versuchte ich doch vom Braten. Er war lauwarm. Ich würgte einen Bissen hinunter. Unter einem Vorwand verschwand ich auf die Toilette und spuckte das Fleisch aus. Ich zog die Spülung, klappte den Deckel hinunter und setzte mich darauf. Ich stellte eine sichere WLAN-Verbindung her und lud die PDF auf mein Smartphone. Als der Download beendet war, klickte ich in das Dokument. Kein »Vertraulich«. Kein Warnhinweis. Eine gewöhnliche Akte, nur auffällig schmal. Zudem strotzte sie vor Fehlern. Ich wischte mit meinem Daumen nach oben und überflog den Sachverhalt, so schnell ich konnte. In der Nacht würde ich mich ausführlich damit beschäftigen, aber ich musste zurück.

»Geht es Ihnen gut?«, fragte die Polizistin und musterte mich, als würde sie wissen, was sich auf meinem Smartphone befand.

»Haben Sie Kinder?«

Gertrud Berger verneinte und rechtfertigte sich, alles in ihrer Macht Stehende zu tun, um Lya wiederzufinden. Ich setzte mich wieder zu ihr und schob eine Kartoffel in den Mund.

»Glauben Sie, dass sie tot ist?«, fragte ich sie plötzlich und spürte die Tränen in meinen Augen.

»Ich weiß es nicht. Dort unten ist ein riesiges Labyrinth aus Höhlen … Darf ich ehrlich zu Ihnen sein?«

Ich hatte Angst vor der Antwort und schwieg.

»Das gesamte Gebiet am Semmering ist durchzogen von einem riesigen Höhlensystem. Fragen Sie einmal die Bauarbeiter! Ständig stoßen sie auf neue Röhren und Hohlräume. Niemand weiß so recht, was dort unten alles ist. Wenn da ein Mensch hinabstürzt und den Sturz überlebt, dann ist es sehr schwer für uns, ihn zu finden.«

»Aber es muss doch Sicherheitsvorschriften geben! Sie können mir doch nicht erzählen, dass hier große Tunnel in die Erde getrieben werden und jeder Wanderer, der nur einen Schritt vom Weg abkommt, Gefahr läuft, abzustürzen und für immer zu verschwinden!«

»Sie wissen doch, wie das läuft mit diesen Genehmigungen.«

»Ich lasse das nicht zu«, sagte ich und spürte eine alte Wut gegen meine Brust schlagen. »Aber wenn Sie so sicher sind, dass Lya tot ist, warum suchen Sie sie dann in den Wäldern?«, fuhr ich fort.

»Ich habe nicht gesagt, dass sie tot ist. Es gibt überall kleine Eingänge in dieses Höhlensystem. Es kann auch sein, dass man über einen solchen Zugang entkommt.«

»Entkommt?«

»Ich habe Ihnen schon gesagt: Hier verschwinden Menschen.«

»Das klingt so, als wäre dieses Höhlensystem die Unterwelt, aus der es kein Entrinnen gibt.«

Gertrud Berger blies Luft aus ihren Backen. »›Unterwelt‹ ist vielleicht das falsche Wort. Ich glaube nicht an solche Dinge. Aber die Natur hat Seiten, die wir Menschen nun einmal nicht kennen.«

»Und wann kommt der Zeitpunkt, an dem Sie sich von der Natur geschlagen geben?« Meine Stimme wurde lauter, ich zügelte sie aber gleich wieder, um kein Aufsehen zu erregen. Doch vielleicht sollte ich gerade das tun. Aufsehen erregen.

»Niemand überlebt dort unten vier Jahre.«

»Lya ist erst seit ein paar Tagen dort unten.«

Frau Berger ging nicht auf den Vorwurf ein, stattdessen

erhob sie sich. »Hören Sie, ich will Ihnen nur helfen. Ich fühle mit Ihnen und tue alles, was in meiner Macht steht, um …«

»Ach, wissen Sie, wie oft ist das schon gehört habe? ›Alles, was in meiner Macht steht‹. Das war immer zu wenig. Ist jemand dort hinabgestiegen, hat jemand den Mut gehabt, in die Unterwelt zu gehen?«

»Was denken Sie? Natürlich! Wir hatten sogar Höhlentaucher vor Ort, da vermutet wird, dass unter dem Stuhleck ein großer unterirdischer See liegt. Wir haben uns in die engsten Röhren gezwängt und sind sicher auch in Gebiete vorgestoßen, die noch niemand vor uns betreten hat, aber ohne Erfolg.«

»Das kann doch alles nicht wahr sein!«, sagte ich und kämpfte mit einem starken Schwindel, der mir mein Gleichgewicht raubte.

»Ich bringe Sie wieder nach Hause«, sagte Gertrud Berger und griff mir unter die Arme. Ohne zu bezahlen verließen wir die Gaststube, als wir von der Kellnerin mit unfreundlichen Blicken aufgehalten wurden. »Ich wollte Sie nicht belauschen. Aber mein Ferdinand, der ist ein guter Mann. Und er war ganz unten. Damals, und auch jetzt sucht er nach Ihrer Tochter. Der Ferdinand, der kennt sich aus. Aber wenn selbst er sagt, dass es keinen Sinn mehr hat, dann nutzen uns auch die ganzen Experten vom Bundesheer nichts. Und auch keine Deutsche, die glaubt, dass wir hier alles Dorfdeppen sind. Es tut mir im Herzen leid, was Ihnen geschehen ist, aber ich will nicht, dass Sie schlecht über meinen Ferdinand sprechen. Er ist der Mutigste von allen.«

Ich entschuldigte mich bei der Kellnerin für meine vielleicht unüberlegten Worte und war froh, als ich wieder im Polizeiwagen saß. Gertrud Berger fuhr los, und erst einmal schwiegen wir.

»Sind die beiden auch dort verschwunden?«, fragte ich schließlich.

Frau Berger spitzte die Lippen, wartete, bis ich meine Frage präzisierte.

»Haben sie denselben Eingang genommen? Ich meine, dort am Tunnel.«

»Das wissen wir nicht.«

»Erzählen Sie mir von dem Fall!«

Die Polizistin bog in die Bundesstraße, die Mürzzuschlag und den Semmering verband. Ihre Blicke sprangen immer wieder in den Rückspiegel.

»Vor vier Jahren war ein Vater mit seiner Tochter hier. Zum Wandern. Plötzlich verschwanden sie. Die Ehefrau und Mutter rief an und machte alle verrückt. Wir gingen allem nach, aber es gab nicht einmal ein Hotel, in dem sie eingecheckt hatten.«

»Das heißt, niemand hat sie gesehen?«

»Doch. Natürlich. Sie waren ja beim Arzt.«

»Beim Arzt? Warum?«

»Ach, Sie wissen ja, wie das so ist. Die Leute aus der Stadt kommen aufs Land, laufen durch Wiesen und Wälder, ducken sich ins Dickicht und glauben, die Natur wäre ein Programm, das man abschalten kann, wenn es einen langweilt.«

»Kommen Sie! Was ist passiert?«

»Ein Schlangenbiss. Kreuzotter.«

Immer häufiger tauchten Wiesen zwischen den Wäldern auf. Mein Gesicht spiegelte sich in der Seitenscheibe des Wagens.

»Und nach dem Besuch beim Arzt sind sie verschwunden?«

»Ich habe das auch der Frau und Mutter immer wieder erklärt. Ja. Sie haben die Praxis verlassen und wollten dann gleich wieder zurückfahren.«

»Das heißt, Sie wissen gar nicht, ob sie in den Höhlen verschwunden sind?«

»Die Frau behauptete das. Sie führte sich auf wie eine Verrückte. Brüllte die Leute an, packte sie an den Schultern und schüttelte sie. Sie war überzeugt, dass sie in den Höhlen steckten.«

»Und Sie haben ihr geglaubt?«

»Ich weiß es nicht. Wir haben dennoch nicht aufgehört zu suchen.«

»Sie haben ihr nicht geglaubt.«

»Doch, nachdem ...«

»Nachdem was?«

»Nachdem sie sich das Leben genommen hat.«

Mir verschlug es die Stimme. Das schlechte Gewissen hatte sie also angetrieben. Alle. Gertrud Berger, das Bundesheer, den guten Ferdinand. Man hatte der Frau nicht geglaubt, also hatte sie den Freitod gewählt, um alle Hebel in Bewegung zu setzen. Das war alles, was noch in *ihrer* Macht gestanden hatte.

»Glauben Sie mir?«

Frau Berger bog links in den Wald und folgte der Schotterstraße zu meinem Haus. »Natürlich glaube ich Ihnen.«

Den Rest des Weges schwiegen wir. Der Wagen drehte vor dem Haus eine Schleife und hielt an. Ich stieg aus, bedankte mich für das Essen und ging ins Haus.

»Ich melde mich, sobald wir etwas haben ... Und ich sehe nach Ihnen.«

Ich erwiderte nichts, sondern schloss stumm die Tür.

Selbstmord.

Ich hatte über die Gegend hier gelesen, bevor wir aufgebrochen waren. Jahrelang hatte der Semmering als das Gebiet gegolten, wo sich statistisch gesehen die meisten Menschen das Leben nahmen. Weltweit. Schon zu Zeiten der Monarchie waren lebensmüde Adlige auf die traurigen Wiesen gefahren und hatten mit Pistolenläufen ihr vertanes Leben beendet. Lya hatte noch Scherze darüber gemacht. »Wir fahren an den gefährlichsten Ort der Welt, um uns zu erholen. Creepy!« Ich erinnerte mich an ihren Tonfall und lächelte. Und heulte.

Es klang eigenartig, aber ich hatte den kurzen Ausflug ins Dorf genossen. Für ein paar Momente war ich den weißen Wänden meines Verstandes entkommen. Jetzt waren sie wieder da. Hatte ich mich gleich nach meiner Rückkehr an die Akte machen wollen, so fand ich mich stattdessen doch wieder in meiner kargen Lethargie. Meinen leeren Wegen zwischen Bett und Küche. Zwischen Lyas kahlem Zimmer und der Terrasse, wo die Lichter jede Nacht blasser wurden.

Das Dröhnen weckte mich. Es war wieder hier. Konnten die Bauarbeiter einfach so weitermachen? Aber warum wieder nachts? In Gedanken lief ich zu ihnen, verurteilte ihr Verhalten und verfluchte sie mit allen Worten, die ich finden konnte. Aber ich dachte auch an Lya und ihre Neugierde, ihre Lebendigkeit, die sie besaß, als sie verschwand, an ihre Liebe zu … Jakob.

Jakob!

Wie hatte ich Jakob vergessen können? Hatte er sich an der Suche beteiligt? Hatte er etwas gefunden? Einen abgebrochenen Ast, einen umgedrehten Stein? Ich musste mit Jakob sprechen. Natürlich! Jakob! Er fühlte sich doch sicher auch zu ihr hingezogen so wie sie zu ihm. Litt er auch so wie ich? Warum war er dann nicht hier und tröstete mich?

Ich ging auf die Terrasse. Ein viel zu warmer Wind empfing mich. Die Lichter am Hang gegenüber waren erloschen. Nur das Pfeifen in meinem Kopf sägte durch die Nacht.

Jakob. Jakob konnte sie finden. Nur wie fand ich Jakob? Hatten das verschwundene Mädchen und sein Vater Jakob auch getroffen? Vielleicht stand etwas davon in der Akte. Erst jetzt wagte ich, das Dokument noch einmal zu öffnen und genau zu lesen. Zu sehr hatte ich Angst davor gehabt, etwas darin zu finden, was bewies, dass Lya tot war.

Am nächsten Morgen startete ich den Wagen. Dr. Annegret Weinberg in Spital am Semmering: Sie hatte das Mädchen, das von der Kreuzotter gebissen worden war, als Letzte gesehen. Sie war sicher hundertmal befragt worden, aber vielleicht gab es ein Detail, einen kleinen Zusammenhang, der zwischen Lya und dem Mädchen bestand. Zwischen Lya und Magdalena Heller. Es war unwahrscheinlich, aber dennoch fuhr ich los – schließlich wollte ich nicht auf meinen eigenen Tod warten.

Das Wartezimmer war klein. Hustende Menschen saßen darin eng aneinandergereiht auf knarrenden Stühlen. Bilder von Hirschen und Rehen hingen an der Wand. Auf dem niedrigen Tisch aus Eiche lagen Zeitschriften und Broschüren der Pharmakonzerne. Unter einem Vorwand nahm ich auf dem letzten freien Stuhl Platz. Niemand sprach. Eine alte Frau, die ein Stofftaschentuch ständig in ihren faltigen Händen knetete. Ein kleiner Junge mit kariertem Hemd und seine Mutter, die jede seiner Bewegungen mit strengen Blicken maßregelte. Ein Mann, der ein Loch in die Luft starrte und wohl am liebsten dort hineingeklettert wäre. Sie alle schwiegen und warteten. Draußen hatte es begonnen zu regnen. Das Geräusch umspülte meinen Tinnitus. Ich überlegte, ob ich der Ärztin nicht von dem Pfeifen erzählen sollte, aber dann gab ich zu viel von mir preis. Ich wollte mich nicht zu erkennen geben.

Der überfreundlichen Arzthelferin hatte ich von einem Schlangenbiss erzählt. Sie hatte mich darauf hingewiesen, dass Schlangen im Winter in eine Winterstarre verfielen und dass sie das von ihrem Großvater wüsste, der sich mit Schlangen auskannte. Ich hatte trotzdem auf eine kurze Untersuchung bestanden. Denn ich sei mir nicht sicher, ob die vom Dachboden gefallene Schlange nicht mit den Zähnen meine Haut gestreift habe. Ich hatte meine Lüge mit einem breiten Lächeln überspielt. In meinem Beruf hatte ich gelernt, dass Lügen dann am besten funktionierten, wenn die erfundene Wahrheit größer war als die tatsächliche Wahrheit. Giftschlangen, die von Decken fielen, waren eine große Wahrheit. Da ich vermeiden wollte, dass an meiner Geschichte doch ein Funken Wahrheit sein könnte, hatte ich mich bei der Enkelin des Schlangenexperten erkundigt, wo Kreuzottern ihre Winterruhe fanden. Ich war beruhigt gewesen, als sie mir versichert hatte, noch nie davon gehört zu haben, dass Schlangen in Dachstühlen überwinterten. Aber sie lasse sich gerne eines Besseren belehren. Wieder hatte ich gelächelt und überlegt, ob ich der Ärztin nicht doch eine leicht veränderte Geschichte erzählen sollte.

»Sie können jetzt hineingehen«, sagte die Arzthelferin plötzlich und streckte den Kopf ins Wartezimmer. Ich erhob mich unter den stillen Protesten der anderen Patienten. Man hatte mich vorgezogen. Vermutlich galt ich als Notfall. Ich bedankte mich mit einem verschwörerischen Lächeln.

»Sie sind also von einer Schlange gebissen worden. Im November …«, sagte die Ärztin und tippte die Ergebnisse der letzten Untersuchung in ihren Computer. Ich war jedes Mal überrascht, dass in Arztpraxen immer noch diese großen Monitorwürfel Verwendung fanden.

»Ich hätte das alte Haus vorher auf Herz und Nieren untersuchen sollen. Ich hätte niemals dort nur einen einzigen Schritt hineingesetzt.«

Die Ärztin schwieg. Sie trug einen geflochtenen Haarkranz und hatte glatte weiße Haut. Sie war in meinem Alter und hatte ein selbstsicheres Auftreten. Ärzte, Anwälte und Banker waren in dieser Gegend etwas Besseres. Dr. Weinberg wusste das und strahlte eine gewisse Gelassenheit aus. Sie trug Perlenohrringe, verzichtete aber auf Make-up. Die Straffheit ihrer Haut verriet, dass sie regelmäßig Sport trieb.

»Es tut mir leid mit Ihrer Tochter«, sagte die Ärztin plötzlich und streckte mir die Hand entgegen.

Meine Lüge war aufgeflogen. Sie kannte die Wahrheit. Wusste sie auch, warum ich hier war?

»Sie haben den Zusammenhang gefunden«, sagte sie.

War ich tatsächlich so prompt auf etwas gestoßen? Aber welchen Zusammenhang? Lya war von keiner Schlange gebissen worden.

»Welchen Zusammenhang?«

Ich wollte so schnell wie möglich aus dieser unbequemen Situation herauskommen und setzte mich auf dem Stuhl zurecht, damit ich auf Augenhöhe mit der Ärztin blieb.

»Gertrud hat mir von Ihnen erzählt. Die ganze Gegend spricht darüber.«

Natürlich. In so einem kleinen Dorf kannte man sich. Ich hatte in der Anonymität der Stadt längst vergessen, dass ich von Menschen umgeben war, die imstande waren, miteinander zu kommunizieren.

»Es tut mir leid, dass ich unter –«

»Schon gut! Wie kann ich Ihnen helfen?«

»Als vor vier Jahren Herr Heller mit seiner Tochter bei Ihnen in der Praxis war: Ist Ihnen da etwas aufgefallen?«

»Sie wissen, dass ich Ihnen auf diese Frage nicht antworten darf.«

»Machen Sie eine Ausnahme?«

Sie kämpfte mit ihrem Gewissen. Ich spürte es – auch wenn sie in keiner Sekunde ihre Augen von mir nahm.

»Du musst achten, worauf du deine Aufmerksamkeit richtest, denn es kann gut sein, dass es sich verwandelt und dann wie eine Schlange in dich hineinspringt.«

»Wie meinen Sie?«

»Sie hat einfach nicht aufgepasst. Ist unbekümmert über die Wiesen gelaufen. Dabei weiß doch jeder, dass Kreuzottern die Sonne lieben.«

»Sie haben sie also behandelt?«

»Sie hatte Glück! Und sie hat sicher daraus gelernt.«

Ich schwieg. Irgendetwas an den Antworten fühlte sich seltsam an. Ich konnte aber nicht sagen, was.

»Magdalena war ja damals vierzehn Jahre alt. Also gar nicht mehr so klein. Ich kann mir nicht vorstellen, dass sie einfach so über die Wiesen lief. Wissen Sie, ob sie vielleicht bei einer Höhle war? Hier gibt es doch unzählige.«

»Nein.«

Nein.

»Was haben Sie ihr gegeben?«

»Habe ich gesagt, ich hätte sie behandelt?«

Ein Schauer lief mir über den Rücken.

»Haben Sie nicht –«

»Meine Schwester hat sie behandelt.«

»Ihre Schwester? Aber ich konnte vorhin gar nichts –«

»Sie arbeitet auch nicht mehr hier. Sie hat sich von der Schulmedizin abgewandt.«

Ich empfing den scharfen Unterton zwischen den Zeilen.

»Und wo ist sie jetzt?«

Die Ärztin lachte. »Wie soll ich sagen? Dort, wo der Wind weht? Oder nein, Sie finden sie, wenn der erste Schneefall die Erde berührt.«

Ich verstand nicht und runzelte die Stirn.

»Verzeihen Sie meinen Zynismus! Nein, meine Schwester hat sich entschieden, der Zivilisation den Rücken zu kehren. Wir haben keinen Kontakt mehr.«

»Eine Einsiedlerin? Sie hat also den Arztberuf an den Nagel gehängt?«

»Nein, das habe ich nicht gesagt. Sie hat sich nur von der Methode verabschiedet, die auf der ganzen Welt gelehrt wird. Sie glaubt an das Wunder der Blume.«

Wieder nahm ich das Gift in ihren Worten wahr.

»Wissen Sie, wo ich sie finde?«

»Sie wollen sie nicht finden.«

»Warum nicht?«

»Glauben Sie mir einfach!«

Sie wandte sich wieder dem Monitor zu und gab mir zu verstehen, dass das Gespräch beendet war.

»Darf ich Ihnen noch eine Frage stellen?«

»Ich habe keine Zeit.«

»Haben die beiden gesagt, wo sie hinwollten?«

»Zurück nach Hause. Ich glaube, das Mädchen wollte hierbleiben, aber die Mutter wollte das nicht.«

»Die Mutter? Sie war dabei?«

»Ich weiß nicht, ob sie ihre Mutter war. Sie stand draußen. Sehen Sie, dort drüben stand sie. Die beiden blickten immer zu ihr hinaus.« Die Ärztin zeigte auf den Waldrand, der hinter der Wiese der Praxis begann. »Ich muss zugeben, es war schon seltsam. Aber wie gesagt: Meine Schwester hat sie damals behandelt, und für die ist das Ungewöhnliche etwas Gewöhnliches. Selbst wenn da einmal eine schwarze Frau am Waldesrand steht …«

Meine Stimme erfror. Die schwarze Frau. Hatte ich richtig

gehört? War es dieselbe, die ich gesehen hatte? Dieselbe, die mit all diesen Menschen durch die Wälder zog?«

»Wie sah sie aus?«

»Ich muss jetzt leider weitermachen. Ich wünsche Ihnen noch einen schönen … Es tut mir leid, ich hoffe, dass man Ihre Tochter bald findet!«

Ich schüttelte ihre Hand und verließ die Praxis. Unterwegs ging ich noch einmal ins Wartezimmer, um meinen Mantel zu holen, den ich dort hingehängt hatte.

Es beginnt wieder. Die Wölfe jagen die Hirsche.

»Was?« Ich wandte mich zu den anderen Patienten. »Was haben Sie gesagt?« Augenbrauen glitten in die Höhe, ein Raunen.

Und dann hörte ich es ganz klar und deutlich: »Die Wölfe jagen die Hirsche. Es beginnt wieder. Mutter, es beginnt wieder.«

Die sorgsame Mutter wies den kleinen Jungen mit einem lauten Zischen zurecht. Und obwohl er auf seinen Oberschenkel blickte, wusste ich, dass er mich ansah. Mein Herz schlug schneller, aber ich verließ eilig die Praxis. Ich war froh, als ich die Tür meines Wagens schloss, dann fuhr ich zurück zum Haus. Die Wände in meinem Kopf verschoben sich wieder, und ich hatte Angst, dass die Schlangen kämen und von der Decke fielen.

Du musst achten, worauf du deine Aufmerksamkeit richtest, denn es kann gut sein, dass es sich verwandelt und dann wie eine Schlange in dich hineinspringt.

DIE WEISSE MAUER

Jakob. Die Spur führte zu Jakob. Fand ich ihn, dann könnte er mich zu der Einsiedlerin führen. Ich war überzeugt, dass er wusste, wo ich sie finden würde. Und sie würde sicherlich mehr über die mysteriöse Frau wissen, die schwarze Frau. Sie wusste sicher, wohin der Vater mit seinem Kind wollte. Sie wusste sicher, wo Lya war. Ich musste sie finden.

Ich stand auf. Ging auf die Terrasse. Der Wald rührte sich nicht. Als wäre er ein stummer Zeuge. Der Wind lag erfroren darin. Es wurde kälter. Der Winter kam. Ich würde sie finden, wenn der erste Schnee die Erde berührte. Die Erde. Jakob würde sie finden. Ich hatte noch ihren Stock. Lyas Stock. Ich hatte ihn draußen vor die Tür gestellt, damit er ihn sehen konnte. Der Wald schien sich zu bewegen. Er drehte sich nach oben, als würde die Welt sich in meine Richtung knicken. Als wäre der Himmel über mir mit einem Mal hinter mir. Und als stünde der Wald wie eine große weiße Mauer vor mir. Es war meine Mauer. Sie hatte mich gefunden.

JAKOB

Ich schämte mich, als er mich fand. Ich musste fürchterlich aussehen. Die Migräne in meinem Kopf hatte in der letzten Nacht wie ein Krieg in mir gewütet. Ich musste nach draußen getorkelt sein, wo ich zusammengebrochen war. Mein Körper war schwach, und ich musste dringend etwas zu mir nehmen, wollte ich nicht im Krankenhaus landen.

Ich hatte noch nie so gute Eier gegessen, dachte ich und sah verlegen zu Jakob, der mit sicheren Handgriffen eine weitere Portion Rührei zubereitete. Er rieb eine Prise Bergkäse darüber. Den besten, den man hier kriegen konnte, sagte er.

»Du musst mir helfen«, sagte ich leise und aß dankbar meine Eier.

»Ich kann dir nicht helfen. Sie haben doch schon alles abgesucht. Es war ein schrecklicher Unfall.«

»Ich will das nicht glauben. Bitte hilf mir, sie zu finden!«

Ich wusste nicht, warum ich Jakob einfach duzte. Aber ich ertrug die Förmlichkeit meiner alten Welt nicht mehr. Und seit ich die Mauer am Vortag zum ersten Mal gesehen hatte, stand fest, dass mir meine alten Werte keinen Dienst mehr leisten würden.

»Wir müssen es versuchen. Ich kann nicht hier herumsitzen und verrückt werden.«

»Ich kann nicht –«

»Du kennst sie doch alle. Alle Täler und Gipfel, die versteckten und geheimen. Vielleicht ist sie ja dort und wartet auf uns. Bitte …«

Jakob hob die Eier aus der Pfanne.

»Ich bin dir kein guter Begleiter«, sagte er.

»Ein Mensch, der von einem geheimen Tal zum nächsten zieht und von einer Hütte zur anderen, hat einen Grund, weshalb er nicht gefunden werden will. Das war mir vom ersten Moment klar, als wir dich getroffen haben. Aber ich verspreche dir, dein Geheimnis, was es auch immer ist, bleibt bei mir.«

Jakob setzte sich zu mir. Er sah mir in die Augen. Ich spürte in ihm die Ruhe eines Ruhelosen, die Heimat eines Menschen ohne Heimat.

Hilf mir.

»Hilf mir!«

»Wo willst du beginnen?«, fragte Jakob und sah in die nasse Welt, die vor dem Haus im kalten Novemberregen versank.

»Ich glaube, dass es einen Zusammenhang gibt zwischen dem Verschwinden des Mädchens und seinem Vater vor vier Jahren und dem Verschwinden von Lya. Ich war gestern bei Dr. Weinberg.«

»Du warst bei ihr?«

»Ja. Sie sagt, dass es ihre Schwester war, die das Mädchen nach dem Schlangenbiss behandelt hat. Ich denke, dass diese Schwester vielleicht weiß, wohin sie wollten.«

»Strega Bianca.«

»Was meinst du?«

»So nennt man sie. Die Schwester von Dr. Weinberg. Die weiße Hexe. Sie war immer schon anders und hat früh begonnen, mit Kräutern zu experimentieren. Sie hat auch vor diesen Pilzen nicht haltgemacht, die deinen Kopf benebeln.«

»Weißt du, wo sie ist?«

»Vielleicht.«

»Dann lass uns aufbrechen!«

»Wir können da nicht einfach aufkreuzen.«

»Doch, können wir! Mir reißt langsam der Geduldsfaden. Weiße Hexen, schwarze Frauen. Ich will meine Tochter wiederhaben!«

»Was weißt du von der schwarzen Frau?«

Ich wollte ihm nicht erzählen, dass ich sie gesehen und im Grunde alles damit begonnen hatte. Ich wollte nicht, dass er mich für verrückt hielt. Es reichte, dass er mich vorhin halb nackt auf der Wiese gefunden hatte.

»Nichts. Es war eine Bemerkung von Dr. Weinberg.«

»Ich werde mich dem Suchtrupp anschließen. Ich verspreche es dir. Wir werden Lya finden.«

»Du hilfst mir nicht?«

»Ich helfe dir. Aber anders.«

»Der deutsche Generalstaatsanwalt hat – wenn auch inoffiziell – Zugang zu allen Daten straffällig gewordener EU-Bürger. Was passiert, wenn ich ihn bitte, mehr über dich zu erfahren?«

Ich pokerte hoch und wusste, dass ich gewinnen würde. Als Jakob begann, sich die Nase zu reiben, war mir klar, dass ich gewonnen hatte.

»Wann brechen wir auf?«

TANNENFALL

Ich wusste nicht, warum, aber ich packte einen kleinen Rucksack. Unnütze Dinge, ich suchte nach Lebensmitteln, fand aber keine. Spürte ich, dass ich nicht wiederkommen würde? Ich wechselte die Kleidung und schlüpfte in die neuen Wanderschuhe, die ich nur einmal in der Nacht von Lyas Verschwinden getragen hatte. Als Jakob mich sah, unterdrückte er ein Lachen. Ich erklärte ihm, ich hätte wenig Erfahrung mit dem Leben in der Natur und mich beraten lassen. Doch auch wenn Jakob meine Kleidung als zu städtisch empfand: Ich fühlte mich darin sicher und gleichzeitig nicht beengt. Bevor ich das Haus verließ, sah ich nochmals in Lyas Zimmer. Hatte ich erwartet, dass sie wieder zurückgekehrt war? Dass sie in ihrem Zimmer saß? Still? Gelangweilt? Die Trauer griff mit schweren Händen nach meinem Herz, und ich befreite mich mit einem tiefen Ächzen von ihr und trat ins Freie.

»Wie lange werden wir unterwegs sein?«

»Einige Zeit«, sagte Jakob, dabei blickte er auf mein Smartphone, das ich in die dafür vorgesehene Tasche meiner Jacke steckte.

»Das brauchst du da draußen nicht.«

»Wohin gehen wir?«

»Wir gehen zu den verschlungenen Wegen.«

Ich erinnerte mich an diese Beschreibung. Jakob hatte erzählt, dass dahinter Tannenfall liege, der Weg zum »Paradies«. Meinte er das Paradies aus der Bibel? War er fromm? Oder war »Paradies« für ihn nur das passende Wort für eine andere, bessere Welt?

Ich lächelte, da ich das Blitzen in Jakobs Augen liebte, wenn er naiv von anderen Welten sprach. War dort diese Strega? Doch plötzlich blieb Jakob stehen, als wollte er noch einmal den Wert der Mission prüfen. Ich verstand und versuchte, ihm mehr Glauben zu schenken.

»Dieses Tannenfall: Wo ist das? Ist das zwischen Spital und dem Semmering? Nördlich vom Stuhleck?«

Jakob lächelte und musterte mich. »Du weißt gar nichts, oder?«

»Was meinst du?«

»Tannenfall existiert nicht.«

VIER

Die Formen bilden sich,
zeigen ihre sechs Ecken,
ihre sechs Wege.

Wir erreichten die kleine Anhöhe nach einer Stunde. Jakob war mit großen Schritten vorangegangen, und ich hatte anfangs Mühe, ihm zu folgen. Die kühle Luft spannte meine Lungen. Ich erinnerte mich an den Weg, den ich damals mit Lya gegangen war. Es war derselbe. Wir waren auf der Anhöhe nach rechts abgebogen und in das Tal eingedrungen, wo sich die großen Maschinen tief in den Berg gruben. Ich atmete schwer und sah zu Jakob. Er blickte zu den Baumkronen hinauf, die sich wie ein löchriges Zelt über uns ausbreiteten. Schwarze Vögel flogen über uns hinweg. Jakob wandte sich zu mir und fragte mich, ob ich bereit sei, weiterzugehen. Trotz des anstrengenden Aufstieges nickte ich und gab ihm ein Zeichen, loszumarschieren. Wir durften keine Zeit verlieren. Ich war gespannt, wie Jakob mich an einen Ort führen würde, den es nicht gab, einen Ort, wo ich Lya finden würde.

Ich dachte an den kleinen See in der Nähe des Hauses meiner Eltern. Ich war jeden Tag mit ihm dort gewesen. Er hatte es geliebt, ins Wasser zu springen und darin zu schwimmen. Es gab dort eine kleine Landzunge mit einem sich in den See wölbenden Baum, der sich im Wasser zitternd spiegelte, wenn die Sonne über ihm stand. Ich hatte dort unter dem Baum gesessen und ihm zugesehen. Ich hatte diese Momente »goldene Momente« genannt. Dort unter dem Baum war ich frei und ohne Sorgen gewesen. Es war mein Paradies gewesen. Das Paradies meiner Kindheit.

Warum dachte ich jetzt an diesen Ort? Hatte irgendetwas mich daran erinnert? Ich sah mich um. Triste dünne Bäume hingen wie Gitter vom Himmel und verbargen den nassen Nebel, der weiter oben auf uns wartete. War es das kurze warme Kräuseln der Sonne, die wie eine verlorene Münze aus einem tiefen Brunnen hervorblitzte? War es dieselbe Sonne wie damals unter dem Baum – kurz bevor das Gewitter losbrach und die Dunkelheit kam?

»Dort vorne beginnen die verschlungenen Wege«, sagte

Jakob, der nicht den alten Pfad zum Tunnel gehen wollte, sondern sich rechts zu dem grauen Kamm wandte, der sich vor uns auftat.

Der weitere Aufstieg setzte mir zu. Ich hatte nicht nur Mühe, das Tempo zu halten, ich kämpfte um einen gleichmäßigen Atem. Mein Herz schlug wie wild, und ich keuchte und dampfte hinter Jakob empor zu einem vermeintlichen nassen Gipfel, wo ich die Hand nur ausstrecken musste, um den tiefen grauen Himmel zu berühren.

Als wir endlich oben waren, empfing mich ein warmer Wind. Dennoch begann ich zu frieren. Ich hatte mir einen Fernblick ausgemalt, fand aber nur eine triste bewaldete Ebene. Wohnte hier die Schwester von Dr. Weinberg? Ich dachte an den Film, in dem sich Studenten auf der Suche nach einer Hexe im Wald verirrten. Es war ähnlich. Nur dass ich nicht allein war und der Wald höher lag und alles feucht und nass war.

Ich vertraute Jakob. Schließlich war er die einzige Hoffnung, meine Tochter je wiederzufinden. Oder war das alles ein Irrtum? War ich in die Falle gegangen? Schwebte ich tatsächlich in Gefahr? Ich umklammerte den Stock, der mir von Lya geblieben war, als Jakob seine Haltung veränderte. War er vorher selbstsicher vorangegangen, so wirkte er jetzt zurückhaltender, vorsichtiger. Er hockte sich hin und lugte durch die Bäume hindurch auf etwas, was darin lauerte.

»Hier ist es.«

Ich lief nun auch geduckt zu ihm und kauerte mich neben ihn hin. Ich wollte meinen Augen nicht trauen. Inmitten des dichten Waldes stand ein altes, gediegenes Gebäude. Es war umgeben von einem wilden Park, in dem vereinzelte steinerne Bänke einen Kreis bildeten. Ein mit weißem Kies bedeckter Weg führte durch eine Allee aus schweren und breiten Bäumen zurück in den Wald.

»Ist das … Tannenfall?«

»Nein. Das ist der Herrenhof. Eine Nervenheilanstalt.«

Ich schwieg.

»Du wolltest zur Strega. Hier ist sie.«

»Ich dachte, sie wäre eine Einsiedlerin.«

»Ist sie im Grunde genommen auch.«

Ich erhob mich und blickte auf das Gebäude, das von hier aus aussah wie das Anwesen einer südamerikanischen Plantage.

Auf der gegenüberliegenden Seite des Parks entdeckte ich mehrere Autos. Ich fragte mich, warum wir den beschwerlichen Weg durch den Wald gegangen waren. Warum hatte mir Jakob nicht verraten, dass Dr. Weinbergs Schwester in einem Irrenhaus lebte? Warum hatte die Ärztin es selbst nicht getan? Ich wusste nicht, ob ich enttäuscht sein oder mich fürchten sollte. Ich war verwirrt und suchte in Jakobs ausdruckslosem Gesicht nach Antworten.

»Wieso sind wir nicht gefahren? Es wäre um einiges einfacher gewesen.«

»Die verschlungenen Wege sind niemals einfach.«

Jakobs Worte machten mir Angst. Er wusste mehr, als er mir verriet. Aber ich wollte ihn nicht zur Rede stellen, ich durfte keine Zeit verlieren. Ich musste so schnell wie möglich herausfinden, ob die beiden Mädchen aus ein und demselben Grund verschwunden waren.

»Kommst du mit?«, fragte ich Jakob, der wie ein Späher hinter den tief hängenden Zweigen einer Tanne ausharrte. Er rührte sich nicht, also beschloss ich, allein über den steilen Hang hinabzusteigen.

Je näher ich dem Gebäude kam, desto mehr Details nahm ich wahr. Es schien, als wäre der Entwurf des Hauses einem großen Plan gefolgt. Alles wirkte geordnet, schien ausgeglichen und irgendwie in Szene gesetzt. Ich erreichte den Park. Die Kiesel knirschten unter meinen Schuhen. Mir war, als würden rote Linien unter den winzigen Steinen hindurchlaufen und sich an einem unbekannten Punkt treffen.

Doch bevor ich dem nachgehen konnte, rief mir eine Stimme vom Haus entgegen: »Sie müssen unser Besuch sein! Sie werden bereits erwartet. Warum haben Sie nicht den Wagen genommen?«

Ich war überrascht und säuberte mit der flachen Hand meine verschwitzte Kleidung. Schnell suchte ich nach einem Lächeln und ging mit festen Schritten dem freundlichen Arzt entgegen, der an der Eingangstür auf mich wartete. Wer hatte dem Mann gesagt, dass ich kam? War es Jakob gewesen? Nein, Dr. Weinberg. Natürlich. Sie kannte meine Neugierde. Sie hatte ihn gewarnt.

»Halluzinationen sind so etwas wie Gedanken, die Ihr Gehirn heimsuchen – ohne einen Reiz. Unsere Institute sind führend in der Behandlung dieser Krankheitsbilder.«

Der Oberarzt des Pflegeheimes wippte stolz mit den Füßen, um ein wenig größer zu erscheinen.

»Es kommen nicht viele Besucher in den Herrenhof, wissen Sie? Meistens sind die Angehörigen froh, wenn wir uns hier um ihre Verwandten kümmern.«

Ich fand es befremdlich, wie der kleine Arzt um mich herumhüpfte und von seinen Errungenschaften und Ansichten erzählte.

»Es ist wie ein Tagtraum. Ein Gedanke auf Wanderschaft. Wandering Mind.«

Plötzlich stieß er einen zischenden Laut aus. »Bleiben Sie lange hier?«

Ich entriss meinen Blick dem marmornen Boden, von dem aus sechs farbige Linien in die unterschiedlichen Abteilungen des Herrenhofes führten.

»Die sechs Wege durch unser Haus«, erklärte der Arzt zufrieden, offenbar ohne eine Antwort auf seine letzte Frage zu erwarten.

»Verschlungene Wege«, sagte ich zu mir und versuchte, die Farben den Abteilungen zuzuordnen.

»Sie kommen, um sie zu sehen?«, fragte mein kleines Gegenüber plötzlich.

»Wer hat Ihnen das gesagt? Woher wussten Sie, dass ich komme?«

»Ihr Kind ist verschwunden. Was mir ausgesprochen leidtut. Wir alle stehen hinter Ihnen und versuchen, Ihre Tochter wiederzufinden. Wir leben hier in kleinen Dörfern. Eine eingeschworene Gemeinde, wissen Sie? Man redet.«

»Sie haben von Dr. Weinberg einen Hinweis bekommen, habe ich recht?«

»Von der Schwester?« Der kleine Arzt grinste und murmelte etwas Unverständliches.

Ich beobachtete zwei alte Männer, die aus einem Fenster starrten und mit großen Augen etwas verfolgten, als würden die buntesten Fabelwesen Kunststücke vorführen.

»Wahrnehmungen, wie wir sie kennen, sind teilbar.« Der Oberarzt zischte wieder, während seine gierigen Augen mein Gesicht umzingelten. »Halluzinationen sind hingegen nicht teilbar. Jeder sieht seine eigenen Welten.«

»Frau … Weinberg, die Schwester von Dr. Weinberg, leidet ebenfalls an solchen Wahnvorstellungen?«

Der Arzt suchte nach passenden Worten. Als er sie nicht fand, holte er aus. »Es gibt es eine Unzahl von Wahnvorstellungen. Es gibt etwa die Erscheinung eines Doppelgängers oder das Charles-Bonnet-Syndrom mit seinen stummen Menschenmengen bis zu Drachen, Hexen und anderen Fabelwesen. Alles, was Sie sich ausmalen können, und auch das, was Sie sich nicht im Geringsten vorstellen können! Von den geometrischen Symbolen bei der Migräne bis zum Anblick Gottes bei einem epileptischen Anfall: Hier haben wir alles.«

Stumme Menschenmengen. Ich dachte an das Nachtvolk, das ich gesehen hatte. War es tatsächlich eine Einbildung gewesen? Charles-Bonnet-Syndrom. Meine Krankheit hatte einen Namen. Meine Therapeutin hatte oft davon gesprochen. Ich hatte nicht nachfragen wollen, um nicht den Verdacht zu erwecken, dass mit mir etwas nicht stimmte.

»Und unter welchem Krankheitsbild leidet Frau Weinberg?«

Der Arzt beendete für einen Moment sein Herumgehüpfe und sah auf eine schmale Tür am Ende des Säulenfoyers, die vermutlich in den Keller führte.

»Die Strega Bianca sieht sich als die letzte Beschützerin der Natur.«

In seinen Worten lag Unbehagen. Als fürchtete er sich plötzlich.

»Wieso nennt man sie Strega Bianca? Die weiße Hexe?«

»Dazu kann ich nichts sagen.«

»Kann ich sie denn sprechen?«

Der Arzt sah sich um, als hätte er Angst, beobachtet zu werden. »Natürlich! Sie ist … unten und steht unter besonderem Schutz. Zu ihrer eigenen Sicherheit.«

»Also ja?«

»Dr. Werner wird Sie begleiten.«

Ich bedankte mich und wunderte mich, warum der Leiter des Institutes mich nicht selbst zu ihr führte. Als Dr. Werner mich allerdings an der Tür zum Kellergewölbe empfing, wusste ich, warum. Der Arzt trug zwar einen akademischen Titel, glich aber eher einer Sicherheitskraft: breiter Oberkörper, ruhige kleine Augen, stille Höflichkeit.

Als ich in den schmalen Flur trat, der direkt zu ihrem Zimmer führte, bemerkte ich sofort den Duft. Es roch nach frischer Erde und feuchtem Gras. Ebenso war die Temperatur hier um einiges höher als im Erdgeschoss. Ich erinnerte mich an den Besuch eines Tropenhauses, das ich mit ihm damals nach der Ausstellung aufgesucht hatte. Er hatte mir etwas zeigen wollen. Ich konnte mich nicht mehr daran erinnern, nur noch an die Küsse, die er mir unter dem Quaken und Unken der Frösche gegeben hatte.

Je näher ich ihrem Zimmer kam, desto lauter wurde auch das Konzert der Vögel. Ich hatte noch nie so eine Vielzahl an Singvögeln gehört, die gleichzeitig ihre Lieder pfiffen. Schnell stellte ich fest, dass die Vogelgeräusche aus den Lautsprechern an den Wänden tönten. Der Geruch der Erde kam näher. Lehmig. Ein wenig faulig. Dann die Frische von Äpfeln. Und dort: eine Amsel nach dem warmen Sommerregen und das Aufrichten eines Grashalms nach den neuen Strahlen der

Sonne. Vor einer geöffneten Holztür blieb ich stehen. Für einen Moment hatte ich den Eindruck, als würde ich eine Almhütte betreten, die inmitten des Kellergewölbes einer Nervenheilanstalt gebaut worden war. Und tatsächlich: Der Boden war mit Wurzeln überzogen, und ich meinte sogar, einige Käfer und Würmer zu entdecken. Aus der Hütte drang schwaches Kerzenlicht. Ich wollte schon eintreten, wandte mich aber vorher Dr. Werner zu und wartete auf ein Zeichen. Nach einem kurzen Nicken betrat ich ihre Welt.

Nach zwei Schritten stand ich in einem kleinen quadratischen Krankenzimmer. Es war spärlich eingerichtet. Auf einem Regal standen einige Bücher. Darunter vergilbte Ausgaben von Aristoteles' Werk über die blaue Blume, Novalis' »Hymnen an die Nacht«, Goethes Versuche, die Metamorphose der Pflanzen zu erklären, das »Novum Organum« von Francis Bacon und die »Pflanzen der Götter« von Schultes und Hofmann. An einem Brett in Form einer Kutsche hing ein Schlüssel. Die Fenster waren verschlossen, und in der Luft lag der starke Geruch von Rosmarin.

Über einem schmalen Bett hing ein Bild. Darauf war ein großer weißer Hirsch zu erkennen. Mit einem Kreuz zwischen den Geweihen.

»Das ist der Hubertushirsch«, erklärte Dr. Werner. »Die Strega Bianca liebt die Jagd.«

Ich erschrak, als ich seine Stimme hörte, und drehte mich um. Da ich mich anscheinend allein im Zimmer befand, zog ich meine Schultern nach oben und sah fragend zu meinem Begleiter.

»Wo ist sie?«, flüsterte ich ihm zu.

»Vermutlich ist sie gerade in ihrer Welt und halluziniert. Sie kommt sicher bald wieder.«

Erneut lief ein Schauer über meinen Rücken. Gab es hier noch einen weiteren Ausgang? Wieso blieb Dr. Werner so gelassen? Was ging hier vor?

Mein Blick fiel auf ein Nachtkästchen. Ein verschlissenes Buch über Sagen lag darauf, und ein in die Jahre gekommener

Tourismusprospekt diente als Lesezeichen. Die Toilettentür, die sich hinter dem Bett zu erkennen gab, war offensichtlich kaputt. Ein kleines gemasertes Holzstück diente provisorisch als Schloss. Ich trat vorsichtig näher. War sie auf der Toilette? Natürlich. Das war die einzige Erklärung. Doch wollte ich sie dort stören?

Nein. Also wartete ich und suchte nach Hinweisen, die mir vielleicht erste Antworten liefern konnten. Dabei erweckten eine schmutzige Brille ohne Rand, ein Rosenkreuz und ein Kreuzworträtsel mein Interesse. Die Wörter »WAHRHEIT«, »WAFFE«, »STIMME«, »ERINNERUNGEN«, »GNADE« waren in Kästen eingetragen. Daneben stand unleserlich ein sechstes Wort. Ich hatte keine Zeit mehr, es zu entziffern, denn ein Knarren des Bodens ließ mich aufschrecken. Der Geruch einer schmutzigen grauen Strickjacke knisterte in meinen Augen. Sie hing an einem rostigen Nagel. Darunter stand eine braune Kiste. Sie war voll mit Fotografien. Einige Gesichter waren eingekreist. Es schienen die alten Fotos einer großen Familie zu sein. Zeitungen stapelten sich neben dem Karton.

»Ich habe Sie erwartet«, sagte sie mit warmer Stimme. Ich fuhr herum, und das Pfeifen in meinem Ohr schwoll an.

DIE LEERE

Ich wusste nicht, wie Hexen aussahen. Vielleicht trugen sie krumme Hüte, hatten eine gebückte Haltung. Oder sie waren wild und verführerisch. Voller Lust und Leben. Die Frau allerdings, die mir in diesem unterirdischen Raum gegenüberstand, war nichts von alldem. Sie hatte ihr blondes Haar zu einem Kranz geflochten und trug eine weiße Bundhose und ein gewöhnliches Shirt. Dazu weiche weiße Schuhe. Sie wirkte gepflegt und in sich geordnet. Ich suchte in ihrem Gesicht Ähnlichkeiten zu ihrer Schwester.

»Sie sind also auf der Suche nach Ihrer Tochter«, sagte die weiße Frau, die etwa im selben Alter war wie ich.

Ich nickte und streckte ihr die Hand entgegen.

»Wieso sind Sie nicht eher gekommen?«

Ich war verwundert und versuchte, meine Wahrnehmung zu sortieren. Die Gesänge der Vögel, der starke Duft von Rosmarin und fauler Erde und das laute Pfeifen in meinem Ohr passten nicht zu der Erscheinung vor mir. Ich konnte nicht verstehen, warum sie hier in dieser Kammer ausharrte und warum sich Jakob geweigert hatte, mich zu ihr zu führen. Dennoch war ich auf der Hut, denn auch die Warnungen ihrer Schwester, Dr. Weinberg, wollte ich nicht auf die leichte Schulter nehmen.

»Können Sie mir denn helfen?«

»Natürlich kann ich das.«

Tränen schossen mir in die Augen.

Natürlich kann ich das.

Ihre Worte klangen so selbstsicher, so einfach und klar, dass ich das Gefühl hatte, dass Lya jeden Augenblick den Raum betreten würde. Und so schlich sich ein glucksendes Lachen über meine Lippen, und ich wollte der Frau schon um den Hals fallen, als mir auffiel, dass etwas Dunkles, Unwirkliches, ja Gefährliches durch ihre Züge glitt.

»Wo ist sie?«, fragte ich leise, mit erstickter Hoffnung.

»Sie ist überall.«

Ich schloss die Augen.

Natürlich. Sie ist überall.

Was hatte ich erwartet von einer Frau im Keller einer Nervenheilanstalt? Ich zog meine Mundwinkel auseinander und wollte mich schon mit einem breiten und höflichen Lächeln verabschieden, als die Strega fortfuhr: »Sie ist eine Wanderin.«

Ich bin eine Wanderin.

Das waren Lyas Worte.

Kurz bevor sie verschwand.

Die Worte der Frau trafen mich wie ein Stein, der meine Schläfe zertrümmerte. Das Pfeifen bäumte sich auf.

Ich bin eine Wanderin.

»Wo ist sie? Sagen Sie es mir. Bitte!«

»Sie ist im Paradies. Und das Paradies ist überall.«

»Ist das andere Mädchen auch im Paradies? Und sein Vater, beschützt er es dort?«

»Nein. Das andere Mädchen ist nicht dort.«

»Wo ist das andere Mädchen?«

Die Augen der Strega verengten sich. »Das andere Mädchen ist in der Hölle.«

Ich bekam es plötzlich mit der Angst zu tun. Die Worte der weißen Hexe besaßen eine solche Klarheit, dass es mir schwerfiel, nicht an das Paradies und die Hölle zu glauben. Dabei waren es Hirngespinste der Menschheit, Trugbilder, Wahngebäude. Und ich wusste nicht, warum ich mich nicht einfach damit zufriedengab, dass ich es hier offensichtlich mit einer Verrückten zu tun hatte. Etwas in mir glaubte ihr, der Hexe, der Strega.

»Und wie finde ich dieses Paradies?«

Die Strega lächelte und sog die würzige Luft der Kammer mit einem starken Atemzug ein. »Es ist überall«, sagte sie und lockte mich wieder mit ihren sicheren Augen zu sich.

»Aber wenn es überall ist, warum sehe ich es dann nicht?«

»Weil ihr das Tor nicht geöffnet habt. Niemand hat gewagt, das Tor zu öffnen. Niemand außer ihm. Niemand hat es je gewagt.«

»Welches Tor? Wovon reden Sie?«

»Tannenfall. Dorthin müssen Sie gehen. Dort sehen Sie auch Edden. Das Paradies.«

Tannenfall. Immer wieder Tannenfall.

»Wo ist dieses Tannenfall? Kennen Sie den Weg? Führt eine der Höhlen dorthin?«

Die Strega lachte und zeigte auf einen kleinen Käfer, der sich auf ihren weißen Schuhen langsam zum Hosenbein vorarbeitete.

»Dieser Käfer, was fühlt er?«

Ich schüttelte den Kopf, wollte nicht wahrhaben, dass die Strega wieder versuchte, die Antwort zu vernebeln.

»Ich weiß es nicht, ich weiß es nicht.«

»Oder die Vögel, die überall ihre wunderbaren Lieder singen. Was fühlen die?«

Ich schwieg.

»Oder das Staubkorn hier …« Die Strega hockte sich hin und nahm ein kleines Klümpchen Erde, rieb es zwischen den Fingern und hielt es direkt vor mein Gesicht.

»… was fühlt es?«

»Ich weiß nicht, worauf Sie hinauswollen.«

»*Ich* will nichts. *Sie* wollen. Das ist das Problem. Man findet Tannenfall nicht, wenn man es finden will. Man findet es, wenn man es nicht finden will.«

»Ich verstehe nicht …«

»Hebb und Bexton haben Menschen in die Isolation gesperrt. Ohne jeglichen Reiz. Schallisolierter Raum, Wollhandschuhe, Papprollen an den Armen, getönte Brille, gepolsterter Stuhl, eine laute Klimaanlage, damit sie nicht ihren Atem oder das Schlagen ihres Herzens hörten. Sie waren im Nichts. In der Leere. Wissen Sie, wie lange die Menschen diesen Zustand ertrugen?«

»Ich weiß es nicht.«

»Keine zwei Tage. Denn wenn das Gehirn nicht mit Reizen versorgt wird, beginnt es, sich mit sich selbst zu beschäftigen. Und dann fängt es an.«

»Sie werden wahnsinnig?«

»Nein. Das ist es nicht. Das Gehirn beginnt endlich das zu erkennen, was tatsächlich vorhanden ist. Und nicht das, was vom verdammten Thalamus gefiltert wird. Nur so erkennen Sie endlich die ganze Wahrheit.«

»Und was ist die Wahrheit?«

»Gottes wahre Schöpfung. Der vollständige Plan. Das Paradies.«

Gottes wahre Schöpfung.

Ich verstand nun, warum die Strega ihre Tage hier in dieser Einrichtung verbrachte. Dennoch: Sie hatte das Mädchen und seinen Vater behandelt, als sie noch bei Verstand gewesen war.

»Das Mädchen und sein Vater, erinnern Sie sich an sie? Sie haben sie behandelt, daran erinnern Sie sich doch bestimmt. Sind sie auch in Tannenfall? Haben sie auch Gottes wahre Schöpfung gesehen?«

»Sie glauben, dass ich verrückt bin, nicht wahr?«

»Ich möchte nur meine Tochter wiederfinden.«

»Was ist mit Ihnen? Was fühlen Sie? Fühlen Sie wie das Staubkorn, die Vögel, der Käfer? Fühlen Sie wie die Hirsche oder die Wölfe?«

Ich bekam es wieder mit der Angst zu tun und beschloss, das Gespräch abzubrechen. Doch kurz bevor ich mich zur Tür begab, sprang die Frau mit einem Satz zu mir und flüsterte mir durch das laute Pfeifen meines Kopfes in mein linkes Ohr: »Es gibt einen Mann, der hat das Paradies gefunden. Er ist durch die Hölle gegangen und hat das Tor aufgestoßen. Er hat die schwarze Frau gesehen. Er allein kennt die Wahrheit. Er weiß, wie Sie Ihre Tochter wiederfinden können. Er weiß es. Er hat die Schöpfung gesehen.«

»Dann sagen Sie mir endlich, was Sie wissen!«, schrie ich.

»Er ist tot. Er hat vor Jahren einen Hirsch gejagt. Er ist ihm gefolgt und hat das Paradies gefunden. Aber er hat alles aufgeschrieben. Der Königsweg: Er existiert. Er hat alles aufgeschrieben. Sie müssen es nur deuten. Und müssen vergessen, es zu wollen.«

Ich stieß die Frau, die mir immer näher kam, von mir, da ich plötzlich das Gefühl hatte, sie würde mich aussaugen wie ein Vampir.

»Es ist ein Tagebuch. Sein Tagebuch. Darin steht der Weg beschrieben. Folge den Legenden!«

»Wo ist es? Geben Sie es mir!«

Mit einem Schlag gelangte die weiße Hexe wieder in ihre durchdringende Höflichkeit zurück.

»Ich kann verstehen, dass Sie mir nicht trauen, ja, dass Sie mich für verrückt halten. Aber ich will Ihnen helfen, Lya wiederzufinden. Für einen kleinen Gefallen …«

»Sie haben recht, ich glaube Ihnen kein Wort.«

»Der Weg ist einfach: Besiege die schwarze Frau, indem du die Wölfe zähmst. Dann können die Hirsche wieder ihren Weg gehen, und du wirst den Rhythmus spüren und die Leere betreten. Dann wirst du die Wahrheit erkennen, und die Schöpfung offenbart sich, und Lya ist wieder bei dir. Für immer bei dir.«

Ich zitterte. Wollte ich einer Wahnsinnigen glauben? Hatte ich eine andere Wahl? Doch bevor ich mich entschied und mich auf einen Handel einließ, fasste mich die weiße Hexe an den Händen.

»Das Mädchen war von einer Schlange gebissen worden. Hörst du? Hör genau zu! *Von einer Schlange gebissen worden.* Und sein Vater hat nach dem Buch gefragt. Dem Tagebuch. Ich habe es versteckt. Ich habe ihn gebeten, es zu verstecken. Ich habe es ihm nicht gesagt. So wie ich es der schwarzen Frau nicht gesagt habe, als sie auf mich gewartet hat, draußen im Wald, wo ich in die stummen, toten Gesichter gesehen habe. Ich habe es niemandem gesagt. Ich habe es ihm gegeben.«

»Wo ist dieses Buch?«

Die weiße Hexe lächelte.

»Sie sprachen von einem Gefallen.«

VERLORENE LIEBEN

»Sie will dich sehen.«

Jakob starrte in den weißen Nebel, der aus den Tannen, die die Anstalt umgaben, nach draußen trieb.

»Ich werde dieses Haus nicht betreten.«

Ich erzählte Jakob von dem Tagebuch des Jägers, der hier vor Jahren einen Hirsch gejagt hatte. Wusste er auch davon? Hatte er das Tagebuch versteckt? War darin tatsächlich ein Weg zu meiner Tochter zu finden?

»Vor einigen Jahren war hier ein Hundertjähriger. Er war davon besessen, dass die Liebe seines Lebens ihn mit seinem ältesten Freund betrogen hatte. Er jagte ihn wie ein Wild. Und am Ende schleifte er ihn an den Haaren durch das Dorf. Obwohl er alt war, hatte er die Kraft eines Bären, eines Wolfes. Aber am Ende verzieh er. Beiden. Und sich selbst. Danach ist er gestorben. Dort unten. In dem Zimmer.«

»In dem Zimmer, in dem Dr. Weinbergs Schwester seitdem lebt?«

»Er hatte ein Tagebuch. Ein Kriegstagebuch. Sie alle waren plötzlich hinter dem Buch her.«

»Wer ›alle‹?«

Jakob schwieg.

»Weißt du, wo das Buch jetzt ist?«

»Ich gehe da nicht hinunter.«

»Das verlangt niemand von dir.«

»Aber sie will es. Sie wird uns alle wahnsinnig machen mit ihrem Gerede vom Paradies und der wahren Schöpfung. Das ist doch alles Irrsinn. Da draußen, dort oben auf den Bergen, dort ist das Paradies, die Wahrheit, die Schönheit, nicht in der irren Kammer dieses verfluchten Hauses.«

Jakob zitterte und versuchte, seine Tränen vor mir zu verbergen.

»Seit wann machst du das? Durch die Täler ziehen. Heimatlos. Hat es begonnen, als sie dort hingebracht wurde?«

Er nickte, und ich verstand. Wenn die Festung einer Mutter ins Wanken geriet, riss sie die Kinder mit sich.

»Sie will dich sehen. Mein Gott. Sie will dich nur sehen«, sagte ich, und nun flossen auch mir wieder Tränen über die Wange. Was hätte ich gegeben, wenn ich Lya in diesem Augenblick fest an mich hätte drücken können! Nur einmal noch, um sie zu retten, nachdem meine Festung ins Wanken geraten war.

Ein Käfer kroch über meinen rechten Schuh. Was fühlte er?

Dr. Werner stand neben mir, als Jakob das Zimmer betrat. Sein Kopf war gesenkt, als sie seine Hand berührte. Sie sprach kein Wort und strich nur mit dem Daumen über seinen Handrücken. Der Geruch nach Rosmarin war abgeschwollen, und die Vögel sangen ein anderes, ruhigeres Lied.

Wann war der Wahnsinn über die Strega gekommen? Der Heimleiter hatte mir zugeflüstert, der sei mit dem Tod des Hundertjährigen ins Land gekommen. Er sagte aber auch, dass es die Kräuter gewesen seien, die ihren Verstand vernebelt hätten. Anders als ihre Schwester glaubte die Strega, dass nicht in der Wissenschaft die Erkenntnis lag, sondern in der Natur. Sie wollte deren Sprache lernen und zum wahren Wesen des Menschen vordringen. Der Fall des Hundertjährigen, der im Wahn seinen Freund wie ein Wild durch den Wald getrieben hatte, war für sie das Schlüsselereignis gewesen. Angeblich hatte der Alte auf seiner Jagd eine Erkenntnis erlangt, die ihn zu einer neuen Wahrnehmung geführt hatte. Fortan beschäftigte sie sich mit der Neurologie und stürzte irgendwo dazwischen in eine Höhle des eigenen Verstandes, aus der nur noch verschlungene Wege führten.

Ich wusste nicht mehr, was ich glauben konnte, was ich glauben *wollte*. Meine Tochter war verschwunden, und es fehlte jede Spur von ihr. Doch ich wusste, dass großes Leid und Seelendruck Wahnbilder hervorrufen konnten, die Hunderte schweigende Menschen durch den Wald gehen ließen. Ich war an einer Grenze meines Verstandes angelangt und immer mehr versucht, einen kleinen Blick auf die andere Seite zu werfen, die Grenze zu überschreiten – so wie die weiße Hexe es getan hatte.

Ich schloss die Augen, als sie ihn in den Arm nahm und sich von ihm verabschiedete. Mit gesenktem Kopf wandte er sich von ihr ab und ging an mir vorbei nach draußen.

»Ich danke Ihnen«, sagte die Frau in Weiß. »Ich danke Ihnen von ganzem Herzen.«

Ich suchte nach passenden Worten, als die Vögel wieder ihren Klang erhoben.

»Er wird Sie zum Buch führen. Seien Sie vorsichtig!«

Ich wusste nicht, was ich sagen sollte.

Der Weg ist einfach: Besiege die schwarze Frau, indem du die Wölfe zähmst. Dann können die Hirsche wieder ihren Weg gehen, und du wirst den Rhythmus spüren und die Leere betreten. Dann wirst du die Wahrheit erkennen, und die Schöpfung offenbart sich, und Lya ist wieder bei dir. Für immer bei dir.

FÜNF

Die Sterne werden größer.

Sie verbinden sich mit Eis.

Ich verließ den Herrenhof, ohne mich noch einmal zu ihm umzusehen. Der Leiter der Nervenheilanstalt suchte unbeholfen nach Gründen, mit mir noch eine Tasse Kaffee zu trinken, doch mein Blick ging nach vorn zu dem nahen Wald, der mit seinen geduldigen Stäben auf mich wartete. Ich wusste nicht, wohin ich wollte, doch ich entschied, der tiefen Sonne zu folgen, die mir hinter den Bäumen wie ein Irrlicht den Weg zeigte.

Die warmen Strahlen blitzten in meine Augen, glitten durch den tiefen Herbstnebel. Ich stieg über gebogene Wurzeln, die wie Schlangen aus dem Boden krochen. Das weiße Licht wies mir den Weg. Ich ging immer weiter. Er war hinter mir. Ich hörte seinen Atem. Warum hatte ich Angst, mit ihm zu sprechen? Konnte ich ihm wirklich vertrauen? Der Nebel verdichtete sich, dahinter duckte die Sonne sich weg.

»Wohin willst du?«, fragte Jakob.

»Das hat doch alles keinen Sinn«, sagte ich und wandte mich um. »Ich werde Lya nie wiedersehen. Sie ist hier in dieser verdammten Gegend verschwunden. Diese verfluchten Wälder haben ihr Maul aufgerissen und sie einfach verschluckt.«

Jakob schwieg.

»Was weißt du von diesem Mann. Diesem Hundertjährigen?«, fragte ich ihn.

Er hob seinen Kopf und sah mich an. »Sie hat gesagt, ich wüsste, wo sein Tagebuch ist, habe ich recht?«

Ich nickte. »Dieser Mann. Hat es ihn wirklich gegeben, oder ist das auch nur so ein Irrsinn wie alles hier?«

»Folge mir!«, sagte Jakob und setzte sich wieder in Bewegung. Er ging an mir vorbei und tauchte in den nassen Nebel.

Wir näherten uns langsam der Baumgrenze. Immer wieder rutschte ich auf der feuchten Erde aus und hatte Mühe, Jakob zu folgen. Meine Hände waren kalt und schmutzig und mein Kopf schwer. Meine Gedanken hatten längst ihre Ordnung verloren. Nur das zähe Voranschreiten hielt mich aufrecht, denn am liebsten wäre ich stehen geblieben und hätte Gott verflucht. Dieses Gerede vom Paradies, das hier irgendwo liegen sollte: alles Unsinn! Diese Welt war ein Abgrund – und er war trist und öde.

Der Weg ist einfach: Besiege die schwarze Frau, indem du die Wölfe zähmst. Dann können die Hirsche wieder ihren Weg gehen, und du wirst den Rhythmus spüren und die Leere betreten. Dann wirst du die Wahrheit erkennen, und die Schöpfung offenbart sich, und Lya ist wieder bei dir. Für immer bei dir.

Strega. Diese verfluchte Frau. Alle waren verflucht. Lya war in eine Höhle gestürzt, und niemand fand sie. Hier gab es keine Schöpfung, hier gab es nur eine dunkle Felskammer, in der Lya auf mich wartete.

Sonnenregen ergoss sich durch ein Nebelfenster, und obwohl wir aus der Baumgrenze stießen, hatte ich das Gefühl, dass es wärmer war. Ein sanfter Wind empfing mich und führte mich zu Jakob, der vorne am Ende einer Hochebene auf mich wartete und ins versteckte Tal vor sich blickte. Ich trat zu ihm, außer Atem und gebrochen, als sich mir die Welt offenbarte. Denn was ich sah, berührte mich. Es war eine Welt, die fast gemalt schien, nah und doch fern, wirklich und unwirklich zugleich. In einem Tal spielte die Sonne mit ihrem goldenen Licht und berührte die wachenden Gipfel der sicheren Berge mit einer warmen Glut. Mit einem Mal waren all meine Sorgen vergessen, alle Zweifel, denn hier, an diesem Ort, war ich sicher, dass ich Lya finden würde. Es war, als hätte dieses Land, das ich vor mir sah, sie mit seinen sorgsamen Hügeln und nährenden Wiesen aufgenommen, sie umschlungen. Das Paradies. Sie war im Paradies.

»Es ist wunderschön hier! Wo sind wir hier? Was ist das für ein Dorf dort hinten?«

Jakob schwieg. Seine Augen flogen über bestimmte Punkte in der Ferne. Die ernsten Züge in seinem Gesicht gefielen mir nicht.

»Ist Lya dort unten?«

Jakob schwieg weiter, und so begann auch ich, das Tal näher zu betrachten. Dann geschah das Überraschende: Je länger ich die Welt betrachtete, die sich mir offenbarte, desto dunkler wurde sie. Die Farben, die ich vorgefunden hatte, verblassten, und die Sicherheit der umfassenden Berge wirkte immer bedrohlicher. Mir war, als legte sich ein großer Schatten über dieses Tal. Eben war ich noch voller Hoffnung gewesen, dass ich mein Mädchen dort unten finden würde – dort, wo es vielleicht bei friedliebenden Menschen unterkommen war. Jetzt hoffte ich, dass Lya in einer schützenden Höhle Zuflucht gefunden hatte, wo ich sie finden würde, unversehrt, unberührt von der Dunkelheit.

»Dieses Tal ist verloren. Alles Leben ist fort.«

Jakobs Wortwahl machte mir Angst.

»Warum führst du mich dann hierher?«

»Es war sein Weg. Hier hat er den Hirsch gejagt.«

»Der Hundertjährige? Hier hat er seinen Feind gejagt wie Wild?«

Ich suchte das kleine Dorf in der Ebene, durch das der alte Mann den Geliebten seiner Frau an den Haaren zwischen den Häusern entlanggeschleift hatte. Ein Schauer lief über meinen Rücken.

»Seit Jahrhunderten wollen sie alle in dieses Tal. Alle suchen sie dasselbe. Erleuchtung. Frieden. Dabei finden sie nichts anderes als den Tod.«

Jakob blickte in den Himmel, der eine große Wolkenflotte über uns zusammenzog.

»Du hast gesagt, der alte Mann habe am Ende jedem verziehen.«

»Ja. Er hat am Ende das Paradies gefunden. Edden.«

»Edden?«

»Dort hinten: Siehst du es? Das Paradies?«

Ich kniff die Augen zusammen und folgte Jakobs Blick. Doch ich konnte nichts entdecken außer einem grauen Nass, das kalt dampfend aus den Wiesen und Wäldern kroch.

»Warum zeigst du mir das? Ist Lya da unten?«

»Siehst du den Pass dort?« Jakob zeigte mit ausgestrecktem Arm in Richtung Osten. Ein weites Hochplateau erhob sich über dem Dorf und war nur von den fernen hohen Ausläufern der Alpen umgeben. »Dort ist Tannenfall. Der Friedhof der Hirsche. Dort hat er das Tor geöffnet und die Königin in unser Land gelassen.«

Ich begann an Jakobs Verstand zu zweifeln. Ich malte mir aus, was in ihm vorgegangen war, als er seinen Halt verloren hatte, auf ewige Wanderschaft gegangen war und sich entschieden hatte, über die Alpen zu ziehen. Wie viele Tage hatte er schweigend zugebracht und dabei seine eigene Sprache nach und nach verlernt und sich die Sprache der Natur angeeignet? Ließ diese Sprache das Paradies nicht an jedem Ort vermuten? Selbst hier, in diesem abscheulichen Tal?

»Du hast sie doch gesehen! Die schwarze Frau und ihr Nachtvolk. Du hast sie doch gesehen! Die Verzweifelten und die Wölfe.«

Seine Worte trafen mich wie ein Faustschlag.

Woher wusste er, was ich gesehen hatte? Hatte ich es ihm erzählt? Hatte Lya es ihm erzählt, als wir von der Baustelle nach Hause gegangen waren? War ich selbst am Ende auch unfähig, meinen Verstand und meine Erinnerung im Zaum zu halten?

Verflucht seist du, verdorbenes Land!

»Dort! Siehst du das?«

Eine unsichtbare Faust würgte meinen Hals, und ich versuchte, im Grau den Ort auszumachen, den Jakob mir zeigen wollte. Ich wusste nicht mehr, was ich glauben sollte und was nicht. Ein Teil von mir wollte zurücklaufen, zurück nach Berlin, wo ich an meinem Schreibtisch einen Plan aushecken und mit meinen Kontakten und Beziehungen alle Hebel in Bewegung setzen könnte, um Lya zu finden. Ich würde die Kraft der Gesetze anwenden, um die Verantwortlichen zur Rechenschaft zu ziehen. Aber hier in der Natur gab es keinen Verantwortlichen. Die Natur war. Punkt.

Und so entschied ein Teil von mir, hierzubleiben und sich darauf einzulassen. Es war der schwächere Teil von mir, der blieb. Der andere war längst zurückgefahren nach Berlin, eher nach Potsdam, und dort zusammengebrochen, in Ohnmacht, in schrecklicher Ohnmacht.

»Was ist dort? Ist Lya dort?«

Der Weg ist einfach ...

»Nein, so einfach ist das nicht«, sagte Jakob. »Wir können da nicht einfach hinuntergehen.«

»Aber du hast doch gesagt, das Tal sei verlassen. Wer soll uns also daran hindern? Wir holen jetzt Lya!«

»Es sind die Wölfe. Sie sind überall.«

Wölfe.

Mein Herz schlug schneller.

Mein Blick glitt über das Tal – und tatsächlich: Unter dem Nebel, hinter dem Nass, in der Dunkelheit waren sie. Die Wölfe. Es waren Dutzende. Hunderte.

Ich umgriff Lyas Stock, den ich beim Aufstieg wie einen Talisman bei mir getragen hatte, immer fester. Konnte ich ihn im Kampf gegen einen Wolf gebrauchen? Konnte ich überhaupt damit umgehen?

»Ich habe Angst, lass uns fortgehen von hier! Wir müssen einen Jäger holen.«

»Die Jäger sind alle längst fort«, sagte Jakob und unterbrach sich selbst, als er das dunkle, rhythmische Grollen hörte, das wie Trommeln hinter dem Kamm im Westen aufstieg. Ich folgte seinen Blicken und umklammerte Lyas Stock noch fester als zuvor. Denn am westlichen Rand des Tales stiegen hinter einer hohen, steil abfallenden Felswand Rauchsäulen in die Höhe.

»Was ist das?«

»Das Nachtvolk. Es wartet hinter der Bärenmauer.«

»Worauf?« Meine Stimme zitterte.

»Bis die Wölfe das Zeichen geben.«

Ich sah zur Bärenmauer und glaubte darin einen spitzen Felsvorsprung zu entdecken. Auf einem Baum mit zwei sich nach oben windenden Stämmen thronte ein Hochsitz. Ich kniff die Augen zusammen und starrte plötzlich in ein grelles Licht, das aus einem Quadrat in mein Gehirn floss.

Du darfst jetzt nicht aufwachen. Du musst dich beeilen. Finde Lya. Wach nicht auf. Sie haben bemerkt, dass etwas nicht stimmt. Aber sie werden uns nicht finden. Ich beschütze dich, aber bitte beeile dich, bitte …

Der Kopf einer Frau schob sich über mein Gesicht. Es war meine Therapeutin. Ich schlug die Augen wieder zu. Ich musste mich weiter erinnern. Mich zurückversetzen. Die Augen verschlossen halten.

»Was ist das?«

»Lauf! LAUF!«, schrie Jakob. »Ein Wolf!«

Ich hörte nur das schreckliche Knurren hinter mir und setzte sofort Jakob nach, der so schnell er konnte über den steilen Abhang in das verlassene Tal floh, wo uns die Dunkelheit empfing.

RÄUBERHÖHLEN

Meine Lungen brannten, als wir über die leere Straße hetzten. In Gedanken stellte ich mir vor, wie der Wolf hinter uns mit immer größeren Sätzen schneller und schneller wurde wie eine peitschende Welle, die immer wieder mit ihrem schaumigen Maul gegen den Strand schlug.

Wir durchstießen erneut einen Wald, der mit tief hängenden Zweigen die Haut in meinem Gesicht zerriss. Der würzige Geruch nasser Tannennadeln nieselte auf uns herunter. Über einen schmalen Weg, der in Serpentinen einen steilen Hang emporführte, gelangten wir schließlich zu einer Höhle. Eine mit Moos bewachsene Mauer bewachte den Eingang, der wie eine ausladende Kathedrale auf uns wartete. Das Surren einer feuchten Dunkelheit empfing uns, und ich glaubte die Flügelschläge von Fledermäusen an meinen Wangen zu spüren.

Über einen Seiteneingang drang ein wenig Licht und beleuchtete die Pforte, die weiter hinten zugemauert war. Ich blieb stehen und sah mich verzweifelt nach unserem Verfolger um, der uns in dieser Sackgasse hätte zerreißen können wie ein strohiges Herbstblatt, als Jakob in einem schmalen Spalt unter der Mauer verschwand und mir von der anderen Seite seine Hand entgegenstreckte. Ich zwängte mich durch den Auslass und kroch zu Jakob in die klamme Dunkelheit. Er schob einen Stein vor den Durchgang und atmete erleichtert aus.

Stille.

Das Tropfen der Steine. Das Gurgeln einer verborgenen Quelle. Und draußen vor unserer felsigen Festung der hungrige Atem eines Wolfes. Er musste groß sein. Riesig. Ich hatte nur seinen Schatten gesehen. Ich hatte Angst und wagte kaum, zu atmen.

Würde die Bestie einen Weg in die Höhle finden? Ich blickte mich um. Schwarz. Ein karges Licht aus einem Luftspalt über uns. Vertrocknete Farben eines Regenbogens. Ich spürte Jakobs Hand neben mir. Sie war warm und rau. Und sicher. Sein Atem trocknete meine feuchten Wangen. Ich schloss die Augen, kämpfte gegen meine Unruhe an. Bis es endlich still wurde. Draußen vor der Höhle. Ich suchte Jakobs Augen.

»Ist er weg?«, flüsterte ich.

»Nein. Wir müssen warten, bis der Hunger ihn fortlockt. Dann zieht er weiter. Zu den Lämmern.«

»Und was machen wir jetzt?

»Warten.«

Warten.

Ich dachte an das Haus, in dem ich vom Warten erstickt worden war. Jetzt sehnte ich mich nach den weißen Wänden, die meine Welt verdreht hatten. Denn auch wenn sie meine Gedanken in ein Labyrinth verwandelt hatten, so hatte es zumindest irgendwo einen Ausgang gegeben. Es gab immer einen Ausgang.

Hör zu, es gibt keine Labyrinthe ohne einen Weg nach draußen. Oft stehst du nur davor und erkennst ihn nicht.

Ich dachte an die Worte des Generals. Er hatte in meinem verzweifelten Blick gesehen, dass ich in den Akten fast ertrunken wäre. Ich hatte ein Geflecht von Aussagen sortieren müssen. Allesamt widersprüchlich. Am Ende war es sinnlos gewesen. Er war freigekommen. Der Vater, der seine kleine Tochter entführt und im Wald vergraben hatte. Ich hatte gewusst, dass er schuldig war. Aber ich hatte es nicht beweisen können. Er hatte Verbindungen zur Familie gehabt.

Nach der Verkündung des Urteils hatte ich in Potsdam gesessen und am Heiligensee meine Niederlage zu verkraften versucht. Der Neue Garten, der den See umgab, war nach dem Vorbild der Rosenkreuzer angelegt worden. Alles folgte dort einer Ordnung, einer heiligen Geometrie – und der Vision eines besseren Menschen, der sich über die Pein der Schöpfung erhob und sich selbst zum Schöpfer machte. Ein besserer Mensch. Ich war ein schlechter Mensch geworden, weil es mir mit der Kraft der Gesetze nicht gelungen war, den Mörder eines Mädchens hinter Gitter zu bringen.

Das Leben ist nicht immer schwarz und weiß. Auch wenn wir es gerne so hätten.

Ich hatte den General für diese Worte gehasst, da sie falsch waren. Es gab vielleicht kein Schwarz und kein Weiß, aber es gab ein Schuldig und ein Unschuldig. Ein Gut und ein Böse. Wenn wir aufhörten, daran zu glauben, dann war das der Niedergang einer Gesellschaft, in der ich nicht länger leben wollen würde. Doch wollte ich in einer Gesellschaft leben, die begonnen hatte, aus Tätern Opfer zu machen und aus Opfern Täter? Einer Gesellschaft, die unter dem Diktat sogenannter Moral, die für alles und jeden Verständnis hatte, allmählich die Spielregeln aufweichte, da sie an nichts mehr glaubte, da alles, was war, auch anders sein konnte?

Einer Gesellschaft aus Gutmenschen, die keine Grenzen setzte – wie schlechte Eltern, die ihrem Kind alles durchgehen ließen? Der Westen war für mich immer mehr zu einem Sumpf geworden, in dem die Werte versanken, für die früher Menschen auf die Straße gegangen waren. Nichts hatte mehr Bestand, jeder Täter war vorher Opfer gewesen. Jedes Opfer vorher Täter. Jedem Schwarz wohnte ein Weiß inne. Jedem Weiß ein Schwarz. Ein Mörder, der seine Tochter mit einem Ast erschlug, war das Opfer seiner Eltern, die ihn jahrelang im lichtlosen Kerker hatten aufwachsen lassen. Und das Mädchen wurde zum Täter, als es seinem Vater vom Licht erzählte, das man im Wald finden würde, außerhalb der Kerker.

Es gab immer einen Ausweg. Selbst wenn er nur darin bestand, zu erkennen, dass es keinen gab.

»Ist er weg?«, flüsterte ich und suchte Jakob, der sich in den letzten Stunden des Wartens tiefer in das Innere der Höhle vorgetastet hatte.

»Ich sehe nach«, sagte er und schob den Stein zur Seite. Nacht fiel in die Höhle. Regen. Der Geruch von Kiesel und nassem Gras.

Er steckte seinen Kopf nach draußen und gab mir ein Zeichen, ihm zu folgen. Die Luft war rein. Ich ging langsam an die Mauer und spürte von dort die weite Ebene des verlassenen lichtlosen Dorfes.

»Und was machen wir jetzt?«

»Wir sollten hierbleiben, bis der Tag kommt. Hier sind wir in Sicherheit.«

Jakob nahm seinen Rucksack und gab mir ein Stück Brot und eine silberne Thermoskanne mit Tee. Dazu ein Stück Speck. Ich bedankte mich und schämte mich, dass ich mich ohne Essensvorräte aufgemacht hatte, meine Tochter zu suchen. Hatte ich immer noch nicht begriffen, was geschehen war? Glaubte ich immer noch, dass sich der Vorhang heben und die Schauspieler wie in einem Theaterstück vom Boden aufstehen und quicklebendig ihren Applaus genießen würden? Saß ich in meinem eigenen Theater und sah der Welt zu? Oder in einem Panoptikum? In Benthams Panoptikum?

»Wo sind wir hier eigentlich?«, fragte ich Jakob und setzte mich neben ihn auf den nassen Stein.

»Das sind die Räuberhöhlen.«

»Räuberhöhlen? Gab es hier denn Räuber?« Ich sah auf die alten Gemäuer und versuchte, sie in mein Geschichtswissen einzureihen.

»Im 18. Jahrhundert gab es viele hier. Sogar schon im 12. Jahrhundert, als über den ›Semernic‹ viele Reisende in Richtung Süden fuhren. Damit sie Rast machen konnten, gründete man ein Hospiz. Und da nicht wenige auf der harten Reise erkrankten, kam ein kleines Hospital dazu. Deshalb der Name ›Spital am Semmering‹. Heute ist davon nichts mehr übrig.«

»So wie von den Räubern?«

»Wenn du nicht die Bauarbeiter, die unseren Berg für ein sinnloses Bahnprojekt von innen erdolchen, als Räuber bezeichnen möchtest, dann ja. Niemand mehr übrig von den einstigen Räubern.«

Von innen erdolchen.

Ich wunderte mich über Jakobs Wortwahl, lauschte aber weiter seiner Geschichte.

»Es gibt drei Höhlen. Eine kleine, eine mittlere und eine große. Dabei hat die kleinste den größten Eingang.«

Er zeigte auf den Eingang hinter uns und nickte. Dann fuhr er fort. »In die große Höhle kommst du nur über einen kleinen, kaum sichtbaren Eingang, und die mittlere Höhle kennt niemand. Ich selbst habe sie auch noch nicht gesehen. Es gibt nur Gerüchte. Demnach soll man von dort einen Weg zum stummen Dorf finden. Ein Dorf direkt unter Tannenfall.«

Das stumme Dorf? Ich war mit einem Schlag hellwach.

»Und diese Höhle? Wohin führt die?«

»In ein Labyrinth. Es ist riskant, dort hinabzusteigen. Nach dem Krieg ließ Marius Khalberg den Eingang zumauern. Es war zu gefährlich für die Kinder. Man hatte schon zu viele vermisste Kinder zu beklagen.«

Ich erstarrte. Khalberg. Marius Khalberg. Die Schwarze Familie. Sie war hier gewesen.

»Marius Khalberg? Was hat der mit dieser Höhle zu tun? Und willst du mir jetzt sagen, dass hier, in dieser verfluchten Gegend, schon seit Jahrzehnten Kinder verschwinden? Willst du mir das jetzt sagen?«

Jakob stand auf und stellte sich zur Mauer.

»Ich bin nicht so wortgewandt wie du ... Ich –«

»Du wusstest die ganze Zeit davon?« Ich sprang hoch und hätte Jakob am liebsten in die Höhle gestoßen, um im Labyrinth darunter nach Lya zu suchen. »Denk jetzt genau nach, was du sagst! Dieser Marius Khalberg: Was hat der mit dieser Höhle zu tun?«

»Zu Beginn des Ersten Weltkriegs stürzte ein Bauer namens Franz Leidemann hier in der Gegend in eine Höhle. Er sah dort ... Gott. Er kam wieder zurück und schrieb alles in sein Tagebuch. Leidemann und Khalberg waren gemeinsam im Krieg. Nach Ende des Krieges kam Marius Khalberg hierher. Trotz der Proteste seiner Familie. Er entdeckte hier ein Geheimnis, das er von seiner Familie fernhalten wollte.«

»Weißt du, wer die Khalbergs sind?«

Jakob schüttelte den Kopf.

»Sie sind die einflussreichste Familie Europas. Ich versuche seit Jahren vergeblich, auch nur einen einzigen Prozess gegen sie zu gewinnen.«

Jakob schwieg und kramte nach ersten Worten für eine Erwiderung. »Ich kenne mich nicht so aus mit solchen Dingen.«

»Was weißt du noch über die Khalbergs und das Geheimnis hier? Du musst mir jetzt alles sagen! Hörst du?«

In der Ferne heulte ein Wolf.

Dann noch einer.

Und der Schatten wurde größer.

»Ich bin nicht gut in Worten, aber vielleicht kann dir das helfen.«

Jakob nahm wieder seinen Rucksack und zog ein Tagebuch heraus.

»Es ist das, von dem sie erzählt hat. Er hat es versteckt. Bei sich im Zimmer. Pass auf damit!«

Mein Herz schlug bis zum Hals, und ich hörte die Stimmen in meinem Kopf immer lauter.

Wach jetzt nicht auf, um Gottes willen! Wach jetzt nicht auf und finde Lya, bevor es zu spät ist!

DIE FÜNFTE HANDSCHRIFT

Wenn ein einziger Hund damit beginnt, einen Schatten anzubellen, dann folgen die nächsten und die nächsten, und bald machen Hunderte Hunde daraus eine Wirklichkeit.

»Leidemann, F.: Kriegstagebuch 1914«. Ich schlug das kleine Büchlein auf. Es lag schwer in der Hand. Der Ledereinband war abgegriffen, als hätte er mehrere Kriege durchlebt. Nach Jahreszahlen folgten Einzelheiten. Überlegungen. Beobachtungen.

28. Juni 1914: Franz Ferdinand samt Gemahlin ermordet – Pack!

1. Mai 1933: Komm zurück. Endlich sind wir fähig, uns selbst zu wollen! Komm zurück. Wir alle erwarten dich – vergiftete Worte … Wie konnte ich sie jemals lieben.

22. Dezember 1967: Ich spiele mit dem Gedanken, Edden zu verlassen und mit meinem Bruder Frieden zu schließen.

Immer wieder hatten andere Handschriften die Einträge durchkreuzt und Gedanken hinzugefügt. Manche Zeilen waren unterstrichen, andere mehrfach eingekreist. 1918 wechselte die Handschrift, später noch zweimal. Ich glaubte, darin vier verschiedene Handschriften zu erkennen. Darunter mischten sich Skizzen von der Landschaft.

Ich sah das Tal. Waren die Bilder dort entstanden? Ein weißes Haus. Lieblos gebaut. Daneben ein Friedhof, eine Schule. Ein dunkler Wald mit einer Kapelle. Unheimlich. Verwunschen. Ein weißer Turm am Rande eines Felsens mit herrlicher Aussicht. Ein stürmischer Pass, ein zugefrorener See. Oder eine Mühle mit einem Bach, der über mehrere Seiten zu einem Haus führte, wo jemand im oberen Stock aus dem Fenster sah. Und dann noch ein gespaltener Baum vor einer hohen Felswand, in die sich tiefe Höhlen gruben.

Auf allen Seiten fanden sich Symbole, die ich nicht entziffern konnte, und Angaben zu Mischverhältnissen sowie Zeichnungen von Menschen mit Listen und Namen. Und Gehirnen und Blumen. Wieder Symbole. Ich ging ans Ende des Büchleins. Die Schrift war zittriger. Wie die eines Kindes. Ungelenk, klobig. Es war die vierte Handschrift. War es die des Hundertjährigen? Geometrische Formen füllten doppelte Seiten, und am Ende folgte die unheimliche Zeichnung eines großen dunklen Planeten, der über einem Pass thronte.

Ich blickte zu dem Gebirgsübergang, den mir Jakob gezeigt hatte. War es derselbe wie in der Zeichnung? Konnte darüber ein dunkler Planet stehen? Unsinn. Da war nichts außer tiefen, bohrenden Wolken, die die Köpfe nach unten drückten.

Ich wollte das Buch zuschlagen, als ich zwischen dem hinteren Buchdeckel und dem letzten Blatt eine getrocknete blaue Orchidee fand. Ich hatte Angst, sie anzufassen, da ich fürchtete, sie würde zu Staub zerfallen.

Ich sah zu Jakob, der still neben mir hockte und eine schwere Schuld zu tragen schien.

»Dieses Tagebuch ist also von dem Alten, der hier seinen Hirsch gejagt hat. Und vorne, das sind die Einträge von diesem Bauern, von Franz Leidemann. Und danach folgen die von Marius Khalberg. Danach wechselt die Handschrift noch zweimal. Ich gehe davon aus, dass die letzte die des Alten ist, aber von wem ist die andere?«

»Konrad. Der Widersacher des Alten. Er hatte ihm seine Frau streitig gemacht. Der Sohn von Marius Khalberg.«

Ich blickte wieder auf den Pass und stellte mir vor, wie der Alte einen Khalberg durch die Wälder gejagt hatte, angetrieben von tiefer Wut. Hatte er es geschafft, einen Khalberg zu besiegen?

»Was ist mit diesem Konrad Khalberg? Lebt er noch?«

»Er ist gestorben, nachdem er noch eine kurze Zeit des Friedens mit der Frau des Alten erleben durfte. Auch Konrads Bruder, Albert, der alte Bürgermeister, ist tot. Alle sind sie tot. Das Tal ist verlassen.«

Jakobs Stimme klang traurig, als hätte er Mitleid. Für mich war das ein Zeichen dafür, dass er nicht im Geringsten wusste, welche Machenschaften die Khalbergs tätigten, welche Netzwerke sie über die Jahrhunderte geknüpft hatten. Hier, in der Unmittelbarkeit der Wildnis, konnte man den Kampf auf das Wesentliche reduzieren. Mensch gegen Mensch. In meiner Welt war das unmöglich. In meiner Welt waren die Menschen längst verschwunden. Systeme und Netzwerke waren an ihre Stelle getreten, korrupte Konstrukte von Algorithmen und Lobbyisten, die das Wesen des Menschen für Profit verkauften. Der Staat war die Bühne, auf der Mephisto über Faust triumphierte. Und im Publikum saß die Presse und spendete einen falschen Applaus in ihren verlogenen Berichten. Ich konnte dieses Spiel nie gewinnen. Nur hier, in diesem abgeschiedenen Tal, schienen diese Gesetze verschwunden, und der Mensch konnte sein wahres Wesen zeigen. Sein gutes. Sein böses. Hier gab es die beiden Gegensätze noch. Gut und Böse. Jäger und Gejagter.

Ich fühlte mich unwohl bei diesen Gedanken, da sie mir zu einfach waren, zu roh. Gleichzeitig ahnte ich, dass ich Lya nur wiederfinden konnte, wenn ich es verstand, in dieser Rohheit die Wahrheit zu finden.

Lya. Natürlich! Es musste einen Hinweis im Buch geben.

Warum sonst hätte die Strega es mir empfohlen? Sie wollte, dass ich es bekam, dass ich in den Kampf zog. So wie er damals. Ich musste das Buch lesen. Von der ersten bis zur letzten Seite. Und dann musste ich es noch einmal lesen, bis ich alles verstanden hatte. Bis ich den Planeten sehen würde, den dunklen Planeten.

»Geht es dir gut?«

Ich erschrak. Vermutlich waren mir meine Züge entglitten, als ich in der Welt versunken war, die ich im Tagebuch zu finden hoffte.

»Hast du das Buch gelesen?«, fragte ich Jakob, der an der Felsmauer begonnen hatte, die Wälder achtsam im Auge zu behalten. Er schüttelte den Kopf. Sein Schweigen sagte mir, dass er mir Zeit geben würde. Er würde mir Zeit geben, mich in die Höhle zu setzen und im diffusen Schimmer eines schmalen Mondlichtes nach Lya zu suchen, die vielleicht irgendwo in den vergilbten, abgegriffenen Seiten verschwunden war. Er würde mir die Zeit geben und draußen auf die Wölfe achten. Er würde mir Zeit geben, während ich zurückkroch in die Höhle. Doch ich begann nicht von vorne. Ich begann dort, wo ich eine weitere Handschrift fand. Eine fünfte.

LYAS STAB

Was ist Kunst? Ist sie die Verdeutlichung des dunklen Denkens der Natur? Besteht sie aus der Vereinfachung der Linien? Macht sie das Unsichtbare sichtbar? Die geheimen Gruppierungen? Die unentdeckten Wesen? Die wahren Gesetze? Nur durch das Feuer der Inspiration werden sie sichtbar, die Symbole, die mit unsichtbarer Tinte geschrieben sind. Das Geheime offenbart sich, das Verworrene entwirrt sich, das Komplizierte wird einfach und das Zufällige notwendig. Oh, Henri-Frédéric, wie nah warst du der Antwort. So will ich lernen und leben, was du sagst. Es ist die Kunst, welche die Natur offenbart. Nur sie kann ihre Absichten deuten und ihren Willen in die wahren Gesetze gießen. Diese Gesetze sind die Antwort auf alle Fragen, die den Menschen peinigen und quälen. Der Königsweg offenbart sich nur dem, der diese Gesetze kennt und sein Leben diesem Ideal hingibt. Oh, Henri-Frédéric, der Kunst große Aufgabe ist es, zu vereinfachen, was die Natur versteckt hat. Das Paradies direkt vor unseren Augen.

Ich lugte durch den Spalt nach draußen. Es regnete. Jakob stand wie ein treuer Wächter noch immer an derselben Stelle. Mein Vorsatz, das Buch vollständig zu lesen, geriet immer wieder ins Wanken. Denn diese fünfte Handschrift hatte Gedanken in dieses Büchlein gelegt, die mich innehalten ließen und mir zuflüsterten, dass in ihnen der geheime Ort lag, an dem sich Lya befand. Und so verfing ich mich in diesen Gedanken wie in Spinnweben. Deshalb brauchte ich einen starken Willen, einen Fokus, der mich ermahnte, mich nicht treiben zu lassen, der mich ermahnte, nicht abzulassen, nicht in der Leere zu versinken.

Bevor ich weiterlas, schob sich Mertens Gesicht in meine Erinnerung. Seine Stimme klang anders. Er sprach langsamer als sonst. Er hatte mich nach der Verhandlung über den Kindermörder zu sich gewinkt. Seine Worte hatte ich immer wieder mit in den Schlaf genommen.

Sie verurteilen ihn, weil er sein Kind erschlagen hat? Aber wer verurteilt das Kind? Ist es unschuldig, obwohl es sich hat erschlagen lassen?

Ich spürte die Wut wiederkehren wie eine Schlange, die nur darauf wartete, zuzubeißen und ihr Gift in meine Adern zu schießen.

Einander entgegengesetzte Dinge sind nur durch eine Linie getrennt. Im Wesen sind sie ein und dasselbe. Es ist dasselbe Spektrum.

Die Ohnmacht raste mit großen, stillen Schritten aus dem

Wald auf mich zu, fand mich kauernd in dieser Höhle. Wo war er jetzt, der Kindsmörder? Suchte er nach einer neuen Frau, die er schwängern würde, damit er auch ihr Kind erschlagen konnte? Wie bestialisch. Wie abartig. Erlaubte es seine Zugehörigkeit zum großen Netzwerk, sein Wesen frei zu entfalten? Rechtfertigte das seine Taten? Sprach ihn das frei? Vor den Gesetzen der Menschen fehlten Beweise, aber vor Gott? Vor Gott war er schuldig. Doch niemand wollte es sehen. Gott aber würde ihn eines Tages richten, er würde die Guten in den Himmel holen und die Bösen in die Hölle verbannen. Er würde sie trennen. Die Spreu vom Weizen. Die Segregation. Die Sezession. Ich wollte nicht in einer Welt leben, in der diese Trennung verschwunden war. Ich zog das alte Tagebuch zu mir, als könnte es mich wärmen und mir Trost spenden.

Ich spürte Mertens Hand. Sie hatte nach mir gefasst, bevor er mit dem Wagen davongefahren war. Er, der über mich triumphiert hatte, immer und immer wieder, hatte mich noch einmal berühren wollen. Ich dachte an das Fresko der Sixtinischen Kapelle. Was war Michelangelo durch den Kopf gegangen, als er Gottes Hand die von Adam berühren ließ? War Merten für mich Gott? Ein schrecklicher, ungerechter, verheerender Gott, der auf dem Thron des schwarzen Teufels saß?

Die gebogenen Kanten des gefalteten Papiers hatten sich in die Linien meiner Handfläche gebohrt. Ich hatte Angst gehabt, es zu öffnen. Was hatte sich darin verborgen? Hatte er um Verzeihung gebeten? Hatte er mich in das Spiel eingeweiht und versprochen, dass ich ihn woanders jagen dürfte? Wie einen Hirsch? Oder würde er mich jagen? Wie ein Wolf? Ich hatte das Blatt geöffnet. Es war quadratisch gewesen. So groß wie eine Handfläche. Meine Handfläche. Und es hatte ein Symbol gezeigt. Eine Linie, die an beiden Enden eine kleine Kugel bildete. Die Ohnmacht hatte erneut zugeschlagen. Ich hatte das Papier zerknüllt und auf die Straße geworfen, als die weißen Wände wieder aus ihren Rahmen gefallen waren und an meinem Labyrinth gebaut hatten.

Oh, Henri-Frédéric, der Kunst große Aufgabe ist es, zu vereinfachen, was die Natur versteckt hat. Das Paradies direkt vor unseren Augen.

Ich schlug das Tagebuch wieder auf. Lya. Warum hatte sie mich verlassen? Das Paradies direkt vor Augen? Wo? Wo in dieser Hölle war das ... Mein Atem gefror. Es war dasselbe Symbol. Die Linie. Mit den beiden Kugeln. Sie war an den rechten Rand der Tagebuchseite gezeichnet. Warum war es mir nicht vorher aufgefallen? Ich fing an zu zittern. Die Gebäude meiner Erinnerungen begannen zu wanken, und ein dunkles Grollen drang aus einer anderen Welt.

Nicht aufwachen. Ich musste Lya finden. Musste Lya finden. Ich sah ihr Lächeln, ihre wundersame Neugierde, als sie in den Tunnel gegangen war, um den Hirsch zu berühren. Ich erinnerte mich. Erinnerte mich an meine Worte.

»Sei vorsichtig«, hatte ich Lya ermahnt, die sich immer mehr dem Tier genähert hatte. Ich war ihr in einem Abstand von zwei Handlängen gefolgt. Plötzlich war sie stehen geblieben und hatte mir den Stock gereicht.

Ich will ihn nicht erschrecken. Er soll nicht denken, dass das eine Waffe wäre.

Ich hatte den Stock genommen und seine Spitze gesenkt. Lya hatte mir zugenickt und mir ein Zeichen gegeben, dort zu warten.

Der Stock. Die Linie. Die beiden Kugeln. Der Stock lehnte am Eingang der Höhle. Er war es, der Jakob zu mir geführt hatte. Ich sprang auf. Nahm den Stock. Untersuchte ihn. An seinen Enden war er abgenutzt. Stumpf. Beide Seiten im selben Maße. Wie Kugeln. Konnte das sein? Die Zeichnung, die mir Merten zugesteckt hatte, und das Symbol im alten Kriegstagebuch? Und dann noch Lyas Stock hier in meinen Händen? Konnte es sein? War es eine Spur? War es Lya, die mir einen Hinweis schickte? Lya?

Du hast es gefunden. Das erste Proto-Objekt.

»Wir müssen hier weg. Sie kommen. Die Wölfe. Schnell!«

Mein Herz raste. Ich lief nach draußen zu Jakob. Den Stock

in meinen Händen. Das Heulen durchflutete den Wald. Jakob hatte recht. Wir mussten weg.

Nicht aufwachen. Nicht aufwachen.

Ich packte, so schnell ich konnte, meine Sachen zusammen und folgte Jakob. Lya hatte mir einen Weg gezeigt. Ich musste diesem Weg folgen. Und obwohl die Wölfe immer näher kamen, spürte ich ein Gefühl der Sicherheit, das wie warme Wellen eines vertrauten Meeres mein Wesen umspülte. Und als ich in das Tal hinabstieg, als ich über die Wurzeln stolperte, den nassen, peitschenden Zweigen auswich und mich unter den fliehenden Schwärmen aufgeschreckter Raben hinwegduckte, sah ich es zum ersten Mal.

Das Panoptikum.

SECHS

Sieh nur, das Eis dort oben unterm Himmel,
es ist so schwer und fällt.

Es regnete in Strömen. Nasse Kälte kroch unter meine Haut. Ich folgte seinen Schritten. Stolperte weniger. Die Wölfe hatten unsere Spur verloren, daher wagte ich wieder, meinen Kopf zu heben.

Wir waren in einem breiten Tal angekommen. Die großen Regenwolken entluden sich an den scharfen Kanten der Bergkämme. Meine Füße waren durchfroren, und ich sehnte mich nach einem Feuer, an dem ich mich wärmen konnte. An einer Weggabelung blieben wir stehen. Jakob blickte in Richtung Osten, wo ein tiefer grauer Wald auf uns wartete. Dahinter hatte ein früher Morgen ein Loch in den Himmel gerissen.

Ohne mich zu fragen, ging Jakob weiter, immer auf der Hut, dass uns kein Wolf folgte. Ich vertraute ihm. Was hätte ich auch anderes tun können? Meine Gedanken hatten längst den Halt verloren in diesem Irrgarten aus grauen Wäldern, nassen Felsen und schlammigen Wegen.

Nach unserem eiligen Abstieg zog der Weg an, bald darauf erreichten wir wieder die Baumgrenze. Meine Beine schmerzten, und ich musste immer wieder stehen bleiben, meine verbliebene Kraft einteilen.

»Wir sind bald da«, sagte Jakob plötzlich, ohne sich umzudrehen. Ich reagierte nicht und sah auf Lyas Stab, den ich während des ganzen Weges fest in meiner rechten Hand umklammert gehalten hatte. Ich achtete darauf, ihn nicht in den Boden zu stoßen, sondern trug ihn wie eine Lanze neben mir, wie die Heilige Lanze. Ich war noch nicht bereit, über das nachzudenken, was mir in der Höhle durch den Kopf geschossen war. Lyas Stock. Das Symbol auf dem quadratischen Zettel von Merten, die Zeichnung im Tagebuch. Menschen neigten dazu, Zusammenhänge zu sehen, wo keine waren. Alles war mit allem verbunden und dennoch mit nichts. Ich konnte nicht klar denken, musste weiter und folgte Jakob in das Morgengrauen, das sich wie ein großer strahlender Theatervorhang vor uns hob.

Endlich. Wir erreichten eine hohe Ebene. Und meine Schritte wurden langsamer. Vor mir lag eine Wiese, die bis in den Horizont hineinreichte und dahinter ein glitzerndes Tal offenbarte. Das Paradies. Edden. Das Wunder Edden.

Ich zitterte am ganzen Leib und starrte wie ein Kind in die Ferne – mit leuchtendem Blick und einem Herz, das so laut schlug, als wollte es aus meiner Brust springen.

»Das ist … so schön«, sagte ich leise und spürte erst spät, dass Jakob dicht hinter mir stand.

»Das ist Edden.«

»Dieses Dorf, wo liegt es? Ich kenne es nicht von der Karte.«

»Kaum jemand kennt es. Es ist auch nicht leicht zu finden.«

Jakob sah ebenfalls auf die fernen und glänzenden Dächer von Edden, die durch die aufgehende Sonne funkelten und glitzerten, als wären sie aus reinem Gold. Ich meinte zum ersten Mal wirklich zu spüren, dass ich Lya wiederfinden würde. Dieses warme Gefühl der Vertrautheit umwarb mich wie ein Frühlingswind im nahen Winter, wie ein glimmendes Feuer, das mich mit seiner sanften Wärme zu umhüllen begann. Ich atmete tief ein. Die Luft war würzig und kräftig. Ich spürte mit jedem Atemzug, den ich trank, dass die Kraft in mein Leben zurückkehrte. Was für ein wunderbarer Ort! Dort, wo die Wiese abfiel in das leuchtende Talbecken, stand eine kleine rote Bank. Am liebsten wäre ich dort hingelaufen und hätte der Welt zugesehen, wie sie vor meinen Augen entstand. Wie sie sich aus dem Boden erhob und erblühte, wie sie reifte und verging. Im ewigen Kreislauf. Wie die Wolkentürme aus Regen in der Sonne tanzten, wie das Licht seine bunten Fächer über das Land warf, wie die Tiere erwachten und ins Leben krochen und dem nahen Winter trotzten.

Ich hatte zuvor nie erfahren, was Natur war. Ich wollte immer in die Stadt. Nach Berlin. Die nüchternen Seen meiner Heimat, die weiten Horizonte Brandenburgs und die endlosen flachen Wälder hatten nie meine Seele berührt. Für mich waren sie wie ein großes, weites Gefängnis gewesen, in das man hineinlaufen konnte, um sich in sich selbst zu verirren. Natur war für mich Trostlosigkeit. Einsamkeit. Doch das, was sich mir jetzt offenbarte, ergriff meine Seele, die ihre Flügel heben wollte, um nach Hause zu fliegen. Nach Hause. Nach Hause.

Ich hatte schon auf dem Weg zum Semmering bemerkt, dass sich die Landschaft verändert hatte. Dass die Wälder dunkler geworden waren und in einer fremden Sprache geraunt hatten, dass der Himmel kräftiger und tiefer und die Luft reiner und klarer geworden war. Aber nichts davon hatte mich berührt. Es war Natur, wie ich sie aus dem Fernsehen kannte oder aus Prospekten, nur blasser und schmutziger. Auch der Blick von meiner Terrasse hinein in das Land war schön gewesen, ja wunderschön, aber berührt hatte er mich nicht. Und dann die scharfen Felsen, die nassen Höhlen, die rutschigen Wurzeln, die peitschenden Äste: Das waren Hindernisse gewesen, die zwischen mir und Lya gestanden hatten, schwer überwindbare Hürden, während sich zudem überall Gefahr verbergen konnte. Aber jetzt, hier an diesem Ort, schien alles vergessen.

Mein Herz schlug immer noch so heftig, als hätte der Weihnachtsmann mir ins Ohr geflüstert, dass es ihn doch gab und alle anderen Wunder auch. Dass alles, was wir Menschen wussten, falsch war und alles, was wir glaubten, richtig.

Oh, meine Seele, wie schön du glitzerst hier im hohen Licht der nahen Sonne!

»Wir müssen weiter«, rief mir Jakob zu. Inzwischen hatte er einen schmalen Pfad betreten, der über die Baumgrenze führte. Ich riss mich aus dieser wundersamen Umarmung los und folgte ihm wie ein neugieriges Kind. Wann hatte ich vergessen, mich so zu fühlen?

Was fühlt ein Stein?

Ich versank in einem wahren Rausch an Emotionen – als würden meine Sinne durch eine Droge durcheinandergewirbelt. Lag es daran, dass mein Körper so erschöpft war, dass das Leid in mir so stark war, dass es keinen anderen Ausweg mehr gab, als zu einem emotionalen Kurzschluss zu führen? War ich knapp davor? Ich verschwand immer mehr in dieser

Welt, die sich nach und nach vor mir enthüllte. Alles schien sich zu verwandeln, zeigte sich mir in seiner Gegenwart, seiner Tiefe und Wahrhaftigkeit. Jeder Stein, der unter meinen Füßen knirschte, jeder Tropfen, der meine Wange berührte, jeder duftende feuchte Tannenzapfen sang eine wunderbare Symphonie der Reinheit und Einzigartigkeit. Tief in meinem Herzen wusste ich, dass alles gut werden würde – nein: dass alles gut war! Und als ich aus dem Wald trat und in die untergehenden Sterne des Mondhimmels blickte, glaubte ich, dass ich mein Lächeln wiedergefunden hatte, das ich vor Jahren irgendwo in den Betonwänden einer Stadt verloren hatte.

Wir erreichten eine weitere Ebene unter einem hohen Pass. Links tat sich ein weiter See auf, auf dem der abklingende Regen trommelnd seine Schlussakkorde spielte. Am Ende des Gewässers verbarg sich ein schüchterner Nebel und versteckte das gegenüberliegende Ufer in einem unwirklichen Dunst. Wieder ergriff mich dieses Gefühl der Gegenwärtigkeit. Ich wusste, dass der Winter kam, aber hätte der Himmel mit einem großen Donner die Wolken vertrieben und den Sommer über dieses Land gegossen, ich hätte keine Sekunde daran gezweifelt.

Jakob ging zum Wegesrand und sah in das Tal, in das Edden in seiner majestätischen Pracht hineinleuchtete.

»Zwei Wege führen nach oben zum Pass. Einer direkt von Edden steil durch die Wälder, der andere, der gewundene, von hier vorbei an von ewigem Wind geformten Bergkiefern und zähem gepressten Schnee.«

Ich begab mich zu Jakob und blickte ebenfalls in die weite Tiefe des Tals. Wieder spürte ich, wie die Seele in mir ihre Flügel ausbreiten wollte, als könnte sie nach Hause fliegen.

»Es ist so unglaublich schön hier«, sagte ich leise und wollte Jakobs Hand berühren, als wollte ich ihm danken, dass ich inmitten meines Kummers für einen Moment mein verborgenes wahres Wesen berühren durfte.

»Lass dich nicht in Versuchung führen! Tannenfall hat zwei Gesichter.«

Ich wusste nicht, was Jakob meinte, aber ich umfasste Lyas

Stab ganz fest, da ich wusste, dass er mich beschützen würde – was auch immer mich erwartete.

Und dann erzählte er mir von ihr. Und dass sie diesen Ort geliebt hatte. Sie hatte ihn die »Insel des Lebens« genannt. Er hatte ihr hier diesen kleinen Hof gebaut, umgeben von wilder, wahrer Natur. Er hatte gehofft, dass sie hier glücklich würde, hatte gewollt, dass sie endlich die Ruhe finden würde, nach der sie sich so sehr sehnte. Jetzt, da sie fort war, war dieser Ort vergessen. Seitdem lag die verlorene Natur versunken im stummen Nebel, der über dem Wasser wachte und ihn vor den Wölfen beschützte. Seit seine geliebte Frau Barbara diese Welt verlassen hatte, hatte Konrad Khalberg keinen Fuß mehr auf die Insel des Lebens gesetzt. Er hatte die Insel der Natur überlassen, schließlich hatten er und seine Familie schon zu sehr in sie eingegriffen. Er hatte dieses kleine Stück bewahren wollen, ohne dass jemals jemand etwas davon erfahren sollte.

Ich blickte auf den unruhigen Nebel auf dem See und fragte Jakob, woher er von diesem geheimen Ort wisse. Doch er schwieg und gab mir ein Zeichen, ihm dabei zu helfen, das Boot nach draußen zu ziehen, das unter den Ästen einer Latschenkiefer versteckt war.

Als wir ins Wasser setzten, spürte ich, dass etwas in mir in Bewegung geraten war. Vielleicht lag es auch am sanften Schaukeln der Wellen, die durch die geduldigen Schläge von Jakobs Rudern entstanden, die er tief in den See tauchte. Mit jeder Sekunde kamen wir näher, mit jedem Atemzug, jedem Herzschlag, jedem Erwachen einer Zelle. Wir kamen näher, bis uns endlich der Nebel berührte und uns mit einem warmen Hauch willkommen hieß.

Die Insel des Lebens.

Meine Gedanken verstummten.

Meine Sprache erlosch.

Mein Herz entflammte.

Meine Seele flog hoch.

Die Insel des Lebens.

Ich hatte sie erreicht.

Die Insel war klein und umspült von klaren Wellen des Bergsees. Sie war trotz des späten Herbstes noch immer grün bewachsen und umgeben von einem steil abfallenden Ufer. Inmitten von Bäumen, die in unterschiedlichen Herbstfarben leuchteten, wartete ein niedriges Holzhaus mit rötlichen Wänden und weißen Fenstern. Über dem kleinen Wald, der aus allen Arten von Bäumen zu bestehen schien, lagen satte weiße Wolken auf einem strahlend blauen Himmel.

Wir legten an einem kleinen Holzsteg an und stiegen das mannshohe Ufer hoch. Die Wiese war weich und übersät mit unzähligen Wildblumen und Kräutern, sodass mir von dem Duft fast schwindelig wurde. Darüber schwebte ein tiefes Surren eiliger Insekten und darüber der Willkommensgruß versteckter Vögel in den Kronen der Bäume.

Ich konnte nicht glauben, dass sich dieses Wunder hier verborgen gehalten hatte. Jakob erklärte mir, dass es eine Art geschlossenes System sei, das hier auf dieser Insel einen letzten Weg gefunden habe, im Einklang mit der Natur zu leben. Seine Stimme klang traurig. Dann erzählte er mir von den vielen Tälern und Wiesen und Gipfeln und Fluren, die er gesehen habe und die allesamt längst gestorben seien. Der Anblick der Natur, der wahren Natur, bestehe nur noch aus Hüllen, aus Wahnbildern einer einst prallen Welt. Der Mensch, der sich nie als Teil der Natur gesehen habe, habe alles vereinnahmt und seinen Gesetzen unterworfen. Die Bienen seien die Ersten, die zugrunde gingen, dann die Vögel und am Ende das ganze Leben. Der Mensch habe nie verstanden, was es hieß, Mensch zu sein. Deshalb ziehe er auch immer weiter und suche nach Orten wie diesen, um sie zu beschützen. Nicht nur vor den Menschen.

Ich wagte nicht, mich zu bewegen, zu heilig schien mir dieser Ort. Ich hatte Angst, mit einem Tritt auf das Gras etwas unabsichtlich zu zerstören oder aus dem Gleichgewicht zu bringen.

»Geh ruhig hinein! Hier sind wir erst einmal sicher«, sagte Jakob, öffnete die schmale Tür des Hauses und hielt sie mir auf. Mit gesenktem Kopf trat ich ein und spürte, wie in der Ferne die Wölfe meine Witterung aufnahmen.

DAS SPEKTRUM DES ANDEREN LICHTS

Die Finsternis knisterte in der Hütte und schien mich zu erwarten in ihrem satten Bauch. Die Dielen ächzten unter meinem Gewicht, und ich trat langsam in den unwirklichen Raum. Durch ein geschlossenes Fenster drang etwas Licht herein. Ich tastete mich durch das Dunkel und öffnete die Läden, sogleich strömte warme Helligkeit in unseren Unterschlupf.

Die Räume waren niedrig, ließen uns aber immerhin aufrecht gehen. Ich malte in meinen Gedanken den Grundriss des Hauses. Ein großer Wohnraum, eine Küche, zwei Schlafzimmer. Kein Keller. Schließlich stand das Gebäude auf einer Insel. Ich ging von Raum zu Raum. Alles war leer. Keine Betten. Keine Tische. Keine Stühle. Ich dachte an das Haus am Semmering. An Lyas Zimmer. Wieso entleerte sich mein Leben, je weiter ich voranschritt? Ich schob den Gedanken beiseite und blickte zu Jakob, der noch immer unbeholfen an der Tür stand.

»Und hier hat sie gelebt? Eine Khalberg?«

Jakob nickte und sah durch die kargen Räume, als wollte er Maß nehmen.

Wie konnte es sein, dass eine Khalberg hier in dieser Abgeschiedenheit gewohnt hatte? Ihrer Familie fehlte es an nichts. Sie gehörte zu den reichsten Häusern Europas – und doch zog die Frau dieses Konrad Khalberg es vor, hier ein karges Dasein zu fristen?

»Frau Khalberg war keine … gewöhnliche Frau«, sagte Jakob.

Ich runzelte die Stirn und durchmaß nun ebenfalls wie er mit meinen Blicken die Räume.

»Sie war besessen. Besessen von einer anderen Welt.«

Wieder kroch eine feuchte Hand über meinen Rücken. Ein beklemmendes Gefühl tastete sich in mir voran, mit einem Mal war ich nicht mehr sicher, ob ich Jakob tatsächlich hätte trauen sollen.

»Eines Nachts kam er herauf von Edden und nahm seine Kinder unter einem Vorwand mit. Die Alten aus Edden hörten danach angeblich immer wieder vier Schüsse, wenn sie nicht schlafen konnten und der Mond verschwunden war. Kurz nach der Tragödie sahen Wanderer, wie sich die Mutter der vier von einem Felsen stürzte. Ihr Leichnam wurde ebenso wenig gefunden wie die toten Kinder. Der Vater verließ Edden. Niemand wollte mehr darüber sprechen.«

Mir schauderte. Ich sah aus dem Fenster zu den Bergen, in den Horizont. Der Himmel war weiß geworden und hatte den Winter gebracht.

»Seitdem glauben einige, dass eine Frau hier in den Wäldern nach ihren Kindern sucht. Ihre Trauer sei so groß, dass sich alle Vergessenen und Geschundenen ihr angeschlossen haben und als Nachtvolk durch die Gegend ziehen. Es heißt, das Nachtvolk habe eine Kapelle erbaut, genau an der Stelle, an der die vier Mädchen ihr Leben verloren.«

Mit einem Mal verwandelte sich das Paradies, das ich hier in der Hütte gefunden hatte, in einen düsteren Ort. Obwohl ich nicht nach draußen getreten war, war ich überzeugt, dass alles, was vorher gelebt hatte, seine Farben verloren hatte, dass alles, was gelacht hatte, jetzt weinte, dass alles, was nach Hoffnung geschrien hatte, jetzt erstarb.

»Du willst mir sagen, dass das die Hütte der schwarzen Frau ist?«

Jakob schwieg.

Ich glaubte nicht an Legenden und Sagen. Ich vertraute der Klarheit des Verstandes. Aber in Jakobs Worten klang etwas Trauriges, Wissendes, das es mir schwermachte, nicht daran zu glauben. Seit dem Verschwinden von Lya war mein Leben aus den Fugen geraten, ich war in eine Welt eingedrungen, die ich nicht kannte und die mir von Mal zu Mal fremder wurde.

Ich konnte jetzt nicht sagen, ob ich wach war oder träumte, ob ich bei Verstand war oder dem Wahnsinn verfallen. Ich wollte nur Lya wiederfinden, meine Lya, meine geliebte Tochter.

Lya.

Lya.

Bleib bei mir. Erinnere dich.

Ich erinnere mich.

»Konrad Khalberg hat seine Kinder ermordet? Wurde der Fall je aufgeklärt?«

»Niemand spricht darüber. Es ist lange her. Ihre Leichen wurden nie gefunden.«

»Sie sind verschwunden. Wie die anderen Kinder … wie Lya.«

Ich schloss die Augen. Die Wände drehten sich mir entgegen. Der Boden wankte. Ich packte den Stock, Lyas Stab, und stützte mich darauf.

Jakob nickte und wählte eine Ecke des großen Raumes, in der er sich niederließ. Er rollte seinen Schlafsack zu Boden und breitete seine Habseligkeiten darauf aus. Speck. Ein wenig Brot. Wasser. Ein Messer. Wechselwäsche. Eine alte Zeitung. Ich konnte seine Zuversicht nicht verstehen. Wenn das tatsächlich die Hütte der schwarzen Frau war, dann waren wir doch in größter Gefahr! Wieso sollten die Wölfe diesen Ort dann verschonen? Ich dachte an die Worte der Strega, die mich vor der schwarzen Frau gewarnt hatte. Bevor ich Jakob diese Frage stellen konnte, schob er ein Stück Brot in den Mund und streckte mir das Messer entgegen, auf dem ein Stück Speck aufgespießt war.

»Das hier ist ein großer Hirschfriedhof. Wenn der Winter kommt, dann siehst du ihn. Mannshohe Geweihe. Riesige Schädel. Das hält die Wölfe fern. Ich weiß nicht, ob es da draußen noch Hirsche gibt, aber wenn, dann kommen sie eines Tages hierher, um zu sterben.«

»Lya hatte einen Hirsch gesehen, bevor sie verschwand.«

Plötzlich verstand ich, warum Jakob mich hierher geführt hatte. Die Strega hatte gesagt, ich sollte die Wölfe zähmen, damit die Hirsche wieder ihren Weg gehen konnten. Und wenn ich diesen Weg fände, dann fände ich auch Lya. Natürlich. Natürlich!

»Wieso gibt es hier so viele Wölfe?«, fragte ich Jakob und setzte mich zu ihm.

»Er hat sie hereingebracht. Er hat den großen Hirsch getötet und die Wölfe hereingelassen. Jetzt sind die Hirsche fort.«

»Der Alte?«

Ich dachte an das Tagebuch.

»Wie können wir die Hirsche wieder herholen, ich meine, wie können wir die Wölfe wieder vertreiben?«

Bevor dieser Satz meinen Mund verließ, ärgerte ich mich über meine Naivität. Wie sollte ich Hirsche herbeiholen, wie Wölfe vertreiben? Ich nahm ein weiteres Stück Speck und öffnete das Tagebuch, ohne auf eine Antwort von Jakob zu warten.

»Wie lange wird es dauern, bis sie uns entdecken?«

»Ich halte draußen Wacht. Ruh dich aus! Du wirst deine Kräfte brauchen. Es ist ein anderes Wetter hier als unten in der Stadt«, sagte Jakob, ging zur Tür und verschloss sie von außen.

Ich war wieder allein. Wie in meinem Haus. Ohne Lya. Ich hätte schlafen sollen, aber ich konnte kein Auge zutun. Die letzte Nacht hatte mich an meine Grenzen gebracht, trotzdem konnte ich nicht schlafen. Also beschloss ich, weiter im Tagebuch zu lesen. Ich war mir sicher, darin einen Hinweis zu finden.

Die Linie mit den beiden Kreisen.

Ich dachte an das quadratische Papier, das mir Merten gegeben hatte. Es war dasselbe Symbol gewesen wie im Tagebuch. Lyas Stab. Da musste mehr sein.

Stimmen. War da nicht eine Stimme in meinem Kopf gewesen? Eine Stimme, die gesagt hatte, dass ich es gefunden hätte? Das Objekt … das Proto-Objekt. Das erste. Gab es mehrere? Wieder schwindelte mir. War das alles real? Oder war es Einbildung? Lag ich in Wahrheit in einer Irrenanstalt und dachte mir das bloß aus?

Aber Lya? Sie war doch fort. Das war keine Einbildung. Ich erinnerte mich an jedes Detail. Vielleicht hatte ich danach irgendwo den Verstand verloren? Nein, es war real. Der Geruch der Hütte, das kalte Gurgeln des Sees, der Winterwind, das Ächzen der Bäume. Jakob. Alles war real. Meine Hand. Ich sah sie doch. Hier, direkt vor meinen Augen. Nein. Ich war erschöpft und verzweifelt. Ich war nicht verrückt.

Ich hielt meinen Atem in der Lunge und hörte hinein in die Stille, die hinter dem Pfeifen in meinem Ohr lag. Hörte ich dort etwas? Eine Stimme? Nein.

Ich blätterte zu der Stelle im Tagebuch, wo ich das Symbol der Linie mit den beiden Kugeln gefunden hatte. Es war identisch mit jenem auf dem Papier, das mir Merten zugesteckt hatte. Aber warum? Warum hatte er es mir zugesteckt, und welchen Zusammenhang gab es? Warum war es ein Proto-Objekt? Was war überhaupt ein Proto-Objekt?

Ich versuchte mich an den Moment zu erinnern, an dem Merten mir das gefaltete Papier zugesteckt hatte. Ich dachte an das Wetter. Es hatte geregnet. Oder nein, es hatte schon wieder aufgehört. Ich hatte mit dem General einen Streit über den Freispruch des Mannes gehabt, der seine Tochter erschlagen hatte. Ich war weggelaufen, da ich nicht hatte glauben wollen, dass es einen Zusammenhang zu dem anderen Fall gab. Dem größeren. Ich konnte, nein, ich wollte mich nicht mehr erinnern.

Ich las den Text im Tagebuch noch einmal. Die fünfte Handschrift.

Oh, Henri-Frédéric, der Kunst große Aufgabe ist es, zu vereinfachen, was die Natur versteckt hat. Das Paradies direkt vor unseren Augen.

Das Paradies direkt vor unseren Augen.

Welcher Fall? Worüber hatten wir gesprochen? Gab es einen Zusammenhang?

Zu vereinfachen, was die Natur versteckt hat.

Einander entgegengesetzte Dinge sind nur durch eine Linie getrennt. Im Wesen sind sie ein und dasselbe. Es ist dasselbe Spektrum.

Das Spektrum.

Die Worte des Generals tropften aus ihrem dunklen Versteck in meinem Gedächtnis ans Licht. Der große Fall des Spektrums. Er hatte mich vorgeschlagen. Deshalb hatte mich auch die Ministerin sprechen wollen. Wie hatte ich das verdrängen können?

Seit Jahrzehnten waren Kinder verschwunden und nie wieder aufgetaucht. Man hatte immer dem organisierten Verbrechen die Schuld gegeben. Organhandel. Prostitution. Kinderpornografie. Doch dann hatte es diesen Zufall gegeben. Diesen einen Fall, der den General auf die Idee gebracht hatte, dass es sich bei dem Verschwinden womöglich um ein Muster handelte. Eine Art Landkarte. Er hatte darüber mit mir sprechen wollen. Das Spektrum.

Plötzlich tauchte eine schreckliche Frage in meinem Kopf auf, die sich mit meiner Erinnerung verband wie das Einrasten eines Waggons in den Triebwagen. War Lyas Verschwinden Teil des Spektrums? Und das Mädchen, das mit seinem Vater hier verschwunden war? Die vier Kinder der Khalbergs?

Ich musste das Tagebuch lesen. Jede einzelne Zeile. Ich durfte nichts übersehen.

DAS TAGEBUCH

Die erste Handschrift.

2. September 1914: Ich spüre, dass die Welt von damals einen Neuanfang sucht, der alles klärt und offenlegt, der das Eis endlich schmelzen lässt und die Wurzeln freilegt. Ein Feuer, das alles Alte niederbrennt, nur um sich später wieder im Schatten des Bleibenden, des Ewigen zu sonnen. Das Bleibende finden wir, wenn wir es ständig vernichten und neu beginnen.

3. September 1914 – Nacht: Vater unser, der Du bist im Himmel, geheiligt werde Dein Name, zu uns komme Dein Reich. Der Staub der Blumen klebt an meinen Fingern. Etwas hebt sich vor mir. Ein neuer Weg. Habe Edden gesehen. Viele Menschen und Türme auf den Bergen. Waldläufer überall. Ich muss klar denken.

5. September 1914 – Morgen: Bin unverletzt. Gott sei Dank. Fand Wasser in den Höhlen. Folgte einem riesigen Hirsch. Erinnere mich an nichts mehr. Fühle mich wie Gott. Unsterblich.

Die zweite Handschrift.

11. September 1914: Mein Freund, Franz Leidemann, ist heute gestorben. Erschossen als Deserteur. Er wollte sich in den Wäldern verstecken, um sich seiner Pflicht zu entziehen. Er war ein guter Mann. Ich wollte ihm helfen. Aber es war zu spät. Jetzt ist es an mir.

3. Januar 1919: Der Friede ist grau. Habe den Vorsitz unserer Familie übernommen. Alles ist wie früher. Unsere Familie hatte Glück. Meine Frau hat die Geschäfte gut geführt. Sie schwärmt vom italienischen Fascismo.

4. Januar 1919: Wieder Streit. Ich will nicht daran glauben, dass die Unterordnung des Einzelnen und Schwachen unter das Universelle und Untersterbliche die Freiheit bringt. Dies ist keine Religion, sondern Diktatur.

5. Januar 1919: Ging in den nahen Wald, um Franz Leidemann nahe zu sein. Wenn wir eine Herrenrasse sind, wieso liegen dann unsere Lande hernieder? Der Wald gibt mir Stille. Bin Gott nahe.

10. Januar 1919: Meine Frau lässt meine beiden Söhne zu mir. War ich so angsteinflößend? Ich sollte Liebe empfinden, empfand nur Scham. Weinte.

31. März 1919: Ertrage meine Vergangenheit nicht. Muss die Wahrheit suchen. Dann kann ich Frieden bringen. Werde Albert und Konrad einen Brief schreiben. Eines Tages werden sie verstehen. Habe Angst, dass sie dem Sog des dunklen Ritterordens anheimfallen. Beim Abendessen werde ich nicht mehr da sein. Ich liebe euch.

19. Mai 1919: Ich bin hier. Die Rehfütterung. Guido von List ist gestorben. Mein Verschwinden wird totgeschwiegen. Findet meine Frau nun endlich Ruhe? Ich muss die Blume finden.

1. August 1919: Vor fünf Jahren begann der große Krieg. Heute habe ich die Blume gesehen und den Weg. Raben.

22. Dezember 1933: Dr. Merten ist in Edden angekommen. Seine Intelligenz und seine Leidenschaft könnten das Geheimnis lüften. Bin fasziniert vom Kult des Peyote.

5. Januar 1934: Die Sporen machen die Welt hier oben dünner. Hier sehen wir den ganzen Weg ein. Wenn alles vorbei ist, werden wir das Stück Land für Merten kaufen. Übrigens: Der Bauer versteckte Juden. Helfe ihm dabei, die Tunnelarbeiten zu sabotieren.

30. September 1934: Merten glaubt, dass schon in den Arbeiten von La Barre und Schultes ein Weg aufscheint, der nach Edden führt.

Die dritte Handschrift.

1946: Habe ihn erschlagen. Trauer, und du gehst, Vater.

Sommer 1954: Es ist eine geteilte Welt. Edden. Wie kann ich diese Mauer in dir überwinden?

21. Dezember 1955: Die längste Nacht. Die Hirsche ziehen wieder über den Königsweg. Wo ist das Tor? Warum sehe ich es nicht? Könnte nur ein anderer dasselbe sehen wie ich? Wie viel würden wir sehen? Bin ich verrückt?

4. Februar 1956: Die Menschen fürchten sich vor Kernwaffen, warum fürchtet niemand Gott? Unbegreiflich.

23. April 1956: Ich kann die Hirsche sehen auf ihrem Weg. Sie sind wie Wächter. Edden ist so schön. Wovor wollen sie uns beschützen?

Sommer 1966: Ich werde Barbara heiraten. Wir wollen Kinder. Vier. Ich liebe sie, wie ich noch nie einen Menschen geliebt habe.

22. Dezember 1967: Ich spiele mit dem Gedanken, Edden zu verlassen und mit meinem Bruder Frieden zu schließen. Barbara ist dagegen. Sie ist besessen von dem Gedanken, in die andere Welt zu gehen. Könnte sie Mertens Warnungen nur begreifen! Reichen ihr die Blumen nicht? Hat sie je zuvor eine schönere Welt gesehen? All die Wesen, die wir nur spüren und vermuten, wenn wir durch den Wald gehen, was, wenn sie uns berühren, wenn sie tatsächlich hier sind? Was, wenn auch andere die roten Männer sehen, die ich sehe? Was, wenn dies keine Halluzinationen sind und die Hirsche uns davor bewahren?

29. Dezember 1968: Mein Leben im Elfenbeinturm ist unerträglich. Der Hirsch ist wieder da.

20. Dezember 1974: Sie sind alle weg. Ich habe sie getötet. Eine nach der anderen. Das Leben hier ist zu gefährlich. Barbara wehrte sich, während die Kinder es geduldig ertrugen. Sie wussten, dass es so am besten war.

1974: ~~xxx~~, meine Amsel, ~~xxx~~, meine Drossel, ~~xxx~~, mein Falke, ~~xxx~~, meine sanfte Lerche … lebt wohl.

Die vierte Handschrift.

6. März 2014: Im stummen Dorf liegt das wahre Dorf. Dort liegt das Universum. Dort gedeiht das Leben. Hätte ich noch die Kraft, ich würde hinabsteigen und graben. Aber ich habe die Hirsche getötet, und niemand findet mehr den Weg. Alles ist voller Wölfe.

7. März 2014: All die Wahrheiten, die ich erfahren habe, sind nichtig. Es gibt nur eine. Die Natur. Jetzt begreife ich. Es war die ganze Zeit bei mir. Das Zeitheil. Das blaue Leben. Würde ich es wiederfinden, ich würde sie wiedersehen, die Hirsche … doch es ist vorbei. Die Hirsche sind tot und der Tod aller Kinder umsonst …

9. März 2014: Sie hat begonnen, es zu errichten. Das Panoptikum. Im Schatten des dunklen Planeten wird es sich erheben, und die Zeit der Wölfe ist angebrochen. Durch mich, der ich den Hirsch getötet habe. Gott, vergib mir.

10. März 2014: Heute werde ich sterben. Das Nachtvolk empfängt mich.

Die fünfte Handschrift.

Was ist Kunst? Ist sie die Verdeutlichung des dunklen Denkens der Natur? Besteht sie aus der Vereinfachung der Linien? Macht sie das Unsichtbare sichtbar? Die geheimen Gruppierungen? Die unentdeckten Wesen? Die wahren Gesetze? Nur durch das Feuer der Inspiration werden sie sichtbar, die Symbole, die mit unsichtbarer Tinte geschrieben sind. Das Geheime offenbart sich, das Verworrene entwirrt sich, das Komplizierte wird einfach und das Zufällige notwendig. Oh, Henri-Frédéric, wie nah warst du der Antwort. So will ich lernen und leben, was du sagst. Es ist die Kunst, welche die Natur offenbart. Nur sie kann ihre Absichten deuten und ihren Willen in die wahren Gesetze gießen. Diese Gesetze sind die Antwort auf alle Fragen, die den Menschen peinigen und quälen. Der Königsweg offenbart sich nur dem, der diese Gesetze kennt und sein Leben diesem Ideal hingibt. Oh, Henri-Frédéric, der Kunst große Aufgabe ist es, zu vereinfachen, was die Natur versteckt hat. Das Paradies direkt vor unseren Augen.

Das Paradies lag also direkt vor unseren Augen. Ich hatte große Mühe, die letzten Notizen zu lesen, denn ich konnte die Handschrift nicht mehr entziffern. Zu zittrig war sie hingekritzelt. Draußen war die Nacht eingezogen und hatte Kälte mitgebracht. Ich war völlig erschöpft und versuchte, klar zu denken. Zu viele Informationen waren auf mich eingeströmt. Wachte Jakob noch draußen? Ich hielt den Atem an. Konnte ich ihn hören? Das Pfeifen in meinem Ohr. Ich hatte es vergessen. Jetzt war es wieder da. Laut. Quälend.

Ich stand auf, ging zur Tür und trat hinaus. Jakob lehnte an einem Baum und blickte über den See. Der Mond war darin aufgegangen.

»Ich habe es gelesen.«

Jakob schwieg.

Der See rührte sich nicht. Von weit weg das Raunen des Waldes. Der Geruch des ersten Schnees auf weit entfernten Gipfeln. Das Wachsen von Gras am anderen Ende der Welt.

»Er kennt diesen Ort. Merten. Er war hier. Das ist doch kein Zufall, dass ausgerechnet er und die Khalbergs hier nach irgendwelchen seltsamen Blumen graben lassen. Irgendetwas liegt hier im Untergrund, was alle wahnsinnig werden lässt. Die alte Khalberg, diesen verrückten Jäger und am Ende noch mich selbst. Was ist es? Der Alte nannte es das ›blaue Leben‹. Sein ›Zeitheil‹. Weißt du, was das ist? Vielleicht sollte ich es nehmen, damit ich diesen verdammten Weg in diese Welt da unten entdecke und Lya finden kann. Wer weiß, was die da unten alles mit ihr anstellen.«

Ich dachte an die groß angelegten Suchmaßnahmen. Hatte man wirklich nach ihr gesucht, oder steckten alle unter einer Decke? Stellte man dort unten Experimente mit Kindern an? Konnte das sein? Das Spektrum? Mir schauderte, und das Pfeifen schrie durch meinen Kopf.

»Ich weiß, wo es ist.«

»Was?«

»Das Zeitheil. Es ist eine Kräutermischung. Sie haben verschiedene Mischungen hergestellt. Ich weiß, dass noch etwas übrig ist.«

»Wo ist es? Ich komme mit.«

»Nein. Hier bist du sicher. Es liegt in einer Hütte hinter dem Dunkelwald. Dort spürt man die Wesen am stärksten. Ich will versuchen, durchzukommen.«

Jakob ging zurück in die Hütte und holte den Rucksack. Danach stellte er sich ans Ufer und zog das Boot zu sich.

»Dieses Land ist böse geworden. Er hat einen Spalt in die Welt gerissen. Jetzt sind die Hirsche fort, und der Weg ins Paradies ist für immer versperrt. Dieses Land hier war früher ein großes Land, ein weites, wunderbares Land. Aber etwas wächst hier und erhebt sich wie –«

»Ein Panoptikum?«

Jakob schwieg und stieg ins Boot.

»Ich werde meine Tochter finden. Koste es, was es wolle. Und wenn ich dem Teufel selbst gegenübertreten muss, ich werde es tun, und ich werde ihn besiegen.«

Jakob tauchte die Ruder in das dunkle Wasser und verschwand im Nebel.

»Pass auf dich auf!«, flüsterte ich ihm nach und war wieder allein.

DAS WARME WASSER

Ich wartete vor dem Haus auf seine Rückkehr. Der klare, kalte Nachthimmel lag über mir. Eine unheimliche Stille kroch hinter den Bergen hervor. Selbst das Gurgeln des Sees verbarg sich, als hätte er Angst vor dem, was kommen würde.

Ich sah in den Nebel, der sich zäh über dem See hielt und nur langsam ins Tal hinabschwappte. Ich nutzte die Zeit und durchdachte meinen törichten Plan: Ich wollte das Zeitheil, dieses Rauschmittel aus Kräutern, zu mir nehmen, um über den Weg der Hirsche in die Unterwelt zu gelangen. »Die Unterwelt«. Wieso nannte ich die Höhlen so? Waren in dieser Unterwelt tatsächlich alle Mädchen gefangen? Saßen sie dort in einsamen Kammern und warteten, bis ihre Peiniger zurückkamen? Hofften sie noch auf Hilfe? War Lya eine von ihnen? Aber Lya konnte sich doch wehren! Sie war kein kleines Mädchen mehr. Sie musste überwältigt worden sein, als die Dunkelheit sie in der Höhle berührte. Gleich danach mussten die Hände aus dem Schwarz nach ihr gegriffen und sie nach hinten gezerrt haben.

Vögel zogen vor dem Mond nach Norden. Vögel! Die vier Mädchen, die Konrad Khalberg hier erschossen hatte, trugen die Namen von Vögeln. Amsel, Drossel, Falke, Lerche. Jetzt waren sie tot. Ich sah zum Himmel. Flogen Vögel in der Nacht? Ich blickte ins Tal. Aus den Tiefen der Wälder stießen weitere Vögel hoch und tauchten in den Himmel.

Ich dachte an das Tagebuch. Der Name Merten hatte mein Blut gefrieren lassen. Merten. Er war 1933 hier gewesen. Schon damals hatte er sich für den Zugang zu einer anderen Welt interessiert. Sein Wahn, die Unsterblichkeit zu erlangen, hatte ihn nie mehr losgelassen. Ich kannte den Kult des Peyote nicht, vermutete aber dahinter Experimente mit Meskalin. Bewusstseinserweiterung.

Wieder flogen Vögel auf und retteten sich in die schützende Nacht. Konnte es tatsächlich ein Zufall sein? Das Symbol des Stabes, das mir Merten überreicht hatte, der erste Fall des Spektrums und meine Anwesenheit hier – genau an diesem Ort, an dem Khalberg und Merten das Wunder des Lebens gesucht hatten? Wer hatte mich darauf gebracht, auf den Semmering zu fahren? War das überhaupt der Semmering? Ich versuchte, die Berge mit Namen zu versehen. Es gelang mir nicht. Wann war ich vom Weg abgekommen?

Dann begann es. Das Heulen. Es war, als würden Hunderte von Wölfen unter einer tonnenschweren Kuppel gleichzeitig heulen. Ein schreckliches Geräusch. Jakob – mein Gott! Er war da draußen in dieser Hölle. Waren sie ihm auf der Spur? Jakob!

Ich lief ans Ufer, umklammerte Lyas Stab. Er würde meine einzige Waffe sein, wenn das Unbekannte auf mich zuraste. Ich starrte auf den Nebel. Bewegte sich darin etwas? Jakob? Ja. Das Schlagen von Rudern. Sie stießen immer heftiger ins Wasser.

»Schnell, lauf ins Haus! Schnell!« Jakobs Rufe waren voller Angst. Seine Stimme klang zerrissen.

Und dann sah ich ihn. Er kniete mit einem Bein im Boot und ruderte, so schnell er konnte. Immer mehr Wellen erreichten das Ufer, und ich begriff erst zu spät, dass diese nicht von den Schlägen der Ruder ins Wasser kamen, sondern von den Wölfen, die Jakob folgten. Es waren Dutzende, und immer mehr kamen hinzu.

Mein Herz raste, und mein Kopf füllte sich mit Adrenalin. Ich hob den Stock und richtete ihn gegen die Wölfe, die immer näher kamen. Was wollte ich damit nur ausrichten? Ein Stab gegen eine Horde von Wölfen, die ausgehungert auf mich zukamen?

Jakob erreichte das Ufer und sprang aus dem Boot. Er nahm mich bei der Hand und wollte mich ins Haus zerren, als es geschah. Ein Wolf sprang aus dem Wasser, biss sich an meinem Stock fest und zerrte so stark an ihm, dass ich das Gleichgewicht verlor und ins Wasser stürzte.

Überall eiskaltes Wasser, dahinter Jakobs verzweifeltes Gesicht. Er schrie nach mir, während die Wölfe an ihm zerrten. Er rief mir etwas zu. Ich hörte es nicht. Das Pfeifen in meinem Ohr explodierte. Ich sah seinen Mund, er zerfloss im Wasser. Er rief. Rief mir etwas zu, und ich tauchte immer tiefer ins Wasser, das sich von Mal zu Mal dunkler färbte und immer kälter wurde, je tiefer ich sank. Und dann. Dann hörte ich die Stimme …

Das Wasser, das Wasser. Was fühlt das Wasser?

War das Lyas Stimme? Ich erinnerte mich gut an ihre Stimme. Ihre stolze, sichere Stimme. Sie war so voller Lebensfreude gewesen, als wir über Jakob sprachen und sie verträumt von einem Leben in den Bergen schwärmte. Eine weiße Wand schob sich vor meine Erinnerung. Die Stimme blieb. Ich kannte sie. Aber es war nicht die von Lya.

Wo wohnt der Wind?, hatte sie mich gefragt. Er wohnte überall. Er kam und ging. Er war wie Wasser. Er bewegte sich. Alles bewegte sich. Das war die Wahrheit. Alles bewegte sich. Was fühlte das Wasser? Was fühlte ich?

Warmes Wasser berührte meine Beine. Es breitete sich über meinen ganzen Körper aus, und mit einem Mal spürte ich eine nie dagewesene Kraft und Energie. Mit einem kräftigen Armschlag schwamm ich nach oben. Das Wasser. Es war warm. Aber es musste doch kalt sein! Und plötzlich war mir klar, dass die Welt, in der ich mich befand, nicht real war.

SIEBEN

Der Dampf des Wassers,
er fasst in der Luft
nach den Sternen.

Das Fauchen und Knurren der Wölfe war ohrenbetäubend. Das Wasser schwappte über mein Gesicht, und ich hatte Mühe, nicht wieder unterzugehen.

Nicht real. Nicht real.

Meine Gedanken klammerten sich an diese Wahrheit wie an einen letzten Felsvorsprung vor dem Abgrund.

Nicht real.

Die wütenden Augen, die gefletschten Zähne, das nasse Fell, das ständige Beißen und Schnappen. Wie würde es sich anfühlen, wenn die Zähne meine Haut zerrissen? Sollte ich darauf warten? Würde ich etwas spüren, da es doch nicht real sein konnte? Ich konnte nicht klar denken. Immer wieder schluckte ich Wasser und versank im nächsten Augenblick und keuchte und japste und ächzte.

Ich musste ruhig werden. Je heftiger ich mich bewegte, desto heftiger bewegte sich auch die Welt um mich herum, dachte ich. Und je ruhiger ich war, desto ruhiger würde auch die Welt, die mich umgab. Hoffte ich.

Langsamer. Die Arme, sie fanden die Wellen, die Beine, sie wühlten geduldiger in der Tiefe, mein Atem, er wurde gleichmäßig.

Es waren zehn. Vielleicht zwölf. Ein ganzes Rudel. Am Ufer lag ein großer Wolf. Erhaben sah er dem Treiben im Wasser zu, als wäre es ein Schauspiel. Dahinter lag ein kleiner Wolf, den Kopf unten, dicht an die feuchte Erde gedrückt. Ich suchte im Schatten hinter dem Ufer nach einer Gestalt. Nach ihr, der schwarzen Frau. Wenn es ein Schauspiel war, dann müsste sie doch jetzt auftreten, die Bühne einnehmen und mich holen. Das Wasser schlug mir wieder ins Gesicht. Warm. Es war immer noch warm. Es floss in meinen Mund. Es roch nach Rosmarin. Ich spürte einen glühenden Schmerz in meinem Kopf. Alles nicht real. Aber ich konnte nicht denken. Nicht jetzt. Wieder versank ich, als ein lauter Knall meinen Schädel beinahe zerplatzen ließ. Ich drückte die Hände gegen meine Ohren. Meine Stirn drohte zu bersten, als der nächste laute Schlag kam. Ich rettete mich nach oben, und plötzlich ließen die Wölfe von mir ab. Jakob hatte am Ufer eine sichere Position eingenommen und schlug mit dem Paddel des Bootes so stark er konnte auf die Wasseroberfläche.

Bahmmmmmm.

Bahmmmmmm.

Die Wölfe wirbelten das Wasser um das Paddel auf, und die ersten stießen daraus hervor und fassten nach Jakobs Bein, der den Biss aber rechtzeitig mit der Rückseite des Paddels abwehren konnte. Ein weiterer Schlag mit dem Knauf des Paddels traf den Wolf auf den Schädel, und er kippte taumelnd zurück ins Wasser.

Ich nutzte die Gelegenheit und schwamm vorsichtig auf die Rückseite der Insel. Jakobs Ablenkungsmanöver funktionierte. Von dort klangen Jakobs Schläge noch lauter. Es fühlte sich an, als wäre der Himmel über mir ein riesiger Hohlraum und als erfüllten die Schläge die Welt darunter wie das Innere einer gewaltigen Glocke.

Bahmmmmmm.

Bahmmmmmm.

Ich stemmte mich aus dem Wasser, und kaum hatte ich Land erreicht, bohrte sich der Tinnitus wieder in meinen Kopf und versetzte die lauten Schläge mit einem schrillen Chor. Ich taumelte zu Jakob, der wie besessen gegen das Rudel im Wasser kämpfte. Ich suchte nach dem zweiten Paddel, um ihm im Kampf gegen die Tiere zu helfen. Mit Erschrecken stellte ich fest, dass es im Wasser trieb. Zwischen den geifernden Bestien und dem Leitwolf am Ufer. Für einen Moment begegnete ich dem Blick des großen, gelassenen Tieres. Man sollte niemals in die Augen eines Hundes sehen, er könnte sich provoziert fühlen und einen anspringen. Und doch berührte ich die wachsamen Wolfsaugen und verfing mich darin. Sie waren türkisblau, umspült von einer tiefen Klarheit und Kälte. Sie wandten keine Sekunde den Blick von mir ab. Ein

Schauspiel. Wie die Augen gieriger Zuschauer, die auf den Tod des Helden auf der Bühne warteten. Und auf dessen Wiederauferstehung.

Rosmarin. Der Duft erfüllte die ganze Insel. Sie war nicht real. Ich musste einen Augenblick abwarten, erst einen Beweis dafür finden, dass ich träumte oder halluzinierte. Doch der Instinkt in mir sagte, dass ich nicht in Sicherheit war. Aber wo war ich? Was von alldem konnte Einbildung sein? Die Wölfe?

Gott, lass die Wölfe nicht real sein, diese Bestien, die wie aus einer anderen Welt Jagd auf uns machen!

Oder Jakob? Am Ende auch Jakob? War ich einer Halluzination gefolgt? Aber konnten Halluzinationen sprechen? War es möglich, eine Unterhaltung mit ihnen zu führen? Nein, das war unmöglich. Wieder drehte das Pfeifen in meinem Kopf seine Richtung, und ich sank vor schrillem Schmerz auf die Knie und hielt meinen Kopf, da ich fürchtete, dass er zerspringen könnte. Ein Traum. Ein Traum. Natürlich. Ich befand mich in einem Traum. Doch wann war der Moment, in dem ich wieder aufwachte? Vermutlich im leeren Haus auf dem Semmering. Lya würde noch schlafen. Ich würde zu ihr gehen und sehen, ob alles in Ordnung war. Aber was musste ich tun, um dorthin zurückzukehren? Musste ich sterben? War das mein Aufwachen? Sterben, um zu leben?

Bahmmmmmm.

Bahmmmmmm.

Die Schläge meiner Halluzination – wenn es denn eine war – verwandelten sich in einen unheimlichen Rhythmus. Die Welt, in der ich mich befand – wie war ich in sie hineingeraten? War es die Verzweiflung, die Trauer um den Verlust von Lya? Lag ich in meinem Zimmer und flüchtete mich in das Beruhigungsmittel, das die Dorfpolizistin mir gegeben hatte? Wo hatte ich meine Welt verlassen? Oder war es doch real? Konnte das Wasser im See tatsächlich warm sein? Wie ein Geysir? Saß ich auf einem Vulkan, auf einem Weltenberg, umhüllt von einem gespenstischen Rhythmus? Tannenfall. Tannenfall. Was für eine Hölle.

Beweise. Wie Treibholz. Nach dem Untergang eines Schiffes. Reste, an denen ich mich festhalten konnte. Ich brauchte etwas, was meine Welten verband. Wie ein Tunnel, eine geheime Verbindung.

Ein Proto-Objekt.

Ich erinnerte mich an die Stimme, die ich gehört hatte, als ich auf das Symbol im Tagebuch gestoßen war. War das die Lösung? Natürlich. Proto-Objekte. Verbanden diese Dinge die Welten, da sie in beiden vorhanden waren? Ich durfte jetzt nicht wahnsinnig werden. Ich musste Lya retten. Lya. Wann war ich aus der Welt gekippt? Wann?

Ich ging zu Jakob. Sollte ich ihn anfassen? Wenn er eine Halluzination war, würde ich durch ihn hindurchgreifen wie durch einen Geist. Alles würde sich auflösen, und der dunkle Zauber wäre verschwunden. Im schweren Dröhnen der Schläge, die auf magische Art und Weise die Wut in Angst verwandelten, trat ich hinter ihn und berührte ihn an der Seite.

Er war real.

Ein Mensch.

Ich konnte ihn spüren.

Er war da.

Dann waren auch die Wölfe da.

»Es funktioniert. Spürst du es?«, keuchte Jakob außer Atem, aber mit loderndem Blick.

Ich sah auf das Wasser. Die Wellen. Sie mussten doch heftiger schlagen. Sie mussten die Bewegung der Wölfe aufnehmen, sie weitertragen, bis sich ihre Energie umwandelte und in der Tiefe verlor oder am Ufer zerbrach. Die Schläge, das Geifern der Wölfe, die Wellen. Alles schwang in einem Rhythmus. Wie ein großer Atem.

Mein großer Atem.

Ich nahm einen Atemzug und wich zurück.

Es konnte nicht sein.

Es war unmöglich.

Der See gebar neue Wellen. Sie erhoben sich an den Wölfen und trieben zu den anderen und zerbrachen, als ich auszuatmen begann.

Das Wasser. Ich konnte es durch meinen Atem bewegen. War das auch ein Proto-Objekt? Das Wasser? Und in dem Moment, als ich einen kräftigen Atemstoß nach draußen presste, ließen auch die Wölfe los und schwammen ängstlich zurück zu ihrem Leitwolf und dem Jungen.

»Siehst du, es hat funktioniert! Sie hassen diesen Rhythmus.«

»Welchen Rhythmus?«, fragte ich Jakob und konnte nicht glauben, dass die Wölfe sich zurückzogen.

»Den der Hirsche. Es sind stille Klänge, denen sie folgen. Und auch wenn sie fort sind: Die Klänge sind noch da.«

Ich dachte an einen Eintrag im Tagebuch und berührte mit beiden Händen meinen Körper. Das Tagebuch. Ich hatte es in der Hand gehabt, als die Wölfe gekommen waren. Es war … im Wasser.

»Wir müssen die Zeit nutzen und hier verschwinden. Jetzt, da sie wissen, wo wir sind, werden sie wiederkommen. Aber sie werden nicht allein sein.«

»Wo wollen wir hin? Dieses Zeitheil – konntest du es denn holen?«

Jakob blickte in den See, der sich nach und nach in den Wellen meines Atems beruhigte. Er musste nichts mehr sagen, denn ich verstand und dachte an die nassen Seiten des Tagebuches, die sich im feuchten Duft des Zeitheils am Seegrund bogen. Und die Tinte wich aus den Blättern wie zarte Rauchsäulen.

Rauchsäulen.

Rauch.

Wir sahen es beide.

Sie würden wiederkommen. Aber nicht allein.

Wir sahen auf den fernen Kamm. Die Bärenmauer. Über deren Gipfel die Säulen standen.

»Wir müssen los«, sagte Jakob, und ich nahm seine Hand. Sie war real.

DIE SPRACHE DER NATUR

Ich fror und sehnte mich nach dem Wolfsschur, den der Alte auf seiner Jagd nach dem Hirsch getragen hatte. Der Wind frischte vom Osten her auf und begleitete uns bis zum Pass mit eisigen Böen. Jakob sah sich immer wieder um und ging schneller als an den Tagen davor. Er hatte Mühe, mir in die Augen sehen. Er fühlte sich schuldig, dass er uns fast in eine Falle gelockt hatte. Die Insel des Lebens. Fast wäre sie für uns zur Hölle geworden.

Ich drehte mich noch einmal um nach dem Ort, der mich zu Beginn mit seinen Farben so eingenommen hatte, und erstarrte: Dort, wo uns eine Vielzahl wartender Bäume empfangen hatte, standen nun Felsen. Sie umgaben hohe dunkle Tannen, die wie Wächter einer alten Zeit über das Haus richteten. Zwei kleine Säulen nahmen den Steg auf, und ich sah vor meinem geistigen Auge ein Boot mit einem großen, unheimlichen Steuermann und einer in weißes Leinen gehüllten Leiche. Es glitt über den ruhig gewordenen See auf das Haus zu, und bei diesem schaurigen Anblick begann ich noch mehr zu frieren. Dann war die Erscheinung plötzlich verschwunden. Ich zitterte am ganzen Körper. Nichts von dem konnte real sein. Diese Welt, in die ich geraten war, glich einer russischen Puppe, einer Matrjoschka, einer Puppe in der Puppe in der Puppe.

Jakob blieb stehen und blickte von weiter oben zu mir herab. In seinen Augen las ich, dass er sich sorgte. Hinter ihm zogen weitere gewaltige Bergketten wie Flottenverbände auf.

»Wohin gehen wir?«, rief ich ihm zu.

»Nach Edden.«

Ins Paradies. Dorthin, wo sie war. Lya. Lya. Ich stieß ihren Stock in die Erde und ging weiter.

»Aber du hast gesagt, der Weg dorthin sei verschlossen«, erwiderte ich.

»Dann müssen wir einen anderen finden.«

Den Königsweg, dachte ich und spürte das Kribbeln in meinem Bauch.

Und dann erreichten wir ihn, den stürmischen Pass. Er lag wie ein Vulkan zwischen Tannenfall und Edden. Ich war völlig außer Atem, als ich oben ankam. Das Pochen in meinem Kopf, der Rhythmus, das Pfeifen: Alles war im brüllenden Getöse des immer stärker werdenden Windes ertrunken.

Wo wohnt der Wind?

Tränen traten in meine Augen. Ich konnte nicht mehr klar denken, war zerrissen wie ein mürbes Blatt, das vertrocknet von einem Baum fiel und das – bevor es den Boden erreichte – von einem Windstoß erfasst und noch einmal hinweggetragen wurde. Im Dunkel des Westens meinte ich ein Haus zu erkennen. Schlicht. Robust. Wie eine Festung in fremden Kriegen. Oder waren es nur seine Schatten, die in den Bergkiefern klebten? Davor glaubte ich einen weißen Pfosten zu sehen, der wie eine Wache vor dem Schattengebäude wartete. Kurz dachte ich, dass es sich um den Fährmann handelte, den ich am See gesehen zu haben glaubte. Aber ich war mir nicht sicher. Stand dort jemand? Hatte sich der hohe Pfosten bewegt, oder war es die Luft, die wütend an ihm zerrte?

Jakob gab mir ein Zeichen, zu ihm aufzuschließen. Er steuerte ein anderes Gebäude an. Es lag weiter hinten und war von hier kaum zu erkennen. Ein weißes Rechteck mit hellem Dach und ungewöhnlichen Rohren. Ich hatte Angst vor diesem Ort, aber Jakob drängte mich, weiterzugehen. Weiter zu Lya.

Ich lief und verlor mein Gleichgewicht und stürzte mit dem Gesicht auf den felsigen Boden.

Der Stab. Das Wasser. Erinnere dich.

Jakob sah mich an. Er versuchte zu lächeln und sagte, dass

wir es bald geschafft hätten. Bald geschafft in einer Welt, die nicht real sein konnte. Und aus der ich nicht aufwachte.

»Ich glaube, ich werde wahnsinnig«, stammelte ich. Doch Jakob hörte mich nicht, da der Wind an uns zerrte, als wollte er uns daran hindern, weiterzugehen.

»Ich werde wahnsinnig. Wahnsinnig!«, brüllte ich und schrie so laut ich konnte in den Wind, den verfluchten Wind.

»Wir müssen Lya finden«, sagte er und reichte mir die Hand.

Sie war warm. Real. Ich weinte, krümmte mich. Ich hatte meinen Verstand verloren. Nichts von alldem konnte wahr sein. Es war zu schrecklich, um wahr zu sein. Ich musste einen Weg aus diesem Labyrinth finden.

»Du musst dich einlassen auf sie«, sagte Jakob plötzlich und blickte auf die Bergketten. Sie wirkten näher als zuvor.

»Einlassen worauf?«

»Auf sie. Die Natur.«

Ich fasste Jakobs Hand und drückte sie, so fest ich konnte.

»Einlassen? Wie soll ich mich darauf einlassen?«

»Du musst ihre Sprache lernen. Ihre wilde Sprache.«

Ich dachte an den Rhythmus, der noch in mir schwang. Anscheinend kannte Jakob diese Sprache.

Wo wohnt der Wind?

»Und wenn ich es nicht schaffe?«

»Dann werde ich da sein und dich retten.«

Als meine Tränen versiegten, blickte ich auf das weiße Gebäude am Rande des Passes.

»Dort wollen wir unsere Kleider trocknen«, sagte Jakob. Ich war froh, dass er mich hochzog und mich führte, und ich folgte ihm.

Die weißen Wände des Gebäudes bewegten sich auf uns zu. Sie glichen den Wänden in meinem Kopf, die immer dann auf mich zukamen, wenn ich mich in meinem Labyrinth verlaufen hatte.

»Was ist das für ein Gebäude?«

»Die Jäger nutzen es zur Hirschfütterung.«

Ich spürte, dass Jakob nicht die Wahrheit sagte. Aber er schien den Ort zu kennen, also hatte ich keine andere Wahl, als ihm zu vertrauen.

Plötzlich blieb ich stehen. Die Worte der Strega waren mir eingefallen.

Der Weg ist einfach: Besiege die schwarze Frau, indem du die Wölfe zähmst. Dann können die Hirsche wieder ihren Weg gehen, und du wirst den Rhythmus spüren und die Leere betreten. Dann wirst du die Wahrheit erkennen, und die Schöpfung offenbart sich, und Lya ist wieder bei dir. Für immer bei dir.

War die Begegnung mit der Strega der Eintritt in meine Wahnwelt gewesen? Hatte sie mich verhext?

… und du wirst den Rhythmus spüren …

Den Rhythmus! Ich hatte ihn gespürt. Natürlich. Jakob leitete mich. Natürlich. Es war eine Prüfung. Eine Prüfung, ob ich es wert war, Lya je wiederzusehen. Eine tiefe Schuld öffnete ihren Schlund.

… und die Leere betreten. Dann wirst du die Wahrheit erkennen …

»Was ist los?«, fragte mich Jakob. Er stand wenige Schritte von dem weißen Haus entfernt.

»Dieser Rhythmus. Woher kanntest du ihn?«

»Ich höre zu. Die Natur spricht jeden Tag mit uns. Wir haben nur verlernt, zuzuhören.«

»Und die Wölfe? Meinst du, ich kann sie zähmen, wenn ich lerne, zuzuhören? Wenn ich die wilde Sprache der Natur lerne?«

Jakob schwieg. Er sah sich um, als hätte meine Frage die Wölfe wieder aus ihren Hinterhalten gelockt.

»Wir sollten uns ausruhen und später darüber sprechen«, sagte er, ging zum Haus, öffnete die Tür und verschwand darin.

Es hatte den Anschein, als wäre das Haus leer. Rohre, die aus der Erde krochen, umgaben das Gebäude wie ein Bergkrake. Der Wind hinterließ an den Metallröhren fremde, unheimliche Geräusche. Wie ein Winseln. Ein schuldgeplagtes Winseln. Voller Pein.

Ich trat ein. Der Raum war klamm und leer. Drei kleine quadratische Fenster. Ein schmaler länglicher Vorraum. Dahinter ein großer Raum. Ein Schlafzimmer. Holzdielen mit der Natur verwachsen. Und dann: eine Falltür. Sie stand geöffnet. Blaue Futtertonnen. Dahinter Stufen. Eine Stahltür. Der Geruch nach Rosmarin. Wieder Rosmarin.

»Wo sind wir hier?«, fragte ich Jakob. »Das taugt doch nicht zur Fütterung.«

»Hier sind wir vorerst sicher«, sagte er und schloss die Tür. »Sie werden nicht durch die Fenster kommen, und die Wände sind stabil. Ich habe unten Vorräte und einen kleinen Schlafplatz dort hinten. Sobald wir wieder bei Kräften sind, holen wir Lya da heraus.«

Jakob klang unsicher. Vermutlich wollte er mich beruhigen, damit er mich nicht an den Wahnsinn verlor. Aus gutem Grund: Ich hatte keine Kraft mehr, und meine Gedanken waren verschwommen und verworren. Ich folgte ihm in den hinteren Raum. Auf feuchtem Heu lagen Decken und ein kariertes Kissen. Daneben eine abgebrannte Kerze – und an der Wand: das Symbol. Eine Linie mit zwei Kreisen.

DER ANDERE STOCK

Ich starrte auf das Symbol. Es war unmöglich. Wie konnte es an diesen versteckten Ort der Welt gelangen? Ich zog die Decke über den Kopf und versuchte, die Bilder in mir zu ordnen. Doch je tiefer ich in den Irrgarten meines Kopfes eintauchte, desto mehr Wege taten sich auf. Ich tastete mich darin voran, lief von einem schmalen Flur zum nächsten, prallte an eine Wand, die ich nicht gesehen hatte, nahm einen vermeintlichen Weg nach draußen, verlief mich wieder, bis ich aufgab und mir vorstellte, ich säße inmitten eines riesigen Labyrinths aus hohen weißen Wänden, das sich weit über das steinerne Meer der Berge hinaus erstreckte.

Ich zog die Decke zurück und blickte erneut auf das Symbol. Wer hatte es dort hingemalt? Ich hatte es vorhin berührt, da es mir unmöglich erschienen war, dass mich dieses Zeichen in der echten Welt verfolgte. Ich spürte die Kälte, die Feuchtigkeit, den Stein, das Knirschen und den Geschmack der Wand durch meine Fingerkuppe. Es war hier. Ich war hier. Das war meine Welt, aus der ich keinen Ausweg fand. Tannenfall. Und irgendwo da draußen wartete meine Tochter darauf, dass ich sie endlich wieder in die Arme schließen konnte.

Jakob war nicht hier. Es roch nach feuchtem Heu und Trestern, Pressrückständen von altem Obst. Nach Apfel und Rosmarin. Immer wieder Rosmarin. Ich wickelte mich in die Decke ein und stand auf. Meine Kleider waren noch nass und leicht gefroren. Sie hingen über einem kleinen Feuer, das Jakob im Zimmer angemacht hatte. Es würde noch Stunden dauern, bis wir wieder nach draußen konnten. Ich suchte Jakob und fand ihn in einem Raum neben dem Flur. Ich sah seinen Kopf durch ein kleines Fenster. Er schien an etwas zu arbeiten.

Als ich eintrat, überfiel mich ein Schauer. Vor mir stand ein großer alter Zahnarztstuhl aus Stahl mit braunen Lederbezügen. Jakob entfernte Teile der Lehnen, um sich daraus eine geeignete Waffe im drohenden Kampf gegen die Wölfe zu bauen. Ich durfte meine Angst nicht zeigen und dachte an Merten. Im Tagebuch hatte Khalberg geschrieben, dass Merten nach Edden gekommen sei und das Geheimnis lüften könne. War Merten hier gewesen? Was war das für ein Ort? Wieder tauchte ein Eintrag aus dem versunkenen Tagebuch in meiner Erinnerung auf.

Die Sporen machen die Welt hier oben dünner. Hier sehen wir den ganzen Weg ein. Wenn alles vorbei ist, werden wir das Stück Land für Merten kaufen. Übrigens: Der Bauer versteckte Juden. Helfe ihm dabei, die Tunnelarbeiten zu sabotieren.

Es musste einen Zusammenhang geben. Das Symbol. Merten. Der Fall der verschwundenen Kinder. Die Experimente, die hier vermutlich durchgeführt wurden.

Die Sporen machen die Welt hier oben dünner. Hier sehen wir den ganzen Weg ein.

»Was ist das für ein Ort?«, fragte ich Jakob, doch er hantierte nur weiter an dem Stuhl herum. Von dem seltsam öligen Rosmaringeruch wurde mir schwindelig. Ich ließ Jakob zurück bei seiner Arbeit und trat vor das Haus. Der Wind war deutlich kälter geworden und zerrte an meiner Decke, die ich fest um mich gezogen hatte. Ich hatte meinen Kopf darin verhüllt. Ich überlegte, ob ich meine Schuhe von unten holen sollte, um mir keine Schürfwunden auf dem erdigen Boden einzufangen. Aber ich entschied, mit nackten Füßen ein paar Schritte vor das unheimliche Gebäude mit seinen Rohren zu treten. Was sollte mir schon passieren in einer Welt, die nicht real sein konnte?

Es fühlte sich fremd an. Unwirklich. Die kleinen, spitzen Steine an meinen Fußballen. Die Kälte, die wie eisiger Rauch an meinen Beinen emporkroch. Das sanfte Klagen der Erde unter meinen Schritten. Der Wind presste sich mit voller Kraft gegen mich, als wollte er mich am Weitergehen hindern. Aber ich musste weitergehen. Ein paar Schritte. Ich musste ihn sehen. Den Weg.

Ich hörte meinen Atem unter der Decke. Spürte die nasse Kälte auf meinen Lippen, schmeckte den Geschmack des feuchten Stoffes. Ich überlegte, ob ich auf dem Stuhleck sein konnte, einem über der Waldgrenze gelegenen Gipfel östlich der Alpen. Aber die Berge herum schienen höher. Ich wusste es nicht.

Je weiter ich voranschritt, desto mehr ähnelte dieses Plateau einer grauen Wüste. Ich wollte mich nicht zu weit vom Haus entfernen, da die Wölfe jeden Moment auf den Pass stürmen und mich zerreißen konnten, bevor ich unseren rettenden Unterschlupf erreichte. Ich sah auf den gegenüberliegenden hohen Kamm. Die Feuersäulen hingen wie riesige schwarze

Fäden vom Himmel, und ich meinte für einen Moment, den Rauch in meinen Lungen spüren zu können.

Wie schön könnte diese Welt hier wohl im Frühling oder Sommer aussehen? Mit ihren wunderbaren Farben und Gerüchen, den lachenden Luftwirbeln, dem Rauschen der Wolken und dem Flüstern der Wälder. Wie schön diese Welt sein könnte! Vor meinem geistigen Auge begann ich sie mir mit meinen Farben auszumalen. Doch meine Freude war nur kurz. Irgendwo unter mir lagen diese verdammten Höhlen, irgendwo darin kauerte Lya und wartete auf mich. Wenn ich nur tatsächlich mit der Welt vor mir sprechen könnte – würde sie mir sagen, wo sie war? Aber wie sprach man die Sprache der Natur?

Ich setzte mich auf einen großen Stein an einer kleinen Kuppe unweit des Hauses und blickte ins tiefe Tal.

Hörst du mich?

Ich schwieg und lauschte.

Der Wind.

Kalte Tropfen.

Meine Lungen.

Hörst du mich?

Ich wartete.

Nichts.

Meine Augen brannten in der Kälte, und meine Haut spannte. Ich spürte meine Füße nicht mehr, aber ich wollte hierbleiben. Ich dachte an meinen Vorsatz am Semmering, die Gesetze der Natur zu suchen, um die Ungerechtigkeit der Gesetze der Menschen durch sie zu ersetzen. Jetzt hatte ich die Möglichkeit, sie zu finden. Aber ich war unfähig, sie zu verstehen.

Sprich mit mir.

Wo ist meine Süße? Wo ist mein Liebling?

Tränen fielen vom Himmel. Und die Wälder weinten. Ich kippte meinen Kopf nach hinten und ließ die Tropfen auf meine Haut fallen. Hier zu sitzen im kalten, gefrierenden Regen, war das nicht dasselbe, wie die Sonne zu genießen?

Hatte Merten nicht recht gehabt, dass es keinen Unterschied gab? Dass alles dasselbe Spektrum war? Bei dem Gedanken an das Wort »Spektrum« erfasste mich ein tiefes Zittern. Ich spürte, dass dieser Gedanke mich weiterführen würde. Er war wie eine Art Instinkt, der in mir erwachte. Gegensätze – war dies das erste Wort der Natur gewesen? Tag und Nacht. Winter und Sommer. Wärme und Kälte. Leben und Tod.

Ich schloss die Augen und versuchte, mich in die Mitte der Dinge zu stellen. Mir auszumalen, wie der Sommer zur selben Zeit diesen Ort betrat wie der Winter. Ich nahm einen tiefen Atemzug, hob meine Brust und ließ die Luft über die Nase ausfließen. Dabei hatte ich das Gefühl, als würde ich auf einem Stuhl schaukeln, der jeden Moment nach hinten kippen konnte.

... und die Leere betreten. Dann wirst du die Wahrheit erkennen ...

Die Leere. Der Weg. War es das, was Merten gemeint hatte? Je länger ich mich in dieser Vorstellung verlor, desto mehr hatte ich das Gefühl, dass meine Gedanken zurückwichen. Wie ausgehungerte Tiere, die vor einer Fackel flohen. Waren meine Gedanken die Ursachen meiner Verzweiflung? Wenn Lya fort war, war sie dann nicht auch gleichzeitig hier? Es war dasselbe Spektrum. Wieder fuhr ein Schauer durch mich, und ich hatte das Gefühl, als würde ich beobachtet, als wäre ich in diesem Augenblick nicht allein.

Ich schlug die Augen auf und sah zum Haus. Das karge Licht aus dem Keller flackerte aus einem schmalen Fenster. Im Osten erhob sich die Sonne. Oder war es die Dunkelheit? Es lag an der Betrachtung. Vielleicht sollte ich beginnen, die Dinge anders zu sehen. Vielleicht war die verschachtelte Welt, in der ich gefangen war, die wahre Welt. Vielleicht gab es keine Flucht aus Tannenfall. Vielleicht war die Welt Tannenfall und alles real. Die Wölfe. Das Nachtvolk. Vielleicht war es die Trennung, die uns in den Wahnsinn trieb. Was wäre, wenn es diese Trennung nicht gäbe und die Welt, wie sie tatsächlich war, auf uns hereinbrechen würde? Was, wenn das, was ich sah, immer die Wirklichkeit war? Eine Wirklichkeit, die immer wieder in Schwingung versetzt wurde wie das warme Wasser im See und die einem stillen Rhythmus folgte, den wir Menschen zu hören verlernt hatten.

Ich suchte nach Lyas Stab. Ich hatte ihn in der Kammer gelassen. Oder doch nicht? Ich erwachte aus dem Nichts und starrte auf den Stock, der vor mir lag. Es war Lyas Stock. Wie war er hierhergekommen? Er lag zwei Armlängen vor mir, und ich hatte ihn trotzdem nicht gesehen. Hatte ich ihn mitgenommen? Mein Herz begann wieder wie wild zu schlagen.

Lya?

Ich rief ihren Namen. War sie hier?

Ich stand auf und nahm den Stock. Er war kalt und nass. Ich drehte ihn in meinen Händen, als wollte ich eine geheime Botschaft darauf finden. Und dann überfiel mich ein absurder Gedanke: Was, wenn ich den Stock doch nicht dort hingelegt hatte?

Ich lief eilig zurück zum Haus, an Jakob vorbei, der mir mit aufgeschreckten Augen nachsah. Ich stürmte in die Kammer – und tatsächlich: Lyas Stab lag neben meinem Lager! Und in meiner Hand hielt ich einen anderen. Ich nahm beide und verglich sie. Sie waren identisch. Zwei Pole. Wie konnte das sein? Hatte mir Lya ihren Stab überlassen? Hatte sie noch einen dabei? Einen, den ich nicht sehen konnte? Auf jeden Fall musste Lya hier gewesen sein.

»Sie war hier!«, rief ich laut, und Jakob stürzte in die Kammer, als wollte er mir zu Hilfe kommen. Bevor er fragen konnte, erzählte ich ihm, was passiert war, und hielt ihm die beiden Stöcke hin. Und dann sah ich es. Das, was ich übersehen hatte. Die ganze Zeit schon.

Erinnere dich. Wir haben nicht mehr viel Zeit. Wir müssen weiter. Sie kommen.

In dem Augenblick, in dem ich aufgehört hatte, nach ihr zu suchen, hatte sie begonnen, nach mir zu suchen. Die Wahrheit. Und jetzt, da Jakob die beiden Stöcke in der Hand hielt, sah ich es. Es waren nicht zwei: Es war einer. Denn er war in der Mitte zerbrochen.

DIE SCHWARZE FRAU

Es war das Spektrum. Zwei Stöcke, die sich zu einem formten. Ich steckte die beiden Enden zusammen, und je öfter ich sie zusammenführte, desto mehr ärgerte ich mich, es nicht früher gesehen zu haben. Aber wie war der eine Teil tatsächlich an diesen Ort gelangt? Wenn diese Welt nicht oder nur in Teilen existierte: Wie konnte es sein, dass sich eine Hälfte des Stockes in der einen, die andere in der anderen Welt befand?

Es sei denn, es gab keine zwei Welten.

Ich sah zu Jakob. Hatte er eine Antwort? Ich drehte die beiden Stockteile in meinen Händen. Warum war er zerbrochen? Hatte ihn jemand absichtlich geteilt?

Ich versuchte mich zu erinnern, ob Lya im Streit ihren Stock zerbrochen hatte. Seit wann hatte sie ihn eigentlich bei sich getragen? Ich erinnerte mich an die Nacht, als ich sie aus dem Foyer der Sparkasse in der Torstraße geholt halte. Sie hatte den Stock fest vor sich gehalten und mit gekreuzten Beinen auf den schmutzigen Fliesen gesessen. Es hatte nach Urin, Erbrochenem und kaltem Rauch gerochen. Neben Lya hatten drei andere Obdachlose gelegen. Sie waren in Zeitungspapier und faulige Decken gehüllt gewesen. Lya hatte regungslos dagesessen, als würde sie meditieren. Dabei hatte sie den Stock aufrecht vor sich gehalten wie einen Speer. Ihre linke Gesichtshälfte hatte kupferrot gefunkelt, und die smaragdgrünen Striche hatten aus ihr eine stumme Kämpferin gemacht, die an der Endstation der Welt auf ihren Einsatz wartete.

Ich bin eine Wanderin.

Ich hatte gelächelt und sie in meine Arme geschlossen. Der Stock war zwischen uns gewesen. Warum war mir nicht aufgefallen, dass er länger gewesen war als jener, den sie mir am Semmering überreicht hatte?

»Wo hast du ihn gefunden?«, fragte Jakob und riss mich aus meinen Gedanken.

Ich erzählte ihm von der Stelle und beschloss, ihn dort hinzuführen. Ich überlegte, in meine Kleider zu schlüpfen, da meine Fußballen eiskalt waren und ich unter der Decke fror und zitterte. Aber ich musste erfahren, was hier geschehen war, wie der zerbrochene Stock hierhergekommen war. Ob es eine Spur gab zu Lya, meiner Wanderin.

Ich konnte kaum mehr laufen, da ich meine Füße nicht mehr spürte. Dennoch humpelte ich zum Fels, wo ich den Stab gefunden hatte. Der Morgen war heller geworden, und die Ebene hatte sich in eine graue, unheimliche Mondlandschaft verwandelt.

»Dort!«, rief ich. »Dort!« Ich ließ Jakob an mir vorbeilaufen, damit er als Erster die Stelle erreichen konnte. Sofort bückte er sich und untersuchte den Ort. Ich bemerkte gleich, dass etwas nicht stimmte, denn die Spannung in seinem Körper veränderte sich. Aufgeschreckt wie ein Wild sah er sich immer wieder um, seine Instinkte erwachten, und auch ich bemerkte, dass mich etwas in meinem Körper warnte.

»Was ist los?«, fragte ich zögernd und näherte mich langsam der Stelle, an der ich den Stock aus dem Moos gehoben hatte. Wieder war er da, der Schauer. Diesmal kälter und furchterregender. Ich spürte, wie das Adrenalin durch meine Adern jagte und sich alle Sinne schärften.

Die Spuren waren überall. Abdrücke. Von nackten Füßen. Vom Nachtvolk. Es waren so viele, dass ich einen Schritt zurücksetzte.

»Sie waren hier«, flüsterte Jakob und hockte sich hin, um nicht entdeckt zu werden. Ich wollte es ihm gleichtun, doch ich konnte mich nicht bewegen. Ich klammerte mich an meine Decke und hielt die beiden Stöcke wie ein verwirrtes Kind in meinen Händen.

Das Nachtvolk. Ich hatte es gesehen. Mit ihm hatte alles

begonnen. Jetzt sah ich, dass es keine Einbildung gewesen war. Es war real. Die Spuren hier waren real. Die Spuren mussten vom Nachtvolk stammen. Wer sonst würde barfuß in dieser Wildnis umherziehen? Ich dachte an die Lumpen und den Gestank, den ich wahrgenommen hatte, damals auf meiner Terrasse, als sie vorübergezogen waren. Begleitet von den Wölfen und angeführt von ihr, der schwarzen Frau.

»Was ist hier passiert?«, fragte ich Jakob, obwohl ich die Antwort längst kannte.

»Wenn Lya hier war, dann hat sie gekämpft. Vermutlich ist ihr Stock bei einem Angriff zerbrochen.«

Ich strich mit dem Zeigefinger über das kalte Holz.

»Siehst du irgendwo Blut?«

Jakob schwieg, da er mich nicht hören konnte. Zu leise sprach ich die Wahrheit aus, die ich so sehr fürchtete.

Und dann kamen sie.

Die Wölfe.

Jakob brüllte mir irgendetwas zu, was ich nicht verstehen konnte, und lief zurück ins Haus. Er schwenkte wie ein Verrückter mit den Armen, aber ich konnte mich nicht bewegen. Stattdessen blickte ich wie gebannt auf die Wölfe, die sich vom Horizont auf mich zubewegten. Es waren viele. Ich spürte ihre Überlegenheit. Sie hatten Verstärkung geholt.

Mein Herz schlug bis zum Hals, und ich hatte Mühe, zu atmen. Die Finger gruben sich um die Stöcke in meinen Händen. Ich erinnerte mich an den Kampf im See. Wie aussichtslos meine Lage doch gewesen war – und sicher wäre ich dort unter Wasser zerfleischt worden, hätte Jakob sie nicht vertrieben. Würde er mich jetzt wieder retten? Würde er den Rhythmus wieder schlagen? Den Rhythmus. Das Lied der Hirsche. Ich versuchte, mich zu erinnern.

Hmm. Hm. HmHm.

Ich wusste mir nicht anders zu helfen, als diesen Rhythmus zu summen.

Hmm. Hm. HmHm. HmHm.

Die Wölfe kamen näher. Ich konnte sie riechen, den fauligen Geruch aus ihren Mäulern, ich konnte sie hören, das sichere Aufsetzen ihrer Pfoten, ich konnte sie spüren, ihre Entschlossenheit, ich konnte sie schmecken, das Blut zwischen ihren Zähen.

Hmm. Hm. HmHm. HmHm.

Ich rührte mich nicht von der Stelle. Jakob war im Haus verschwunden. Ich hörte ihn nicht. Nur den Wind. Er kam aus dem Tal wie ein neugieriger Zuschauer.

Hmm. Hm. HmHm. HmHm.

Sie waren fünf Armlängen von mir entfernt. Ich umfasste die beiden Stöcke und zog sie aus meiner Decke.

Vier Armlängen.

Hmm. Hm. HmHm. HmHm.

Atem. Wolfsatem.

Drei.

Das Knurren.

Zwei.

Hmm. Hm. HmHm. HmHm.

Ich konnte nun in ihre Augen sehen. Wie blaue Schatten, die sich in der Dunkelheit erhoben.

Eine.

Ich hielt den Atem an und legte die Stöcke zu Boden.

Stille. Nur der Wind. Ich spürte die Sonne im Nacken. Die Decke, die über meinen Körper strich. Die Steine unter meinen Füßen. Die erfrorene Träne in meinem rechten Auge. Den Atem auf seinem Weg durch meine Lunge. Ich spürte mein aufgewühltes Herz und roch den Wind, der die Samen brachte und die Welt in Rosmarinduft hüllte.

Ich bin eine Wanderin, Mutter. Ich will nicht in einer Welt leben, die wir mit Füßen treten. Ich will Teil einer Welt sein, der ich dienen darf. Ich selbst will die Welt sein. Ich will diese Trennung nicht mehr. Es ist alles eins.

In der Ferne saß ein großer Wolf. Er hatte die Arbeit den hungrigen jungen überlassen. Ich wusste, was er empfand. Ich kannte dieses Gefühl. Im Gerichtssaal. Wenn die Dinge ihren Lauf nahmen und ich nur noch zusehen musste. Doch meine Welt war ungerecht geworden. Wie war seine Welt? Konnten die Gesetze der Natur je ungerecht sein? Gab es einen Kläger, einen Richter, der die Wölfe verurteilte, wenn sie töteten? Waren sie die Täter, oder war ich es, die in ihre Welt eingedrungen war? Wollte Lya bei ihnen sein und hatte sich gegen mich gewandt? War ich der Täter? Aber was machte das für einen Unterschied, hier an diesem Ort, wo alle Jahreszeiten entstehen konnten, wenn man begriff, dass alles diesem einfachen Rhythmus folgte, der alles zusammenhielt?

Hmm. Hm. HmHm. HmHm.

Das Lied der Hirsche, die das Gleichgewicht herstellten.

Das Gleichgewicht, das aus der Welt verschwunden war.

Dort, inmitten der Wölfe, die mich umrundeten, dort, wo der Himmel über mir begann, den Schnee zu holen, der leise und geduldig das Grau vom Ende in ein Weiß des Anfangs verwandelte, dort begriff ich, dass ich mich einer Wahrheit näherte, die in mir wohnte und nach außen drängte. Einer Wahrheit, die sich durch alle Welten zog.

Hmm. Hm. HmHm. HmHm.

Ta. Ta. Tata. Tata.

Diesmal kam der Rhythmus nicht von meinen Lippen, sondern vom Haus. Es war Jakob. Und da verstand ich, dass es das Gleichgewicht war, das Spektrum, aus dem die Welt gefallen war. Der alte Mann hatte den letzten Hirsch gejagt und getötet und die Welt aus ihren Angeln gerissen. Nun war es an mir, die Welt wieder in die Angeln zu heben und das Gleichgewicht zu finden, meinen Pol, mein Gegenüber, meinen Schatten. Meinen Abgrund.

Sie stand neben den Wölfen. Ich hatte sie kaum gesehen. Sie war mit der Natur verschmolzen. Wie ein Schatten. Aber sie war da. Die schwarze Frau. Erhaben. Groß. Wie eine Königin. Die Königin über das Nachtvolk, das schweigend hinter ihr stand wie eine Armee, geduldig, aber unerbittlich, bereit, die zu holen, die einst im Garten Eden der Sünde anheimgefallen waren. Bereit, die zu jagen, die die Sünde in sich trugen.

Und in diesem Moment wusste ich, dass ich es war, die sie jagten. Denn ich trug sie tief in mir verborgen.

Die Sünde.

Die Erbsünde.

Und auf ihr Zeichen begannen die Wölfe, auf mich einzustürmen, und das Nachtvolk setzte sich in Bewegung.

Und ich wusste, dass mein altes Leben hier enden würde.

Und ich begann zu laufen.

Und ich lief.

Und ich fiel.

In den Abgrund.

ACHT

Das Wunder, es geschieht.

Die Kristalle bilden sich wie Sterne,

und keiner gleicht dem anderen.

Schnee.

Meine Beine traten ins Leere, mein Kopf verwandelte sich in ein Monster. Ich verlor die Welt aus meinen Augen und krachte mit meinem Rücken auf einen Tannenast, der wie ein Fallnetz aus dem Felsen ragte.

NEIN. Nicht aufwachen. Du musst drinnen bleiben, bis es geschehen ist.

Hände ragten aus der Leere, griffen aus meinem Himmel. Die Sonne gebar einen Zwilling. Ich sah Gesichter. Sie beugten sich über mich. Das Wasser schwappte über mein Kinn und floss in meine Nase. Der Geruch nach Rosmarin explodierte über mir. Ich rang nach Atem. Arme packten mich an den Schultern, hielten mich fest. Ich kippte nach hinten und sah den Felsen, von dem ich gefallen war. Die Tannen hatten meinen Sturz gebremst. Ich schrie, suchte die rettenden Hände am Himmel. Sie waren verschwunden.

Du musst dich beeilen. Sie können jeden Augenblick hier sein. Dann ist es zu spät.

Das Wasser war warm. Ich sah meine Zehen. Die Wanne. Ich war zu Hause. Meine Mutter saß vor dem Spiegel und wartete darauf, mich für die Parade hübsch zu machen. Alle sollten sehen, was für eine wunderbare Tochter sie hatten. Die gekringelten geflochtenen Zöpfe, das gepflegte Äußere. Eine junge Genossin, der ganze Stolz ihres Vaters.

Ich verließ unseren zweigeschossigen Wohnblock. Die Fassade war schmutzig. Mein Vater hatte keine Zeit für Äußerlichkeiten. Ich blickte auf das Straßenschild. Karl-Liebknecht-Straße. Vater wollte mir einmal erzählen, wer das war, nach dem die Straße hieß. Er fand nie Zeit dazu. Auf der Straße roch es nach Zimt. In den Bäumen zwitscherten die Morgenvögel. Ich liebte es, wenn die Sonne sang. Er hätte es auch geliebt. Aber ich hatte ihn zu Hause lassen müssen. Vater hasste Hunde. Er sagte, dass sie Zeit fräßen. Er hätte der Anschaffung nie zustimmen dürfen.

Vater hatte vergessen, warum es ihn gab. Ich hatte in meinem Zimmer gesessen. Still. Am kalten Heizkörper und hatte gefroren. Im anderen Zimmer hatten sich meine Eltern angeschrien. Es war immer dasselbe Spiel. Meine Mutter hatte für uns gekocht, und wir hatten gewartet. Wenn er dann kam, roch er seltsam. Später wusste ich, dass es Alkohol war. Sein Kopf war dann immer über den Teller gebeugt, aber aus den Augenwinkeln wartete er nur auf eine falsche Bewegung von uns. Von meiner Mutter, von mir. Oder ein Räuspern, das Rücken eines Stuhles. Dann ging es los. Ich hatte keinen Bissen hinuntergebracht und war in mein Zimmer verschwunden.

Ich versuchte, nichts zu hören, und stellte mir vor, dass alles einfacher wäre, wenn ich nichts fühlte. Wenn es mir gleich wäre, ob sie einander liebten oder nicht, ob sie lachten oder nicht, ob sie schrien oder nicht. Ich schlich zur Toilette und sah ihn mit der Pfanne in der Hand. Er hatte ausgeholt und zielte auf Mutters Kopf. Ich sagte kein Wort. Doch er ließ von ihr ab und kam zu mir. Er drückte mich fest an sich und sagte, dass alles gut würde. Am nächsten Tag kauften wir ihn, und ich ging mit ihm zum Bogensee, wenn meine Mutter mit dem Essen wartete. Jetzt kauerte er am kalten Heizkörper, bis ich von der Parade zurückkam.

Ich krachte mit dem Kopf gegen den Felsen. Mein Körper rollte zur Seite und verlor an Geschwindigkeit. Eisige Nadeln bohrten sich in meine Haut, die Welt übergab sich, bis der Boden wieder verschwand und mein Magen sich erneut entleerte.

Sieh hin. Das erste Proto-Objekt. Das ist der Schlüssel.

Das warme Wasser war überall. Und das Symbol. Die Linie. Die beiden Kugeln. Es war so groß. So schrecklich. Es drang in mich ein, zerbrach mich wie Glas. Ich zersprang. Ich schrie. Stumm. In die Welt, doch die Welt lachte mich aus.

»Wie konntest du alles verraten, woran du je geglaubt hast?«

Ich sah zu Lya und freute mich, dass sie wieder mit mir

sprach. Wir hatten die Grenze zu Österreich erreicht. Meine Augen brannten von der langen Fahrt. Ich wollte keine Pause machen, ich wollte so schnell wie möglich in unser Haus.

»Die Zeiten haben sich geändert. Ich weiß nicht, ob ich alles verraten habe. Ich sehe das nicht so. Ich habe mich weiterentwickelt. Jeder macht das.«

Nach der Wende waren meine Eltern in eine tiefe Depression gefallen. Beide waren im Widerstand gegen Nazideutschland gewesen, dann SED, Lehrer in der Wilhelm Pieck, wo sie von einer Welt geträumt hatten, die jetzt verschwunden war.

Als ich von den verkohlten Leichen im alten Hörsaal hörte, wusste ich, dass sie es waren. Sie wollten ein letztes Zeichen setzen. Ich fuhr zurück nach Wandlitz, erledigte den Papierkram und organisierte das Begräbnis. Es kamen wenige Menschen. Alle alten Weggefährten waren längst verschwunden. So wie ich, ihre Tochter. Alles, was je in mir gelebt, gelacht, geweint, gehofft hatte, war tot. Ich war zu dem geworden, was mein Vater sich immer erhofft hatte. Eine Funktionärin. Ich funktionierte. Unauffällig. Grau.

Selbst in Berlin, wo ich nach der Wende noch immer nah am Osten war, blieb ich unsichtbar und baute große Mauern um mich herum. Klassische Mauern, unnahbare Mauern. Mauern, die gut rochen und Zöpfe trugen. Mauern wie Ikonen. Herausragend, aber unnahbar.

Es war mein alter Hörsaal gewesen, wo sich meine Eltern für das verlorene Vaterland ihr Leben nahmen. Nachdem die Ermittlungen abgeschlossen waren und der Fall zu den Akten gelegt worden war, kam ich noch einmal hin. Vielleicht, um Abschied zu nehmen. Von ihnen. Vielleicht von mir.

Paul und ich hatten in der letzten Reihe gesessen. Wir hatten über die Thesen zum wissenschaftlichen Kommunismus gestritten, wir hatten über den kleinen Studenten aus Vietnam gelacht, der ständig ein Lied über Ho Chi Minh auf den Lippen getragen hatte. Wir hatten den Anhänger aus Palästina bewundert, der alle Streitgespräche mit seiner Freundin aus Südafrika in stundenlangen Diskussionen für sich entschieden hatte. Ich hatte Paul vom ersten Moment an geliebt. Er war das gewesen, was ich nicht mehr gewesen war. Er hatte gebrannt, wo ich erloschen war – auch wenn ich es nicht zugegeben hatte. Ich hatte seine flammenden Reden über den Terrorarm der PLO geliebt, der für ihn schlagkräftiger war als der ANC.

Als die vielen Flüchtlinge aus den Diktaturen zu uns gekommen waren und in unserem Hörsaal ein Schlaflager eingerichtet worden war, hatten wir uns zum ersten Mal geküsst. Ich dachte noch oft an die vielen stummen Gesichter, die uns dabei zugesehen hatten, als wären wir aus einer anderen Welt herabgestiegen. Die Namenlosen, die Identitätslosen, die Heimatlosen. Es war, als hätten wir das Licht in die Welt gebracht, und ich hatte gespürt, dass etwas unsere Seele berührte, die gemeinsame Seele, die Seele des Menschen. Doch ich hatte Angst davor gehabt und ihn weggestoßen. Ich hatte Angst gehabt, ihn zu verlieren, also hatte ich ihn vor meine Mauer setzen müssen und all die anderen, die dasselbe spürten wie ich damals. Dass wir alle Menschen waren.

Ich krachte auf den Boden. Und die Gedanken an Lya waren das Letzte, an das ich mich erinnern konnte.

»Du warst doch in der Kaderschmiede am Bogensee. Das war das Aushängeschild der Bildungsoffensive der DDR. Jeder, der die Wilhelm-Pieck-Schule besucht hatte, musste doch stolz darauf sein, zur Elite des Landes zu gehören, zur Elite der Welt. Ihr hättet die Welt verändern können. Und was habt ihr gemacht? Ihr habt sie verraten und an den Kapitalismus verkauft.«

»Es gibt keine Elite mehr, mein Schatz. Die Welt ist, wie sie ist.«

»Was überlasst ihr uns nur für eine leere Welt! Oberflächlich, ungerecht, herzlos und verrottet. Schämt ihr euch nicht?«

»Aber ich kämpfe doch für die Gerechtigkeit.«

»Du funktionierst. Ihr alle funktioniert.«

»Du bist noch jung. Du wirst mich noch verstehen.«

»Ich werde dich nie verstehen. Du arbeitest für die falschen Gesetze und gehst daran zugrunde, und Papa arbeitet rückgratlos für die Pharmabranche. Ich schäme mich für euch.«

Ich steuerte den Wagen wie ferngelenkt. Meine Gedanken waren in der Schule. Ich hatte mit Paul auf den Stufen des Eingangsportals gesessen. Es war kurz vor dem Fahnenappell gewesen. Er hatte mir von der Idee von einem Supermenschen erzählt. Ein Mensch, der alle Gesellschaften und Gesinnungen verbinden und überwinden konnte. Er war besessen gewesen von der Idee, dass der sozialistische Mensch dem kapitalistischen überlegen war, da er auf die Moral und auf die Werte des Miteinanders setzte. Und nicht auf Gewinnmaximierung und Selbstoptimierung. Der Mensch war Teil von etwas Größerem. Als seine Mutter an Krebs erkrankte, erkannte er, dass der Mensch am Ende nichts weiter war als ein flehendes, leidendes Wesen in einer großen, ungerechten Welt. Am Tag, als seine Mutter gestorben war, hatte er an meiner Schulter geweint, und an diesem Tag war die letzte Vision aus unserem Leben getreten. Dann war die Wende gekommen und das Ende der Utopien.

Ein waldiger Hügel schob sich an uns vorbei, ein mittelalterlicher Turm, ein Felsen, steil abfallend. Lya hatte ihre schwarzen Dreadlocks zu einem Zopf gebunden. Um ihre stahlblauen Augen lag ein dunkler Schatten. Sie klappte die Pilotenbrille nach hinten.

»Ich hasse das Land«, sagte sie.

»Und woran glaubst du?«

Ich sah zu Lya und suchte ihre Augen. Doch sie drehte sich zur Seite und führte ihren Zeigefinger an die Stirn.

»An das, was da drinnen ist.«

»Scheiße«, rief ich und bremste den Wagen. Das rote Licht der Verkehrskontrolle blinkte auf der Straßenseite.

»Du musst dich immer an die Gesetze halten, Mutter. Auch im Straßenverkehr. Immer funktionieren.«

Ich stieg aus und kassierte eine Strafe für überhöhte Geschwindigkeit. Ich hatte Zeit verloren. Ich wollte nicht zu spät kommen.

Ich schlug die Augen auf. Das Wasser war aus meinem Sichtfeld verschwunden, und der Himmel war weiß.

»Sie leisten hervorragende Arbeit bei der Staatsanwaltschaft. Der Ruf Ihrer Hartnäckigkeit eilt Ihnen voraus.«

Ich erschrak, und meine Blicke fielen vom alten Fahnenmast auf den Hof des alten Schulkomplexes. Der Generalstaatsanwalt trat hinter dem Säulenfoyer hervor. Ich ordnete meine Kleidung und zupfte das Haar zurecht.

»Ich habe gehört, was mit Ihren Eltern passiert ist. Mein Beileid.«

Ich schwieg, aber bedankte mich nickend, als er fortfuhr.

»Ich brauche jemanden an meiner Seite, der mir hilft, die Welt wieder ein wenig besser zu machen.«

»Ich verstehe nicht«, sagte ich.

»Sie wissen so wie ich, dass viele unserer Gesetze zahnlos geworden sind. Und immer mehr Menschen glauben nicht mehr an die Macht des Staates. Ich will das nicht. Ich will kämpfen. Aber ich schaffe das nicht allein. Ich brauche jemanden wie Sie. Jemanden, der weiter gehen kann …«

»Wovon sprechen Sie?«

»Die Schwarze Familie.«

Die Schwarze Familie. Bestens vernetzt. Unantastbar. Ihre Mitglieder waren in allen Parteien und Lobbyisten-Verbänden. Die Schwarze Familie bestand aus einer Vielzahl von Familien, die sich zu einer großen zusammengefunden hatten. Die Khalbergs aus Österreich beherrschten den deutschsprachigen Raum. Sie waren der Kopf der Hydra.

»Worum geht es?«

»Das Spektrum.«

»Dr. Merten.«

Der General nickte.

In meiner Hand tauchte der quadratische Zettel auf, den Merten mir aus dem Wagen gereicht hatte. Das Symbol. Die Linie. Die Kugeln.

Ich hörte Schritte. Wo war ich? Noch in der Welt des Wahns? In Tannenfall? Ich versuchte, mich zu bewegen. Es gelang mir nicht. Mein Körper fühlte sich eiskalt an, und erst jetzt begriff ich, dass ich nackt auf der gefrorenen Erde lag. Die Decke, die mich vor der Kälte schützte, musste ich beim Sturz verloren haben. Der Himmel über mir richtete sich wieder ein. Ich blickte hinauf zu dem Felsen, von dem ich gefallen war. Die Dunkelheit der letzten Nacht hatte sich dort oben verfangen. Jakob war noch dort. Hatte er überlebt? Ich konnte es jetzt nicht herausfinden. Ich musste zuerst wieder auf die Beine kommen. Dann ließ ich los, und die Welt verschwand.

DER BEGINN

Ich schlug die Augen auf. Es roch nach Feuer, und ein Licht zitterte. Ein zäher Schmerz kroch durch meinen Rücken, als ich mich bewegen wollte. Sie schob ihren Kopf über mich und lächelte mich an. Ich kannte ihr Gesicht, konnte es nur nicht einordnen. Es war in meinem Alter und roch nach Öl. Sanftmütige Augen lagen in einem Faltennetz unter festen grauen Haaren.

»Sie müssen sich noch schonen. Sie hätten sich den Tod holen können da draußen«, sagte sie, und ich war überrascht von ihrer klaren, reinen Stimme.

»Wo bin ich?«

Die Frau ging zu einem alten Holztisch und schenkte Tee ein. Ich sah ihren Wintermantel, einen alten, schweren, aus dickem grauen Loden. Meine Blicke flohen auf die vielen Bücher in den kleinen Regalen auf den Holzwänden. Darunter standen Kisten mit Kräutern, Gemüse, Wurzeln, Getreide.

Auf meiner linken Seite führte eine Treppe nach oben. Unter den Stufen knisterte der Herd in einem geduldigen Feuer.

»In den tiefen Ebenen. Sie sind abgestürzt«, sagte die Frau und steckte einen Löffel Honig in den dampfenden Tee. Ich richtete mich auf und sah mich erneut um. War diese Hütte real? War die Frau real? Ich durchsuchte den Raum mit argwöhnischen, ja ängstlichen Augen, als erwartete ich ein verräterisches Detail, das meine Welt wieder zum Einsturz brachte. Aber ich konnte nichts Verdächtiges feststellen. Als die Frau mir den heißen Becher reichte, berührte ich ihre Finger – nur, um zu sehen, ob sie da waren. Sie waren da. Also war ich da.

»Wie sind Sie da hinaufgekommen?«, fragte die Frau und machte einen besorgten Gesichtsausdruck. »Sie haben verdammtes Glück, dass Sie sich nicht das Genick gebrochen haben.«

»Ich hatte mich verlaufen«, log ich, da ich noch nicht wusste, ob ich meiner Retterin vertrauen konnte. Doch der Schatten über ihrem Gesicht zeigte mir, dass auch sie an mir zweifelte.

»Sie waren nackt.«

Bilder schossen mir durch den Kopf. Der Rhythmus. Die Wölfe. Die schwarze Frau. Jakob.

Lya.

»Sie müssen mir nichts erzählen. Das ist nicht notwendig«, sagte die Frau und sah mich wieder mit diesen gutherzigen Augen an, die mich stärker wärmten als der Tee. »Wenn Sie reden wollen, finden Sie in mir jemanden, der Ihnen zuhört. Trinken Sie in Ruhe Ihren Tee und kommen Sie wieder zu Kräften!«

Ich lächelte und legte meinen Kopf zurück auf das warme Kissen. Ich hörte, wie die Frau an den Herd ging. Sie schien eine Suppe vorzubereiten, denn mit einem Mal roch es so gut.

»Wer sind Sie?«, fragte ich sie und drehte meinen Kopf zu ihr.

»Früher war ich Ärztin. Aber ich habe mich vor geraumer Zeit entschieden, mein Leben zu verändern.«

Ich bemerkte, dass sie mir auswich, als müsste sie sich um

die Suppe kümmern, in die sie sorgfältig Kräuter streute. Nun fiel mir ein, woher ich das Gesicht kannte. Die Ärztin, die ich in Spital am Semmering besucht hatte, sah der Frau am Herd zum Verwechseln ähnlich.

Plötzlich erstarrte ich. Die Ärztin hatte mir von ihrer Schwester erzählt. Sie hatte das verschwundene Mädchen nach dem Schlangenbiss behandelt. Ich richtete mich wieder auf. Musste ich auf der Hut sein? Wenn diese Frau dort die Schwester der Ärztin war, die sich von der Schulmedizin abgewandt hatte: Wer war dann die Frau in der Nervenheilanstalt? Mir schwindelte, und eine tiefe Übelkeit kroch in mir hoch. Ich versuchte mich an das zu erinnern, was mir die Ärztin im Dorf über ihre Schwester gesagt hatte. Ich erinnerte mich an ihre Worte, die voller Gift gewesen waren. Ganz anders als die warme und geduldige Stimme der Frau vor mir.

»Sie wirken mit einem Mal verängstigt«, sagte die Frau und lugte verstohlen zu mir. »Wovor haben Sie Angst?«

Meine Gedanken erstarben. Ich überlegte, was ich tun sollte, wenn die Frau plötzlich auf mich zusprang. Doch sie blieb ruhig stehen und rührte weiter in der Suppe. Und obwohl die Fragen in meinem Kopf hämmerten, empfand ich keine Furcht. Ich setzte mich im Bett aufrechter hin und umklammerte meine Tasse. Sollte ich mich in meiner Retterin irren, würde ich die Tasse für den ersten Schlag gegen ihr Gesicht verwenden können, dachte ich und wandte mich der Frau zu, die ich keinen Augenblick aus den Augen lassen wollte, solange ich nicht wusste, was sie im Schilde führte.

»Da oben waren Wölfe«, sagte ich vorsichtig.

»Ich weiß. Seit Jahren ziehen sie hier durch. Sie werden immer mehr. Mich lassen sie Gott sei Dank in Ruhe. Ich habe hier in der Nähe erst ein Mal welche gesehen.«

Ich nickte und trank einen Schluck Tee. Er schmeckte außergewöhnlich.

»Dieser Tee. Darin ist etwas, was ich nicht kenne …« Vielleicht würde ich sie durch meine Neugierde aus der Reserve locken können und der Wahrheit auf die Spur kommen.

»Das ist das blaue Leben«, sagte die Frau. Ohne Zögern. »Es ist sehr selten. Ich glaube, es wächst auch nur noch hier in der Gegend. Es ist wunderbar. Die Blätter verändern ihr Blau – je nachdem, wie man sie in die Sonne hält. Ich liebe diesen öligen Geruch. Es gab vor Jahren hier einen alten Mann. Einen Hundertjährigen. Er hat viel von dem blauen Leben zu sich genommen. Allerdings kommt es auf das Mischverhältnis an. Wenn man sich bei der Ernte nicht vorsieht, dann kommt man auch in Kontakt mit dem Schierling, der meist um das blaue Leben herumwächst, so als wollte er es beschützen.«

Sie lachte und ich mit ihr.

»Und was macht das blaue Leben so besonders?«

»Unsterblichkeit«, sagte die Frau und zog ihre Mundwinkel weit auseinander.

»Sie scherzen.«

»Wenn Sie meinen. Es gibt tatsächlich Studien, die davon ausgehen, dass das blaue Leben das Dasein verlängert. Erheblich verlängert. Dabei ist es aber mit großer Vorsicht zu genießen, da es ähnlich wie psychoaktive Pilze Wirkstoffe wie Psilocybin und Psilocin enthält. Es gibt Stimmen, die behaupten, durch die Einnahme des blauen Lebens eröffne sich dem Menschen der Königsweg, der direkt ins Paradies führe und somit zum ewigen Leben.«

»Welche Stimmen?« Ich spielte auf die Khalbergs an und auf das Tagebuch. Wusste die Frau etwas darüber?

»Der alte Mann hatte angeblich ein Tagebuch bei sich. Ein Kriegstagebuch eines Bauern, der vor dem Ersten Weltkrieg hier in der Gegend in Kontakt mit dem blauen Leben gekommen war. Dieser Bauer war befreundet mit Marius Khalberg, einem sehr einflussreichen Mann. Der hat sich auf die Suche nach dem blauen Leben gemacht. Angeblich war sein Sohn, Konrad Khalberg, ebenfalls auf der Suche nach dem blauen Leben und hat alles fein säuberlich in dem Tagebuch festgehalten.«

»Und wo ist dieses Tagebuch jetzt?«, fragte ich die Frau

und dachte an die tanzende Tinte im warmen Wasser des Sees, in dem ich mit den Wölfen um mein Leben gekämpft hatte.

»Das weiß niemand. Ich denke, sie haben den Herrenhof, die Nervenheilanstalt, wo der Alte seine letzten Tage verbracht hat, mehrfach auf den Kopf gestellt. Gefunden haben sie nichts.«

Ich überlegte, ob ich sie nach der Strega fragen sollte, entschied mich jedoch dagegen.

»Und Sie haben es gefunden?«, fragte ich und sah in den Becher in meiner Hand.

»Spuren davon, ja. Der Tee schmeckt Ihnen, nicht wahr? Es sind Sporen, die mit denen des blauen Lebens in Kontakt gekommen sind. Sie werden sehen, es wirkt Wunder. Aber das blaue Leben selbst, in seiner Reinform, habe ich noch nicht gefunden. Es gibt Legenden, die behaupten, dass der Mithraskult nichts weiter sei als die Suche nach dieser geheimnisvollen Blume.«

»Der Mithraskult?«

»Ein vorchristlicher Kult aus dem Nahen Osten. Die Römer waren besessen davon. Als das Reich auseinanderfiel, versuchten sie, die Geheimnisse des Kultes in Sicherheit zu bringen. Das Geheimnis des blauen Lebens. Der Legende nach wurden sie allerdings hier am Semmering von Räuberbanden überfallen, und seither ist das Geheimnis in den vielen Höhlen unter uns verschollen. Nur der eine oder andere Same setzt sich durch und findet den Weg ins Licht.«

Bilder flogen durch meinen Kopf. Die Baustelle. Die dunklen Mäuler in den Felsen.

»Haben Sie deshalb den Beruf der Ärztin an den Nagel gehängt, weil Sie hier in der Natur nach dieser Blume suchen wollten?«

Die Frau zog den Topf ab und gab vier volle Schöpfer Suppe in einen Teller.

»Zuerst ja. Aber dann fand ich etwas, was mich davon abhielt, weiterzusuchen.«

Ich zog neugierig die Brauen hoch und nahm dankend die Suppe entgegen.

»Die Natur. Sie hat sich mir offenbart. Mit ihren Gesetzen und Wahrheiten. Meine Suche nach dem ewigen Leben hat mich hierhergeführt in mein Paradies.«

Die ehemalige Ärztin lächelte. Ich löffelte meine Suppe und sah auf das blitzende Licht, das von draußen in die dunkle Hütte strömte.

Je länger wir sprachen, desto mehr Vertrauen fasste ich zu der Frau, die mir auf seltsame Weise glich. Die Art, wie sie von den Gesetzen der Natur sprach, von der Ruhe, die sie hier draußen fand, beruhigte mich. Für einen Moment dachte ich sogar, dass es, falls ich Lya nie mehr wiedersehen sollte, einen Ort gab, der mich in meiner Trauer aufnehmen würde. Wo ich leiden konnte, ohne mich dafür zu schämen, wo ich sein konnte, wie ich wirklich war.

Ich dachte während unseres Gesprächs an meine Eltern. Ich wusste nicht, warum sich die Erinnerungen in diese Hütte drängten, aber ich sah meinen Vater und meine Mutter vor meinem geistigen Auge. Mit zornigen Mündern und bösen Augen.

Dabei hatten sie so sehr für ein schönes Zuhause gekämpft. Sie hatten versucht, mir eine gute Zukunft zu bieten. Doch je mehr sie sich abgemüht hatten, desto schneller hatten sie festgestellt, dass sie nicht zusammengehörten. Ihre Wesen hatten einander abgestoßen. Und während ich zu Beginn noch versucht hatte, zwischen den beiden zu vermitteln, hatte ich bald begriffen, dass es niemandem gelingen würde, Tag und Nacht zu vereinen.

Ich war damals zehn oder elf, als ich beschloss, meine Gefühlswelt für immer zu verschließen, um an diesem unerträglichen Leid nicht zugrunde zu gehen. Jedes Mal, wenn mein Vater betrunken nach Hause kam und meine Mutter mit gesenktem Kopf am Tisch saß und wartete, bis das Unwetter über ihr wieder losbrechen würde, schrie meine Seele wie ein Kalb, das auf der Schlachtbank das Messer am Hals spürte. Wo ich mich nach Bindung sehnte, erfuhr ich Ausgrenzung, wo ich Anerkennung suchte, erfuhr ich Kritik, wo ich Liebe suchte, erfuhr ich Pflichtbewusstsein. Das Kind, das damals am Tisch saß und zusah, wie sein Vater sich verwandelte und mit bitteren Zügen die Wärme aus seinem Zuhause erstickte, starb zwischen jedem seiner Wörter. Ich wurde zu meinem eigenen Schatten. Dieser Schatten, er war hier, und doch konnte man ihn nicht berühren. Das andere Kind, das in mir wohnte, das lachte und hoffte und sich danach sehnte, mit seinen Eltern die Welt zu entdecken, saß mit angezogenen Beinen an der Wand seines Zimmers und hatte die Hände an die Ohren gelegt, um nichts mehr wahrzunehmen von der kalten Welt.

Ich wurde zu meinem eigenen Schatten. Mir gefiel der Vergleich, weil er mich unnahbar machte. Auch für mich selbst. Die Zeit in der Wilhelm Pieck oder später beim General verbrachte ich damit, immer für tadellose Arbeit zu sorgen. Die Anerkennung, die ich dabei erfuhr, war mein Lebenselixier. Dabei verbog ich mich und verdrehte mein Wesen, und das nur, um zu gefallen. Ich nickte den Lehrern eifrig zu, egal welche kruden Thesen sie oft vertraten, und ich beugte mich den Gesetzen, egal wie schwammig sie auch ausgelegt wurden. Ich folgte den Regeln der anderen und verschwand darin. Dabei hatte ich immer dann am meisten Angst, wenn ich nach meiner Meinung gefragt wurde. Dann wich ich aus oder richtete mich nach der vorherrschenden Meinung der im Raum anwesenden Menschen. Ich war ein Schatten, ich folgte der Sonne. Ich funktionierte.

Natürlich erzählte ich niemandem davon. Auch mir selbst nicht. Aber ich hatte das Gefühl, dass die Frau, die mich aus der Kälte gerettet hatte, mich durchschaute. Sie sah hinter meine Mauern und verstand, dass ich vielleicht erfolgreich war, aber zutiefst unglücklich, da ich nie erfahren hatte, was Glück bedeutete.

Ich wusste nicht, ob es an den Tränen lag, die in meinen Augen glitzerten, oder ob einfach die warmherzige Atmosphäre der Hütte die Ärztin veranlasste, mir die Hand zu reichen und mir das Du anzubieten. Sie hieß Magdalena, und auch ich verriet ihr meinen Vornamen. Dann erzählte sie von ihrem inneren Kampf, den sie in sich ausgetragen hatte, jedes Mal, wenn sie Patienten behandelte.

Für sie war die Psyche der Ort, der einzige Ort, an dem Krankheiten entstanden. Für sie war der menschliche Körper gesund und fähig, sich selbst zu heilen. Sie nannte das die geheime Sprache des Körpers, die niemand mehr verstehen konnte. Wie niemand mehr die Sprache der Natur verstand. Wenn man diese Sprache beherrschte und sich ihr hingab, konnte sich keine Krankheit festbeißen. Ein Schreckensszenario für die Pharmaindustrie! Wenn jeder sich selbst heilen konnte, wenn jeder sich durch ein Treffen mit seinem inneren Drachen, der sein größter Therapeut war, heilen konnte: Wer brauchte dann noch Ärzte, wer Medikamente, wer Chemotherapie? Das blaue Leben enthüllte den verborgenen Weg zum inneren Dämon und somit zur Lösung aller Probleme.

Ich widersprach ihr nicht, da ich nicht wusste, was ich davon halten sollte. Der Selbstmord meiner Eltern nach der Wende: Wäre er zu verhindern gewesen, wenn sie rechtzeitig Kontakt zu ihren Drachen aufgenommen hätten? Mein Burnout: Wäre er zu heilen, wenn ich Kontakt aufnähme? Mein Wahnsinn, in dem ich mich befand?

»Du kommst sicher bald wieder auf die Beine«, sagte Magdalena und rührte Kräuter in einen neu aufgesetzten Tee. »Man muss nur das Richtige tun. Sich selbst erkennen und das Richtige tun. Es ist so einfach.«

Ich nahm dankbar den neuen Becher Tee und trank. Er schmeckte ein wenig bitterer als der erste, war aber dennoch köstlich. Und obwohl ich zerrissen sein sollte vor lauter Sorgen um Lya, spürte ich zum ersten Mal seit meiner Ankunft eine gewisse Ruhe. Zunächst schämte ich mich dafür. Ich schämte mich, untätig zu sein. Doch ich wusste auch, dass ich Kraft brauchen würde für das, was womöglich noch auf mich wartete. Kraft für den Kampf gegen die schwarze Frau und ihre Wölfe …

Die schwarze Frau. Ich hatte sie fast vergessen. Nach dem Sturz hatte ich geglaubt, die Welt wiedergefunden zu haben, und alles schien wieder in seine Ordnung zu fließen. Hatte ich zu Beginn noch gezögert, Magdalena von meiner Suche und den Stimmen in meinem Kopf zu erzählen, so beschloss ich nun, mich ihr anzuvertrauen. Also setzte ich mich auf und begann.

Ich erzählte ihr von meiner Ankunft im Haus. Der empfundenen Leere. Von Lya, die sich in ihr Zimmer verkrochen hatte. Und von dem Grollen, von dem ich aufgewacht war, und dem Nachtvolk, das der schwarzen Frau folgte. Bis hin zu Lyas Verschwinden und den Proto-Objekten. Dabei vermied ich es, zu erwähnen, dass ich in Spital am Semmering vermutlich Magdalenas Schwester getroffen hatte. Ich wollte ihr die Gelegenheit geben, darüber zu sprechen, um zu erfahren, wer sich hinter der Strega tatsächlich verbarg. Ebenso vermied ich, vom verschwundenen Mädchen und seinem Vater zu erzählen. Wenn Magdalena die beiden behandelt hatte, würde sie vielleicht sagen, was sie wusste. Dafür musste ich aber ihr Vertrauen gewinnen. Und das gelang sicher am ehesten, indem ich mich ihr öffnete. Was ich dabei übersah, war, dass ich mich mehr öffnete, als ich zugeben wollte. Aber ich musste das Richtige tun.

Nachdem ich von Jakob erzählt hatte, der Insel der Lebenden, dem Kampf mit den Wölfen und meinem Sturz, endete ich. Dabei schüttelte ich den Kopf, da sich meine eigene Geschichte so verrückt anhörte, dass es mir schwerfiel, selbst daran zu glauben.

»Das Problem ist, dass du versuchst, Lya mit dem Verstand zu finden«, sagte Magdalena. »Denken funktioniert hier draußen nicht.«

Ich sah sie mit einem ungläubigen Blick an, bis sie fortfuhr.

»Der Mensch will zu viel. Im Nichtwollen liegt die Freiheit.«

»Du meinst: Hör auf, zu suchen, dann wirst du finden?«, fragte ich und stellte fest, dass meine Stimme naiv klang.

»Wenn du so willst. Buddha meint, dass unser Leben aus einer sinnlosen Aneinanderreihung von Momenten besteht. In dieser Sinnlosigkeit löst sich der Wille auf. Diese Sinnlosigkeit erschafft die Freiheit.«

Ich wusste nicht, ob ich begriff, was sie meinte.

»Oder Schopenhauer. Für ihn waren es die Kunst und die Ethik, die zur Leere führten. Ihm zufolge müssen wir versuchen, die Welt so zu sehen, als wären wir selbst eine Blume. Dadurch vergessen wir uns selbst und betreten die Freiheit. Er nennt es den ›Blumenwillen‹.«

Ich dachte an die Strega. Was fühlte ein Stein? Was fühlte ich?

»Oder Nietzsche. Er sieht den Weg ins Paradies über die Ekstase. Die absolute Hingabe führt wieder zur Selbstvergessenheit.«

Der Weg ist einfach: Besiege die schwarze Frau, indem du die Wölfe zähmst. Dann können die Hirsche wieder ihren Weg gehen, und du wirst den Rhythmus spüren und die Leere betreten. Dann wirst du die Wahrheit erkennen, und die Schöpfung offenbart sich, und Lya ist wieder bei dir. Für immer bei dir.

Ich setzte mich auf und fühlte eine Unzufriedenheit hinsichtlich Magdalenas Erklärungen. »Ich kann dir nicht folgen. Soll ich jetzt hier am Ende der Welt abwarten und Tee trinken? Ich bin dabei, mich zu verlieren, während meine Tochter irgendwo da draußen auf mich wartet. Ich habe ständig das Gefühl, nicht alles zu geben.«

»Dann gib alles!«, sagte Magdalena und schwieg. Dann stand sie auf und öffnete einen Fensterladen. Sonniges Winterlicht betrat die Stube.

»Die Evolution hat in unser Gehirn Mechanismen eingebaut, die verhindern, dass wir diese Leere finden. Entscheidend ist der Rhythmus des Gehirns. Der Rhythmus der Alphawellen, die wir in einem EEG sehen können. Dieses Wellenmuster der neuralgischen Aktivitäten öffnet die Tür.«

Ich schüttelte wieder den Kopf und spürte, wie eine unbekannte Wut in mir hochkam, als wehrte sich etwas in mir, die Wahrheit zu hören.

»Für das Gehirn gibt es zwei Zustände. Kämpfen oder Fliehen.«

Wieder schwieg Magdalena und blickte aus dem Fenster.

»Viktor kämpfte.«

Und ich floh. Floh vor den Wölfen. Eine tiefe Übelkeit griff nach mir, und ich lehnte mich im Bett zurück, während Magdalena fortfuhr.

»Kämpfen oder Fliehen. Für das Fliehen ist das sogenannte Defence-System zuständig. Die Amygdala. Ohne sie hätte die Menschheit keine Furcht. Ist sie besonders groß, ist man überängstlich. Und je mehr Angst wir erleben, desto weniger Belohnungsstoffe schüttet unser Gehirn aus. Kein Dopamin. Gar nichts. Doch unser Gehirn kann nicht ständig in Angst leben. Es sehnt sich nach einer Auszeit. Nach der Leere. Nach Glück. Allerdings ist diese Sehnsucht gefährlich, denn sie kann zum Wahnsinn führen.«

Wahnsinn. Ich hatte Angst, dass Magdalena weitersprach. Die Stimmen, die verdrehte Welt, die Mauern in meinem Kopf: Waren das alles Späher des Wahnsinns?

»Dabei ist es einfach. Das Experiment von Suedfeld belegt, dass Menschen in einem Floating-Tank, einem schallisolierten Salzwassertank, in einem Schwebezustand zur absoluten angstfreien Zufriedenheit gelangen. Nur fünf Prozent der Testpersonen wollten diesen Tank wieder verlassen. Der Rest war bereit, bis ans Ende zu gehen. Bis in die Leere. Bis ins Paradies.«

Eine absurde Idee erschien in meinem Kopf. War es möglich, dass ich die ganze Zeit in einem Floating-Tank lag, während ich nach Lya suchte? Suchte ich Lya in der Leere? Erklärte das alles die Halluzinationen? Die Stimmen? Aber wenn dem so war: Wie konnte ich dann wieder aufwachen?

»Ich weiß, was du denkst«, sagte Magdalena und drehte sich zu mir. »Du bist nicht verrückt. Du bist hier. So wie ich hier bin und die Natur da draußen ist. Wenn ich dir einen Rat geben darf: Ruh dich aus und dann geh hinaus! Hinaus in die Natur. Fühle sie! Rieche sie! Spüre sie – und vor allem: Hör ihr zu! So habe ich auch meine Angst überwunden.«

»Aber der zerbrochene Stock, den ich auf dem Pass gefunden habe. Lya war doch dort und hat gekämpft. Sie braucht Hilfe. Wie kann ich da Ruhe finden?«

»Du entscheidest, ob du dem Stock eine Bedeutung gibst oder nicht. Du entscheidest, was ein Proto-Objekt ist und was nicht. Wir leben immer in verschiedenen Ebenen. In Träumen. In der Wirklichkeit. In unseren Ängsten. In Halluzinationen. Nur die Proto-Objekte verbinden diese Welt. Sie sind, wenn du so willst, die Säulen deines Wesens.«

Ich dachte an die Linie. Mit den beiden Kreisen. Das Wasser. Den Rhythmus. Proto-Objekte. Ich hörte die Stimmen und kämpfte wieder gegen die Übelkeit. Anscheinend bemerkte Magdalena, dass es mir nicht gut ging. Sie kam zu mir, setzte sich ans Bett und strich über meine Hand.

»Du bist nicht verrückt. Du bist hier. So wie ich hier bin. Ich will doch nur, dass du wieder beginnst, klar zu denken. Wenn deine Lya da draußen ist, dann wirst du sie finden. Aber du musst zuerst wieder zu dir finden und zur Ruhe kommen. Du musst die Wahrheit sehen. Keine Illusion davon. Dann wird alles gut, ja?«

Ich schloss die Augen und weinte. Magdalena hatte recht. Ich war hier, ich spürte meinen Atem in meiner Brust, die Wunden vom Sturz an meinem Körper, spürte die tiefen Sorgen um Lya. Ich war hier. Ich war in keinem Tank. Ich war hier und fühlte die klare, kalte Winterluft in meine Lunge strömen. Und kurz bevor ich einschlief und von Paul träumte und von dem Moment, als ich ihn zum ersten Mal küsste, beschloss ich, Magdalenas Rat zu befolgen und hinauszugehen. Mich zu öffnen und das Gefängnis meiner toten Gefühle zu verlassen.

Ich befürchte, dass du sie nicht siehst, weil du die Sprache der Natur noch nicht gänzlich verstanden hast. Aber die weißen Wände in deinem Kopf, das Labyrinth, sie werden dir das Geheimnis verraten, wenn der erste Schnee fällt.

Ich trat vor die Tür. Magdalena hatte mir angeboten, in ihrem kargen Kleiderschrank nach passender Kleidung zu sehen. Ich hatte Glück: Wir hatten annähernd dieselbe Größe. Hätte Magdalena einen Spiegel besessen, was hätte ich gesehen? Wäre ich vor mir zurückgeschreckt? Mir war gleich, ob mir die Sachen standen oder nicht. Entscheidend war, dass sie mich wärmten. Der schwarze Filzmantel, der gestrickte Schal, die Fäustlinge, die Wanderschuhe, die ein wenig zu groß waren.

Das Licht floss in meine Augen und füllte die tiefen Ebenen mit einem unwirklichen Glitzern. Umgeben von ruhigen Bergen erstreckte sich eine weite Fläche ins Land. Die Luft war klar und kräftig. Ich nahm einen tiefen Atemzug und sah zu, wie warme Wolken aus meiner Lunge strömten, als der erste Schnee fiel. Die weißen Flocken schwangen durch die Luft und schwebten suchend und leise zu Boden. Ich lächelte und wartete. Wann hatte ich zum letzten Mal Schnee gesehen? Wann hatte ich zum letzten Mal zugesehen, wie es schneite? Wann hatte ich je am Rand einer Wiese gewartet, bis die Welt sich veränderte? Die Gewissheit der Natur berührte mich, die Gewissheit, dass alles einem bestimmten Zweck diente, dass alles auf Ursache und Wirkung beruhte. Es schneite. Unablässig und dicht. Immer dichter, bis sich die erste Schneedecke über die Ebene zog und das Land in ein reines Weiß hüllte.

Waren es Stunden, die ich hier verweilte, um auf den einen einzigen Augenblick zu warten?

Weiße Wände aus still wogenden Wellen von Schnee errichteten vor mir ein Labyrinth, das dem in meinem Kopf glich. Weiß und weit und unendlich und ohne Ausweg. Wirbelnd verschoben sich die Schneewände und bildeten neue Räume, die gleich darauf wieder verschwanden.

Ich machte die ersten Schritte und hörte das Knirschen der weißen Pracht unter meinen Schuhen. Die Schneedecke war unberührt. Keine Spuren von Wild, keine Wölfe. Ich blickte hinauf zum Pass. Schneefäden rangen mit dem Wind und fielen wie Wasserfälle in die Ebene. Ob Jakob noch am Leben war? Wie konnte ich einen Spaziergang in der Natur machen, während ich all das, was ich liebte, verloren hatte? Ich schämte mich und weinte und ging weiter. Ging in die Ebene, die mich geduldig aufnahm.

Die Sonne hatte sich von den fernen Gipfeln entfernt und strich über meine kalten Wangen. Meine Haut spannte. In meiner Nase knisterte die Kälte. Ich sah auf die Wälder, denen ich immer näher kam. Sie erstreckten sich von den Hängen bis tief in die Ebenen hinein, ließen aber der weißen, weiten Wiese, die vor mir lag, ausreichend Platz. Es schien, als würden die Wälder sich um die Ebene sorgen, als würden sie ihr zuflüstern und sie schützen. Denn obwohl ich keine Waffe bei mir trug und mich hier nicht auskannte, fühlte ich mich von den Wäldern behütet. Trotzdem hätte ich gerne Lyas Stock bei mir gehabt. Ich hätte ihn zielsicher in den Schnee vor mir gestoßen. Lyas Stock. Wo war er? Lag er noch an der Absturzstelle? Hatte ich ihn bei mir gehabt, als ich gefallen war? Hatte Magdalena ihn gefunden? Ich nahm mir vor, sie zu fragen, sobald ich wieder zurück war.

Ich blieb stehen und wandte mich zur Hütte der Einsiedlerin um. Sie lag gut verborgen an der Unterseite eines Felsens, bewacht von drei großen Tannen. Wäre ich fähig, ein Leben fern der Menschen zu führen? Wäre ich fähig, mich der Abgeschiedenheit hinzugeben? Was würde ich finden? Diese Leere? Das Paradies? Ich hatte Angst davor. Angst vor dem Nichtstun. Ich drehte meinen Kopf in die Sonne und schloss die Augen. Nichts tun. Nichts wollen. Aufhören, zu suchen. Wie unmöglich das in meiner Welt doch war.

Dohlen pflügten den weißen Himmel. Ich ging weiter. Einen Schritt nach dem anderen. Die ersten Gedanken drängten sich in meinen Kopf. Die Strega, Jakob, Lya. Die

Proto-Objekte. Die weißen Wände. Ich schloss die Augen, ging ein paar Schritte blind und wischte die Bilder in meinem Kopf weg. Ich musste versuchen, nichts zu denken. Für einen einzigen Augenblick. Einfach nur gehen. Ich hatte gelesen, dass Mönche durch harte Arbeit in die Meditation fanden. Zudem beschäftigten sie ihren Geist mit unlösbaren Rätseln. Koans. Unlösbare Rätsel. Ich blickte in den Himmel.

Wer bin ich? Ein unlösbares Rätsel.

Wo bin ich?

Schnee fiel von den Bäumen. Vögel stießen aus den Lichtkronen in den Himmel. Ein Hase lief über die weiße Fläche. Das war sie also, die Natur. Aber wie wollte ich ihre Sprache lernen? Wie ihre Gesetze? Still werden. Einfach nur sehen. Ohne zu wollen. Hören.

Das sprudelnde Konzert einer Amsel. Das wache Lied einer Lerche. Das kräftige einer Drossel. Und über mir der suchende Blick eines Falken. Das Licht regnete. Unter meinen Schuhen sprach der Schnee. Aus den Wäldern drang ein Raunen, entließ einen sanften Wind, der über die Ebenen glitt. Das Rauschen eines Baches. Das Atmen eines Steins.

Das Auge, mit dem ich Gott erblicke, ist genau dasselbe Auge, mit dem Gott mich erblickt. Zeig mir dieses Auge.

Wer hatte mir von diesem Koan erzählt? Wo war es in meinem Kopf? Wo war das Auge? Ich dachte an Schopenhauer. Den Blumenwillen. Was fühlte die Blume, die unter dem Schnee steckte, verborgen in der gefrorenen Erde? Was sah sie? Wusste sie von ihrem Versteck? Wartete sie auf ihre Zeit, emporzukommen? Sich durch den Schnee zu wühlen, bis sie vom warmen Frühlingswind empfangen wurde? Oder vom späten Frost, den sie ertrug, da sie wusste, dass sie nicht allein war? Dass ihre zarten Wurzeln sich mit den anderen Wurzeln verbanden, die unter dem Schnee, unter der Wiese, unter der Erde lagen und sich zu einem riesigen Netzwerk zusammenfanden?

Vor meinem geistigen Auge sah ich eine wunderbare unterirdische Welt voller wartender Blumen, geduldig in sich selbst ruhend. Sie sorgten füreinander. Sie waren füreinander da, da jede auch die andere war. Im Großen wie im Kleinen. Und die feinen Wurzeln der Blumen verbanden sich mit jenen der Bäume. Sie berührten einander, fühlten einander, sprachen miteinander. Tauschten sich aus. Warnten einander vor der Kälte, halfen einander bei Trockenheit, sangen miteinander im tanzenden Sonnenlicht, starben miteinander im neuen Winter.

Weißer Atem floss aus meinen Lungen. Wir teilten dieselbe Luft. Die Natur und ich. War auch ich Teil dieser Gemeinschaft? Durfte ich, wenn es kalt wurde, näher rücken und mich wärmen? Durfte ich lachen, wenn alle lachten? War ich nicht Teil von allem? Und alles war Teil von mir? War das Gesetz das, dass es keines gab?

Ein Lächeln berührte mich. Meine Nase kitzelte. In meinem Ohr knisterte die Stille. Die Sanftheit meiner Haut wehte im unsichtbaren Wind. Wieso hatte ich meine Aufmerksamkeit nicht vorher auf dieses Wunder gerichtet? Wann hatte ich mich von dieser Welt entfernt? Das ständige Wollen und Suchen: War es die Kraft denn wert? Erschien das Wunder nicht dann, wenn man aufhörte, es zu suchen? Ich nahm einen tiefen Atemzug und genoss diese wunderbare Weite. Ich fühlte mich angekommen, verstanden, frei. Und obwohl meine Tochter so weit weg war von mir, spürte ich, dass sie doch ganz nah war. Ich musste nur zulassen, sie zu sehen, dann würde ich sie auch finden.

Ich beschloss, weiterzugehen. Bis an den Horizont, wo die Ebenen die Berghänge berührten. Ich wollte den ganzen Tag hier in diesem Wunder verbringen. Wenn die Nacht zurückkehrte, würde ich wieder bei der Hütte sein und hätte Kraft für die Suche nach Lya. Ich würde mich Magdalena ganz anvertrauen. Sie würde mir helfen. Sie verstand mich. Doch zuerst wollte ich gehen, um die schwankenden Bilder meiner Erinnerung verblassen zu lassen.

Der Wald bewegte sich. Waren es Rehe? Ich wurde still, um sie nicht zu stören. Streckte meinen Hals, um sie zu sehen. Rehe. Wann hatte ich zuletzt welche gesehen? Ich hielt den

Atem an. Hörner? Hörte ich Hörner? Es kam von den Bergen. Ich kniff die Augen zusammen und bildete mir ein, Burgen zu sehen. Sie waren auf Anhöhen errichtet. Wie Paläste, weiße Paläste, umwirbelt von glitzerndem Schnee. Wieder. Der Wald bewegte sich. Krähen flogen in Geschwadern dicht über die Baumspitzen. Waren es Krähen? Und dann. Das Auge. Es starrte mich an. Ein Mann. Er stand am Waldrand. Er war groß und nackt. Lange graue Haare fielen weit über seine Schultern. Als er mich sah, lief er zurück in den Wald, so schnell, dass meine Blicke ihm nicht folgen konnten. Hinter mir schlich sich Wind heran. Er berührte meine Beine. Ich drehte mich, und dabei wölbte sich die Luft, als wollte etwas hinter ihr in Erscheinung treten. Wie Reiter, unsichtbar, gehüllt in einen Windmantel. Wieder drehte ich mich um und sah zum Ende der Ebene. Dort schien ein Weg abzuzweigen, der zu einem großen weißen Tor führte. Ich dachte für einen Moment, Bogenschützen auf ihren Wachtürmen zu sehen. Oder dort im Wald, weiter hinten. Vermummte Frauen. Voller Erde.

Ich wandte mich in alle Himmelsrichtungen. Überall waren sie. Die fremden Gestalten und Wesen. Und alle kamen sie an die Grenze wie Späher, die ihr Volk vor Gefahren warnen sollten. Alle fremden Augen schienen auf mich gerichtet zu sein. Mein Herz schlug bis zum Hals, ich wusste nicht, wohin ich mich wenden sollte, und drehte mich im Kreis, bis ich verstand.

Inmitten dieser Weite drehte ich mich und starrte empor zu der fernen Gebirgskette, von der ich gefallen war. Ein Schauer floss über meinen Rücken und ließ mich begreifen, dass nicht mir die Aufmerksamkeit der Späher galt. Sie galt dem, was sich vor mir auftat. Dem, was ich dort oben auf dem Pass sah.

Wieder Hörner. Das Peitschen von Zweigen. Das Traben der Luft und das Raunen der Erde. Ich erkannte mit einem Mal, dass die tiefen Ebenen einem mittelalterlichen Schlachtfeld glichen, wo verfeindete Armeen unbemerkt auf den Hügeln Stellung bezogen hatten oder sich formierten gegen einen Gegner, gegen den sie nur gemeinsam bestehen konnten. Einen Gegner, der mit festem Willen dort oben auf dem Pass hockte.

Ich rannte zurück zur Hütte. Was war bloß geschehen? Das konnte unmöglich real sein! Was ich gespürt, erlebt, gefühlt hatte: das Wunder der Natur! War es gleich wieder verschwunden, oder war das erst der Anfang, der schreckliche Eingang?

Die Hütte kam immer näher, und ich rannte immer schneller. Der Himmel verfärbte sich, zog zu, brachte neue Wolken, neue Winde. Kalte, eisige. Ich wagte kaum, nach oben zu sehen. Erst als ich die Hütte erreichte, nahm ich all meinen Mut zusammen und blickte hinauf – nach Tannenfall. Dorthin, wo es begonnen hatte zu schneien. Schwarzen Schnee.

Ich schloss die Augen und tauchte in das rettende Innere der Hütte. Gleich kam Magdalena auf mich zu und fragte, was geschehen sei. Ich sähe aus, als hätte ich den Teufel erblickt, das Ende der Welt!

Ich starrte sie an, mein Atem, bleiern und schwer, erschwerte mir die Suche nach Worten, die beschreiben konnten, was ich fühlte. Den Abgrund, der sich vor mir auftat.

»Ich habe sie gesehen. Ich habe alle gesehen«, flüsterte ich und sah durch das kleine Hüttenfenster immer wieder nach draußen.

Magdalena verstand nicht und versuchte nur, mich zu beruhigen, indem sie nach meiner Hand griff und sagte, dass alles gut würde. Als ich ihr aber von dem Anblick dort draußen erzählte – die Paläste, die Geschwader, die Wächter und der Schnee, der schreckliche schwarze Schnee auf dem Pass –, ließ sie meine Hand los. »Du hast sie also gesehen.«

Ich nickte und starrte wieder aus dem Fenster. Schnee fiel. Weißer Schnee.

Etwas stimmte nicht. Magdalena entfernte sich langsam von mir. Sie tat es auf eine Weise, die nicht auffällig war, dennoch schien sie meine Nähe zu meiden.

»Du glaubst mir nicht, nicht wahr?«

Magdalena suchte ein Lächeln. »Ich lebe hier seit über vier

Jahren. Jeden Tag verbringe ich in den Wäldern und höre ihnen zu. Ich kenne jedes Gurgeln eines jeden Baches, jedes Klagen einer Krähe, und im Sommer erkenne ich jeden Schmetterling am Flügelschlag. Oja, da draußen ist einiges, das wahre Wunder, das heute niemand mehr sehen will, aber dort ist nichts, wovor man sich fürchten muss! Selbst die Wölfe, die hier seit einiger Zeit wieder durchziehen, scheuen den Menschen. Was also meinst du, gesehen zu haben?«

Ich hatte geahnt, dass sie mir nicht glauben würde. Ich konnte mir doch selbst nicht mehr glauben. Hatte ich die reale Welt wieder verlassen? Erhob sich erneut der Wahnsinn in mir?

»Wer bist du?«, fragte Magdalena. Und zum ersten Mal bemerkte ich in ihrem Verhalten eine gewisse Vorsicht. Als wäre ich gefährlich und könnte auf sie losgehen und sie zerreißen.

»Ich bin eine Mutter, die ihre Tochter sucht«, sagte ich und verlor schluchzend meine Stimme. »Ich … ich stecke in dieser … dieser Welt und finde keinen Weg hinaus … Ich sehe so viele Dinge, die nicht sein können, höre Stimmen, die nicht da sein dürften, verliere den Boden unter den Füßen, und … ich weiß einfach nicht mehr, was wahr ist und was nicht. Dabei suche ich nur meine Tochter …«

»In Tannenfall.«

Ich nickte.

»Einem Ort, den es nicht gibt.«

Ich hielt den Atem an. »Aber Jakob, der Bergführer, er … Und die Strega im Herrenhof …?«

»Im Herrenhof. Dort, wo die Verrückten wohnen.«

»Aber du hast doch selbst vom blauen Leben erzählt, vom Hundertjährigen, der die Unsterblichkeit suchte, den Königsweg …«

Ich hatte Mühe, noch klar zu denken.

»Viktor war ein verbissener alter Mann, der, von Rache getrieben, Konrad Khalberg jagte wie ein Wild. Er hatte es dem Wunder der Natur zu danken, dass er selbst diese Jagd überlebte. Das blaue Leben ist real. Eine Pflanze. Das, was sie vielleicht im Kopf durch Halluzinationen auslöst, ist nicht real. Wie alle Legenden nicht real sind.«

»Aber Lya ist fort. Sie ist diesem Hirsch gefolgt und ist jetzt fort. Wie vor vier Jahren der Vater mit seinem Kind. Das sind keine Legenden. Denn ich weiß, dass sie bei dir waren. Das Mädchen war von einer Schlange gebissen worden, und du hast sie behandelt. Ich bin nicht verrückt. Wo ist Lya? Sag mir doch, was du weißt! Wohin wollten sie, nachdem sie bei dir waren?«

Magdalenas Züge versteinerten. Während sie zur Seite blickte, hatte ich das Gefühl, dass sie vor meinen Augen um Jahre alterte.

»Du weißt doch mehr, als du zugibst. Was soll das alles hier? Diese verfluchte Welt. Dieses Tannenfall. Warum wirfst du alles hin und ziehst als Einsiedlerin in die Wälder, nachdem du das Mädchen behandelt hast?«

Sie schwieg. Ihre Haut ergraute, und statt der Leichtigkeit bei unserer ersten Begegnung sah ich nur noch Schuld und Schwere. Würde ich erfahren, wohin der Vater mit seiner Tochter nach der Behandlung gegangen war, hätte ich vielleicht eine Spur. Eine echte Spur. Keine vagen Legenden, denen ich folgte, keine Tagebücher, keine Proto-Objekte. Ich musste nur wissen, wo Lya war.

»Hast du hier ein Telefon? Wo kann ich telefonieren? Ich glaube dir, dass diese Welt und du real sind! Und wenn das so ist, dann gibt es hier sicher ein Telefon. Irgendwo. Am Ende dieser … Wo sind wir hier? Die tiefen Ebenen?«

Magdalena schwieg. Sie spürte offenbar die Wut, die sich in mir zu regen begann. Ich brüllte sie an, dass sie mir den Weg zu einem Telefon zeigen sollte, aber sie blieb stumm und rührte sich nicht von der Stelle. Ich suchte mit vor Erregung zitternden Blicken nach einem Hinweis, nach einem Anker, der mich von hier fortführen, der mich zu einem Telefon bringen konnte, damit ich Magdalena abführen lassen könnte und sie gestehen müsste, was sie wusste. Mein zorniger Blick fiel auf die Bücher und dann auf eine Landkarte, auf der Magdalena sich in unleserlicher Schrift Notizen gemacht hatte. Ich nahm sie von der Wand und versuchte, mich zu orientieren. Ich fand die Orte, die ich kannte. Semmering. Spital am Semmering. Mürzzuschlag. Kein Tannenfall. Ich ordnete die Berge und Erhebungen zu. Das Stuhleck. Die Rax. Den Schneeberg. Ich suchte nach Gräben und Tälern und Ebenen. Ich fand viele. Aber nichts mit dem Namen »Die tiefen Ebenen«. Sie hatte mich angelogen. Dieser Ort war nicht real.

Ich schloss die Augen. Dieser Ort war nicht real. Magdalena war nicht real. Aber wenn sie eine Einbildung war, war ihre Schwester in Spital auch eine Wahnvorstellung? Wenn das stimmte: Wann war ich dann in diese verdammte Halluzination gelangt?

»Es war total zerschunden. Sah fürchterlich aus.«

Ich öffnete meine Augen und sah Magdalena an.

»Das Mädchen«, fuhr sie fort, »es sei gejagt worden, hat sein Vater gesagt. Er war total aufgelöst. Beide seien gejagt worden. Vom Nachtvolk und … der schwarzen Frau.«

»Und wohin gingen sie dann? Was ist dann passiert?«

»Sie gingen dorthin, wo der Wind wohnt.«

Lya hatte diese Worte verwendet. *Wo der Wind wohnt.*

»Wo ist das?«

Magdalena, die sich wieder ein wenig gefasst hatte, ging an mir vorbei und öffnete die Tür. Der Schneefall war stärker geworden. Sie zeigte ans Ende der Ebene. Ich musste die Lider zusammenkneifen, damit es den Schnee nicht in meine Augen wehte.

»Dort hinten, der Berg. Ganz oben. Die Höhen. Dort wollten sie hin.«

»Und wo genau dort?«

»Du musst den Hirschen folgen. Sie zeigen dir den Weg.«

»Die Hirsche. Die letzten Hirsche … Wo finde ich sie?«

»Nachdem der Alte das Nachtvolk durch seine Wut in diese Welt gebracht hatte, ist der Schleier zerrissen. Seitdem herrscht Aufruhr in den Wäldern um Tannenfall. Die Völker der anderen Seite sind auf der Hut, denn sie wissen, dass das Nachtvolk auch über sie herfallen kann. Legenden entstehen durch unsere Halluzinationen. Wir haben sie erschaffen. Auch die andere Seite. Und ich befürchte, dass auch Lya dort ist.«

»Was ist passiert?« Ich hatte Angst, mir vorzustellen, was in der Höhle geschehen war, was Lya zugestoßen war, nachdem wir sie betreten hatten. Ich durfte keine Zeit verlieren, ich musste zurück in die Welt meines Wahns. Auch wenn sie nicht real war, so war sie der einzige Schlüssel, der mir heraushelfen konnte aus diesem Alptraum.

»Wo sind diese Hirsche? Ich muss sie finden. Du kennst doch hier alles.«

»Ich befürchte, dass du sie nicht siehst, weil du die Sprache der Natur noch nicht gänzlich verstanden hast. Aber die weißen Wände in deinem Kopf, das Labyrinth, sie werden dir das Geheimnis verraten, wenn der erste Schnee fällt.«

»Der erste Schnee.«

Ich trat vor die Tür. Magdalena hatte mir angeboten, in ihrem kargen Kleiderschrank nach passender Kleidung zu sehen. Ich hatte Glück: Wir hatten annähernd dieselbe Größe. Hätte Magdalena einen Spiegel besessen, was hätte ich gesehen? Wäre ich vor mir zurückgeschreckt? Mir war gleich, ob mir die Sachen standen oder nicht. Entscheidend war, dass sie mich wärmten. Der schwarze Filzmantel, der gestrickte Schal, die Fäustlinge, die Wanderschuhe, die ein wenig zu groß waren.

Das Licht floss in meine Augen und füllte die tiefen Ebenen mit einem unwirklichen Glitzern. Umgeben von ruhigen Bergen erstreckte sich eine weite Fläche ins Land. Die Luft war klar und kräftig. Ich nahm einen tiefen Atemzug und sah zu, wie warme Wolken aus meiner Lunge strömten, als der erste Schnee fiel. Die weißen Flocken schwangen durch die Luft und schwebten suchend und leise zu Boden. Ich lächelte und wartete. Wann hatte ich zum letzten Mal Schnee gesehen? Wann hatte ich zum letzten Mal zugesehen, wie es schneite? Wann hatte ich je am Rand einer Wiese gewartet, bis die Welt sich veränderte? Die Gewissheit der Natur berührte mich, die Gewissheit, dass alles einem bestimmten Zweck diente, dass alles auf Ursache und Wirkung beruhte. Es schneite. Unablässig und dicht. Immer dichter, bis sich die erste Schneedecke über die Ebene zog und das Land in ein reines Weiß hüllte.

Waren es Stunden, die ich hier verweilte, um auf den einen einzigen Augenblick zu warten?

Weiße Wände aus still wogenden Wellen von Schnee errichteten vor mir ein Labyrinth, das dem in meinem Kopf glich. Weiß und weit und unendlich und ohne Ausweg. Wirbelnd verschoben sich die Schneewände und bildeten neue Räume, die gleich darauf wieder verschwanden.

Ich war in einem schrecklichen Kreislauf gefangen. In den tiefen Ebenen. Immer und immer wieder lief ich durch die Wälder, suchte nach einem Hinweis, einem Weg, der mich zu den Hirschen führen würde. Aber sie waren wie vom Erdboden verschluckt. Was blieb, waren mein Erwachen und Magdalena und ihr Kleiderschrank. Immer und immer wieder das Land unter seiner weißen Hülle verborgen. Es waren die Kreise meiner Hölle. Mein Labyrinth.

DER WEISSE HIRSCH

Ich befürchte, dass du sie nicht siehst, weil du die Sprache der Natur noch nicht gänzlich verstanden hast. Aber die weißen Wände in deinem Kopf, das Labyrinth, sie werden dir das Geheimnis verraten, wenn der erste Schnee fällt.

Der erste Schnee.

Alles war im Ausgleich, alles schwang, alles hatte einen Rhythmus. Mein erstes Proto-Objekt. Der Stab, das Wasser, der Rhythmus, der die Wölfe gezähmt und mich in diese ewige Hölle geworfen hatte, die Leere. Jetzt hatte ich ein weiteres entdeckt. Alles hatte seine Ursache, seinen Beginn, der alles anstieß und die Wellen der Veränderung vorantrieb. Was war die Ursache, was die Wirkung?

Und wieder begab ich mich in die tiefen Ebenen und begann in meinem Labyrinth auf den ersten Schnee zu warten. Auf den Anfang des großen Kreislaufs. Doch diesmal wollte ich etwas anders machen. Ich wollte diesen Beginn betrachten wie ein Bild, ein Kunstwerk der Schöpfung. Ich wollte den Augenblick, wenn der erste Schnee fiel, mit allen Sinnen spüren und erkennen. Als wäre es der Anfang von allem. Alles konnte überall beginnen.

Und als er fiel, hörte ich zu. Ich hörte, wie die Flocken den kalten Boden berührten. Und ich spürte, wie sie in der Luft schwangen. Und ich hörte ihren Rhythmus. Es war derselbe Rhythmus. Alles folgte demselben Rhythmus. Und dieser Rhythmus öffnete die Welt. Also blickte ich in die weiße Wand aus Schnee, die vom Himmel herabfiel wie knisternder Schaum, und erkannte, dass sich zwischen den Flocken etwas bewegte. Etwa Großes, Weißes inmitten des Schnees. Ich weinte, als ich begriff, wie blind ich gewesen war. Er war immer da gewesen. Der weiße Hirsch hinter meiner weißen Wand. Er war immer bereit gewesen, er hatte immer auf mich gewartet. Sie waren nicht verschwunden, die Hirsche, sie waren immer da gewesen, aber ich hatte verlernt, sie zu sehen. Ich war bereit, endlich bereit, die Wahrheit zu erkennen und Lya zu finden. Bereit, hinabzusteigen in die Unterwelt.

Der Wolfsschur umarmte mich, und eine Stimme flüsterte mir etwas zu. Ich zitterte am ganzen Leib, wusste nicht, ob ich all das, was ich gesehen hatte, geträumt hatte oder ob es eine weitere Ebene in meinem Wahn gewesen war. Doch als ich die festen Arme hinter mir spürte, wagte ich wieder, die Augen aufzuschlagen.

»Bist du unverletzt? Wir müssen weiter.«

Jakobs Stimme war bestimmter als sonst. Eine Gewissheit schwang in ihr. Für mich klang sie wie warmer Tee, der meine Sinne besänftigte.

»Jakob! Jakob!«, stammelte ich und verstand nicht, was passierte.

»Du hast verdammtes Glück, dass du den Sturz überlebt hast. Aber es war auch der einzige Weg, den Biestern zu entkommen.«

Ich sah in Jakobs Gesicht. Seine Haut war verkratzt. In seinen Augen lag der Schimmer eines Kampfes. Was war geschehen? Hatte er die Wölfe in die Flucht geschlagen, oder war er ebenfalls in die Tiefe gesprungen?

Ich drehte mich zu ihm um und genoss seine feste Umarmung. Der Wolfsschur roch nach kaltem Leder und feuchtem Holz.

»Was passiert hier? Was ist das hier alles?«, fragte ich und blickte Jakob mit nassen Augen an.

»Wir müssen weiter. Wir haben nicht viel Zeit.«

Ich sah den zerbrochenen Stock in Jakobs Händen. Er erzählte mir von den letzten Minuten seines Kampfes. Und davon, dass er im Haus den Wolfsschur gefunden hatte. Er hatte sich damit getarnt und war mir in den Abgrund gefolgt. Er hatte Glück gehabt, so wie ich. Ich glaubte ihm. Als ich ihm von Magdalena erzählte, sah ich in seinen Augen, dass er mir nicht glaubte. Dabei bemerkte ich, dass er mich nicht einmal anblickte, sondern auf den Schnee sah, der vor uns wie ein Schleier vom Himmel fiel. Erkannte er darin auch den Hirsch? Er erkannte ihn. Und in diesem Augenblick war mir bewusst, dass ich den Beginn erreicht hatte. Wir hatten den Hirsch gefunden. Und als er sich in Bewegung setzte, folgten wir ihm.

NEUN

Sie verbinden sich
auf dem Weg zur Erde.
Es ist wie ein Pakt.
Ein Pakt der Kristalle.

Jakob ging schweigend neben mir. Er humpelte ein wenig und hatte Mühe, seine Geduld und Zielstrebigkeit aufrechtzuerhalten. Immer wieder wandte er sich um und sah zum Pass. Erst als wir tiefer in die Ebene eintauchten, verlor er ihn aus den Augen.

Ich wollte keinen Blick mehr zurückwerfen. Der Sturz vom Felsen, die seltsame Begegnung mit Magdalena und das weiße Labyrinth, in dem ich mich verlaufen hatte: Ich wollte alles hinter mir lassen, da ich Angst vor meinen Gedanken hatte. Denn immer dann, wenn ich versuchte, mit klarem Verstand die Dinge zu ordnen und eine Spur von Lya oder den beiden anderen Verschwundenen zu finden, kippte meine Welt und stellte alle Antworten, die ich erhalten hatte, auf den Kopf. Also entschied ich, die Dinge anzunehmen. Sie so zu sehen, wie sie waren.

War das tatsächlich Jakobs Atem neben mir? Oder verschwand er wieder hinter der nächsten Schneewand? Oder der Hirsch: Hatten wir ihn tatsächlich gefunden? Dieses wunderbare mächtige Tier, das erhaben einem unsichtbaren Weg durch den Schnee folgte? Sein Fell war strahlend weiß, und sein Geweih ragte wie eine mächtige Krone in den tiefen Himmel.

Ich hatte noch nie zuvor einen weißen Hirsch gesehen, aber von der Legende gehört. Es hieß, dass Jäger, die einen weißen Hirsch jagten, selbst zu Tode kämen. Albinotiere galten in vielen Kulturen als magische Wesen, und dieses riesige, wuchtige Tier vor mir strahlte einen solchen Zauber aus, dass ich kaum wagte, es näher zu betrachten. Selbst als ich das Heben der Lunge vernahm und den weißen Nebel sah, der aus dem Maul strömte, senkte ich den Kopf in tiefer Demut. Ehrfürchtig wandte ich den Blick zur Seite und hielt in den Wäldern Ausschau nach den Völkern, die ich in den Tagen zuvor in meinem Labyrinth gesehen hatte. Oder waren es Wochen, Monate, Jahre zuvor? Der Schnee, der immer stärker vom Himmel fiel, stahl mir die Sicht. Was blieb, waren Jakobs Schritte und das Dampfen des Hirsches.

Wohin führte uns das Tier? Waren wir auf dem Königsweg? Lag er hinter dem ersten Schnee? Hinter dem Rhythmus? Ich ertappte meine Gedanken, die wie Kakerlaken aus den hintersten Winkeln meines Gehirns hervorkrochen und alles wieder kippen lassen konnten. *Nein, senke den Kopf und erfahre Demut! Folge dem Hirsch, folge dem Weg! Wie das Nachtvolk.*

Ich hielt den Kopf noch tiefer. Ich durfte nicht zulassen, dass sich die Welt wieder wandelte. Ich musste jetzt das Richtige tun.

Einmal im Leben das Richtige tun.

Die Kontrolle abgeben und dem Instinkt folgen. Dem weißen Hirsch. Im Vertrauen. Blind und doch sehend. Ein seltsames Gefühl. Ein neues. War Lya auch diesen Weg gegangen? Der Vater mit seinem Kind? Hatte sie der Hirsch zu den Höhen geführt? Wieder dachte ich.

Still. Kind, sei still.

Nur langsam gelang es mir, meine Gedanken zu beruhigen. Ich ließ meinen Verstand sinken wie eine Waffe, die ich immer vor mich gehalten hatte. Wie ein Schwert, dessen Spitze immer auf andere gerichtet war. Da ich ständig gezweifelt hatte und ständig auf der Hut gewesen war. Ein Schwert, das mich von der Welt getrennt hatte. Dieses Schwert, dieses mir heilige Relikt in meinem Kopf, ließ ich nun sinken und folgte dem Hirsch.

Und nach und nach spürte ich, wie sich mein Körper mit dem Weg verband, wie meine Schritte im Schnee verschwanden und wie die kalte Luft in meinen Geist drang. Ich spürte, wie es war, mit dem Körper zu denken, mit den Ohren zu sehen und mit den Augen zu hören. Und als wir das Ende der tiefen Ebene erreicht hatten, hatte ich begonnen, Teil der Welt zu werden, aus der ich mich immer wieder selbst herausgerissen hatte. In diesem Moment hatte ich die Gesetze der Natur gefunden. Die Wahrheit. Den Weg. Seinen Rhythmus, seine Bewegung, seinen Anfang, der auch sein Ende war. Das war das Gesetz.

Wir erreichten den Waldrand. Als ich in meinem Labyrinth gefangen gewesen war, war es mir nie gelungen, in den Wald einzudringen. Je weiter ich gegangen war, desto weiter war er nach hinten gerückt. Doch jetzt, da ich begonnen hatte, zu fühlen wie der Weg, tauchte ich in die dichten weißen Tannen ein.

Jakob trat zwischen mich und den Hirsch und hielt die peitschenden, rieselnden Schneeäste davon ab, mir ins Gesicht zu schlagen. Der Hirsch schritt langsam und ruhig voran, und es war, als teilte er den Wald wie einst Moses das Meer. Den Wald, den großen, tiefen Wald. Ich spürte, dass er voller Leben war. Voller Späher und Augen, die auf uns gerichtet waren. Aber ich vertraute darauf, dass wir sicher waren, solange wir den Weg nicht verlassen würden und dem Hirsch weiter folgten. Der Duft von Rosmarin flüsterte durch den Schnee. Und ein erstes Licht kam von einem anderen Ende zu uns herüber. Wir steuerten auf den hellen Schein zu, und je weiter wir ihm entgegengingen, desto einfacher schien alles mit einem Mal. Die Schritte fühlten sich leichter an, der Atem in der Brust, der Stock in meinen Händen, mit der Spitze nach unten. Jakob musste mich nicht mehr vor den Ästen und Zweigen des Waldes beschützen, da mein Körper die Bewegungen kannte, die die Welt vollzog. Ich wusste, was war und was kommen würde. Ich wusste es und begriff, dass es eins war. Ich war eins. Eins mit dem Paradies. Eins mit dem Wunder. Eins mit der Natur. Darin verschwunden, als wäre ich selbst zum Wald und der Wald zu mir geworden. Ich lächelte und spürte zum ersten Mal, wie Glück schmeckte – hier, am Rande der Welt, auf einem weißen unendlichen Weg durch den ewigen Wald.

Ich folgte dem Hirsch, und der Hirsch folgte mir, und als wir den Wald mit einem Mal verließen und die Farben wieder zurückkehrten, betrat ich es zum ersten Mal. Edden. Das Paradies. In einer sanften schneebedeckten Mulde, umarmt von warmen Hügeln, lag das Dorf, dessen gelbe Dächer in der Sonne des späten Nachmittags, die nach und nach durch die Schneeflocken fiel, golden glänzten. Der Weg unter uns fühlte sich weicher an, und ich erkannte, dass neben unserem Pfad, der in das Dorf mündete, noch fünf weitere Wege nach Edden führten. Sechs Wege, die das Paradies mit der Welt verbanden.

Ich dachte an die Wesen, die ich in der tiefen Ebene gespürt hatte. Waren sie am Ende alle diesen Wegen gefolgt und nach Edden gekommen? Gab es dann am Ende nicht nur eine Welt, sondern sechs? Ich wischte diesen Gedanken zur Seite und folgte weiter dem Hirsch in tiefer Demut. Er würde mich zur Wahrheit führen, zu Lya. Vorsichtig hob ich den Kopf und schielte nach Edden. Würde der Hirsch uns mitten ins Dorf bringen? Ich suchte nach Menschen, nach Wesen, nach Schatten, aber ich fand nichts.

Zwischen den schmalen Straßen erkannte ich einen großen Platz, der die Mitte von Edden beschrieb. Oder vielmehr eine große runde Wiese, um die herum die Häuser standen. Und inmitten der Wiese ragte ein mächtiger Baum empor. Er trug keine Blätter, aber ich spürte, dass es ein Apfelbaum war. Groß und kahl. Je näher wir der Mitte von Edden kamen, desto mehr veränderte sich mein Gefühl. Meine Vertrautheit verschwand, und ich spürte wieder den Zweifel, der schlangengleich aus dem Schnee kroch.

»Die Läden sind alle zu«, sagte Jakob plötzlich hinter mir. Ich schrak auf und wusste nicht, ob es wegen Jakobs Kommentar war oder wegen der Tatsache, dass das Paradies tatsächlich verlassen war. Ich wandte mich um und blickte zu dem Wald, aus dem wir gekommen waren. Er wirkte von hier undurchdringbar. Doch was mir mehr Sorgen bereitete, war, dass ich von hier den Pass sehen konnte. Er war zum Horizont herangerückt, und aus dem schwarzen Schnee am Gipfel strömten neue Wellen von Wölfen.

»Die Zeit drängt«, sagte Jakob und bemerkte ebenfalls den unheimlichen Schnee, der aus dem dunklen Himmel über dem Pass fiel. Ich blickte zum Hirsch. Geduldig ging er an den leeren Häusern von Edden vorbei und wählte einen der sechs Wege, die von hier wegführten. Er reichte in einen rötlichen Wald hinein, der sich über einer zerklüfteten gefrorenen Erde ausbreitete. Dahinter erkannte ich die Ausläufer einer großen Felsmauer, auf deren Gipfel Rauchsäulen standen.

»Das ist die Bärenmauer.«

»Dieser Weg bringt uns doch zurück«, erwiderte ich, da ich fürchtete, dass der gewählte Pfad uns in die Hände der schwarzen Frau führen würde. Glaubte ich Magdalena, so sollte ich dem Weg zu den Höhen folgen. Ich hielt kurz inne, wägte ab und sah wieder zum Hirsch. Zu diesem wunderbaren Tier. Es schritt voran, sicher, ohne Zweifel. Es verschmolz mit dem Weg, da es wusste, dass er es an sein Ziel bringen würde. Es war dazu bestimmt. Das war sein Wesen. Auf dem Königsweg zu wandeln.

Als der Pfad anstieg und wir uns über Edden erhoben, warf ich nochmals einen Blick zurück ins Paradies. Ich stellte mir vor, wie hier Menschen lebten und wie die Sonne die Dächer zum Leuchten brachte. Und wie der Apfelbaum in voller Blüte stand und rote Äpfel, prächtige rote Äpfel auf die Wiese fielen, weil sie reif waren und saftig. Ich stellte mir vor, wie ich darunter lag und ein Apfel mir direkt in die Hände fiel. Ich schloss die Augen und genoss das Summen der Bienen, das die Wiese am Leben erhielt. Ich spürte die Blumen um mich herum. Alles war durch und durch mit mir verbunden. Die Wurzeln der Blumen, der Bäume, die Wege der Insekten, die Routen der Vögel, die Himmel der Jahreszeiten. Und ich, ich lag inmitten dieser wunderbaren Welt. Umsorgt, beschützt. Das Paradies. Was hatte mich von hier vertrieben? Wo waren die Menschen? Wovor waren sie weggelaufen? Oder kauerten sie hinter ihren Fenstern, da sie sich vor der schwarzen Frau fürchteten und vor den Wölfen? Würden sie durch den ersten Schnee kommen?

Ich dachte an das christliche Paradies. Den Apfelbaum. Adam und Eva. Die Schlange.

Das verschwundene Mädchen war von einer Schlange gebissen worden …

Die Erbsünde. Die Vertreibung der Menschen aus dem Garten Eden. Der verbotene Apfel vom Baum der Erkenntnis hatte die ersten Menschen aus dem Paradies getrieben. Der Baum des Guten und der Baum des Bösen. Der Baum des Urteils. In diesem Augenblick, als ich auf dieser kleinen Anhöhe stand und das Raunen des Hirsches und Jakobs Atem hörte, begriff ich. Adam und Eva hatten die christliche Welt aus dem Gleichgewicht gebracht. Sie hatten nicht vertraut, hatten ihr Wesen nicht erkennen wollen. Nicht so, wie der Hirsch sein Wesen erkannt hatte und ihm folgte. Kannte ich mein Wesen? Folgte ich meinem bestimmten Weg? Oder musste ich nicht auch zum Apfel greifen und urteilen? Die Welt aufteilen?

Tränen liefen über meine Wangen. Im Christentum war die wahre Sünde, nicht sein wahres Wesen zu erkennen. Es war so, als würden die Vögel vom Himmel fallen, weil sie nicht mehr fliegen wollten. Als würden die Würmer nach oben steigen, weil sie nicht mehr kriechen wollten. Als würden die Tannen in bunten Farben blühen und die Blumen den Hirschen Schutz bieten wollen. Eine verkehrte Welt. Die Welt der Menschen. Der Zweifel, ständig die Freiheit wählen zu müssen, hatte uns in die Hölle geführt. Die Freiheit, nach dem Apfel zu greifen, sich über die Natur zu erheben, Gott ins Gesicht zu spucken und einen Pakt einzugehen mit dem Teufel. Das war der Weg in die Hölle.

Ich hatte mich abgewandt von ihm und folgte nun dem Hirsch, um zu meinem Wesen zu finden. Zurück in mein verlorenes Paradies, bereit, meine vermisste Tochter wieder in die Arme zu schließen. Wenn ich mein wahres Ich fände, wozu wäre ich fähig? Wenn der Mensch sein Wesen fände, wozu wäre er fähig? Wenn er im Verbund lebte mit der Natur, deren Teil er war, wozu wäre diese Welt fähig? Hatten wir durch den Verzehr des Apfels nicht die Schöpfung zerrissen? Hatten wir sie eigentlich je ganz gesehen? Die vollständige Schöpfung?

Jakob, der zu mir aufgeschlossen hatte, teilte meinen Blick über das verlassene Edden. Und ich spürte zum ersten Mal, dass alles gut würde. Solange ich dem Hirsch folgte und nicht …

Ich erstarrte. Erst jetzt erkannte ich es. Das Symbol. Auf einer der Hauswände. Das Symbol. Die Linie. Mit den beiden Kreisen.

»Wir müssen weiter«, sagte Jakob und ging an mir vorbei.

Ich senkte den Kopf und folgte ihm. Ich durfte nicht nachdenken über das, was ich dort gesehen hatte. Ich durfte nicht urteilen. Ich musste dem Weg folgen. Dem weißen Hirsch.

Wir erreichten den rötlichen Wald. Aus dem Schneeboden ragten Wurzeln, und scharfe Steine erschwerten den Aufstieg. Ich probierte, ruhig zu atmen. Im Gleichgewicht zu bleiben und den Rhythmus zu spüren. Ich tat einen Schritt nach dem anderen. Und so erreichten wir nach einer Zeit des Schweigens und der Stille die Mühle. Sie lag ein wenig tiefer in einer Senke. Ein einsamer Bach gurgelte hindurch.

»Der Alte kam von dort oben«, sagte Jakob und zeigte auf einen steilen Hang, der wohl zurück zum Pass führte. Ich dachte an das verlorene Tagebuch und zwang mich, mich an die Einträge zu erinnern. Doch als die ersten Gedanken heraufstiegen, setzte sich der Hirsch wieder in Bewegung, und ich folgte ihm und ließ die Worte des alten Mannes zurück.

»Wir nähern uns der Grenze«, sagte Jakob. »Konrad Khalbergs Haus. Es steht an der Grenze. Die roten Wächter haben sich dort zusammengezogen, da sie mit einem Angriff rechnen.«

Ich verstand nicht. Woher wusste Jakob so viel über diese andere Welt? Ich wollte ihn fragen, aber ich zog es vor, zu schweigen. Wir erreichten das Haus. Es begann stärker zu schneien, sodass wir Mühe hatten, den Hirsch nicht wieder aus den Augen zu verlieren. Plötzlich packte Jakob meinen Arm und riet mir, stehen zu bleiben. Er zeigte auf die weiße, zitternde Wand vor uns, in welcher der Hirsch kaum noch zu erkennen war. Wie ein Schatten stieg er voran und trat durch diesen unwirklichen Schleier. Da begriff ich, warum Jakob mich zurückhielt. Denn neben der Silhouette des Hirsches tauchten zwei weitere Schatten auf. Es waren die Schatten von Menschen. Oder von den Wesen, die ich in meinem Labyrinth gesehen hatte. Ich versuchte, an ihrer Statur zu erkennen, ob von ihnen Gefahr ausging. Erst als mir Jakob zunickte, näherte ich mich der Wand.

»Wer ist das?«

Jakob schwieg und ging weiter auf sie zu. Die Luft fühlte sich an diesem Übergang leichter an. Reiner. Und sie roch stark nach Rosmarin.

»Du trägst das Fell der Wölfe. So wie sie. Bringst du sie zu uns, die Wölfe?«

Ich verstand nicht und musste herausfinden, wer von den beiden Schatten mit mir gesprochen hatte. Die Wesen waren etwa in meiner Größe. Die Luft vor ihnen schwang in einem ruhigen Rhythmus, als würde man durch Wasser sehen.

»Ich will nichts Böses. Ich will nur meine Tochter finden. Lya.«

Die Schatten schwiegen, als würden sie auf etwas warten. Eine tiefe Stille umgab uns. Das Raunen und Knarren der Bäume und das Lied des Schnees versanken darin. Ein sanfter Windstoß glitt aus der Wand und berührte meinen Wolfsschur. Als Jakob mich gefunden hatte auf meinem Irrweg, hatte ich mich darin eingehüllt. Ich war nackt nach draußen gelaufen und erinnerte mich noch an seinen Blick, den er schüchtern abgewandt hatte. Mir schauderte vor mir selbst. Wie oft war ich nackt in den Schnee gelaufen! Warum hatte ich das verdrängt?

»Ist es der Mantel?«, fragte ich und sah zu Jakob, der sich nicht von der Stelle rührte, da er ebenfalls zu warten schien.

Ich öffnete den Wolfsschur und ließ ihn über meine Schultern gleiten, bis er zu Boden fiel. Der eisige Hauch der Kälte umklammerte mich, und ich begann sofort am ganzen Körper zu zittern. Ich war nackt. So wie Gott mich geschaffen hatte. Meine Haut war bereits an vielen Stellen erschlafft – und doch war ich noch eine Frau. Ich legte eine Hand vor mein Geschlecht und schützte mit der anderen meine Brüste. Dabei umklammerte ich Lyas Stock. Von ihm wollte ich mich nicht trennen.

»Du frierst«, sagte eine der Stimmen. »Warum frierst du?«

»Weil es kalt ist, weil es Winter ist«, sagte ich und achtete auf die Reinheit in meinem Tonfall.

»Du bist ein Mensch und Teil von allem. Du musst nicht frieren. Öffne dich und du wirst aufhören zu frieren!«

Ich nickte und senkte meine Arme. Ich war bereit, über die Grenze zu gehen. Bereit, nicht mehr zu frieren. Bereit, die Wahrheit zu erkennen. Mit einem Mal fühlte ich, wie ein warmer Luftzug mich wie Dampf umgab, und für einen Moment dachte ich, es könnte der Hirsch sein, der mich mit seinem Atem wärmte.

»Er hat den Schleier zerrissen, der euch von uns trennt. Er hat in seinem Wahn den Abgrund aufgerissen und das Volk der Nacht zu uns gebracht. Du musst diesen Spalt wieder schließen. Wenn du das versprichst, dann wird dich der Hirsch zu deiner Tochter führen.«

»Ein Pakt?«

»Ein Pakt. Verbünde dich mit uns, vereine uns und stelle dich gegen die Dunkelheit, die ihr in unsere und auch eure Welt gebracht habt!«

»Euch vereinen?«

»Es ist jetzt nicht die Zeit für Gespräche. Schließt du den Pakt?«

Plötzlich brach es los. Das Heulen. Die Erde erzitterte, und der Himmel schwankte.

»Wir haben keine Zeit. Die Königin hat sich erhoben und erreicht bald die Grenze. Ihr Volk wird größer und größer. Es wird uns ersticken. Schließt du den Pakt?«

»Wer ist diese Königin? Die schwarze Frau?«

»Schließt du den Pakt?«

Die Luft um mich herum wurde wieder kälter. Ich sah zu Jakob. Er stand regungslos da. Dennoch wurde er nervöser und blickte immer wieder hinab ins Tal, da er jeden Moment mit dem Eintreffen der Wölfe rechnete.

»Schließt du den Pakt?«

Geh durch. Stelle dich der Wahrheit.

Und der Tinnitus in meinem Ohr zerriss meinen Kopf.

»Ich schließe den Pakt!«

DER WEG DER KÖNIGIN III

Ich senkte den Kopf. Das Heulen der Wölfe kroch aus den Tälern empor. Der Himmel verdunkelte sich, und ich hatte das Gefühl, als wären tausend Augen auf mich gerichtet. Jakob trat neben mich. Während er nach oben blickte, spürte ich, wie sein Herz von einer unbekannten Ehrfurcht ergriffen wurde. Die Bärenmauer. Ein riesiger Fels. Wie ein Staudamm. Ich musste meinen Kopf weit in den Nacken legen, um das obere Ende der Mauer einsehen zu können. Rauchsäulen drehten sich auf dem Gipfel, über dem etwas Unbekanntes zu thronen schien. Wohin waren die Wesen verschwunden?

Ein schmaler Pfad führte rechts zu einem gespaltenen Baum. Er sah aus der Ferne aus wie ein Ypsilon. Wie ein krummer Wegweiser. Darunter lag dichtes Gestrüpp. Ich erkannte im Felsen die Reste eines Hochsitzes. Er war auf diesem »Zweibaum« befestigt. Obwohl der Schnee den Ort beschützte, sah ich, dass es hier früher einmal zu einem Kampf gekommen sein musste. Das zerrissene Holz, die gebogenen Bäume, der schluchzende Fels. Ich spürte, dass hier eine tiefe Wunde in der Natur lag, von der sie sich noch immer nicht erholen konnte. Vom Felsen fiel Schnee wie ein eisiger Wasserfall. Das Heulen und Hetzen wurde lauter. Ich blickte ins

Tal. Von hier aus konnte man beide Welten sehen. Tannenfall und Edden. Die Hölle und das Paradies. Ich begann mit einem Mal zu frieren und griff zum Wolfsschur, der auf dem Boden lag. Er hatte sich zwischen fauligen hüfthohen Gewächsen gefangen, die wie morsche dürre Knochen aus dem Schnee ragten.

Bevor ich den Mantel erreichte, klopfte mir Jakob auf die Schulter und schüttelte den Kopf. Er erinnerte mich an die Worte der Wesen und an meinen Pakt. Aber wie sollte ich das anstellen? Ich fror immer mehr und war kaum mehr fähig, Jakob zu antworten, so laut klapperten meine Zähne. Der Mantel glitt aus meinen klammen Fingern und fiel in den Schnee. Dabei verschwand er tief darin, als hätte ihn das Weiß verschluckt und als wäre er in ein Loch darunter gefallen. Ich hockte mich hin und stellte fest, dass sich tatsächlich ein kleiner Hohlraum unter dem Schnee befand. Ich schaufelte mit den Händen und blickte bald in einen schmalen Höhleneingang.

»Ist das …?«

»Die mittlere Höhle«, sagte Jakob. Ich erinnerte mich daran, wie wir uns zum ersten Mal in einer der Räuberhöhlen vor den Wölfen versteckt hatten. Damals hatte mir Jakob von dieser unsichtbaren Höhle erzählt. Sie sollte zum stummen Dorf führen. Mein Herz schlug schneller. War Lya darin? War das der Weg?

»Vor Hunderten von Jahren zogen hier Bären durch. Bären und Wölfe. An dieser Stelle lauerten die Germanen den Römern mit ihren Legionen auf. Hier, am Fuße der blauen Blume.«

Der blauen Blume. Ich sah auf das krumme, verdorrte Gewächs am Rande des Loches. War das einst die blaue Blume gewesen? Was verbarg sich in der Tiefe? Ich berührte die verdorrten Stängel und war verwundert, dass sich noch immer feiner Staub von ihnen löste. Wie ein Mückenschwarm.

Ein Lachen. Wärme. Sonne, die durch die Schatten der Tannen fiel. Warme Bilder tanzten durch meinen Kopf. Warme

Bilder, versetzt mit Angst. Schrecklicher Angst vor dem Tod. Und obwohl ich fror und wusste, dass ich in dem Loch unter mir vermutlich mein Ende finden würde, hatte es etwas Vertrautes. Noch einmal blickte ich zu Jakob, der wie ein treuer Gefährte neben dem Eingang wachte, und stieg in das Loch. Dabei achtete ich darauf, mit dem linken Fuß den kleinen Felsspalt zu suchen, um wie auf einer Leiter hinabzusteigen. Die Dunkelheit umschloss mich wie ein felsiger Sarg. Die Kälte wurde feucht, und ich stieg immer tiefer. Ich vertraute meinen Füßen, die den Abstieg kannten. Der Schacht war so eng, dass kein Stück Stoff oder Fell zwischen meine Haut und den Felsen gepasst hätte. Und obwohl ich fror und Mühe hatte, nicht abzustürzen, fühlte ich, dass ich zum ersten Mal in meinem Leben das Richtige tat. Um meine Tochter zu retten, war ich bereit, über die Grenze zu gehen, an den Ort des Übergangs. Wie früher.

Das Pfeifen in meinem Ohr, die nasse Kälte an meiner Haut und die Hoffnung in meinem Herzen waren die einzigen Begleiter bei meinem Abstieg. Müde von den Gesetzen meiner alten Welt war ich aufgebrochen und hatte nach den wahren Gesetzen der Natur gesucht. Jetzt hatte ich sie gefunden. Ich war in die Dunkelheit zurückkehrt, aus der ich einst gekommen war. Und ich konnte endlich das Richtige tun. Und mit einem Mal wurde es wärmer, und ich hörte die Schreie.

Ich berührte den kalten Boden. Der würzige Geruch von Rosmarin drang in meine Nase, vermischt mit etwas Modrigem, Fauligem. Ich kannte diesen Geruch und folgte ihm. Langsam setzte ich einen Fuß vor den anderen. Die Schreie, die ich eben wahrgenommen hatte, waren verschwunden. Ich hörte nur das Ächzen des Berges, ein Tropfen und Knistern. Mein Herz schlug bis zum Hals. Ich streckte meine Hand nach vorn, ertastete das Schwarz und bewegte mich langsam.

Lyas Stock!

Ich hatte ihn draußen vergessen. Ich hatte ihn im Schnee liegen gelassen, wo Jakob vermutlich schon mit den Wölfen kämpfte. Ich hatte alles hinter mir gelassen.

Plötzlich bewegte sich der Boden unter mir. Etwas Kaltes, Nasses glitt glitschig an meinem Fuß vorbei. Schlangen! Ich verdrängte das Bild, dass der Boden mit Schlangen übersät war, die hier ihre Winterruhe suchten. Das verschwundene Mädchen war von einer Schlange gebissen worden. War es hier geschehen? War es mit seinem Vater durch diesen engen Abstieg geklettert? Ich konnte mir das nicht vorstellen. Was hatten sie hier gesucht? Gab es einen anderen Weg herein?

Natürlich. Lya war dem Hirsch gefolgt und im Tunnel verschwunden. Wie auch ich dem Hirsch gefolgt war. Der Tunnel. Das unterirdische Labyrinth der Höhlen, die zum stummen Dorf führten. Ich zitterte am ganzen Körper und folgte instinktiv dem warmen Luftzug, der mich anlockte, immer in Sorge, auf eine Schlange zu treten und von ihr gebissen zu werden. Und dann hörte ich sie wieder. Die Schreie. Die Schreie der Kinder. Tränen liefen mir über die Wangen. Lange nicht geweinte Tränen.

Am Ende meines dunklen Weges loderte Licht. Ich ging ein wenig schneller und hockte mich an den Rand des kleinen Loches, das in eine tiefere Ebene führte. Darunter lag eine größere Höhle, in der kleinere Hohlräume in den Felsen geschlagen worden waren. Wie kleine Kammern. Aus einer dieser Kammern kam das Licht. Und die Schreie. Ich legte mich auf die Brust und schob meinen Körper in die Tiefe. Wieder hatte ich das Gefühl, in ein Meer aus schlafenden Schlangen zu tauchen. Der Geruch von vorhin war stärker geworden. Er brannte in meinen Augen. Vorsichtig näherte ich mich der Kammer. Dichter Rauch quoll daraus hervor, und ich hatte Mühe, frei zu atmen. Die Schreie waren darin verborgen. Sie klangen jetzt eher nach einem Winseln und Weinen, einem Wimmern. Ich kniff die Augen zusammen und tauchte in die Seitenhöhle. Der Nebel lichtete sich ein wenig und erinnerte mich an den Schleier, der vorhin die Wesen umgeben hatte. Er ähnelte der Oberfläche von Wasser, das aber wie ein Vorhang von der Höhlendecke zu hängen schien.

Sie saßen um ein stark qualmendes Feuer. Der Geruch von

Kräutern war so stark, dass man bei jedem Atemzug husten musste. Die Kinder hatten sich anscheinend daran gewöhnt. Sie kauerten zusammengekrümmt um das Feuer. Ich erschrak, als ich erkannte, dass es kleine Kinder waren. Mädchen. Vier Mädchen. Zwei, drei, vielleicht vier Jahre alt. Die Wut in mir hob ihren Kopf. Ich hockte mich hin, um die Kinder nicht zu erschrecken, und begann, mit ihnen Kontakt aufzunehmen.

»Schsch. Schsch.«

»Das hat doch keinen Sinn, Mutter.«

Mein Herz sprang aus der Brust. Ich kannte die Stimme. Sie stand hinter mir. Diese brüchige Stimme, die früher so zart und unberührt, ja unschuldig gewesen war und später diese rauen Schrammen bekommen hatte. Lya!

Ich drehte mich um. Und tatsächlich: Lya, mein Mädchen, stand vor mir! Sie war in ein dickes Fell gehüllt. Im unheimlichen Licht des Feuers glänzten die kupferroten und smaragdgrünen Stellen auf ihrer Haut. Aus ihrem Kopf schienen Schlangen emporzusteigen. Sie waren auf der Hut und drehten ihre zischenden Köpfe nach allen Seiten. Ich war mir sicher, dass es ihre Dreadlocks waren, die im schaurigen Licht der Unterwelt tanzten. Sie mussten es sein.

»Mein Gott, mein Gott! Ich habe mir solche Sorgen gemacht, mein Liebling!«, rief ich und lief auf Lya zu. Tränen fielen aus meinen Augen.

»Es ist zu spät, Mutter. Du hast dich bereits entschieden.«

»Was habe ich? Wofür habe ich mich entschieden?«

Lya antwortete nicht und wandte sich von mir ab. Ich wartete einen Augenblick und folgte ihr.

»Was ist zu spät? Ich bin doch hier. Du weißt nicht, was ich durchgemacht habe, um dich zu finden.«

»Ich. Ich. Ich.«

Ich blieb stehen. Ich spürte, wie eine ungewöhnliche Kälte von Lya ausging, und ich spürte eine mir fremde Angst.

»Was hat sie dir angetan, mein Mädchen?«

»Wer?«

Ich wollte den Namen der schwarzen Frau nicht aussprechen, da ich fürchtete, dass etwas geschehen würde, was alles zunichtemachte.

Lya verschwand in einem Durchgang am Ende des Höhlenraumes. Ich setzte in sicherem Abstand nach. Was war mit ihr geschehen? Ich duckte mich durch einen engen Übergang und fand mich mit einem Mal auf einem schmalen Pfad wieder, der über einen steil abfallenden Felsen führte. Ich lehnte mich mit dem Rücken an die Wand. Obwohl meine Fersen den Felsen berührten, ragten meine Zehen in den Abgrund. Was ich sah, ließ mich erschaudern. Ein tiefer Schacht ragte in das Innere der Erde, und an dessen Ende konnte ich Gebäude entdecken. Sie erinnerten mich an eine Ausgrabung. Ich dachte an Jakobs Worte und an die Römer, die hier einst durchgezogen waren. Hatten sie sich hier niedergelassen?

Mir schwindelte, und ich zog meinen Kopf zurück. Dabei bemerkte ich, dass der Schacht bemalt war. Seltsam anmutende blasse Fresken zierten die Seitenwände. Ich glaubte, darin etwas zu erkennen. Zwei Männer. Haushoch. Mit Stöcken. Einer hielt ihn nach oben. Der andere nach unten. Dann ein Wolf. Er jagte nach etwas. Einem großen Tier, einem Stier … einem Hirsch. Und eine Schlange. Sie sprang dem Wolf an die Seite, fasste nach ihm. Mir schauderte bei dem Anblick. Der Hirsch hatte sein Maul weit aufgerissen, der Wolf hatte seine Zähne längst in seinen Hals getrieben. Über dem Hirsch hatte eine Gestalt die Hand erhoben und drohte, mit einem Dolch in sein geöffnetes Maul zu stoßen. Vor der Tat wandte sie sich aber ab, drehte den Kopf weg und sah … zu mir.

»Kehr um, Mutter!«, sagte Lya, die selbstsicher an der anderen Seite des Schlundes angekommen war und dort verschwand. Mit dem Rücken zur Wand und mit ausgebreiteten Armen versuchte ich, entlang des Pfades zur anderen Seite zu gelangen. Ich achtete darauf, dass sich mein Blick nicht in der Tiefe verlor oder im Anblick des unwirklichen riesigen Freskos verschwand. Und doch bemerkte ich im Augenwinkel etwas Ungewöhnliches. Zwischen den alten Mauern des Ruinendorfes erkannte ich Maschinen. Baumaschinen. War dieser geheime Ort der wahre Grund für die Tunnelbauarbeiten? Das Grollen, das mich in meinem Haus geweckt hatte, mit dem alles begonnen hatte: War hier die Ursache? War ich am Ende nicht verrückt? War am Ende doch alles wirklich? Kein Wahn? Ich beugte mich wieder nach vorn. Vorsichtig. Tatsächlich: drei Baumaschinen! Ich war nicht verrückt. Und Lya war es auch nicht.

Ich musste sie einholen. Doch ich zögerte und dachte an die Kinder. Wenn es doch kein Wahn war – musste ich die Kinder nicht retten? Aber musste ich nicht erst mein Kind retten? Hörte ich noch das Wimmern? Gab es da draußen noch eine Mutter, die so wie ich alles daransetzte, ihre Kinder zu finden? Sollte ich mein Kind retten und die anderen zurücklassen? Ich überlegte, wie ich die Kinder aus ihrer Lage befreien könnte. Ich könnte sie niemals aus dem Loch nach oben bringen, und hier, auf dem schmalen Pfad, würden wir sicher das Gleichgewicht verlieren. Ich beruhigte meinen Verstand und schwor, Hilfe zu holen, sobald ich meine Tochter gerettet hatte. Als ich das andere Ende des Abgrundes erreicht hatte, blickte ich in Richtung der Kinder und schwor, sie zu holen. Dann duckte ich mich weg und folgte Lya.

Vor mir weitete sich ein verzweigtes Labyrinth aus Höhlen mit unzähligen Eingängen. Wohin war Lya verschwunden? Ich rief ihren Namen. Ein Echo fiel auf mich zurück. Schaurig. Ich erschrak und wandte mich um. Lya stand hinter mir.

»Was willst du hier, Mutter?«

Ich schüttelte den Kopf und suchte in Lya meine Tochter. In ihren Augen und Zügen lagen so viel Wut und Härte.

»Ich mache alles wieder gut, Lya. Ich verspreche es dir.«

Alles wieder gut. Durch meinen Magen kroch eine kalte Schlange.

»Du hast alles verraten. Alles. Du hast mich zerstört. Du bist die Sünde, Mutter. Die Sünde.«

Lyas Worte trafen mich wie eine Lawine. Bilder unserer gemeinsamen Vergangenheit schrien durch meinen Kopf. Die Geburt. Lyas Nabelschur war um den Hals gewickelt gewesen. Unser Umzug nach Potsdam. Pauls Dienstreisen. Die Geschenke, die er vom Flughafen mitgebracht hatte. Ihre Zurückgezogenheit. Meine Versuche, ein wenig Zeit mir ihr zu verbringen. Die späten Abende meiner Rückkehr vom Büro. Die Arbeit nachts. Lyas Schlaflosigkeit. Ihre Geschenke zum Geburtstag. Meine Achtlosigkeit. Meine Kälte. Pauls Vorwürfe. Die vielen zugeschlagenen Türen. Lyas verschlossene Tür. Meine verschlossene Tür. Das Poltern meines Vaters, das Flehen meiner Mutter, ihn auf die Parade begleiten zu dürfen. Mein Hund.

Mein Hund.

Das Wasser.

»Lya, ich flehe dich an. Vergib mir alles, was ich je getan habe! Bitte, komm zu mir zurück!«

»Zu wem soll ich zurückkommen? Wer bist du? Wer bist du wirklich?«

Lya lief in den linken Eingang des Höhlensystems, der sich als enger, steiler Weg entpuppte und nach oben führte. Ich lief ihr nach. Ich lief immer schneller, da ich wusste, wohin dieser Weg führte.

Überwältigt von dem Anblick fiel ich auf die Knie. Ich war auf dem Gipfel der Bärenmauer. Um mich herum lag eine weite Dunkelheit, die in alle Himmelsrichtungen reichte. Tief unter mir lag Edden und hinter schwarzem Schnee Tannenfall. Ich blickte nach oben und erstarrte. Ein riesiger dunkler Planet stand über mir. Wie ein gigantischer zweiter Mond, der fast die Hälfte des Himmels über mir einnahm. Ich schluchzte und rief Lya. Ich erkannte ihre Gestalt. Sie war nach vorn gelaufen. Zu den Rauchsäulen, die von hier nach oben stiegen. Sie kamen von übergroßen Grabstätten, die in einem ewigen Feuer brannten.

Ich raffte mich wieder hoch, humpelte, hinkte, kroch wie ein Tier zu meiner Tochter. Als ich sie endlich, endlich erreicht hatte, drehte sie sich wieder zu mir und sah mich von oben herab an.

»Weißt du, was die wahre Sünde ist, Mutter? Sein eigenes Wesen zu verraten. Du hast dein Wesen verraten und die ganze Welt zerrissen.«

»Lya! Was auch immer ich getan habe: Bitte verzeih mir!«

»Wie kann man jemandem verzeihen, der sich über Gott stellt?«

Die Stimme. Ich kannte sie nicht. Sie war kalt. Scharf. Klar. Wie Scherben. Es war die schwarze Frau.

DER WEG DER KÖNIGIN IV

Es war ein schauriger Anblick. Der Wind erreichte die Höhen, und mit ihm kam meine Angst. Die schwarze Frau wartete auf der anderen Seite des stürmischen Hochplateaus, sodass ich zwischen den beiden stand. Links von mir war Lya bei den Rauchsäulen am Feuer, wo das Kupfer auf ihrer Haut funkelte, als hätte etwas Böses sie berührt. Rechts von mir stand die schwarze Frau am Rande des Abgrundes, mit wehenden Kleidern aus schwarzem Schnee. Sie hatte mir meine Tochter entrissen. Sie hatte sie zu sich geholt mit ihren stummen Rufen, und Lya war ihr gefolgt. Ich versuchte, ihr Gesicht zu erkennen, aber im Schatten des Planeten, der über uns thronte wie ein altes Vermächtnis, konnte ich nur Schemen erahnen.

»Du bist weit gekommen«, sagte die schwarze Frau, und wieder war mir, als würde ein Glas zerspringen auf dem felsigen Boden. »Du hast die wilde Sprache der Natur gefunden und bist ihr gefolgt. Und jetzt siehst du sie, deine Wahrheit.« Die Frau breitete die Arme aus, als wollte sie mir die bizarre Welt um uns offenbaren.

»Dabei gibt es viele Wege, die zur Wahrheit führen. Der Rhythmus des ersten Schnees war deiner.«

»Lass meine Tochter gehen!«, schrie ich und wusste, dass der Wind nach meinen Worten fasste.

»Lya steht es frei, zu gehen oder zu bleiben. Die Frage ist vielmehr: Willst du gehen oder bleiben? Du musst dich entscheiden!«

Ich verstand nicht und sah zu Lya, die gebannt in das Feuer des Grabes blickte, das mit hohen Flammen in den schwarzen Himmel schlug. Wieder rief ich ihr zu, dass sie zu mir kommen sollte, aber sie blieb und versank im gelben Licht.

»Im Leben eines jeden Menschen gibt es einen Moment, einen winzigen Augenblick, in dem er sich entscheiden muss, ob er weiter in Sünde leben oder sich davon befreien will. Ein für alle Mal. Er muss sich entscheiden, welcher Seite er dienen will.«

Ich dachte an den Weg, über den ich zu Lya gelangt war. Dachte an den weißen Hirsch, der mich über die Grenze geführt hatte. Wollte ich Lya retten, durfte ich nicht zurückfallen in meine alten Muster. Die Welt, durch die ich gegangen war mit all ihren Wahnbildern, war verbunden. Das Oben mit dem Unten und das Gute mit dem Bösen. Ich durfte nicht urteilen, sondern musste auch dem Menschen gegenüber Demut empfinden, der mir das entrissen hatte, was ich am meisten liebte. Als sich dieser Gedanke in mir verfing, spürte ich eine warme Gewissheit, ja Stärke in mir aufkeimen. Und so ließ ich meine Gedanken wieder ziehen und gab mich dem Instinkt hin, den ich auf dem Königsweg aus seinem Kerker befreit hatte. Ich musste geschehen lassen und begreifen, dass alles, was passieren würde, weder gut noch böse war. Es würde einfach geschehen und somit sein.

Ich sank auf die Knie und begann, meinen Kopf zu senken.

»Gut, mein Kind. Gut«, sagte die Frau. »Senke deinen Kopf und folge!«

Doch bevor meine Blicke den Boden erreichten, hielt ich inne, streckte den Hals vor und sah die schwarze Frau an. Ich wollte mich nicht mehr beugen. Irgendetwas in mir hielt mich davon ab. Irgendetwas flüsterte mir zu, ich solle davon ablassen.

»Du spürst es noch immer in dir, habe ich recht?«

Die Stimme der schwarzen Frau klang noch sperriger und schärfer als zuvor. Und selbst Lya hob ihren Kopf aus dem Feuer und sah zu mir. Die schwarze Frau hatte recht: Ich spürte etwas. Oder nein: Ich betrat etwas, einen Raum in mir, der jahrelang verschlossen gewesen war.

Der Weg ist einfach: Besiege die schwarze Frau, indem du die Wölfe zähmst. Dann können die Hirsche wieder ihren Weg gehen, und du wirst den Rhythmus spüren und die Leere betreten. Dann wirst du die Wahrheit erkennen, und die Schöpfung offenbart sich, und Lya ist wieder bei dir. Für immer bei dir.

War dieser Raum in mir die Leere? Die wahre Leere? Wie ein Raum zwischen den Dingen? Ein Raum dazwischen?

Meine Augen, meine Haut, meine Muskeln, mein Atem, mein Herz: Alles fühlte sich mit einem Mal anders an. Stärker, vertrauter – als würde ich zum ersten Mal ich selbst sein. Ich spürte, dass in dieser Haltung alles möglich war. Ich fühlte mich so stark, dass ich den Planeten über der schwarzen Frau aus seiner Bahn hätte werfen können. Oder als hätte ich die Berge, die wie eine Armee an den dunklen Horizonten warteten, mit nur einem Befehl zum Angriff rufen können. In diesem Moment spürte ich zum ersten Mal Macht in mir. Wahre Macht. Macht, die aus der Natur kam. Macht, die aus diesem Raum dazwischen kam. Macht, die aus mir selbst kam.

»Komm zu uns!«, sagte die schwarze Frau und streckte mir die Hand entgegen. »Wir können viel bewirken. Die Gesetze der Welt ändern. Wir können den Tod besiegen und das Paradies wiedererobern, aus dem wir einst geworfen wurden. Es gehört uns. Uns allein.«

»Nein.«

Nein.

Die Welt, der Wind, die Höhen. Alles hielt den Atem an.

Nein.

»Ich folge niemandem mehr.«

Und dann erhob ich mich und stellte mich so, wie ich war –

geschunden, halb erfroren und schmutzig wie ein getriebenes Tier –, vor die schwarze Frau.

»Ich habe mich entschieden. Ich habe den Königsweg gefunden und ihn beschritten. Ich werde nicht ablassen, ihn zu gehen. Ich werde ihm folgen, nicht dir.«

Ich spürte, dass in Lyas Augen etwas aufblitzte. Etwas Scharfes, Gefährliches. Sie wandte sich mir zu und schien auf die Reaktion der schwarzen Frau zu warten.

»Du kannst deine Heimat nicht verlassen. Niemand kann das. Du kannst dich nicht über Gott stellen.«

»Ich stelle mich nicht über Gott. Ich will verstehen, nicht erobern, ich will wieder leben, mich freuen, lachen, weinen und tanzen. Ich will Teil von allem sein. Ich will niemandem folgen außer meinem Weg, der für mich bestimmt ist.«

Die schwarze Frau schwieg. Der Wind schlich unruhig über das Plateau.

»Lya, komm zu mir!«, rief ich und streckte ihr meine Hand entgegen.

»Du Heuchlerin«, brüllte sie. »Du hast alles verraten, du bist nie deinem Weg gefolgt. Du bist schlimmer als sie.«

»Das ist vorbei, Lya. Es ist vorbei. Ich verspreche es dir.«

»Es ist niemals vorbei, Mutter. Niemals.«

Ich schloss die Augen und betrat meinen Raum. Und ließ geschehen. Und es geschah. Jakob geschah. Und mit ihm die beiden Wesen, die ich unten am Höhleneingang getroffen hatte. Sie betraten die Höhen. Ruhig und sicher kamen sie auf uns zu. Als ich sie in der Ferne entdeckte, füllten sich meine Augen mit Tränen, und ich spürte in meinem Bauch ein warmes Gefühl, das freudig umhersprang wie ein kleiner Hund am Ufer eines Sees. Und was die drei mitbrachten, waren die Hirsche. Es waren viele, sicher zwei Dutzend. Die weißen Hirsche. Sie waren zurückkehrt. Ich war vorangegangen, und sie waren mir gefolgt. Ich hatte den Raum in mir gefunden, und sie hatten meinen stummen Ruf gehört. Ich blickte zur schwarzen Frau. Sie stand noch immer regungslos am Rande der Höhen. Langsam bewegten sich die Hirsche auf die Frau zu. Sie würden sie in den Abgrund drängen und darüber hinaus, sie würden sie dorthin zurückstoßen, wo sie herausgekrochen war, zurück in ihre Kammer der Wut, in die Brutstätte des Bösen.

Die Kammer. Der Raum. Ich schwankte. Etwas hatte meinen inneren Raum betreten. Etwas griff nach mir, flüsterte den Zweifel ins Ohr, erzählte mir von der Ohnmacht und der Wut. Und bevor ich mich versah, kroch sie in mich hinein. Die Wut. Ihre Wut. Meine Wut.

Und dann kamen sie. Die Wölfe. Als wären sie über den steil abfallenden Felsen nach oben gekrochen. Sie hielten ihre Körper dicht am Boden und fletschten ihre Zähne und hatten die Nackenhaare zum Kampf erhoben. Immer mehr kamen aus dem Abgrund hervor, und am Ende waren es Hunderte.

Die Hirsche waren in der Unterzahl und standen dem riesigen Rudel gegenüber. Die sichere Erhabenheit auf der einen Seite, die entschlossene Wut auf der anderen.

»Lya! Komm zu mir, und wir beenden es! Wir gehen zurück nach Hause. Dann ist alles hier vorbei.«

»Nach Hause«, lachte Lya. »Wo ist unser Zuhause?«

Bilder blitzten durch meinen Kopf. Potsdam. Berlin. Wandlitz …

»Komm zu mir!«

Meine Stimme zitterte. Der Raum in mir schwankte. Lya ging langsam auf mich zu.

»Warum soll ich dir glauben? Du hast alles verraten. Du hast unsere Heimat zerstört. Unsere Familie. Menschen wie du richten alles zugrunde. Es ist Zeit, das zu ändern.«

Lya stand mit einem Mal dicht vor mir. Sie trug einen dicken Wolfspelz, und in der Hand hielt sie einen Stock. Er ähnelte dem Stock, den sie mir gegeben hatte, als sie im Tunnel verschwunden war, doch dieser war rötlicher, wie der Kupferschimmer auf ihrer Haut. Und erst jetzt stellte ich fest, dass das Smaragdgrün fehlte, dass die hellen Striche verschwunden waren. Aus meiner Wanderin war eine Kriegerin geworden, und ich begriff, dass sie die wahre Anführerin der Wölfe war, die sich hinter ihr versammelten. Ich hatte sie an die schwarze Frau verloren, an das Dunkle, das auch meinen Raum betreten hatte.

»Ich will so nicht mehr leben«, sagte Lya und stieß den Stock in die Erde.

Und es begann. Die Wölfe setzten sich in Bewegung und schossen auf die Hirsche zu, die überrascht zurückwichen. Sie senkten ihre Geweihe und stießen die ersten Wölfe zur Seite, spießten den einen oder anderen auf und wanden sich in ihrer Unterzahl verzweifelt herum. Es war ein grauenhaftes Bild. Zähne, die sich in die Hälse der Hirsche bohrten, zerplatzte Augen, das Gebrüll des Todes auf den Höhen. Das weiße Fell der Hirsche färbte sich blutrot, und die ersten sanken nieder unter ihren Schmerzen. Jakob gab einen Befehl, und seine Gefährten traten ebenfalls in den Kampf ein. Sie zogen die Stöcke hervor und verteidigten die letzten Hirsche mit all ihrer Kraft. Es war ein Bild des Schreckens, das Lya mit ruhiger Miene betrachtete.

»Hör auf, Lya!«, schrie ich. »Hör auf!«

»Das ist das, was du aus mir gemacht hast, Mutter. Sieh an, was aus mir geworden ist! Aus der Welt.«

»Hör auf, Lya, verdammt, hör auf!«

»Du begreifst noch immer nicht, oder?« Lyas Gesicht war voller Wut, und doch entdeckte ich darin die traurigen Augen meiner Tochter, meines Mädchens.

»Du bist die Bestie. Du bist es. Du hast in deinem ganzen Leben keinen einzigen Tag das Richtige getan.«

»Lya …«

»Zuerst wollte ich werden wie du. Aber dann habe ich mich abgewandt, weil du mich anwiderst.«

»Was habe ich dir getan?«, brüllte ich und spürte, wie eine riesige Welle Wut auf meinen Raum zuströmte.

»Du willst es von mir hören?«

Ich hatte Angst davor. Solche Angst. Ich flehte sie mit meinem Blick an, zu schweigen, und schloss die Augen. Der Geruch des Schlachtens füllte die Welt. Es war schrecklich.

Die Hirsche waren tot. Bis auf einen. Er wimmerte fürchterlich unter den spitzen, gierigen Zähnen der Wölfe. Und selbst Jakob und seine beiden Gefährten hatten sich zurückgezogen und hinter den Flammen des Feuergrabes Schutz vor den Wölfen gesucht, indem sie ihnen Fackeln entgegenwarfen. Ich hatte verloren. Ich hatte immer die Wahrheit in mir gespürt, aber ich hatte Angst davor gehabt, sie zu sehen. Und die Angst war so groß gewesen, dass ich alles getan hatte, um mich ihr nicht stellen zu müssen.

»Lya, bitte verzeih mir!«

»Du hast ihn getötet.«

Du hast ihn getötet.

Sie hatte es ausgesprochen. Das Schwingen des Wassers. Das Symbol vor meinen Füßen. Das ewige Klopfen der Heizung in ihrem unerträglichen Rhythmus. Das Streiten. Das Knirschen der Dielen.

Ich öffnete die Augen und sah in Lyas Gesicht. Wie konnte sie es wagen? Wie konnte sie zu meinem tiefsten Schmerz vordringen? Ich hob meine Brust, spürte die Wut. Sie peitschte die Wolken über mir. Ich zitterte. Zitterte am ganzen Körper. Sie hatte es ausgesprochen. Das Unaussprechliche. Meine Wunde. Meine tiefe Wunde. Lya aber lachte und wiederholte ihre Worte.

»Du hast ihn –«

Ich stieß sie von mir.

Und sie fiel.

Lya.

Ich hatte sie von mir gestoßen.

Noch einmal sah ich in ihr Gesicht. Ihr wunderschönes Gesicht. Mein Mädchen. Es verschwand für immer in der Tiefe. Ich hatte Lya getötet. Ich stand auf den Höhen und hatte sie vom Felsen gestürzt. Ich war umhüllt von dunklen, rauchigen Wolken und blickte in den Abgrund. Und der Abgrund blickte in mich hinein, und ich wusste, dass Lya in den Sekunden ihres Todes mein wahres Gesicht erkannt hatte. Das Gesicht der schwarzen Frau.

Meine Schreie waren bis nach Edden zu hören. Bis weit über die Gipfel hinaus. Ich sank auf die Knie. Der Boden wankte, als würde der Berg, die Welt zusammenbrechen, in sich einstürzen. Ich zerbrach. Und kurz bevor das geschah, trat es zu mir. Das Mädchen, das vor vier Jahren hier mit seinem Vater verschwunden war. Es ähnelte Lya. Aber es war trauriger, zerbrechlicher. Es strich mit seinem Handrücken über meine nasse, zitternde Wange. Es beugte sich zu mir und flüsterte mir ins Ohr.

»Ich verzeihe dir, Mutter.«

Ich verzeihe dir.

In diesem Augenblick erstarb der Tinnitus in meinem Ohr. Und ich hörte sie plötzlich wieder. Die Stille.

Ich hatte meine Tochter getötet.

Ich wachte auf.

Das Wasser war noch warm.

ZEHN

Es bilden sich die Flocken.
Viele, viele Schneeflocken
formen das große Gebilde.

Der Schaum knisterte in der Wanne. Ich hatte das raue Handtuch zusammengefaltet und als Kissen unter meinen Kopf geschoben. Das warme Wasser schickte kleine Wellen über mein Kinn. Meine Blicke verloren sich in der braungrünen Plastikverfliesung des Badezimmers. Seltsam anmutende Quadrate und Kreise. Wie oft hatte ich diese Fliesen studiert. Wie oft hatte ich darin Rat gesucht. Halt! Es roch wie damals. Zimt. Unterspült vom Kratzen eines Chlorreinigers, der sich in der unbewohnten Luft hartnäckig in der Wohnung hielt. Ich hatte das kleine Fenster hinter mir gekippt. Feuchte Luft zog vom Bogensee herüber.

Der Schlüssel hatte die staubige Stille gesprengt, und ich hatte vorsichtig meinen Kopf in die Vergangenheit geschoben. Ich hatte nicht mit der Tür ins Haus fallen wollen. Aber warum nicht? Meine Eltern waren tot. Niemand hätte mich mehr an der Schwelle zurückgewiesen. Ich hätte sogar mit Schuhen voller Schlamm in das Wohnzimmer laufen können, und Sternschnuppe hätte über die Auslegeware toben und seinen Schwanz jagen können, und ich hätte gelacht, bis ich mir den Bauch hätte halten müssen. Ich hatte hier nie gelacht und schob meinen Kopf tiefer ins Wasser.

Nichts hatte sich nach dem Tod meiner Eltern verändert. Ich hatte nach der Auflösung der DDR das Haus verlassen. Dieses unscheinbare zweistöckige Siedlungsgebäude, das wie ein unaufgeräumter Gegenstand in meiner Erinnerung lag. Wenn ich die Augen schloss und an zu Hause dachte, fielen mir Stille und Warten ein. Warten auf ein Leben, das es nicht gab.

Der Regen prasselte in geordneten Reihen vom Himmel. Als der Boden unter meinen Schritten nachgab, sah ich erschrocken zu seiner Tür. Hatte ich ihn geweckt? Ich ertappte mich dabei, dass ich die Luft anhielt und versuchte, meine Beine achtsamer auf den roten Boden zu setzen. Dabei war er tot. Begraben neben Mutter, die in der Stille des Friedhofes jetzt darauf achten konnte, dass die Morgenvögel ihn in seiner ewigen Ruhe nicht störten. Nichts hatte sich verändert. Nichts würde sich jemals ändern.

Ein kleiner Vorraum teilte sich in zwei etwa gleich große Zimmerchen. Neben der Toilette führte eine schmale Wendeltreppe nach oben, wo zwei weitere kleine, niedrige Räume Platz fanden. Dicke Gardinen hielten den Tag fern, und tiefer Staub erstickte die Kammern. Einer dieser Räume war mein Zimmer. Der linke. Ich hatte Angst, ihn zu betreten.

Als meine Eltern in das Grab hinabgelassen worden waren, hatte ich nach Tränen gesucht. Ich hatte sie nicht gefunden. Und doch hatte ich weinen müssen, da neben mir das kleine Schattenmädchen gestanden hatte, das sie hinterlassen hatten. Schweigsam, ängstlich und zitternd vor den großen Farben der Welt.

Bevor ich zurückfuhr, wollte ich noch einmal dorthin, wo dieses traurige Mädchen gelebt hatte. Zurück in mein Zuhause. Ich berührte die Klinke. Sie war kalt. Als ich sie nach unten drückte, hatte ich Angst, dass sie quietschte. Aber ich hatte längst herausgefunden, wie man sich lautlos wie ein weißer Schatten durch das Haus bewegen konnte. Es war Sternschnuppe mit seinem Drang nach Freiheit und Abenteuer gewesen, der mich immer überzeugt hatte, mich aus dem Haus zu schleichen und mit ihm zum Bogensee zu gehen, wo er herumlaufen und herumtollen konnte. Ich hatte ihm dabei zugesehen und mich auf die Bank gesetzt und gelächelt und die Freude in mir gesucht. Und wenn der Vollmond über dem See gelegen hatte, dann war Schnuppe immer an den Wasserrand gesprungen und hatte das Spielbild darin gesucht, als hätte es einen zweiten Mond gegeben.

Ich setzte mich auf mein Bett. Langsam. Ich kontrollierte mit den Händen mein Gewicht und ließ es langsam in das Bett gleiten. Es war weich. Tränen liefen über meine Wangen. Vom Fenster fiel graues Licht in meine Kindheit. Ich erinnerte mich an die vielen Nächte, in denen ich aus diesem Zimmer einen Ausweg gesucht hatte.

Ich hatte ein kleines Zahnrad sein wollen in der großen Gemeinschaft der großen Idee. Der sozialistischen Idee. Ich hatte alle Bücher gelesen. Marx. Lenin. Ich hatte jede Zeile auswendig gekannt – und doch war es für Vater zu wenig gewesen. Für ihn hatte ich nicht genügt. Das unverschämte Lächeln auf meinen Lippen habe ihm verraten, dass ich es nicht ernst meinte. Dabei war es doch kein Lächeln gewesen, denn ich hatte jeden Tag darauf geachtet, dass mein Gesicht immer mehr versteinerte. Selbst auf der Pieck war ich die Einzige gewesen, die sich auch dann nicht gefreut hatte, wenn sie als Klassenbeste wieder einmal eine Rede über Pflicht und Treue halten durfte. Und tatsächlich: Ich hatte mich nicht gefreut. Ich hatte es zur Kenntnis genommen. Nur am Bogensee, auf meiner Bank unter dem Baum, wenn Schnuppe in der Finsternis am Ufer gewartet hatte, bis die Sterne in das Wasser gefallen waren, hatte ich einen Atem in mir gespürt. Aber das war lange her. Ich streckte meinen Kopf durch und presste ihn an das feuchte Handtuch in der Wanne.

Paul war der Einzige gewesen, dem ich mich anvertraut hatte. Ich war damals seine Greta Garbo – auch wenn ich nicht ein einziges Mal für ihn lachte. Dabei liebte ich Paul über alles. Sein Feuer, seine flammenden Reden für eine bessere Welt hatten auch mich erfasst. Ich wollte sie ersticken, aus Angst, dass ich – einmal von Leidenschaft ergriffen – meine Disziplin und Sorgfalt verlieren würde. Ich kannte die Berichte aus dem Westen über die Verwahrlosung der Jugend. Dennoch oder gerade deshalb liebte mich Paul. Ich war sein Fels in der Brandung. Ich war sein Gesetz. Und mir gelang es nicht, die Flammen zu ersticken.

Nach der Wende heirateten wir. Es war eine kleine Zeremonie mit meinen Eltern. Seine waren längst tot gewesen. Wir gingen nach Berlin und lebten in Friedrichshain in einer kleinen Wohnung in der Nähe der Oberbaumbrücke. Vom Badezimmer konnte ich über die Spree bis nach Kreuzberg sehen, und es dauerte einige Wochen, bis ich meinen ersten Schritt in den Westen setzte. Ich fühlte mich wie eine Außerirdische, wie eine wandelnde Statue, die wusste, dass das alles nicht ihre Heimat war. Paul verliebte sich immer mehr in die Offenheit des Westens. Er suchte nach immer neuen Dingen, probierte rohen Fisch aus, ging auf Technopartys und schluckte sogar Drogen. Er wollte sehen, was das Leben hinter dem Vorhang zu bieten hatte. Über unsere Visionen von einer besseren, sozialen Welt sprachen wir immer seltener. Paul verlor sich immer mehr im lustvollen Alltag, und ich suchte meinen Halt in den Paragrafen eines Jurastudiums. Ich wusste nicht, wer von uns beiden zuerst den Glauben an eine bessere Welt verloren hatte. Vielleicht war es der General.

Als ich anfing, als Staatsanwältin zu arbeiten, war es der Generalstaatsanwalt, der als Erster begann, mein wahres Wesen zu verstehen. Er war der Erste, der nicht versuchte, das Leben, das irgendwann in meiner Kindheit aus mir gewichen war, zurückzuholen. Er nahm mich so an, wie ich war. Wie ich geworden war.

Ich ging in meiner Arbeit immer mehr auf und gewann auch immer mehr Fälle. Ich fand im Westen, wonach ich im Osten gesucht hatte. Ordnung. Zwischen all den Regeln und Gesetzen gab es Gehege der Freiheit, wo sich Ideologen ausleben konnten. Reservate. Reservate der scheinbaren Freiheit, umzäunt von den Gesetzen des Kapitalismus. Es war eine Welt, die funktionierte, und bald war der Westen überall.

Paul hatte zu Beginn Mühe, Arbeit zu finden. Seine Leidenschaft und seine feurige Art stießen viele Arbeitgeber ab. Immerfort sprach er von einem Leitbild, das er benötigte, um über Grenzen zu gehen. Er wollte an das Unmögliche glauben, so wie früher. Erst als er bei einem großen Pharmaunternehmen in der Kommunikation unterkam, begann er sich langsam an die Regeln zu gewöhnen.

Ich wusste nicht, ob es daran lag, dass Paul nun auch funktionierte, oder ob ich einfach einen Augenblick nicht aufgepasst hatte. Aber als ich die Hand des Generals an meiner spürte, fühlte ich diesen Atem wieder, der mich einst am Bogensee berührt hatte, als ich Schnuppe um den See tollen gesehen hatte. Ich achtete darauf, diesen Atem zu unterdrücken, dennoch gab ich mich eines Nachts dem General hin. Keine Ahnung, ob es schön war oder nicht. Ich funktionierte auch da. Und als ich begriff, dass der General immer mehr Vertrauen in mich setzte, spielte ich das Spiel mit. Das Spiel des Westens. Das Spiel der verdeckten Reservate.

Paul und ich sahen uns immer weniger. Erst als er die Stelle als Executive Director Corporate Communication bei seinem Pharmakonzern annahm und vor der Entscheidung stand, in den Nahen Osten zu gehen, mussten wir uns überlegen, wie es weitergehen sollte mit uns. Wir entschieden uns füreinander. Wie ein stilles Bündnis des alten Ostens schworen wir, weiter an uns zu glauben. Möglicherweise log auch er damals. Ich tat es. Aber es war zu spät. Denn zwei Monate darauf war ich schwanger. Mit Lya.

Ich arbeitete bis zum Schluss, und ich wusste nicht, ob es die Absicht des Generals war, dass er mir immer schwerere und größere Fälle zuschob. Es gab nur ein Telefonat, zwei Stunden bevor Lya auf die Welt kam. Er hatte mich zu keiner Zeit gefragt, wie es mir ging und wann genau Lya kommen würde. Als Lya aus meinem Leib kroch und die Hebamme mir dieses zerknitterte blauviolette Etwas vors Gesicht hielt, bat ich um ein Telefon, da ich den General nicht enttäuschen wollte.

Wir waren nie eine richtige Familie. Paul und ich arbeiteten beide, und Lya fehlte es an nichts – und doch fehlte es ihr an allem. Wir zogen nach Potsdam, da ich den Lärm der Stadt nicht mehr ertragen konnte. Was nach außen nach einer Idylle aussah, war in Wahrheit wie ein Schauspiel. Wir folgten Regeln, waren auf Dienstreisen, arbeiteten rund um die Uhr und vergaßen Lya. Sie war wie ein Kieselstein, der sich immer mehr in die Zahnräder unserer Scheinwelt zwängte. Ich hatte Lya schon an dem Tag verloren, als ich sie zur Welt gebracht hatte.

Und dann kam das Spektrum. Es veränderte alles. Der General hatte mich zum Essen eingeladen – ein Franzose neben dem Checkpoint Charlie. Er hüllte sich in Schweigen und fragte mich auffällig oft nach meinem Befinden. Er erkundigte sich nach Paul. Wie es ihm gehe. Und nach Lya. Er war blass und angespannt. Erst nachdem der Kellner das Essen mit übertrieben höflicher Haltung gebracht hatte, begann der General, mir von Spektrum zu erzählen. Von den vielen verschwundenen Mädchen. Es galt, ein Muster zu finden. Einen Zusammenhang. Er gab mir die Kontaktdaten der einzelnen Kommissare, die an dem Fall in ihren Ländern arbeiteten. Ihre Privatnummern. Der General hatte die Vermutung, dass die Schwarze Familie hinter dem Spektrum steckte. Aber wie so oft gab es keine Beweise, nicht einmal Indizien. Ich sollte mich nur auf das Spektrum konzentrieren. Alle anderen Fälle sollte ich gleich nach dem Essen abgeben. Als ich zurück in meinem Büro war, lag eine schmale Akte auf meinem Schreibtisch. Darin war der vermutete Stammbaum der Familie Khalberg skizziert. Er war weitverzweigt. Ein Post-it klebte auf dem ersten Blatt. »Vielleicht findest du den Zusammenhang. G.«

Ich verbrachte mehr als vierzehn Stunden täglich mit dem Fall. Doch auch wenn wir viele Ideen und Ansatzpunkte hatten, verliefen sich am Ende alle in einem wirren Knoten, den ich nicht zerschlagen konnte. Die erste wirklich heiße Spur war die des Kindermörders. Er hatte seine Tochter erschlagen, weil er überzeugt gewesen war, sie sei gefährlich. Er wurde freigesprochen. Und obwohl er aus ärmlichen Verhältnissen kam, hatte er die Unterstützung von Staranwälten. Allesamt finanziert von den Khalbergs.

Es war ein Kampf gegen Windmühlen, und allmählich begann mein Glaube an die Macht des Staates zu wanken. Ich fing an, noch mehr zu arbeiten, fühlte aber zunehmend, dass der Boden, auf dem der Westen stand, nichts weiter war als ein Morast von faul gewordenen Gesetzen. Und so hatte es oft den Anschein, dass der Staat nur nach außen hin nach

Gerechtigkeit strebte. Im Inneren folgte er einer anderen Agenda. Einer, die längst von den großen Familien diktiert wurde. Ich wehrte mich gegen diese Überzeugung. War der Westen nichts weiter als ein Geschwür aus Korruption und Gewinnmaximierung auf Kosten der Armen, so hätten alle, die in der Wilhelm Pieck in ihren flammenden Reden gegen den Kapitalismus gewettert hatten, recht gehabt. Der Osten hätte recht gehabt. Aber der Osten war tot, und ich war verloren. Ich hatte die Seite gewechselt und konnte nicht mehr zurück. Meine Antwort war noch mehr Arbeit. Denn die Vorstellung, mich eines Tages der Frage zu stellen, woran ich wirklich glaubte – ich, die nur funktionierte –, diese Vorstellung machte mir Angst. Die Angst war so groß, dass ich kaum mehr schlafen konnte. Und dann kamen sie. Die Bilder in meinem Kopf. Die Halluzinationen.

Zunächst dachte ich, dass ich einfach überarbeitet war. Aber als die Erscheinung im Gerichtssaal saß oder zu Hause vor der Tür wartete, entschied ich mich, Hilfe zu suchen. Meine Therapeutin war sehr verständnisvoll und achtete auf Diskretion. Eine Staatsanwältin, die an Wahnvorstellungen litt, war schließlich ein leichtes Opfer für die gegnerischen Anwälte. Ich musste also lernen, damit umzugehen. Was mir am Anfang auch gelang. Die regelmäßigen Sitzungen, die Medikamente, die verordneten Spaziergänge um den Heiligensee: Das half. Oder besser: Es machte es nicht schlimmer.

Und dann starben meine Eltern. Sie hatten nach der Wende unter bitterer Armut gelitten. Auch hier hatte der Westen sein wahres Gesicht gezeigt und nichts unternommen. Ich schickte ihnen zwar immer Geld, aber sie wollten es nicht, da ich in ihren Augen eine Verräterin war. Ihre Welt war längst zerfallen. Und so wollten auch sie zerfallen. Zu Asche. Sie steckten sich im alten Hörsaal der Pieck in Brand. Sie wollten ein letztes Zeichen setzen. Für sich selbst. Sie hatten längst begriffen, dass es sonst niemand mehr sehen wollte, da die Welt müde geworden war.

Ich war allein nach Wandlitz gefahren. Ein zahnloser

Priester sprach am Grab leere Worte. Meine Eltern hatten die Kirche gehasst. Dennoch wollte ich es so. Nur einige alte Mitstreiter waren gekommen und sahen verstohlen zur letzten Ruhestätte. Als der Sarg in die Erde gelassen wurde, weinte ich. Weil ich sie geliebt hatte? Vielleicht. Weil sie mir mein Wesen genommen hatten? Sicher. Aber eigentlich weinte ich, weil sie mich allein gelassen hatten. Sie hatten mir beigebracht, wie man funktionierte, aber nicht, wie man lebte und eigene Entscheidungen traf. Jetzt waren sie fort, und ich war allein und musste weiter funktionieren und einer Welt dienen, die aus allen Winkeln bis zum Himmel stank.

Wer wäre ich geworden, wenn meine Eltern mir mehr Freiraum gegeben hätten? Wäre ich eine andere geworden? Ein Mensch, der Freude empfinden konnte? Die Fragen quälten mich, und ich hatte nicht mehr die Kraft, sie zu verdrängen. Ich blickte auf die frische Erde der Ruhestätte. Würden hier jemals Blumen wachsen? So wie auf dem Grab daneben: »Magdalena Heller. 1970–1974«. Heller. Der Geburtsname meiner Mutter.

Der Schaum knisterte in meinen Ohren. Ich ließ neues warmes Wasser in die Wanne. Wenn alles vorbei war, wollte ich eine Auszeit nehmen. Mit Paul und Lya. Vielleicht aufs Land fahren. Ich dachte an den alten Mann am Baum, der aus der Ferne den Friedhof beobachtet hatte. Er hatte ausgesehen wie Dr. Merten. Einer der Wortführer der Khalbergs. Es war wohl wieder ein Wahnbild gewesen, denn warum hätte Merten hier in Wandlitz sein sollen? Ich hatte Merten zum letzten Mal in Berlin gesehen. Nach dieser Verhandlung. Er hatte mir einen Zettel gegeben. Ich hatte ihn weggesteckt. Zuerst hatte ich gedacht, dass er mir einen Hinweis geben wollte. Vielleicht wollte auch er die Seiten wechseln.

Das Badesalz roch nach Rosmarin. Der Schaum wuchs zu einer weißen Wand vor meinem Gesicht. Ich hörte das Klopfen der Heizung in einem Rhythmus. Das Wasser in der Wanne schlug seine Wellen um meinen Hals. Ich öffnete in meiner Erinnerung den kleinen Zettel, den mir Merten aus dem Wagen zugesteckt hatte.

Das Symbol. Die Linie.

Die beiden Kreise.

Ich öffnete die Augen. Sah den Duschvorhang. Sah die weißen Hirsche darauf. Und dann – sah ich es. Das Symbol. Zwischen meinen Füßen. Der Knauf an der Wanne, der das Auslaufen des Wassers steuerte. Er war unterteilt durch eine Linie. Stand sie quer, war der Abfluss verschlossen. Zeigte sie nach oben, lief das Wasser heraus. Zwei Schrauben hielten den Knauf an der Wanne. Zwei Schrauben wie Kreise. Der Schaum verwandelte sich in Schnee, die Hirsche bewegten sich, die Heizung trommelte, und im Wasser kämpfte er um sein Überleben.

Ich hatte es verdrängt. Den Beginn meiner Versteinerung. Sein Tod war meine Geburt gewesen. Die Hand meines Vaters hatte den Kopf von Schnuppe so lange unter Wasser gehalten, bis seine Augen aufgequollen waren. Er hatte mich so hilflos angesehen. Ich hatte ihn angefleht, sich doch in einen Wolf zu verwandeln und aus der Wanne zu springen. Aber ich war zehn und schwach gewesen und hatte geschrien und geweint, während Sternschnuppe in der Wanne gestorben war. Vater hatte ihn nie gemocht. Er habe mich von meinem Weg abgebracht, vom Weg zu mir selbst. Meinem Königsweg.

Schnuppes Tod war meine Geburt gewesen. Ich war zu Stein geworden und hatte alles verdrängt. Ich war zum See gegangen. Sein schlaffer Körper auf meinem Arm. Er hatte das Wasser hier geliebt. Ich hatte ihn darin versinken lassen und gehofft, dass ihn weiße Wesen in eine andere Welt führen würden, auf eine Insel. Eine Insel des Lebens. Als Schnuppe versunken war, hatte die Welt in einem schrillen Ton zu schreien begonnen. Alles um mich herum schrie. Das Wasser. Die Bäume. Die Hirsche. Der Schaum. Der Knauf. Die Luft.

Ich hatte getötet. Ich hatte alle getötet. Meinen Hund.

Meine Tochter. Ich lebte in Sünde. Ich war die Sünde. Und Schlangen krochen aus meinem Kopf und fielen ins Wasser.

Wach auf. Wach auf.

DER TOD EINER DROSSEL

Salz. Meine Zunge war trocken. Mein Atem wurde flach. Die Welt um mich war blau. Die Farbe des Indigo. Ich schob meinen Kopf nach vorn und sank mit dem Gesäß voraus in die Tiefe. Mein Herz schlug schneller. Wo war ich? Ich schien zu schweben. In einem Tank. Ich schwebte im Wasser. Über mir wölbte sich eine Glaskuppel. Ein Gesicht kam näher. Es war eine Frau. Mitte vierzig. Vielleicht Ende. Sie hatte braunes Haar, das sie nach oben gesteckt hatte. Ihre Lippen waren rot, in ihren Augen lagen Sorgen. An einer großen Maschine drückte sie ein paar Knöpfe, schaltete den schrillen Ton aus. Er war mir gar nicht mehr aufgefallen. Wie ein Tinnitus. Sie trat zu mir, öffnete den Tank. Sie lächelte. Obwohl ich die Frau noch nie gesehen hatte, fühlte ich mich seltsam verbunden, als würde ich eine alte Freundin nach Jahren wieder in die Arme schließen.

»Hallo«, sagte sie mit leiser, weicher Stimme. »Willkommen zurück!«

Sie wirkte verlegen und doch sicher in ihren Bewegungen. Immer wieder sah sie durch ein kleines Fenster nach draußen. Der Floating-Tank war in einer kleinen Kammer, abgetrennt von einer schweren Stahltür und einem vergitterten Fenster. Wo war ich? Das Gurgeln des Wassers unter mir gab mir langsam meine Schwere wieder. Ich sank zu Boden und setzte mich auf. Sie reichte mir ein Handtuch.

»Wo bin ich? Wer sind Sie?«, fragte ich.

»Wir … Sie sollten sich jetzt anziehen. Wir müssen los. Dann erzähle ich dir – Ihnen – alles.«

Sie blickte auf den Stuhl, der neben dem Tank stand. Hellbraune Kleidung lag darauf. Sie erinnerte mich an eine Häftlingsuniform.

»Wo bin ich?«, wiederholte ich meine Frage.

Sie schwieg. Die Erinnerungen an meine Zeit im Tank schwappten hoch. Tannenfall. Edden. Die Höhen. Lya.

Lya.

Ich hatte sie getötet.

Meine Augen füllten sich mit Tränen, eine tiefe Schuld drehte mir den Magen um. Die Frau kam zu mir und umarmte mich. Ich begann bitterlich zu weinen und legte meinen Kopf an ihre Brust. Sie strich über meinen Hinterkopf und beruhigte mich.

»Ich weiß, dass es wehtut. Verdammt weh. Aber jetzt weißt du es. Du weißt es.«

»Ich habe sie vom Felsen gestoßen. Dabei hatte sie doch so recht mit dem, was sie sagte. Ich habe alles verraten. Alles zerstört. Schnuppe. Ich konnte ihn nicht retten. Ich habe alle betrogen und alles kaputtgemacht. Meine Tochter ist tot. Ich habe sie getötet.«

Ich schluchzte, heulte und warf meinen Kopf hin und her. Ich konnte die Wahrheit nicht ertragen. Ich wollte es nicht. Immer wieder sah ich Lyas Gesicht. Ihre überraschten Augen, als sie in die Tiefe fiel. Ihre Hand, die sie nach mir ausstreckte. Ich schloss die Augen und spürte ihre Finger, die tröstend meine Tränen aufnahmen.

»Wo ist Paul? Er hat sie so geliebt. Er wird mir nie verzeihen können. Ich selbst werde mir nie verzeihen können.«

Sie ließ mich los und ging einen Schritt zurück. Ihr Gesicht trug neuen Kummer.

»Zieh dich an! Ich verschaffe uns ein wenig Zeit und … vielleicht solltest du ein bisschen allein sein, bevor wir aufbrechen.«

Ich verstand nicht. Erst jetzt bemerkte ich, dass die Frau einen weißen Kittel trug. Sie tippte ein paar Worte in ein Tablet ein und legte es auf den Kleiderstapel. Sie ging nach draußen und versperrte die Tür. Ich sah ihr nach. Sie warf einen weiteren Blick auf den Computer und verschwand. Ich nahm das Tablet. Ein Zeitungsartikel leuchtete darauf. Mit meinem Bild. Einem ernsten Gesicht. Entrückt. Wie aus Stein geschlagen. Unnahbar. Und darunter eine Schlagzeile.

Staatsanwältin Marlene C. verschwunden.
Die Ermittler gehen vom Schlimmsten aus.

Ich erstarrte. Meine Augen flogen über den Artikel. Ich las über meine Ausbildung, meine Zeit in der Wilhelm Pieck. Meine Erfolge, meinen Kampf gegen die Khalbergs. Über das Spektrum. Die verschwundenen Kinder. Jetzt war ich selbst verschwunden. Ich las weiter, sprang über Absätze. Wollte verstehen.

Seit einer Auszeit, die die Familie im November 2015 in den österreichischen Voralpen nehmen wollte, fehlt jede Spur von Marlene C. und ihrer Tochter. Ihr Ehemann sagte, dass er im Dorf Besorgungen machen wollte. Er wollte sie mit einem Abendessen überraschen. Als er zurückkam, stand das Haus im Luftkurort Semmering leer. Selbst eine groß angelegte Suchaktion blieb erfolglos. Mittlerweile wird gegen die Tunnelbetreiber ermittelt, die seit Jahren am Semmering-Basistunnel arbeiten. Der Verdacht, dass die beiden an einer ungesicherten Stelle in die Tiefe gestürzt sind, erhärtet sich immer mehr. Paul C. werde alles unternehmen, um die für das Verschwinden seiner Frau und seiner Tochter Verantwortlichen zur Rechenschaft zu ziehen.

Ich schloss die Augen. Meine Lippen waren trocken. Ich musste Paul anrufen. Sagen, dass es mir gut ging und dass ich …

Sie kam wieder zurück und verschloss die Tür. Sie war nervöser als vorher. Anscheinend hatte sie irgendwelche Vorbereitungen getroffen. Ihren Kittel hatte sie abgelegt und trug nun einen hellen Mantel. In der Hand hielt sie eine Akte.

»Ich muss ihn anrufen. Paul. Geben Sie mir ein Telefon!«

»Wir müssen zuerst hier weg. Ich erzähle dir alles auf der Fahrt. Wenn wir da jetzt durchgehen, dann siehst du nur zu Boden und nickst, wenn man dich etwas fragt. Du bestätigst alles, was ich sage, in Ordnung?«

Ich nickte und gab ihr das Tablet zurück. Dabei fiel mein Blick auf das aktuelle Datum, das rechts oben leuchtete. 5. Oktober 2019. 2019. Vier Jahre. War ich vier Jahre hier? Vier Jahre in diesem Tank?

»Mach dir keine Sorgen, ich erkläre dir alles! Aber jetzt mach, was ich gesagt habe! Zieh dich an! Schnell!«

DER TOD EINES FALKEN

Sie ging mit schnellen Schritten voran. Ich blieb in ihrer Nähe und wagte nur, mich aus den Augenwinkeln umzusehen. Ich nahm eine große Halle wahr, von der viele kleinere Räume abführten. Überall leuchtete blaues Licht. An manchen Stellen war es stärker und warf satte Schatten, an manchen flackerte es beinahe durchsichtig. Wir kamen an eine große Schiebetür. Jemand stellte eine Frage. Sie antwortete und unterschrieb auf einem Formular. Sie lächelte und öffnete mit einer Zugangskarte die Tür. Wir fuhren nach unten. Drei Stockwerke. Es wurde kälter. Von Stockwerk zu Stockwerk.

»Wo sind wir hier?«, flüsterte ich und sah weiterhin zu Boden. Nur kurz hob ich meine Blicke und fand mich in einem Spiegel wieder. Ich war dünn geworden. Meine Haut war grau und wirkte zerbrechlich wie ein Wespennest. Meine Haare waren kurz geschoren. Meine Wangen waren zurückgewichen, die Augen hatten sich in dunklen Höhlen versteckt. Was verdammt war passiert? Wo war ich?

Der Aufzug hielt an. Ein weitläufiges Foyer öffnete seine Pforten, und eine überfreundliche Frau Mitte zwanzig empfing uns an einer Art Rezeption. Die Wände der Eingangshalle waren aus Glas und boten einen weiten Ausblick über Berge am Horizont, die uns aus der Ferne umringten. Ich war überwältigt, wollte es aber nicht zeigen, da ich zuerst herausfinden musste, was geschehen war. Im Osten schob sich die Sonne über das prächtige Panorama und fiel in meine Augen. Die Sonne. Wie lange habe ich sie nicht mehr gespürt, dachte ich, und ein Lächeln suchte auf meiner steinernen Haut nach Halt.

Wieder unterschrieb sie ein Formular, wieder lächelte sie, wieder zückte sie ihre Karte. Dann verließen wir das Foyer und stießen ins Freie. Große Tafeln mit Orientierungshilfen standen am Eingangsbereich, und ich begriff, dass es sich um ein kleines Dorf handeln musste, wo sich mehrere große Hallen um Wohnblocks verteilten. Kleinere Parkanlagen und Cafés wechselten sich dazwischen ab. Überall waren Überwachungskameras eingerichtet, deshalb hielt ich bewusst meinen Kopf gesenkt. Wir gingen an einer Gruppe Männer in weißen Mänteln vorbei. Vermutlich Wissenschaftler. Oder Ärzte. Sie waren freundlich und wirkten gepflegt. Nach zehn Minuten erreichten wir einen großen Parkplatz, der am Ende in einen tiefen Abgrund mündete. Ein schwarzer Audi A6 piepte. Wir stiegen ein, und sie startete den Motor. Als ich das Gurgeln des Wagens hörte, kamen mir die Tränen, als wäre ich zum ersten Mal in ein Auto gestiegen.

Sie setzte zurück und stieg aufs Gas. Die Beschleunigung drückte auf meinen Magen. Ich wusste nicht, wie lange ich in dem Tank gelegen hatte. Aber der Autofahrt nach zu urteilen, war es sehr lange gewesen. Die Landschaft zog in so unglaublicher Geschwindigkeit an mir vorbei, dass ich Mühe hatte, mich nicht zu übergeben. Als wir die ersten Serpentinen der Bergstraße erreichten, war es dann so weit, und ich erbrach. Sie ging vom Gas und reichte mir ein Taschentuch.

»Das ist normal. Dein Gehirn muss sich erst an die Geschwindigkeit gewöhnen.«

»Wie lange war ich da drinnen?«

»Du meinst, in Sektion B?«
»Im Tank.«
»Im Tank nicht lange. Ein paar Wochen.«
Ein paar Wochen.
»Und in Sektion B?«
Sie schwieg.
»Wohin fahren wir?«
»Ich erzähle dir alles, wenn wir hier draußen sind.«
Ich sah nach vorn. Eine weitere Kontrolle. Männer mit Maschinenpistolen. Wieder. Das Formular. Das Lächeln. Die Karte. Die Schranke hob sich.
Ich blickte in den Seitenspiegel. Über dem Dorf am Gipfel thronte eine Art Alpenfestung. Die Architektur erinnerte an einen alten Nazibau.
»Wo ist das hier? Österreich?«
»Italien. Südtirol.«
Ich nickte und sah die Sonne den Himmel berühren.
»Wie geht es dir?«, fragte sie plötzlich und blickte mich mit ihren freundlichen, weichen Augen an.
»Ich bin … ich weiß nicht …«
»Ich meine, mit Lya. Mit dem, was passiert ist.«
Lya. Mein Mädchen. Eine Faust packte meinen Magen und drehte ihn um. Mein Mädchen …
»In dir hat sich eine hartnäckige Halluzination eingenistet. Sie hat dich begleitet wie deine echte Tochter. Sie war immer bei dir.«
Ich sah aus dem Fenster. Wir erreichten die Baumgrenze, und ich glaubte, Hirsche zu sehen.
»Was haben Sie gemacht mit mir? Wer sind Sie?«
»Dorothea Almer. Dr. Dorothea Almer«, sagte sie und streckte mir die Hand entgegen.
»Sind Sie Ärztin?«
»Neurologin. Ich leite die Anstalt.«
»Sie sind die …«
»… ja, ich bin die, die hier das Sagen hat. Nach dem Tod meines Mannes habe ich die Leitung übernommen. Wir

arbeiten in unseren klinischen Studien an kognitiven Beeinträchtigungen. Wir fragen uns, wie unser Gehirn Informationen verarbeitet. Dabei geht es um viele Ebenen – unser Verhalten gegenüber anderen, unsere Erinnerung, unsere Aufmerksamkeit, aber auch unsere visuelle Wahrnehmung. Wenn wir auf einer dieser Ebenen beeinträchtigt sind, kommt es zu Schwierigkeiten. Wir können uns nicht mehr erinnern. Oder haben Probleme mit der Konzentration. Oder sehen Dinge, die nicht da sind. Die Krankheitsbilder sind hier mannigfaltig. Alzheimer, Schizophrenie, Depression. Die Herausforderung besteht aber oft darin, die Krankheitsbilder zu erkennen. Sie halten sich meist versteckt, was sie umso gefährlicher macht.«

»Also bin ich krank? Schizophren?«

»Unsere Sinne liefern uns die Informationen über die Welt. Unser Gehirn ordnet diese, identifiziert und interpretiert sie. Dadurch verstehen wir unsere Umwelt. Es ist unsere visuelle Wahrnehmung, die uns dabei hilft, uns zu orientieren oder auch Objekte zu identifizieren.«

»Proto-Objekte.«

»Du erinnerst dich. Das ist gut. Proto-Objekte sind Objekte, auf die sich alle anderen Objekte beziehen. So etwas wie Ur-Objekte. Der Ur-Baum, wenn du so willst. Wenn ich zum Beispiel ›Tisch‹ sage, dann denkst und siehst du vor deinen Augen einen Tisch. Es ist meist der, den du als ersten gesehen hast. Dein Ur-Tisch. Alle anderen Tische vergleichst du mit ihm. Und wenn die Objekte, die du siehst, deine innere visuelle Karte in der Welt sind, dann sind die Proto-Objekte deine Ur-Karte.«

»Das verstehe ich nicht.«

Wir näherten uns einer weiteren Schranke. Ein niedriges Gebäude stand auf einem kleinen Platz neben der Absperrung. Wieder wachten Männer mit Maschinenpistolen davor.

»Siehst du den kahlen Baum dort?«

Sie zeigte auf einen dürren Stamm am Straßenrand. Ein Schneepflug hatte ihn auf der einen Seite vom Schnee befreit. Ich konnte erkennen, dass der Baum durch verschiedene Schichten Schnee ragte.

»Ein Proto-Objekt zieht sich durch alle Ebenen. Alle Wahrnehmungsebenen. Es verbindet die Welten, so wie der Baum die Schichten des Schnees verbindet. Verstehst du jetzt?«

Ich dachte an Magdalena. Die Frau in den tiefen Ebenen. Sie hatte mir dasselbe erzählt.

Sie bremste ab, und einer der Männer kam näher. Als er sie erkannte, setzte er ein breites Lächeln auf und schob seine Maschinenpistole nach hinten. Immer wieder sah er zu seinem Kollegen, der mit einer Frau im Gebäude sprach. Plötzlich verfinsterten sich die Gesichter, und der Mann bat seine Chefin, auszusteigen. Sie schloss für einen Augenblick die Augen, stieg plötzlich aufs Gas und fuhr weiter. Der Wagen durchbrach die Schranke, und ich wurde durch den Aufprall in den Sitz gedrückt. Wenig später erreichten wir eine neue Höchstgeschwindigkeit, und ich musste mich wieder übergeben.

»Was zum Teufel passiert hier?«, schrie ich.

»Es gibt Menschen, die sind davon besessen, dass es andere Welten gibt. Welten, in die wir allein durch unser Bewusstsein vorstoßen können. Und in diesen Welten gibt es andere Gesetze als in der, in der wir leben. Gesetze, von denen wir lernen können. Gesetze, die uns helfen können, das wahre Geheimnis des Lebens zu entschlüsseln. Das Geheimnis der wahren Schöpfung. Wenn es uns gelingt, in diese Welten vorzudringen, dann können wir am Ende vielleicht sogar unseren größten Feind überwinden: den Tod.«

»Und Sie sind einer dieser Menschen.«

»Ja. Ich glaube fest daran, dass da viel mehr ist, als wir sehen, als wir wahrnehmen. Ich selbst leide seit meiner Kindheit an Halluzinationen. Deshalb habe ich auch beschlossen, Medizin zu studieren und mich der Neurologie zu widmen. Als ich meinen Mann kennenlernte, war ich im Paradies. Ich hatte Zugang zu allen Geldern und konnte mir aussuchen, für welche klinischen Studien ich arbeiten wollte. Dabei war es immer unser Ziel, Halluzinationen zu verbinden. Denn wenn es gelingt, dass zwei oder mehrere Menschen dasselbe sehen, wenn sich ihre Halluzinationen verbinden, dann wird daraus eine Wirklichkeit. Das ist das Tor in die andere Welt.«

Sie fuhr immer schneller, und ich hatte Angst, dass sie auf der steilen Bergstraße die Beherrschung über den Wagen verlieren könnte. Erst als wir die Ebene erreicht hatten, atmete ich auf. Ich blickte in den Seitenspiegel, um zu sehen, ob uns jemand verfolgte. Sie war zu schnell gewesen, unsere Verfolger waren noch tief versteckt in den Bergen. Ich blickte wieder nach vorn und dachte an Tannenfall. Gab es Tannenfall tatsächlich? War es keine Einbildung? All die Wesen und verschlungenen Pfade, mein weißes Labyrinth, die Insel des Lebens und des Todes. Die tiefen Ebenen. Die Höhen. Die Hirsche. Gab es all das wirklich?

»Vor ein paar Wochen hat es einen Kontakt gegeben.«

»Einen Kontakt?«

»Zwei Halluzinationen haben begonnen, miteinander zu kommunizieren. Es wäre ein Meilenstein gewesen, auf den wir so lange hingearbeitet hatten.«

»Wäre?«, frage ich.

»Ich habe es niemandem erzählt.«

»Warum nicht?«

»Ich wollte sichergehen.« Die Ärztin machte eine kurze Pause, bevor sie fortfuhr. »Es waren unsere Halluzinationen, die sich verbanden.«

Ich schluckte. Die Welt drehte sich.

»Unsere Halluzinationen?«

»Lya und Jakob.«

Ein Schauer lief über meinen Rücken. Jakob war die Halluzination der Neurologin gewesen? Ich sah aus dem Fenster. In der Ferne kündigte sich neuer Schnee an.

»Deshalb der Tank. Ich wollte mit dir reden, aber du warst so besessen von Lya, dass ich dich zuerst von ihr befreien musste. Du musstest begreifen, dass Lya eine Halluzination war. Also habe ich dir geholfen, die Wahrheit zu finden. Ich habe dich geleitet wie in einer Rückführung und mit dir gemeinsam die Proto-Objekte gefunden, die ich in deine Welten implementiert hatte. Unsere beiden Halluzinationen sind so etwas wie Proto-Subjekte. Wie Adam und Eva in einer neuen Welt.«

Ich zitterte am ganzen Körper und starrte Dorothea fassungslos an. Hatte sie recht? Konnte das tatsächlich wahr sein?

»Und warum fliehen wir dann? Wo bringst du mich hin?«

»Ich hatte einen Verdacht. Und wenn sich dieser Verdacht bestätigt, dann bin ich selbst die nächste Versuchsperson. Ich weiß, was ich meinen Patienten zumute. Ich selbst will das nicht ertragen.«

Ich wusste nicht, ob ich sie für diesen Satz hassen sollte oder froh sein, dass ich diesem Ort entkommen war.

»Welchen Verdacht?«

»Bevor du in die Höhle gestiegen bist, waren da noch zwei weitere Wesen. Habe ich recht?«

Ich erinnerte mich daran. Die Bilder tauchten verschwommen auf.

»Welchen Verdacht hast du?«, wiederholte ich und wunderte mich, dass ich Dorothea duzte.

»Den Verdacht, dass es die Halluzinationen deiner Schwestern waren. Unserer Schwestern.«

Es hieß, dass dort ein Vater seine vier Mädchen erschoss. Eines Nachts kam er herauf von Edden und nahm seine Kinder unter einem Vorwand mit. Die Alten aus Edden hörten danach angeblich immer wieder die vier Schüsse, wenn sie nicht schlafen konnten und der Mond verschwunden war.

Kurz nach der Tragödie stürzte sich die Mutter der vier von einem Felsen. Ihr Leichnam wurde ebenso wenig gefunden wie die toten Kinder. Der Vater verließ Edden. An seinen Namen erinnerte sich niemand mehr – oder besser: Niemand wollte mehr darüber sprechen.

Marlene, meine Amsel,

Dorothea, meine Drossel,
Greta, mein Falke,
Leonora, meine sanfte Lerche …
… lebt wohl.

DER TOD EINER LERCHE

Die Dunkelheit hatte uns erreicht. Ich starrte aus dem Fenster. Die Bäume verloren ihre Farben. Hügel tauchten vor schneebedeckten schroffen Gebirgen in Wellen auf und verschwanden wieder. Häuser zogen vorbei. Andere Fahrzeuge. Ich hörte die Straße. Den Motor. Meinen Atem. Ihren. Wir näherten uns der österreichischen Grenze. Ich malte mir aus, wie wunderbar dieses Tal im Sommer sein musste, unendliche Weiten, umfasst von sicheren Bergen. Oder im Winter, wenn sich das klare Weiß gegen einen strahlend blauen Himmel drückte. Jetzt aber war alles grau und nass und verblasste im nahen Dunkel. Der Schnee, den wir noch vor wenigen Stunden gesehen hatten, war längst verschwunden. Das ganze Land hatte begonnen, sich zu verlieren.

Schwestern.

Konnte es sein? Ich dachte an meine Eltern. An das Grab neben ihrem. Konnte es tatsächlich sein? War ich jemand anderes? Ich verdrängte den Gedanken. Aber wer war ich? Ich hatte Angst, Dorothea zu fragen. Meine Schwester. Und wir waren auf dem Weg zu zwei weiteren. Ich war ein Einzelkind und konnte mit Geschwistern nichts anfangen. Hätte ich meine Eltern teilen müssen, hätte Vater es dann auf mich allein abgesehen? Wäre Schnuppe am Leben geblieben? Ein rot-weiß-rotes Schild fuhr an uns vorbei. Wir waren in Österreich. Wieder. Ich hatte Angst. Ich wollte es nicht wahrhaben, aber ich sehnte mich nach meinen Wahngebilden. Ich fürchtete mich vor der Realität, die mich anstarrte, als wäre ich ein Eindringling. Eine Fremde.

»Dreieinhalb Stunden noch.« Dorothea sah auf das Navi. »Semmering« stand auf dem Display. Der Ort, wo alles begonnen hatte.

Ich dachte an die weißen Wände, das Nachtvolk, das ich gesehen hatte, die schwarze Frau. Unser Haus. Lya. Wann hatten die Halluzinationen begonnen? War ich je am Semmering gewesen? Wieder wurde mir übel.

»Ich weiß, dass es hart ist. Aber du bist so weit gegangen – jetzt müssen wir noch bis zum Ende.«

Ich suchte in ihrer Stimme nach Ähnlichkeiten mit meiner. Aber wie klang meine Stimme? Hatte ich je darüber nachgedacht? Ich räusperte mich, musste wieder sprechen, wollte mich hören, mich vergleichen, mich wiederfinden.

»Wieso Schwestern? Was ist es, was Sie … dich so sicher macht?«

Ich blickte sie an. Sie war jünger als ich. Weicher. Selbstsicherer. Wenn ich ein Stein war, war sie Wasser. Warmes Wasser.

»Es ist quasi unmöglich, dass sich Halluzinationen verbinden. Es sind individuelle Privilegien. Sie fußen auf persönlichen Erfahrungen, eigenen Proto-Objekten, um die herum sich der Wahn bilden kann. Erst durch gemeinsam erlebte Proto-Objekte wäre es denkbar, dass Patienten ihre Wahnwelten auf denselben Säulen errichten. Den Ergebnissen meiner Arbeit zufolge ist das nur bei einander sehr nahestehenden Menschen möglich. Menschen, die gemeinsam sehr früh starke Erlebnisse hatten. Kinder, die gemeinsam ein Trauma durchlebten.«

Ich schwieg und dachte an die Sage von den vier Mädchen. An die vier Schüsse.

»Sind wir diese vier Mädchen? Die vier aus der Sage?«, flüsterte ich und sah wieder aus dem Fenster, als würde ich in den Wäldern eine Antwort finden.

Ich spürte, dass eine Träne über ihre Wange lief.

»Ich denke, das sind wir.«

Ich suchte ihre Hand und hielt sie fest. Meine Augen verschwanden in Tränen. Ich spürte, dass sie recht hatte, ich spürte sie, diese Verbundenheit, unser gemeinsames stummes, verdrängtes Leid, das irgendwo da draußen seinen Anfang genommen hatte. Und endlich fand ich die Kraft, sie anzusehen. Als Schwester, die ich verloren hatte. Ich stellte mir vor, wie sie als Kind ausgesehen hatte. Ich konnte ihr Gesicht nicht erkennen, aber ich spürte es.

»Du hast sie also auch gesehen? Lya?«

»So wie du Jakob.«

Ein warmer Schauer lief über meine Arme.

»Lya und Jakob sind unsere Proto-Subjekte. Vorstellungen, Ideen, die sich von uns befreit haben. Wir sind ihre Schöpfer und haben sie gehen lassen. Wie Kinder«, sagte Dorothea.

»Und die Wölfe? Magdalena im weißen Labyrinth?«

»Das sind Gebilde deiner Erinnerungen. Die Wölfe sind deine Angst. Deine Projektion. Jakob hat mir davon erzählt.«

»Und wo warst du?«

»Ich war die Stimme, die du gehört hast. Außerhalb des Wassers. Die Hand, die dich beruhigt hat.«

»Und die schwarze Frau?«

Dorothea schwieg.

Ich sah wieder aus dem Fenster. Suchte im Seitenspiegel des Wagens mein Gesicht. Wie Medusa das Schild des Perseus.

»Als unsere … Proto-Subjekte begonnen haben, miteinander zu kommunizieren, woher wusstest du, was meine Objekte waren? Der Stock, das Symbol, der Rhythmus …«

»Als sie dich zu uns brachten, hast du immer wieder dieses eine Symbol mit dem Finger gezeichnet. Egal ob wir dir einen Stift gegeben haben oder nicht. Du warst davon besessen. Die Linie mit den beiden Kugeln. Das war die Hauptsäule deines Wahngebäudes. Du hast das Symbol in deinen Erinnerungen immer wieder angebracht. So wie einen Wegweiser. Dem musstest du nur folgen.«

»Ein Wegweiser durch meine Erinnerung? War ich denn schon einmal dort … auf dem Pass, den Höhen?«

Ich dachte an die Nachricht von meinem eigenen Verschwinden vor vier Jahren, die ich auf dem Tablet gelesen hatte. Gleich schob ich den Gedanken wieder zur Seite, da ein starker Kopfschmerz begann, mein Gehirn zu umklammern. Und dann: das Symbol. In Mertens Notiz, auf dem Pass, in Edden … in der Wanne. Meine Säule. Mein erstes Proto-Objekt. Und daraus hatte ich mir alles Weitere erbaut. Das Schwingen des Wassers in der Wanne, den Rhythmus der Heizung, den weißen Schaum, der wie Schnee vor meinen Augen knisterte, als Schnuppe ertrank und selbst die weißen Hirsche auf dem Badevorhang ihn nicht retten konnten. Meine Proto-Objekte, die Geburt meines Wahnsinns in der Wanne meines Elternhauses, meiner falschen Eltern.

»Wo fahren wir hin?«

»Nach Hause.«

Wieder nahm ich ihre Hand. »Wo ist das, unser Zuhause?«

»Am Anfang.«

Ich verstand nicht. Dorothea hatte von ihren Halluzinationen erzählt. Von Jakob. Sah sie ihn jetzt? Ich sah nichts. Nur die Straße, die in die Finsternis führte und die Welt verschluckte. Ich dachte an Lya. Als ich sie im Foyer der Sparkasse abgeholt hatte. Sie hatte dort schon die kupferfarbene und smaragdgrüne Färbung auf ihrer Haut gehabt. War das bereits meine Halluzination gewesen?

Ich hatte die Augen geschlossen und musste ein wenig geschlafen haben. Denn als ich aufwachte, war der Wagen auf eine Schotterstraße abgebogen und blieb vor einem großen Gebäude stehen. Es lag mitten im Wald: eine alte, gediegene Villa, umgeben von einem wilden Park, der im Dunkeln bedrohlich wirkte. Marmorne Statuen und Steinbänke lugten aus der Nacht. Auf einem schwach beleuchteten Schild las ich »Station C«. Und darunter »LKH Hochsteiermark. Neurologische Abteilung«. Wir fuhren auf einen großen Platz neben dem Park. Zwei andere Autos warteten weiter hinten. Ein Porsche und ein Volvo. Ich glaubte, jemanden darin zu erkennen. Hellblaues Neonlicht beleuchtete den Eingang. Auf dem Boden erkannte ich eine Linie. Sie führte zum Kompass.

Linien, die in alle Himmelsrichtungen führten. Ich erkannte die Linien wieder. Ich erinnerte mich. Wir waren beim Herrenhof.

Dorothea parkte den Wagen. Wir sahen in die anderen Fahrzeuge. Es saßen Frauen darin. Unsere Schwestern. Wir hatten Angst, auszusteigen.

»Woher wissen sie, dass wir hier sind?«, fragte ich Dorothea.

»Anscheinend sind auch sie ihrem Weg gefolgt. So wie du. So wie ich.«

Mein Herz schlug immer schneller. War es tatsächlich möglich, dass sich vier Halluzinationen verbanden, um ihre Schöpfer – uns – an diesen Ort zu bringen? Gab es wirklich eine andere Welt? Ich blickte auf das Gebäude. Es war ausladend, stolz.

»Ich glaube, es ist Zeit«, sagte Dorothea und öffnete die Wagentür. Ich griff nach ihrer Hand und hielt sie fest.

»Das ist doch unmöglich. Ich leide sicher unter diesem Charles-Bonnet-Syndrom, oder wie das heißt, und sehe Dinge, Menschen, die nicht da sind! Fülle Lücken meiner Wahrnehmung mit ihnen auf, weil ich nicht alles sehen kann, was da ist. Und du auch. Und vielleicht auch die beiden da drüben. Aber eine gemeinsame Welt, das ist doch –«

»Ich weiß, es ist unmöglich.«

»Kann es sein, dass diese andere Welt eine Verbindung zu unserer herstellt?« Ich sah mich plötzlich um, da ich Angst hatte, die Wölfe würden zurückkommen.

»Ich denke nicht. Solange wir es nicht zulassen.«

Dorothea blickte zur Nervenheilanstalt. Ich war schon einmal hier gewesen. Oder besser: Ich hatte schon einmal geglaubt, hier zu sein. Ich war auf die Strega getroffen und auf Dr. Weinberg. Würde ich sie darin wiederfinden? Ich dachte an Magdalena, die Schwester der Ärztin, die den vermissten Vater und seine Tochter behandelt hatte. 2015. In mir wuchs ein schrecklicher Verdacht. War dieses Mädchen Lya gewesen? War ich es, die vor vier Jahren hier gewesen war? Und

Paul der Vater? Natürlich. Aber wo war ich gewesen? Warum hatte ich Lya getötet? Warum? In meiner Halluzination war ich dem Weg der Strega gefolgt. Aber wenn die Strega die Schwester der Ärztin war, die Lya behandelt hatte: Wer war dann Magdalena? Oder wer war die Strega?

»Es ist Zeit, dass es beginnt«, sagte Dorothea, stieg aus und ging auf die beiden anderen Wagen zu. Mein Herz schlug schneller, und ich folgte ihr, während die anderen beiden Frauen ebenfalls ihre Wagen verließen.

ELF

Und das Land wird weiß.

DAS BITTERE ENDE

Ich sah sie. Sie kamen aus dem Dunkel. Aus dem Nichts. Sie waren einfach da. Mein ganzes Leben lang war ich allein. Kämpfte und suchte und hätte alles gegeben, wenn ich mich hätte fallen lassen können bei Menschen, die mein Wesen verstanden. Meine Schwestern. Wo waren sie all die Zeit über gewesen? Wo waren sie während der Kälte gewesen?

Leonora kam als Erste auf mich zu. Sie war kleiner als ich. Hübscher. Ihre Haut war dunkler als meine. Kam sie aus der Sonne? Sie hatte braune Locken und ein wunderbares Lächeln, ein Lächeln, das berührte, das mein Herz umschlang. Sie hatte ein feuriges Temperament, doch jetzt, als sie meine Hand schüttelte, wirkte sie unsicher, neugierig – wie ich. Ich presste die Lippen zusammen, nickte, sah zu Greta. Sie war dünn, größer, hatte blondes, kurzes, praktisches Haar. Im Gegensatz zu Leonora trug sie abgetragene Kleidung. Dorothea schüttelte ebenfalls beide Hände und ließ eine freundliche Bemerkung über Leonoras Parfüm fallen. Ein kurzes Gelächter. Dann Schweigen.

Was sie wohl über mich denken mochten? Blass, steinern, die abgeschorenen Haare des Wahnsinns, die Kleider einer Flüchtigen, ein geliehener Mantel. Doch in den Blicken der anderen fand ich nichts, was über mich urteilte. Ich fand dieselben Fragen, die auch in mir brannten. Das blaue Licht aus der Laterne vor dem Herrenhof surrte. Niemand wagte, den ersten Schritt zu machen, niemand wagte auszusprechen, was alle dachten. Doch bevor ich weiterdenken konnte, brach es aus mir heraus.

»Ich habe da ein großes Problem«, sagte ich mit gebrochener Stimme. »Ich bin ziemlich hinüber und habe diese Bilder in meinen Kopf und –«

Ich musste nicht weitersprechen, denn Leonora mit ihrer gut sitzenden Kleidung war die Erste, die nach meiner Hand griff. In ihren Augen standen Tränen. Sie nickte und sah zu Greta, die ebenfalls zu weinen begann, und schließlich umarmten wir alle einander. Inmitten dieses fremden Ortes hatten wir uns gefunden, wir, die wir getrennt gewesen waren über vier Jahrzehnte, umarmten uns und waren endlich, endlich wieder vereint. Wir mussten nicht sprechen, mussten uns nicht erklären. Wir waren. Und auch ich konnte einfach sein. Ich hatte dieses Gefühl noch nie in meinem Leben empfunden – und doch spürte ich den warmen Atem der Heimat.

»Wie seid ihr …? Ich meine … ich bin so verdammt froh, dass ich nicht allein bin«, schluchzte ich. »Ich kann nicht mehr, ich habe alles verloren, und ich kann nicht mehr …«

Ich spürte, wie meine Knie nachgaben und ich zusammensank, und die drei hielten mich und fingen mich auf.

»Niemand ist mehr allein«, sagte Greta, und ich sah, wie sie mit großen Emotionen kämpfte.

»Ich kenne euch gar nicht, und doch liebe ich euch über alles«, sagte, weinte, lachte, schluchzte ich – und wieder fühlte ich die Wärme ihrer Arme.

»Wart ihr das, dort oben auf der Höhe? Wart ihr dabei, als ich Lya …?«

Sie nickten, und ich bemerkte, dass etwas in uns einrastete.

»Warum sind wir hier? Ich meine, wir vier, wieso treffen wir uns nach so langer Zeit hier?« Ich versuchte zu lächeln und blickte in alle drei Gesichter. Sie waren so wunderbar, so weich, so erdverbunden.

Niemand antwortete mir, nur Dorothea fasste sich und sah auf das unheimliche Gebäude. »Unsere Wege haben uns wieder zusammengeführt, und ich denke, wir müssen jetzt da hinein, habe ich recht?«

Wieder trat eine Stille zwischen uns. Und ich spürte, dass alle dasselbe fühlten wie ich. Wir hatten Angst – und doch wollten wir sie sehen. Wir wussten nicht, was uns erwartete.

Das Foyer war kühl und leer. Es war unversperrt. Es ähnelte meinem letzten Besuch, dem in meinem Wahn – und doch war es anders. Der Duft von frischer Erde kroch aus dem schmalen Flur des unteren Kellergeschosses, und ohne zu fragen folgten mir meine Schwestern.

»Wir sollten Bescheid geben, dass wir hier sind, sonst hält man uns am Ende noch für Einbrecher!«

»Sollen sie! Wir sind ja auch welche …«, sagte ich zu Dorothea, die sich erst daran gewöhnen musste, neue Grenzen zu überschreiten. Es wurde wärmer, und wieder dachte ich an ein Tropenhaus. Ihr Zimmer lag hinten, am Ende des Flurs. Es war sein Zimmer gewesen, das des Alten. Wir konnten die Lieder der Vögel hören. Die Amsel, die Drossel, den Falken, die Lerche. Wir hörten sie und schwiegen.

Vor der Tür blieben wir stehen. Ich drückte als Erste die Klinke nach unten und trat in ein kahles Zimmer. Ich vermisste die Wurzeln, die aus der Erde gequollen waren, das warme Holz, das an eine Almhütte erinnert hatte. Mit schnellen Blicken suchte ich nach den Büchern, nach dem Geruch von Rosmarin. Aber nichts. Nur ein karger Raum. Und darin sie. Die alte, faltige Frau. Zu schwach zum Leben, hingestreckt auf dem Bett, wie ein dürres Bündel aus Haut und Knochen. Hier war sie also. Sie, die uns verband. Sie, die uns geboren hatte, unsere Mutter.

Das Einzige, was sich mit meiner Halluzination von damals deckte, war das Bild von dem Hirsch, der von den Wölfen gejagt wurde und um sein Leben kämpfte.

Ich trat zu ihr und griff nach ihrer knochigen Hand. Sie war so schrecklich dünn, dass ich Angst hatte, sie würde zerbrechen.

Wir standen alle um das Bett herum und hofften, dass sie nicht aufwachen und sich erschrecken würde. Und dann: ihre Stimme. Ihre Stimme, die wir so lange nicht mehr gehört hatten.

»Es tut mir so leid.«

Es war gespenstisch. Ihre Worte. Sie klangen wie aus der Welt der Toten. Aber sie waren von hier. Von der Frau, die unter dem weißen Laken auf ihr Ende wartete.

»Ich trage die größte aller Sünden in mir. Aber ihr seid da, und jetzt kann ich endlich tun, wofür ich so lange gebetet habe. So lange. So lange.«

»Wir sind hier, Mutter«, sagte Leonora und setzte sich an ihr Bett.

»Es tut mir so leid, dass ich euch das angetan habe. Dass ich euch mitgenommen habe nach unten und dass ich euch diese Bilder in eure Köpfe gepflanzt habe. Ich war so töricht, so besessen, es tut mir so leid!«

»Alles ist gut, Mutter«, sagte Greta, blieb aber noch wie angewurzelt stehen.

»Ich hatte solche Angst, dass sie mich holt eines Tages und ich mit ihr ziehe, mit gesenktem Kopf im Nachtvolk. Ich hatte solche Angst. Aber jetzt seid ihr hier, meine Lieben, meine wunderbaren Töchter. Ihr seid so schön geworden.«

Mir schauderte, als sie das Nachtvolk erwähnte. Aber ich hoffte, dass sie die Sage meinte, die hier in der Region hinter vorgehaltener Hand erzählt wurde.

»Diese Bilder dort unten, sie haben mich betört, und ich dachte, ich könnte aufsteigen zu ihm. Es tut mir so leid.«

Wir schwiegen.

Dorothea war die Erste, die die Stille durchbrach. »Warum hast du uns weggegeben? Warum hast du uns getrennt und unseren Tod vorgetäuscht?«

Ein seltsames Raunen kroch aus der bleichen Brust unserer Mutter.

»Ich habe euch nicht weggegeben. Er hat es getan. Er hat euch mir weggenommen. Er hatte alles vorhergesehen. Ach, wie sehr ich ihn gehasst habe. Aber heute bin ich ihm dankbar. Was wäre aus euch geworden, wenn ihr bei mir geblieben wärt? Ein Schatten? Ein Wind? Ein Sturm? Ein Donner? Ein Regen? Schnee?«

»Es ist alles gut, Mutter«, sagte Greta und versuchte, dem Ton in ihrer Stimme eine Geste zu schenken.

»Wer hat uns weggebracht?«, fragte ich sie.

»Marlene? Bist du das?«, fragte Mutter. Ich glaubte, dass sie uns kaum sehen konnte. Der nahe Tod hatte vermutlich schon nach ihrem Augenlicht gegriffen. »Du warst immer so tapfer. Bist davongelaufen und wolltest deine Schwestern retten. Aber du bist nicht bis zum Ende gegangen, und so hat er dich erwischt. Du warst immer so tapfer, du, die Älteste, du hast damals geschworen, auf alle aufzupassen.«

Ich schwieg. Zitterte. Doch bevor ich antworten konnte, fasste Mutter auf das Tischchen neben sich und reichte mir ein kleines Buch. Ein Tagebuch. Sein Tagebuch.

»Ich habe ihn so sehr geliebt. Er aber war zu feige, es mir gleichzutun. Doch er war ein guter Mensch. Es war sein Zimmer. Ich wollte die letzten Jahre auch hier sein. Hier bei ihm.«

Sie streckte mir zitternd das Buch entgegen. Ich blätterte es auf und erkannte einige Stellen. Die letzten Seiten waren mit einer wackeligen Handschrift bekritzelt. Es war ihre Handschrift. Die fünfte.

»Er hat ein großes Geheimnis gefunden, und es ist an euch, es zu bewahren. Lasst nicht zu, dass die Welt zerfällt! Passt auf die Natur da draußen auf! Sie ist so viel schöner, als wir denken. So viel schöner. Passt auf sie auf, auf den letzten Rest dort oben!«

Sie lächelte, und ich glaubte für einen Moment, dass sie uns sehen konnte.

»Diese Bilder in unserem Kopf: Was hast du mit uns gemacht?«, fragte ich sie und hatte Angst vor ihrer Antwort.

Mutter presste die Lider zusammen. Eine Träne rollte durch die tiefen Falten um ihre Augen. »Ich habe euch das Paradies gezeigt. Ihr habt die Blume geatmet. Ich habe euch die Wahrheit geschenkt und gleichzeitig wieder zerstört. Er hatte so recht damit, das zu tun, was er getan hat. Die Khalbergs hätten herausgefunden, welches Geheimnis ihr in euch tragt, und sie hätten euch wehgetan. Sie hätten euch so lange wehgetan, bis ihr den Königsweg verraten hättet, den Königsweg, den ihr in euch tragt.«

Den Königsweg. Ich hatte ihn beschritten in meinem Wahn. Gab es ihn wirklich?

»Die Khalbergs?«, fragte Dorothea vorsichtig, zögernd.

»Konrad war mein Mann. Aber er konnte mir das Leben, das ich leben wollte, nicht schenken. Er war besessen von der

Suche, die sein Vater Marius hier begonnen hatte. Dabei hatte Viktor den Weg längst erahnt.«

»Willst du uns damit sagen, dass unser Vater ein Khalberg ist?« Dorotheas Stimme wurde immer lauter.

Khalberg. Die Schwarze Familie. Mein Gegenüber. Mein Blut. War ich eine von ihnen? Waren wir alle Khalbergs? Was für ein schrecklicher Gedanke. Oder waren wir die Nachfahren des Hundertjährigen, der hier vor Jahren sein Ende gefunden hatte? Was für ein Alptraum!

»Vergebt mir, meine Kinder, vergebt mir!«

Ihre Hand fiel von der Seite aus dem Bett, und als ich ihr mit meinem Blick folgte, entdeckte ich eine alte Fotokiste. Sie hatte sie nah bei sich aufbewahrt, um sich die Gesichter in ihrer Erinnerung zu bewahren, bevor das Alter sie langsam ausradierte. Ich griff nach der Kiste und stellte sie auf den Tisch. Ich war neugierig. Fand ich darin Fotos von uns? Als Kinder? Fand ich Bilder von ihr? Unserer Mutter? Oder von ihm? Unserem Vater? Oder von unseren Vätern? Aber was ich fand, war viel schrecklicher als alles, was ich befürchtet hatte. Denn ich fand ein Foto von ihm. Von Paul.

FAMILIEN

Leonora und Greta starrten in die Kiste und suchten darin unsere Väter, während Dorothea die Einzige war, die bemerkte, dass mit mir etwas nicht stimmte. Mein Mund war trocken, und ich hielt sein Foto zitternd in beiden Händen. Es war eindeutig Paul. Er war einer unter vielen. Eine Gruppe von vierzig Männern hatte sich entschlossen zu einem Gruppenfoto zusammengestellt. Mit festen Blicken sahen sie in die Kamera. Paul stand rechts außen. Sein Gesichtsausdruck erinnerte mich an das Feuer, das ich von ihm aus der Wilhelm Pieck kannte. Wann war dieses Bild aufgenommen worden? Wie kam es hierher?

»Wer sind diese Leute?«, fragte ich unsere Mutter und zeigte ihr das Gruppenfoto. Sie suchte mit ihrer knöchernen Hand das Bild ab und strich mit der Fingerkuppe darüber, als würde sie die Gesichter darauf ertasten.

»Die Khalbergs sind eine große Familie«, sagte sie und seufzte. Unheimlich.

Draußen vor dem Zimmer tauchte ein Scheinwerfer auf. Greta ging zum Fenster und schob vorsichtig den Vorhang zur Seite. »Findet ihr das nicht seltsam, dass wir hier einfach so hereinspazieren konnten? Dass niemand hier ist? Keine Pfleger. Keine Ärzte. Niemand.«

Greta hatte recht. Wieso ließ man eine alte Frau allein in dieser abgeschiedenen Pflegeanstalt? In mir keimte ein Verdacht, aber ich hatte Angst, ihn auszusprechen.

»Wer war es, der uns als Kinder von hier weggebracht hat? Wer hat uns getrennt? Wie ist sein Name? Ist sein Bild in der Kiste?«

Mutter schüttelte den Kopf. Sie tastete nach der Kiste, und Dorothea schob sie zu ihr. Sie begann, blind darin zu kramen. Es waren sicher über hundert Fotografien. Die meisten waren schwarz-weiß. Auf einigen waren hinten Markierungen und Notizen zu erkennen. Mutter schob die Fotos durcheinander und fasste tief in die Kiste. Anscheinend erkannte sie die Bilder an den welligen Kanten und kleinen Rissen.

Ich sah andere Gruppenfotos, die durch ihre Hände glitten. War darauf ebenfalls Paul zu sehen? Vorsichtig zog ich eines weg und betrachtete es. Es war das gleiche Foto wie vorhin. Exakt das gleiche. Ich verglich die beiden Aufnahmen. Warum waren zwei identische Fotos in der Kiste? Dann bemerkte ich es. Einige Gesichter waren mit einem schwarzen Stift umrahmt. Manche waren mit Masken verhüllt. Seltsam. Ich starrte wieder in die Kiste. Waren noch weitere Bilder darin? Ja. Ich sah sie. Sie fielen durch ihre Finger. Ich entdeckte weitere Markierungen. Viele rote X. Dann die Gesichter gelb bemalt. Grün. Oder ein anderes. Mit Federn und Blättern. Es wirkte skurril. Kamen die Halluzinationen wieder? Oder hatte ein Kind die Fotos bemalt? Sobald Mutter mit ihrer Suche fertig war, musste ich Pauls Gesicht suchen. War es ebenfalls bemalt oder verzerrt? Wer waren diese Menschen? Sie konnten unmöglich allesamt Nachkommen der Khalbergs sein. Dafür waren sie zu sehr in einem ähnlichen Alter. In Pauls Alter. Das Gruppenfoto war ebenfalls schwarz-weiß. Warum war es nicht in Farbe? Ich versuchte, an Pauls Alter festzustellen, wann es geschossen worden war. Es musste zehn, fünfzehn Jahre zuvor aufgenommen worden sein. 2010. 2005. Paul hatte damals begonnen, bei LAM zu arbeiten. War das ein Firmenfoto? Aber warum sagte Mutter dann, dass es Khalbergs waren? Ich kannte Pauls Leben. Ich kannte ihn seit der Schulzeit. Ich kannte seine Geschichte.

Mutter hielt plötzlich Dorothea ein kleines Foto entgegen, das diese zu sich zog. Ich sah, wie ihr Gesicht blass wurde. Ihre Augen weiteten sich.

»Dieser Mann hat uns von hier weggebracht und voneinander getrennt aufwachsen lassen?«

Greta blickte zu uns. Am Fenster wirkte sie wie ein Schatten. Wir alle fühlten vermutlich dasselbe.

»Irgendetwas stimmt nicht«, sagte sie.

Dorothea biss die Lippen zusammen und reichte mir das Bild. Ich nahm es und drehte es zu mir.

Es war unmöglich! Oder nicht? Hatte uns tatsächlich dieser Mann von hier weggeholt? Hatte dieser Mann mich zu meinen neuen Eltern gebracht? War Magdalena Heller ihre wahre Tochter gewesen? Hatte Vater deshalb so eine strenge Hand gegen mich geführt, weil er mein wahres Wesen gekannt hatte? Mein wahres Wesen, das es zu unterdrücken gegolten hatte? Zu ertränken? War der Mann, der mich nach Wandlitz gebracht hatte, die ganze Zeit über immer bei mir gewesen? Und hatte er aufgepasst, dass ich mein Wesen nicht wiederentdeckte? War er es gewesen, der hinter dem Tod meiner Eltern gesteckt hatte? Hatten sie gedroht, etwas zu verraten? War es gar kein Freitod gewesen? Der Fall Spektrum: Diente auch er nur dazu, mich in seiner Nähe zu halten?

»Ich kenne diesen Mann! Er ist ein Freund meines Großvaters. Sie waren im Krieg«, sagte Greta. »Lebt er noch? Er muss doch mindestens hundert sein.«

»Zeig her!«, sagte Leonora. »Das ist nicht wahr! Das ist mein Mäzen. Er hat meine Karriere als Künstlerin zu Beginn unterstützt. Ich hab ihn in New York kennengelernt.«

Mich schauderte. Der Mann, der uns trennte, auf uns achtete, für uns sorgte. Unser Gegenüber. Mein Gegenüber.

Merten.

Stille. Nur der alte Atem unserer Mutter.

»Er hat alles in die Wege geleitet. Er weiß, was die Blume mit eurem Gehirn gemacht hat. All die Dinge da draußen. Die wahre Welt, die wahre Schöpfung: Er weiß, dass ihr sie seht und den Königsweg zur Unsterblichkeit kennt. Die Unsterblichkeit, die mir versagt ist, da ich gesündigt habe. An euch.«

Ich schloss die Augen.

»Wenn ein einziger Hund damit beginnt, einen Schatten anzubellen, dann folgen die nächsten und die nächsten, und bald machen Hunderte Hunde daraus eine Wirklichkeit«, sagte ich mit leiser Stimme.

»Hat er uns hierhergeführt?«, fragte Greta und sah wieder nach draußen.

»Was meinst du?«

Ich dachte an unsere Halluzinationen. Waren es ihre Rufe, die uns hierhergeführt hatten, oder folgte alles einem perfiden Plan?

»Du hast recht. Warum sind wir hier?«

Leonora war aufgesprungen und ging ebenfalls zum Fenster. »Warum jetzt?«

»Weil wir sie noch einmal sehen sollten, bevor sie stirbt«, sagte ich und blickte zu Mutter, die mit ihren letzten Atemzügen kämpfte.

Plötzlich drangen weitere Scheinwerferkegel aus den Wäldern in das Zimmer, und in der Ferne hörte ich, wie ein Hubschrauber die Nacht durchschlug.

»Oder weil es eine Falle ist«, sagte Greta und zog die Vorhänge zu.

DURA EUROPOS

Ich blickte durch einen Spalt nach draußen. Ein Polizeiwagen. Eine Frau stieg aus. Ich hatte sie schon einmal gesehen. Sie hatte schulterlanges blondes Haar. Früher hatte sie es kürzer getragen. Früher.

»Was suchen Sie hier?«

Ich fuhr herum. Neben meinem Auto hielt ein Polizeiwagen. Eine Frau mit kurzem blonden Haar stieg aus. Sie war Mitte vierzig und stand trotz der Kälte mit hochgekrempelten Hemdsärmeln vor mir.

»Ich bin … Ich wollte …«, stotterte ich herum und wägte ab, ob ich mich der Polizei anvertrauen sollte. Ich sah zu Lya und entschied, die Wahrheit zu sagen.

Ich erinnerte mich. Es war die Polizistin. Ich war mit Lya zu dem Hang gefahren, wo ich das Nachtvolk zum ersten Mal gesehen hatte.

»Es dauert noch, bis der Schnee kommt.«

»Nein, wir sind nicht zum Skilaufen hier. Wir wohnen dort drüben und suchen hier ein wenig Entspannung.«

Die Polizistin blickte zu unserem Haus. Ich glaubte zu sehen, wie sie ihre Stirn runzelte.

»Der Semmering war immer ein Luftkurort«, sagte sie mit müder, enttäuschter Stimme. »Und fühlen Sie sich hier wohl?«

»Sicher«, sagte ich. »Ist schön hier.«

Es war dieselbe Frau. Ich hatte mit ihr gesprochen. Damals.

»Passen Sie auf sich auf! Wenn Sie Hilfe brauchen, rufen Sie mich an! Es kommt schon mal vor, dass Leute hier verschwinden.«

Hier verschwanden Leute.

»Vor vier Jahren ist hier in der Gegend ein Mädchen verschwunden. Es war mit seinem Vater zum Wandern hier.«

Ich versuchte, mich zu erinnern. Ich hatte im Wagen gesessen. Es hatte nach Nebel gerochen. Ich war hungrig gewesen. Gereizt. Lya hatte hinten gesessen. Sie war gelangweilt gewesen.

»Wissen Sie, wo man hier gut essen kann?«

Paul hatte sich vom Beifahrersitz nach vorn gebeugt und die Polizistin angelächelt.

Paul.

Paul war dabei gewesen.

»Passen Sie auf sich auf!«, wiederholte die Polizistin, klopfte zum Abschied auf das Autodach und ging zu ihrem Wagen.

»Was haben Sie gesagt?«, fragte ich die Polizistin in meiner Erinnerung.

»Vor vier Jahren ist hier in der Gegend ein Mädchen verschwunden. Es war mit seinem Vater zum Wandern hier.«

Vor vier Jahren? Vier Jahre zuvor hatte ich den Verstand verloren. Ich wiederholte meine Frage im Geiste. »Was haben Sie gesagt?«

»Hier in der Gegend sind Mädchen verschwunden.«

Dorothea sah mich besorgt an. Sie bemerkte, dass etwas in mir tobte. Meine Augen mussten zittern. Meine Hände waren kalt.

»Was macht die Polizei hier?«, fragte Greta.

»Sie kommen uns holen. Schließlich sind wir hier eingedrungen«, sagte Leonora.

»Wir besuchen unsere Mutter, die im Sterben liegt«, erwiderte Dorothea und blickte ebenfalls nach draußen.

»Und der Hubschrauber?«, fragte ich und kämpfte mich mit Mühe in die Gegenwart zurück.

»Welcher Hubschrauber?«

Ich schloss die Augen.

Bitte nicht. Bitte nicht. Lass mich nicht wieder verrückt werden. Bitte. Bitte.

»Hier in der Gegend sind Mädchen verschwunden.«

Paul hatte der Polizistin zugezwinkert, und ich hatte die Fensterscheibe nach oben gekurbelt.

»Nicht jedes verschwundene Mädchen ist ein Opfer des Spektrums«, hatte Paul gesagt. Er hatte sich um meine Gesundheit gesorgt. Meine Gereiztheit hatte sich auf unsere Beziehung übertragen und sich zwischen uns gedrängt wie der Luftzug eines offenen Fensters. »Du musst lernen, loszulassen. Abzuschalten. Wenn du hier weiterarbeiten willst, hätten wir uns die lange Fahrt sparen können.«

»Nicht wieder streiten«, hatte Lya von hinten gesagt. Natürlich hatten wir uns gestritten. Und waren zurück in die Villa gefahren, die wir über Airbnb gemietet hatten.

»Wenn ich gewusst hätte, dass es wieder nur um dich geht, hätte ich auch mit nach Dura fahren können«, hatte Paul wütend geschnaubt und war nach oben gegangen.

»Genau! Mitten ins Kriegsgebiet. Gute Idee! Syrien ist eine gute Idee.«

»Besser, als mit deiner ständigen Aggressivität zu leben. Es war ein Fehler, dass ich mitgekommen bin.«

Ich erinnerte mich gar nicht mehr, warum wir gestritten hatten. Es war einfach geschehen. Ein Wort hatte das andere gegeben. Es waren Kleinigkeiten gewesen. Es waren immer Kleinigkeiten gewesen. Als Paul vorgeschlagen hatte, seine geplanten Interviews mit den Ärzten in Dura Europos in Syrien zu verschieben, um mit mir, mit uns Zeit zu verbringen und die Dinge wieder zurechtzurücken, hätte ich ihm um den Hals fallen können. Aber ich hatte es nicht getan und war in meiner Abwehrhaltung geblieben. Seit er aufgestiegen war und für die Kommunikation von LAM arbeitete, hatte auch er immer weniger Zeit gehabt.

Ich floh damals in die Arbeit. Das war mein Turm, der mich vor der Welt, vor mir schützte. Ich ärgerte mich, dass wir ein Haus ohne WLAN gemietet hatten, und fuhr noch einmal ins Dorf. In einem heruntergekommenen Gasthaus fand ich eine Verbindung. Ich hatte keinen Hunger, dennoch bestellte ich etwas. Gemischtes Frühstück. Wurst. Schinken. Ich stellte eine VPN-Verbindung her und lud die PDF herunter. Ich las die Akte. Die Kellnerin beobachtete mich. Kalter Rauch gab mir ein Versteck. Wir waren allein.

Ich blickte auf das Handy. Ich wischte das Wort »Spektrum« nach oben und überflog den Bericht des Labors. Die örtliche Polizei hatte in Dresden eine verwirrte Frau aufgegriffen. Sie hatte als vermisst gegolten. Der Fall war dem BKA übergeben worden. Bei der Vermissten hatte es sich um eine vier Jahre zuvor verschwundene junge Nonne des Klarissenordens gehandelt. Sie war wieder aufgetaucht. Sie war über die Schienen eines Bahntunnels nach draußen gegangen. Trotz intensiver Versuche war sie nicht fähig gewesen, mit uns zu kommunizieren. Es schien, als wäre ihr Gehirn zu Matsch geworden. Wir hatten alles untersucht, nichts unversucht gelassen. Wir waren zum ersten Mal seit Jahren dem Spektrum auf der Spur gewesen, und diese Frau hatte vielleicht den Eingang in das Spektrum verborgen. Wir fanden ihn. In ihrem Haar. Es war eine Spore. Wie eine winzige Schlange in der Winterstarre. Führte sie uns zur Wahrheit?

Erste Männer kamen in den Gastraum. Tunnelarbeiter. Einer begann, der Kellnerin schöne Augen zu machen.

»Aber mein Ferdinand, der ist ein guter Mann. Und er war ganz unten.« Ich hörte die Wortfetzen. »Ich will nicht, dass Sie schlecht über meinen Ferdinand sprechen. Er ist der Mutigste von allen.«

Fokus. Ich wischte die Akte nach unten. Flog über die Sätze. Ausgestorbene Art. Vermutlich Blume mit starkem Gehalt an Psilocybin und Psilocin. Herkunft vermutlich Naher Osten.

Wie kam eine ausgestorbene Blume mit psychoaktiven Wirkstoffen nach Europa? War ein Sporenflug über so eine weite Strecke möglich? Wurde mit diesen Wirkstoffen der Pflanze experimentiert? An Frauen? War das der Grund für die vielen verschwundenen Mädchen und Frauen? Aber wer hatte Interesse an solchen Experimenten? Merten. Bilder tauchten aus dem abgedunkelten Hinterzimmer meiner Erinnerung auf.

»Der Tod. Was für eine traurige Gestalt«, sagte Merten. »Sie unterschätzen das Leben. Das Leben ist nicht entstanden, um wieder zugrunde zu gehen. Das Leben ist ewig.«

»Ich kenne Ihre kruden Theorien.«

»Krude und wissenschaftlich belegt.«

»So nachhaltig wie die Studien der Pharmakonzerne ...«

Plötzlich spürte ich Mertens Finger auf meiner Stirn. Er war warm, und ich fühlte ein Kribbeln, das meine Kopfschmerzen, die ich seit dem Aufwachen hatte, linderte.

»Da drinnen, meine Liebe, ist ein großes Geheimnis. Darin sind verborgene Winkel, die uns den Zugang zum Paradies zeigen können.«

Pharmakonzerne gehörten zum Netzwerk der Khalbergs. Und von Merten. Sie hatten Interesse. Waren diese Sporen der Schlüssel, das Tor zum Spektrum? Ich wischte nach unten: Herkunft vermutlich Naher Osten. Ich wählte die Nummer des Labors. Das Freizeichen hatte sich beim Grenzübertritt verändert. Dann eine Stimme.

»Herkunft Naher Osten. Kann man das eingrenzen?«

Die Tunnelarbeiter sahen zu mir. Mein deutscher Akzent hatte ihre Aufmerksamkeit erregt. Ich blickte zu ihnen, war freundlich. Sie starrten mich an, und ich war froh, nicht ihre Gedanken lesen zu können.

Dann fiel die Mauer. Ein Schlag. Ein Wort. Ich legte auf, und ein schrecklicher Verdacht trat meine Welt aus dem Gleichgewicht.

Ich dachte an Paul. Und er an mich. Wir waren zusammen in der Schule gewesen. Paul und ich hatten in der letzten Reihe gesessen. Wir hatten über die Thesen zum wissenschaftlichen Kommunismus gestritten, wir hatten über den kleinen Studenten aus Vietnam gelacht, der ständig ein Lied über Ho Chi Minh auf den Lippen getragen hatte. Es war monoton gewesen. Wie ein Tinnitus.

»Wir müssen nach Engels alles hinter uns lassen. Die falsche

Religion und die Freud'sche Verderbnis. Nur dann sind wir auf dem Weg zur freien, selbstständigen Schöpfung einer auf rein menschlichen, sittlichen Lebensverhältnissen begründeten neuen Welt.«

Ich stand auf und bezahlte. Misstrauische Blicke verfolgten mich. Konnte es sein? Tatsächlich? Oder konstruierte ich eine Wirklichkeit? Hatte der General einen Verdacht? Wollte er über mich an ihn herankommen? Nein. Das konnte nicht sein. Das durfte nicht sein. Ich sah die Baufahrzeuge. Auch hier waren Mädchen verschwunden. Suchte man auch hier nach den Sporen? War er deshalb mitgekommen, weil er mich überwachen wollte? Eine Schlinge zog sich um meinen Hals. Ich stieg in den Wagen. Das Haus kam immer näher. Ich spürte ein großes Unbehagen, und meine innere Stimme schrie.

Lauf! Lauf, so schnell du kannst!

Ich öffnete die Tür. Versuchte, mir nichts anmerken zu lassen. Lya war in ihrem Zimmer. Es war ein Verdacht. Nichts weiter. Paul stand in der Küche. Trank Tee.

»Na?«, sagte ich und scheuchte damit alle Zweifel aus der Welt. Aber als er sein Gesicht hob, wusste ich, dass es keine Zweifel waren. Alles an ihm war mit einem Mal anders. Seine Züge, das dunkle Licht in seinen Augen, sein Atem. Wie ein Wolf, der nur darauf wartete, mich zu reißen – mich, die sein Rudel entdeckt hatte.

»Dura Europos. Das war es. Habe ich recht? Ich habe mich verplaudert.«

Ich nickte, und Tränen flossen über mein Gesicht. »Wie kannst du nur?«, flüsterte ich durch steinernen Atem.

»Ich habe die Welt, an die wir damals beide glaubten, nicht verraten. Also frage ich dich: Wie konntest *du* nur?«

Ich wollte das alles nicht hören, verkroch mich in meinen Turm, meine Wände. Meine weißen Wände.

»Was macht ihr mit den Mädchen? Um Gottes willen, was macht ihr mit ihnen?«

Paul lächelte. »Ich denke mal, dass du das bald erfahren wirst.«

Mein Herz tobte. Panik.

»Aber wenn du mir verrätst, wo die anderen sind, dann kann es sein, dass du eine Sonderbehandlung bekommst.«

»Welche anderen?«

Wieder lächelte Paul und wiederholte die Worte der Polizistin. Ich erinnerte mich. Er hatte ihr zugezwinkert. Er steckte mit ihr unter einer Decke. Alle steckten unter einer Decke.

Hier in der Gegend sind Mädchen verschwunden.

»Das ist doch alles nicht wahr.« Ich rang um Worte und sah zu Lyas Tür. Ich musste sie warnen, sie musste fliehen.

»1974. Vier Mädchen. Eines davon bist du. Weißt du eigentlich, was für ein Geheimnis du in deinem Kopf trägst? Wir sind doch hier, weil du dich mit den anderen treffen willst, nicht wahr? Wo sind sie?«

Ich wusste nicht, was er meinte. Ich kannte niemanden hier. Und ich war auch noch nie zuvor hier gewesen.

Lya kam aus dem Zimmer. Sie war genervt. Wie konnte ich sie nur warnen?

Draußen fuhr ein Wagen vor. Es war die Polizistin. In weniger als eine Minute würde sie beim Haus sein. Ich hatte keine andere Wahl. Ich musste handeln. Jetzt.

Lauf.

LAUF!

»LAUF!«, rief ich zu Lya, packte sie am Arm und zerrte sie nach draußen. Lya wusste nicht, was geschah, aber sie folgte mir, ich zerrte sie mit, schleifte sie mit. Ich hatte Angst, solche Angst vor den Wölfen.

Dorothea kam zu mir und nahm meine Hand. »Woran denkst du? Du hast sie schon einmal gesehen, habe ich recht?«, sagte sie und blickte ebenfalls nach draußen zur Polizistin. »Du warst schon einmal hier. Vor vier Jahren?«

Der Wald, er kam auf uns zu. Wir liefen, so schnell wir konnten. Wie Tiere auf der Flucht. Ich konnte nicht mehr klar denken, ich folgte meinem Instinkt, meiner Wahrnehmung. Wie ein Tier. Und je tiefer ich eindrang in die Wildnis, desto leichter fand ich mich darin zurecht. Ich wusste nicht, warum, aber ich spürte, wie die Welt hier draußen funktionierte. Als wäre ich schon einmal hier gewesen. Als wäre ich nie weg gewesen.

Endlich erreichten wir die Höhlen. Wir kauerten im Dunkeln. Warteten, bis die Wölfe an uns vorüberzogen. Dann wollten wir weiter, hinauf zum Pass und weiter in die Unterwelt bis zu den Höhen. Ich kannte den Weg aus der Zeit, als ich ein Kind gewesen war. Den Königsweg zur Wahrheit.

Er hatte uns entdeckt. Ich brauchte eine Waffe. Einen Ast, einen Stock. Ich fand einen, stieß zu, wir entkamen. Ich durfte nicht denken, nur fliehen. Fliehen vor der Wahrheit. Endlich, endlich fanden wir Schutz auf dem Pass. Im Haus. Ich hielt den Stock dicht bei mir. Wachte bei Lya, die neben mir schlief. Das Haus oben am Pass war unheimlich. Wie ein Labor. Ich flehte um Hilfe. Alles um mich herum hatte mich verraten. So wie ich selbst mich verraten hatte. Es gab nichts und niemanden mehr, der mir helfen konnte – nur die weißen Hirsche auf dem Vorhang im Bad meiner Eltern.

Es kamen immer mehr. Ich setzte mich zur Wehr, so gut ich konnte, als Lya fiel. Auch ich sprang, und wir fanden uns unverletzt wieder. Tauchten ein in eine versteckte Hütte, dort unten in den Ebenen. Er fand uns nicht. Noch nicht. Lya wurde immer wütender. Sie wollte zu ihm. Ich konnte nicht verstehen, warum. Auch wenn er Böses tue, so glaube er immerhin an etwas. Das wahre Übel sei ich, ihre Mutter, die Verräterin. Sie wollte fort. Fort von mir, fort von der Welt. Sie lief weg. Es hatte zu schneien begonnen. Ich wollte sie vor der Mauer warnen, auf die sie zulief. Ich kannte die versteckten Höhlen darin. Ich war dort aufgewachsen. Im Dunkel. Wir hatten im Kreis gesessen, einander gehalten und die Blume eingeatmet, und eine schwarze Frau hatte von der wahren Schöpfung gesprochen, die sich in uns offenbaren würde.

Ich bekam Lya zu fassen. Er hatte Verstärkung geholt, und wir mussten zurück in die Höhlen. Hinunter in den Abgrund. Ich kannte den Weg und zog Lya durch das Labyrinth, bis der Pfad steiler wurde und wir nach oben stiegen. Nach oben. Auf die Höhen. Dorthin, wo alles seinen Anfang nehmen sollte. Dort, wo der erste Schnee aus dem Himmel fiel.

DER BITTERE ANFANG

»Sie wissen, dass Sie nicht hier sein dürften«, sagte Dr. Werner. Er hatte still die Tür zum Zimmer unserer Mutter geöffnet und sah uns mit einem teils ängstlichen, teils vorwurfsvollen Blick an.

Bevor wir antworten konnten, kamen sie. Die Männer, die Wölfe. Aus den Wäldern, aus den anderen Räumen. Es war eine Falle. Ich hatte meine Schwestern in eine Falle gelockt. Dorothea stellte sich schützend vor mich und versuchte, den Besuch zu erklären. Ein törichtes Unterfangen. Leonora und Greta blieben regungslos am Fenster stehen und suchten nach einem Weg, der uns hier wieder heil hinausführen würde.

»Arbeiten Sie für ihn?«, fragte ich Dr. Werner, der zerknirscht in der Tür stand.

»Das tut er. Pharmakonzerne brauchen Ärzte. Und Ärzte brauchen uns«, sagte seine Stimme.

Pauls Worte klangen anders. Sie hatten an Schärfe und Entschluss gewonnen. Als er den Raum betrat, hatte ich Mühe, den Mann, den ich einst geliebt und geheiratet hatte, in ihm wiederzuerkennen. Er war verschwunden. Paul trug einen schwarzen Mantel mit Pelzkragen und sah aus wie ein Abkömmling der russischen Zarenfamilie.

»So sehen wir uns also wieder, Marlene. Und wie ich sehe, seid ihr endlich vereint.«

Er lächelte mich und meine Schwestern an und warf einen besorgten Blick zu unserer Mutter. Sie atmete schwer, und ich spürte, wie ihr altes Herz schneller schlug. Sie hatte Mühe, sich aufzusetzen. Dennoch tat sie es, als wollte sie uns vor dem Mann beschützen, der eben den Raum betreten hatte.

»Es freut mich, dich wohlauf zu sehen«, sagte Paul und ging durch das Zimmer. Dabei blickte er jedem von uns tief in die Augen, als wollte er unseren Geisteszustand überprüfen. Draußen schwankten Lichter.

»Damals, auf den Höhen, hatte ich Angst um dich, Marlene. Du warst so außer dir, als Lya in die Tiefe stürzte.«

»Du verdammter Mistkerl!«, sagte ich zitternd vor Wut.

»Dieser verdammte Mistkerl hat dir das Leben gerettet. Wie lange, glaubst du, hättest du mit dem Wahnsinn in deinen Augen dort draußen überlebt? Die Wölfe hätten dich gefunden und zerrissen – bei lebendigem Leib. Du hast es mir zu verdanken, dass du noch am Leben bist. Ich verstehe ja, dass dich der Tod unserer Lya getroffen hat. Aber manchmal muss man eben Opfer bringen.«

Ich wollte auf ihn losstürmen und auf ihn einschlagen, aber Dorothea hielt mich zurück.

»Ich muss sagen, dass ich mich sogar für dich geschämt habe. Ja, geschämt. Als wir unsere Lya fanden, dort unten, zwischen den Tannen, und als wir sie zur Ärztin brachten, bist du draußen geblieben und hast uns vom Wald aus zugesehen. Wie eine Verrückte. Wie eine … wie heißt die Sage? Wie die schwarze Frau.«

Ich weinte. Der Boden unter mir wankte, und meine Knie wurden weich.

»Vielleicht hätten wir sie retten können, wenn du mit hineingegangen wärst. Aber du hast mich mit ihren toten Augen allein gelassen und die Schlangen in die Welt gebracht. Insofern war die Geschichte mit dem Schlangenbiss nicht weit entfernt von der Wahrheit. Der Wahrheit, dass du deine Tochter getötet hast, weil sie dich durchschaut hat.«

»Du –«

»Ich habe dir das Leben gerettet. Hätte ich dich nicht in die Anstalt nach Italien gebracht, wärst du verurteilt worden und würdest jetzt in einer klammen Zelle deinen Kopf gegen die Wand schlagen. Ich habe die Wahrheit verschwinden lassen. Ich habe ausradiert, was damals passiert ist, als du mir auf die Schliche gekommen warst – oder anders: als ich dir auf die Schliche gekommen war.«

Pauls Stimme stolperte für einen Moment. War das der kleine Funke von Zweifel? Eine Chance für uns? Anscheinend dachte Dorothea dasselbe, denn sie ergriff das Wort und stellte sich zwischen mich und Paul.

»Sie hat genug durchgemacht, ich denke, es reicht.«

»Es reicht?« Paul lachte, und seine Stimme hatte ihre Festigkeit wiedergefunden. »Es hat doch eben erst begonnen. In ein paar Jahren, wenn wir die Geißel des Todes endlich besiegt haben, werdet ihr alle dankbar sein, dass ihr einen großen Beitrag leisten durftet. Der Mensch ist weit mehr als das, wofür er sich hält. Die Schöpfung ist vielfältiger und wunderbarer. Liquid Asset Management hat das erkannt. Sie haben erkannt, dass der Weg nicht in der Technik und Wissenschaft liegt, sondern in der Natur. Im Geist.«

»Und das rechtfertigt die Experimente an Menschen?«

Paul lachte und blickte uns vieren wieder tief in die Augen.

»Zugegeben, das hätte es nicht gebraucht. Wenn dieser alte Narr Merten eure Existenz nicht geheim gehalten hätte, hätten wir deutlich früher Erfolge erzielen können. Mit euch hätten wir den Weg gefunden – und wer weiß: Vielleicht müsste sie jetzt nicht krepieren wie ein räudiger Hund.«

Er zeigte mit ausgestrecktem Arm auf unsere Mutter, die mit dem Tod rang.

»Ich bin dem Alten auf die Schliche gekommen. Ich habe das Grab von Magdalena Heller in Wandlitz gesehen und die Tränen deiner Eltern, Marlene, die Verzweiflung ihres Vaters, ihrer Mutter. Ich habe nachgefragt und Mertens Geheimnis gelüftet. Und jetzt seid ihr alle vier hier, und es freut mich, mit euch gemeinsam zu arbeiten.« Wieder lächelte Paul.

»Das alles nur, um uns zu finden?«, fragte ich leise.

»Das alles für den Weg zur Unsterblichkeit.«

»Wäre Lya nicht von den Höhen gestürzt und gestorben, hättest du sie nie gefunden. Unsere Halluzinationen hätten sich nie verbunden …«

»Aber Lya ist gestorben.«

Lya ist gestorben.

Sein letzter Satz brannte in meinem Kopf. War es möglich, dass er …? Dass alles ein Plan gewesen war? Dass nicht ich es war, die Lya von sich gestoßen hatte, sondern Paul? Ich versuchte, an die Bilder von damals zu kommen, die Höhen, den Planeten. Die schwarze Frau, den Kampf der Wölfe mit den Hirschen. Die Erinnerungen an beide Welten verschmolzen, und ich konnte nicht mehr klar denken.

»Hast du Lya ermordet?«

Paul schwieg, sah zu uns, zu unserer Mutter.

»Jeder muss sein Opfer bringen.«

Ich betrat die Leere. Die Höhe. Die Bilder erwachten. Die Welt offenbarte sich mir neu. Ich stand neben Paul. Wir hatten Lya wieder nach oben gebracht. An den Ort, wo sie abgestürzt war. Sie hatte immer davon erzählt, dass sie gerne verbrannt werden würde, wenn sie eines Tages starb. Dann könnte sie dem Wind folgen, der sie nach Hause brächte. Wir hatten sie auf das Holz gelegt und das Feuer angezündet. Der Rauch war weit über die Horizonte zu sehen, und all die Völker fielen auf die Knie, als sie die Schwaden sahen, und sie blickten zu Boden, da sie wussten, was dieser Rauch bedeutete. Nach ihrem Fall in die Tiefe rang ich mit der Wahrheit, ich wollte sie nicht bei mir haben. Ich sehnte mich nach meinem Turm, meinen Wänden, meinen Hirschen auf dem Vorhang.

Doch als der erste Schnee kam und auf den toten Körper meiner Tochter fiel und als ich hörte, wie die Flocken ihre weiße Haut berührten, da beschloss ich, hinüberzugehen in die andere Welt. Ich folgte dem Rhythmus des ersten Schnees. Ich öffnete das Tor und ließ meinen Geist frei, da ich die Qual in der Welt, in der ich lebte, nicht mehr ertragen konnte. So erschuf ich Lya neu. Und ich rief um Hilfe, und sie kamen, die geschundenen Geister meiner Schwestern. Sie folgten meinem Hilferuf. Jakob, Elias, Medora.

»So, nun aber genug geredet! Es ist Zeit. Ich darf euch bitten, mir zu folgen?«

Paul vertraute der Sicherheit seiner Stimme und hoffte, dass wir ihn begleiten würden, ohne dass er uns drohen musste. Ohne dass die Leute, die das Gebäude sicherten, uns auf seinen Befehl hin in die Wagen zerrten, während unsere Mutter schreiend den Kampf mit dem Tod verlor.

Das hoffte er.

Und er irrte sich.

Denn er hatte einen Fehler gemacht. Er hatte unterschätzt, woher wir gekommen waren, woraus wir gemacht waren und wo wir herausgekrochen waren. Er hatte sie vergessen. Unsere Mutter.

Denn sie war es, die es geschafft hatte, sich aufzusetzen, und die es geschafft hatte, ihren Arm zu heben und mit lauter Stimme zu rufen:

»Es ist genug!«

ZWÖLF

Ach, könnte ich die Welt des ersten Schnees
mit einem anderen Blick betrachten.
In einem anderen Licht.

Ich hatte Angst vor ihr. Die Schatten des Todes lagen in ihrem Gesicht. Ihre Augen hatten längst die Weite gesehen, die hinter dem Leben wartete. Und doch ging etwas Tröstendes, eine geheime Gewissheit, eine Unverrückbarkeit von ihr aus, von ihr, von Mutter, die uns als Kinder in den Wahn gestürzt hatte. Ich stellte mich neben sie ans Bett und hielt ihre Hand. Sie hatte am Ende ihres Lebens eingesehen, dass es falsch gewesen war, was sie getan hatte. Meine Schwestern folgten mir und stellten sich schützend um sie. Was auch immer geschehen würde: Wir wollten in diesen letzten Minuten bei ihr sein – auch wenn bald die Hölle ihren Schlund öffnen würde.

»Was willst du von meinen Kindern? Die ›Neue Ordnung‹?«

Paul schwieg, und ich bemerkte in ihm wieder diese Brüchigkeit. Er wollte schon die ersten Männer in die Kammer lassen, hielt dann jedoch inne, da er eine unheimliche Macht in unserer Mutter spürte – so wie auch wir sie spürten. Sie trug etwas in sich, eine Erkenntnis, eine Wahrheit, gegen die niemand anzukämpfen wagte.

»Es gibt zwei Welten. Die technische Welt. Die Welt der Instrumente und der Wissenschaft. Eure Welt. Es gibt aber auch die andere. Die der Natur. Die der Spiritualität. Die in sich ruht. Eure Welt und meine Welt.«

Paul begann, auf und ab zu gehen.

»Eure Welt hat dem Menschen sein wahres Wesen geraubt. Ihr strebt nach ewiger Machbarkeit. Vertraut dem Verstand, diesem blinden Gefährten. Ihr habt dem Menschen den Sinn aus seinem Herzen gerissen.«

»Wir bringen ihm das ewige Leben.«

Mutter verzog ihren faltigen Mund. »Das ewige Leben. Ist das der Sinn?«

»Und eure Welt? Die Welt des Wahnsinns?«

»Meine Welt ruht auf der Kraft der Dinge in ihrem Zentrum. Eine Kraft, die ihr nicht seht, da ihr blind seid, stumm, taub und unempfindlich. Nur wenige sehen das wahre Sein der Dinge. Sie sind es, die uns aus der dunklen Zeit führen werden. Nur wenige hören ihn, den Ruf des Seins, mit seiner Kraft, die wahre Welt zu erneuern.«

»Und was ist diese Kraft? Magie?«

Mutter lachte und schloss die Augen. »Magie. Wenn es so einfach wäre ...«

Dann öffnete sie die Augen wieder, und ich sah ein Feuer darin aufblitzen. Eine alte Leidenschaft entflammte und füllte unsere Herzen mit einer lange vermissten Wärme.

»Es ist die Kraft der Natur und der Poesie. Keine Magie. Ihr gilt es zu folgen und jenen, die dies begriffen haben. Das werden die Herrscher von morgen sein. Nicht der verlorene Sozialismus des Ostens oder das gesetzlose Treiben des Westens. Beide haben den Menschen von seinem Wesen entfernt. Die Systeme der Menschen sind zerbrochen. Nun ist die Zeit für den dritten Weg gekommen. Das ist der wahre Königsweg. Das ist der Weg meines Mannes. Das ist der Weg der Familie. Das ist ihr Wesen. Die Suche nach Unsterblichkeit ist darin so unbedeutend wie du und dein blinder Glaube an die Wissenschaft.«

Der Königsweg. Der Weg ins neue Zeitalter.

Ich blickte zu meinen Schwestern. Waren wir auserwählt? Konnte das sein?

»Dann zeig mir diesen Königsweg! Wie kann ich ihn betreten? Du bist doch nicht besser als wir. Du hast an deinen Kindern Experimente durchgeführt. Du hast sie der Blume ausgesetzt. Du hast sie die Dämpfe atmen lassen und ihr Gehirn zerstört. Hätte Merten sie nicht vor dir gerettet, wären sie vermutlich tot.«

Mutter atmete tief ein. In ihren Lungen röchelte die Luft.

»Er hat weise gehandelt. Weil er verstanden hat. Denn der Königsweg kann richtig oder falsch betreten werden. Ich habe ihn falsch betreten. Das sehe ich jetzt ein.«

»Dann zeig uns, wie man ihn richtig betritt!«, sagte Paul und änderte die Farbe seiner Stimme.

»Der dunkle Planet. Er ist da. Ganz nah steht er über unserer Erde. Wenn du ihn siehst, dann bist du den falschen Weg gegangen.«

Der dunkle Planet.

Ich hatte ihn gesehen. Ein Schauer überlief meine Haut, und die Angst in mir begann mich zu erdrücken.

»Verdammt, dann zeig uns diesen richtigen Weg!«

»Er liegt in den tiefen Ebenen. Dem Nährboden deiner Gefühle. Es ist die Angst. Die mächtigste Kraft im Menschen. Die Angst.«

»Und sie führt zum richtigen Weg?«

»Die Furcht vor dem Tod führt dich auf den Weg.«

»Die Angst ist der Weg?«

Ich ließ die Hand meiner Mutter los. Angst. Ich spürte sie. Sie klebte in mir. Alles in diesem Raum war Angst. Der ganze Wahn, der in mir wucherte, war aus Angst geformt, die wie eine schwarze, übel riechende Substanz diese verworrenen Wege erschaffen hatte mit ihren schrecklichen Höhen.

»Du willst also den Weg der Angst betreten?«, fragte Mutter und nahm einen letzten tiefen Atemzug. Ich sah aus dem Augenwinkel, dass Paul ein wenig zurückwich. Plötzlich sackte Mutters alter Körper nach hinten. Das Leben wich aus ihrem Wesen. Mit letzter Kraft wandte sie sich an uns, ihre vier Kinder.

»Es ist mein Vermächtnis an euch. Ich habe mit meiner Angst diese ganze Welt erschaffen. Sie wird sich mit meinem Tod offenbaren und dann in sich zusammenstürzen und für immer verschwinden. Euch aber bitte ich: Befreit euch von der Angst! Was auch immer ihr sehen werdet: Geht hindurch und befreit euch! Ich liebe euch. Ich habe euch immer geliebt. Verzeiht mir! Bitte verzeiht mir! Und habt keine Angst! Auch nicht vor dem Tod. Dann seid ihr frei.«

Ich schloss die Augen, und Mutter starb.

Stille.

Der Tod. Er hatte das Zimmer betreten. Wir alle konnten ihn spüren. Er berührte uns, fasste an unsere Körper. Ich dachte an Mutters letzte Worte.

Habt keine Angst. Keine Angst.

»Dann sind wir wohl jetzt allein«, sagte Paul und rief die Männer aus dem Flur zu sich.

Es begann in den Fingerspitzen. Eine sanfte Berührung. Ein Geruch. Rosmarin. Erst jetzt sah ich, dass Mutter die ganze Zeit über ein kleines Säckchen mit Kräutern in der Hand gehalten hatte. Sie hatte es fallen lassen. Im Augenblick ihres Todes. Der Geruch berührte unsere Gedanken, formte sie, verdrehte sie. Und aus dem Herrenhof wuchs ein Gebilde, das schrecklich war, das so unheimlich und dunkel war, dass die Männer, die Paul folgen wollten, davon abließen und aus dem Fenster starrten. Der Wahn, den der Duft in ihre Köpfe pflanzte, war so schrecklich, dass sie ihre Waffen fallen ließen und zu beten begannen. Paul, der sich lange gegen das gewehrt hatte, was sich vor ihm auftat, verlor ebenfalls seine Welt und verirrte sich im Wahngebäude, das unsere Mutter als Mahnmal über dem Herrenhof erschaffen hatte.

Keine Angst.

Keine Angst.

Aus den Wänden krochen Nebelschwaden, von der Decke fielen Schlangen. Draußen füllte sich der Platz mit Menschen. Tausenden. Sie hatten ihre Köpfe gesenkt. Sie kamen, um Abschied zu nehmen von der Dunkelheit der Furcht. Ein ohrenbetäubender Lärm tobte durch das Tal – und selbst wenn die Männer draußen nicht vom duftenden Schleier der Blume erfasst wurden, so waren es die angstverzerrten Gesichter der anderen, die die Angst fortpflanzten und wie einen Stock tief in die Herzen stießen.

Ich spürte, dass es an der Zeit war, und sah zu den anderen. Ohne miteinander zu sprechen, wussten wir, dass wir jetzt gehen mussten. Wir mussten in den Wald tauchen und den Weg nach Hause finden. Dorthin, wo uns Merten vor Jahren entführen ließ, um uns vor der Angst unserer Mutter zu retten. Ich war ihm damals entkommen und zurückgelaufen. Ich kannte den Weg. Tief in meinem Herzen trug ich eine Landkarte, die jedes versteckte Tal, jeden verborgenen Gipfel kannte. Meine Ur-Karte. Ich gab meiner toten Mutter einen letzten Kuss auf die Stirn und verließ den Herrenhof. Wir wussten, dass all das, was sich vor uns offenbarte, nichts weiter war als eine Halluzination. Furchtlos traten wir ein, und das Nachtvolk wich zur Seite und bildete ein Spalier, das tief hinein in den Wald führte, tief hinein und weit nach oben.

»Ihr bleibt verdammt noch einmal hier!«, rief Paul. Er hatte schreckliche Angst, doch seine Besessenheit zwang ihn, nicht nachzugeben. Er brüllte wie am Spieß und verfluchte uns und Mutter und Lya.

Lya. Meine Lya.

Sie hatte recht gehabt. Ich hatte mein Wesen verraten. Ich hatte ein falsches Leben gelebt. Aber jetzt wählte ich ein neues. Es war an der Zeit, dem allen ein Ende zu bereiten. Ich ging zu einer Tanne und brach einen Ast ab. Er sollte mein Stock werden. Dann stürmte ich zu Paul, der inmitten des Nachtvolkes brüllte.

»Ich habe Lya geliebt. Sie war auf der Suche. Sie war eine Wanderin. Sie hatte es nicht verdient zu sterben!«, schrie ich und spürte, wie der Schmerz aus mir strömte wie ein schwarzer Schwarm giftiger Mücken.

»Sie war ein Opfer wie alle anderen auch. Was kümmert es mich?«

Seine Stimme zerbrach. Der Stock glitt leichter durch sein Herz, als ich gedacht hatte. Blut lief aus seinem Mund. Er starrte mich fragend an. Wie Lya, als sie geglaubt hatte, ich hätte sie vom Felsen gestoßen. Seine Augen waren weit aufgerissen. Ich zog den Stock zurück und stieß noch einmal zu.

»Für Lya.«

Paul spuckte Blut.

»Für Jakob«, rief Dorothea und stieß ebenfalls einen Stock in seine Brust.

»Für Elias.«

»Für Medora.«

Vier Schwestern. Vier Stöcke, die wie Pfähle in Pauls Herz

steckten. Wir hoben unsere Köpfe und blickten auf das Wahngebäude unserer Mutter. Es war ein riesiges Panoptikum. Wie ein übermächtiger schwarzer Turm war es aus der Erde gewachsen und berührte den tiefen Himmel. Ein ringförmiger Bau umgab den Turm und zog durch alle Täler und Wälder, die ich einst meine Heimat genannt hatte. Über dem Turm stand der dunkle Planet, das Mahnmal des Wahns, das Firmament der Furcht.

Wie eine riesige Befestigungsanlage zog das Panoptikum seine Mauern durch die Wälder und über die Bergrücken bis hinauf zu den Höhen, wo die Rauchsäulen emporstiegen.

Paul war tot. Im Schatten des Turms, der alles einsehen konnte, umringt vom Nachtvolk, getötet von Menschen, die den Tod nicht mehr fürchteten, von Menschen, die frei waren.

»Wir müssen gehen«, sagte Greta. Sie sah, dass die Polizistin, die sich in ihrem Wagen versteckt hatte, den Kopf hob. Sie schien zu begreifen, dass es in Wahrheit kein Panoptikum gab, kein Nachtvolk, keinen Planeten. Nur Paul. Einen toten Mann, getötet von vier Frauen, die jeden Augenblick in den Wäldern verschwunden sein würden.

»Leb wohl, Mutter!«, sagte ich und kehrte dem Herrenhof den Rücken.

»Du kennst den Weg?«, fragte Leonora.

»Ich kenne ihn. Wir gehen nach Hause.«

STERNSCHNUPPEN

Der Wald empfing uns mit einem tiefen Schweigen. Ich ging voran. Auch wir sprachen kein Wort. Es war kälter geworden und roch nach Schnee. Als wir die erste Anhöhe erreichten, blickten wir hinunter ins Tal. Der Morgen schickte einen Lichtfächer über das müde gewordene Grau. Von hier aus konnten wir den Pass sehen. Zwischen dem Stuhleck und dem Semmering. Im Raum dazwischen. Und die Höhen, die auf der anderen Seite des Tals tief unter dem Himmel lagen. Wir beruhigten unseren Atem und zogen weiter. Weiter bis zum Zweibaum, bis unter die Bärenmauer. Genau an die Stelle, wo Jakob und ich in meiner Rückführung auf Elias und Medora getroffen waren, verborgen hinter dem Nebel. Ich erkannte in den Gesichtern meiner Schwestern, dass sie sich erinnerten, dass sie die Bilder in ihren Herzen spürten. Wir hatten uns so viel zu erzählen, so viele Fragen, die in uns brannten, aber wir wollten zuerst dorthin, um für immer Abschied zu nehmen von unserer alten, zerrissenen Welt.

Wir stiegen hinab. Ich, das Eis, Dorothea, der Wind, Greta, die Erde, Leonora, das Feuer. Wir stiegen hinunter in die Höhlen. Noch immer mussten wir nicht sprechen, wir folgten unseren Herzen, folgten dem steinernen Labyrinth, bis wir da waren. Bei der kleinen Höhle. Dort, wo Mutter einst das Feuer entfacht hatte, und dort, wo die Dämpfe der Blume aufgestiegen und in unsere Lungen gekrochen waren. In unsere Nasen und unsere Gedanken. Dort, wo die Bilder entstanden waren. Von der anderen Welt. Der wahren Welt. Von den Weiten und Höhen. Wir waren damals so klein und unschuldig gewesen. Wir hatten nichts hinterfragt, nichts angezweifelt. Hatten keine Angst gehabt – auch wenn wir im dichten Rauch der Höhle nichts mehr sehen konnten außer den Bildern in unseren Köpfen. Dann suchten wir nach unseren Händen, hielten einander fest und schworen uns, gemeinsam wie Helden in die Welt zu ziehen und die Drachen zu besiegen, die in der Ferne ihre dunklen Schatten warfen.

Wir umarmten einander und hielten uns so fest, wie wir konnten. Niemand wagte, etwas zu sagen, zu unwirklich war die Welt geworden – und doch so nah und erdverbunden. Ich war die Erste, die sich fasste.

»Es ist Zeit, dass wir diese Dunkelheit verlassen«, sagte ich. »Dass wir sie gemeinsam verlassen.«

Dorothea nickte. Und Greta. Und Leonora.

Ich nahm einen tiefen Atemzug und verließ die Höhle. Bevor wir alle neu beginnen konnten, musste ich mein altes

Leben abschließen. Ich musste noch einmal dorthin, wo ich sie verloren hatte, wo meine Zerrissenheit mir Lya genommen hatte, dorthin, wo der erste Schnee auf ihren Leichnam gefallen war, nach oben, zu den Höhen.

Und die unendliche Weite breitete ihre Arme aus. Mächtige Bergketten warteten im Süden und Westen, über uns lag der Morgenhimmel. So klar und rein. Dahinter schimmerten noch die Sternbilder der letzten Nacht. Ich ging nach vorn an den Rand. Ich sah das Holz, ihren Körper, die Flammen. Den Rauch. Jetzt war dort nichts mehr. Außer einem großen dunklen Fleck. Als würde ihre Asche für immer auf der Ebene bleiben. Ich kniete nieder und bat sie um Verzeihung. Dafür, dass ich nicht für sie da gewesen war, als sie sich auf ihre Suche begeben hatte. Dafür, dass ich erst zu spät begriffen hatte, was es bedeutete, ein Mensch zu sein, Mutter zu sein.

Meine Trauer war so tief, dass ich nicht mehr zu weinen vermochte, und doch konnte ich jetzt endlich Abschied nehmen. Ich wusste, dass sie tot war in meiner Welt, aber dass sie ewig leben würde in der neuen, in ihrer. Ich wusste nicht, was sie dort finden würde, ob sie Edden besuchen und, wenn ja, welchen Weg sie dann einschlagen würde. Ich war den einen Weg gegangen, der mich hierhergebracht und mich zur schwarzen Frau gemacht hatte. Ich würde für sie beten und für sie da sein, falls sie eines Tages aus dem Nebel treten und um meine Hilfe bitten sollte. Und ich würde ihr sagen, dass sie keine Angst mehr zu haben bräuchte – nie wieder.

Dorothea trat hinter mich. Sie legte die Hand auf meine Schulter, während Greta und Leonora dicht dahinter für Lya beteten.

»Es ist vorbei«, sagte Dorothea. »Der Wahn ist zu Ende.«

»Hat Mutter das Panoptikum erbaut, bevor wir weggebracht wurden oder danach?«, fragte ich Dorothea, ohne mich umzusehen.

»Ich denke, es war danach. Der Turm, der alles einsehen konnte, die ganze Welt einsehen konnte wie ein Panoptikum … das war ihr Proto-Objekt. Ihre Suche nach uns.«

Ich dachte an Schnuppe. Ob er jetzt bei Lya war?

»Wieso hat sie uns das angetan?«

Dorothea blickte in die Ferne, dorthin, wo ich einst Edden gefunden hatte.

»Es war verboten, vom Baum der Erkenntnis zu versuchen. Und doch haben wir es getan. Wir tun es immer und immer wieder.«

»Dann sind die zwei Welten, von denen Mutter sprach, nicht wahr?«

Dorothea nickte.

»Sie versuchte, einen Weg zurück zu finden. Zurück zum Paradies. Und sie glaubte, es läge dort unten, im Rausch der Blume. Aber was hat sie uns gebracht? Den Wahnsinn.«

Ich senkte den Kopf.

»Vielleicht nicht«, sagte Leonora. »Vielleicht ist es kein Wahn, sondern nur eine andere Wahrnehmung – wie eine andere Sprache.«

»Die wilde Sprache der Natur.«

Die erste Flocke fiel. Sie hatte einen langen Weg hinter sich. Sie glitt sanft vor meinen Augen vorbei. Langsam – als würde sie sich in einer anderen Zeit bewegen. Es war der erste Schnee in diesem Jahr, die erste Flocke. Mit ihr würden die anderen kommen und den Rhythmus bilden. Ich streckte meine Hand aus und ließ sie weich darauffallen. Der kleine sechseckige Kristall ließ sich auf meiner Haut nieder. Keiner war wie der andere. Jede Flocke war einzigartig. Sie glichen einander nur in einem: den sechs Ecken, den sechs Wegen. Alles andere veränderte sich auf ihrer Reise vom Himmel zur Erde. Temperatur. Wind. Luftfeuchtigkeit. Sie machten sie einzigartig. So entstanden auf ihren sechs Wegen Prismen, Nadeln, Blättchen. Oben am Himmel war die Flocke noch reines Wasser. Dann aber traf dieses auf Staub, und der Staub bestimmte die Größe des Kristalls. Und wenn es dann kalt wurde und die Feuchtigkeit stieg, dann wuchsen die Gebilde, die kleinen Wunder, die alle anders waren und doch alle gleich. Es entstanden immer mehr Verästelungen um den Kern der

Flocke, und letztendlich prägte der Wind die endgültige Form. Die Sprache der Natur. Immer gleich und immer anders. Die sechs Wege. Und jeder Weg führte nach Edden. Ins Paradies.

Ich musterte die Flocke. Sah die sechs kleinen Kristallästchen, in denen sich das Licht spiegelte wie die Bilder in meinem Kopf. Ich sah es, das Paradies, in meiner Hand, den ersten Schnee. Er hatte das Ende gebracht, und er brachte den Anfang.

»Lasst uns gehen!«, sagte Greta und zerbrach einen Ast, den sie von einer nahen Latschenkiefer hatte. Sie stieß einen Teil des Stockes an die schwarze Stelle auf dem Boden vor mir. Den anderen Teil knotete sie mit einem Schnürsenkel, den sie aus ihren Schuhen gezogen hatte, daran fest. So entstand an jener Stelle, an der Lya gestorben war, ein Kreuz, ein Grab.

Der Wind kam und nahm unseren Abschied entgegen. Und der erste Schnee fiel und färbte die Welt weiß. All das Grau der letzten Jahre verschwand, und als die Sonne sich erhob, glitzerte die Welt, und wir fanden einen neuen Anfang. In unserer Heimat. Die uns so fremd war und doch so vertraut.

Und am Grab meiner Tochter schöpfte ich neue Kraft. Ich erhob mich und stellte mich vor meine Schwestern. Damals, als ich versucht hatte, sie vor den Entführern zu retten, hatte ich versagt. Sie waren schneller gewesen als ich. Ich war noch klein gewesen, und meine Beine hatten mich noch nicht so weit tragen können. Aber jetzt war ich erwachsen und schwor, dass ich sie nie wieder allein lassen würde.

»Was wollen wir jetzt tun? Zurück können wir wohl kaum mehr, nach dem, was wir getan haben«, sagte Leonora und schüttelte den Schnee aus ihren Haaren. Dabei fiel mir auf, dass ihre braunen Locken einen roten Glanz erhielten, wenn sie feucht waren. »Oder kann von euch jemand weitermachen wie vorher? Wir kommen doch alle ins Gefängnis.«

Dorothea schwieg, aber in ihren Blicken lag Zustimmung. Nur Greta zögerte noch. Wir wussten nichts voneinander, aber ich spürte, dass auch ihr altes Leben hier unter dem ersten Schnee zu Ende ging.

»Dann lasst uns nicht reden, sondern handeln! Wo gehen wir hin?«

Wir lächelten. Wir alle. Es war ein schönes Gefühl. Es war warm und friedlich, wie eine Decke, wenn draußen der Frost kam.

»Es gibt einen Ort. Einen versteckten Ort. Viele sagen, dass er gar nicht existiert. Aber ich war dort. Ich kenne den Weg. Und wenn wir uns befreien von unseren Ängsten, dann werden uns auch die Wölfe nicht finden.«

»Dann lasst uns dorthin gehen! Nach Tannenfall.«

DIE NEUE WELT

Es war Abend geworden. Wir hatten über das Wasser gesetzt und unser neues altes Zuhause auf der Insel des Lebens ein wenig auf Vordermann gebracht. Greta hatte die Fenster geöffnet und Licht in das alte Haus gelassen, während sich Leonora um das Boot gekümmert hatte. Wie wollten wir hier oben nur überleben? Wie es aussah, mussten wir einen Garten anlegen und auf die Jagd gehen. Wir mussten lernen, mit der Natur zu leben. Dorothea und ich suchten in der Küche nach etwas Essbarem. Doch vergeblich. Es hatte aufgehört zu schneien, und die Sonne hüllte die Insel in ein warmes Winterlicht.

Dorothea und ich traten nach draußen und halfen Leonora, das Boot endgültig aus dem See zu ziehen. Dabei fiel unser Blick auf einen dunklen Schatten, der darunter hindurchhuschte. Dorothea und ich sahen einander an und fragten uns, wer am besten Fisch zubereiten konnte.

Die Nacht kam und mit ihr die Kälte. Wir hatten ein kleines Feuer im Kamin gemacht und saßen auf dem Küchenboden. Wir hatten vier Fische gefangen. Greta hatte es geschafft, die Tiere mit bloßer Hand aus dem Wasser zu hebeln. Ich hatte noch nie zuvor Fisch zubereitet, aber ich ließ mich darauf ein. Ich ging sorgfältig mit den toten Tieren um, zog Gräten und Eingeweide aus ihren Körpern und drehte sie im Feuer des Kamins. Wir hatten kein Salz oder andere Gewürze, also blieb uns nichts anderes übrig, als den Fisch so zu essen, wie er war. Und er war wunderbar. Ich hatte zum ersten Mal seit langer Zeit den Duft von Fisch in meiner Nase gerochen und den cremigen Geschmack auf meiner Zunge geschmeckt, ließ meine Zähne durch die blättrige Haut gleiten und dankte der Natur, dass sie uns ernährte. Wenn wir uns hier eingerichtet hatten, wollte ich immer für meine Schwestern kochen, für sie sorgen. Ich wollte ein Kochbuch anlegen und es akribisch führen, mit schöner Schrift.

Nachdem wir alle schweigend unseren Hunger gestillt hatten, sahen wir einander mit leuchtenden und neugierigen Augen an.

»Wollen wir uns vielleicht endlich erzählen, wer wir so sind? Ich meine … wir kennen einander ja gar nicht«, sagte Leonora mit kindlicher Stimme.

»Sind wir hier denn sicher?«, fiel ihr Greta ins Wort und blickte aus dem Fenster, wo die Nacht hinter den Bergen funkelnd lauerte.

»Hier liegt meist ein Nebel vor dem See, sodass niemand das Haus vom Ufer aus sieht. Zudem ist der Weg nach Tannenfall so verschlungen und versteckt, dass ihn nur wenige finden«, sagte ich. »Ich denke, fürs Erste sind wir hier sicher.«

»Und die Tiere? Die Wölfe?«

»Ich habe keine Angst vor Wölfen«, sagte ich und sah Greta mutig an.

»Ich auch nicht«, sagte sie, während sie wieder zu Leonora blickte. »Vielleicht machen wir es reihum. Jede sagt kurz, wer sie ist und was sie zum Herrenhof geführt hat.«

Leonora nickte und begann. »Ich bin Leonora. Leo. Leonora Khalberg.«

»Khalberg?«, fragte ich beinahe entsetzt. Dabei waren wir alle Khalbergs. Ich hatte das für einen Augenblick vergessen. Zu viel war passiert.

»Das ist mein Künstlername. Er ist mir ins Ohr geflüstert

worden von meinen Musen. Ich bin Künstlerin. Meine Installationen stehen in fast allen großen Museen der Welt. Dank der Bilder in meinem Kopf entwarf ich eine Verlängerung der Wirklichkeit und hatte Glück, dass ich damit erfolgreich war.«

»Welche Bilder in deinem Kopf? Deine Halluzinationen?«

Leo nickte. »Elias. Der Auslöscher. Ich traf ihn in der Schweiz. Damals lebte mein Mann noch. Es war Elias, der mir gesagt hat, ich soll hierherkommen. Elias weiß alles. Aber das ist eine andere Geschichte. Und du?«, fragte Leo und sah zu Greta.

»Greta Erdsegen. Ich bin Grundschullehrerin. Ich lebe – lebte – mit meiner Familie auf einem kargen Bauernhof in der Nähe von Dresden. Ich habe lange gegen die Bilder angekämpft. Zuerst mit harter Arbeit. Dann aber stieß ich auf eine Frau, die im Mittelalter in einem Kloster dem Wahnsinn verfallen war. Ich beschäftigte mich mein halbes Leben lang mit der Geschichte dieser Frau. Sie war die letzte Babenbergerin gewesen. Gertrud von Babenberg. Als ich jedoch die Wahrheit über sie herausgefunden hatte, stellte ich fest, dass ihre Gefährtin mir in meinen Halluzinationen erschien und mich um Hilfe bat.«

»Medora?«, fragte Dorothea.

Greta nickte. »Ich habe nie herausgefunden, was sie wollte. Erst als sie mir sagte, dass ich hierherkommen soll …«

»Und deine Familie?«

»Sie hat mich verlassen. Weil sie mit mir nicht mehr leben konnte.«

Wir schwiegen.

Dorothea ergriff das Wort. »Dorothea Almer. Neurologin. Ich bin eine von den Bösen. Die Halluzinationen in meinem Kopf haben mich zur Medizin getrieben. Gehirnforschung. Ich heiratete Dr. Almer. Eine Koryphäe. Er leitete ein Institut in den italienischen Alpen. Es liegt abgeschieden hoch über den Bergen und war schon bei den Nazis sehr gefragt für ihre heimlichen Experimente. Dort habe ich Marlene gefunden.

Sie war zu uns gebracht worden, und wir sollten unsere Tests mit ihr machen. Für mich war sie am Anfang nichts weiter als eine gewöhnliche Patientin. Obwohl ich nach dem Tod meines Mannes das Institut leitete, kümmerte ich mich viel zu wenig darum, wer dort ein und aus ging. Wir hatten einen Vertrag mit LAM. Immer wieder kamen neue Menschen. Ich fragte nicht, warum. Erst als Lya anfing, sich mit Jakob zu verbinden, habe ich erkannt, dass ich auf dem falschen Weg war …«

Wir schwiegen. Dann begann ich, meine Geschichte zu erzählen.

»Ich war Staatsanwältin. Aufgewachsen in der DDR. Ich war eine ihrer Eliten. Dann wechselte ich die Seiten und habe damit beide Seiten verraten. Den Rest kennt ihr. Ich war besessen vom Fall ›Spektrum‹. Ich suchte nach den verschwundenen Frauen und Kindern. Dabei vergaß ich meine Tochter und bin jetzt selbst verschwunden. Und mein Mann war die ganze Zeit über mein eigentlicher Gegner.«

Leo griff nach meiner Hand, als ein alter, dürrer Mann plötzlich mitten im Raum stand. Niemand hatte ihn hereinkommen sehen. Wir alle kannten ihn. Es war Dr. Merten.

EINE NEUE HOFFNUNG

Merten wirkte gebrochen. Seit ich ihn kannte, hatte ich in ihm diese Entschlossenheit bewundert. Hätte er gesagt, er würde zweihundert Jahre alt werden, ich hätte ihm geglaubt. Und wenn er von der Unsterblichkeit gesprochen hatte, dann hatte ich ihm das auch geglaubt – selbst wenn ich es nie zugegeben hätte. Aber jetzt, als dieser Mann schneebedeckt und mit einem alten Mantel bekleidet vor uns stand, spürte ich sein Alter.

Sofort sprang Dorothea auf und sah aus den Fenstern. »Ich dachte, hier würde uns niemand finden«, fluchte sie.

»Keine Sorge, ich bin allein, und auch nur ich kenne den Weg.«

Ich erhob mich und stellte mich vor ihn hin. »Was wollen Sie hier?«

»Ich wollte mich bei euch bedanken und … um Verzeihung bitten.«

Ich zweifelte an seinen Worten, sah aber in seiner Miene eine gewisse, nie dagewesene Offenheit.

»Eure Mutter hat euch schon alles gesagt … aber ich selbst wollte dazu noch etwas vorbringen.«

Merten seufzte und erntete von uns verständnislose Blicke. Schließlich war dieser Mann verantwortlich für so viel Unheil in unserem Leben.

»Ihr werdet es nicht gleich verstehen, aber ich musste tun, was ich getan habe. Ich sah, was in euch wuchs, und ich musste euch fortbringen von ihr, sonst hätte sie euch mit ihrem Wahn zerstört. Ich hatte dort oben mein Labor und habe Marius und später seinen Sohn unterstützt. Ich bin in meiner Arbeit in Gebiete vorgedrungen, die noch nie ein Mensch zuvor gesehen hatte. Zum Kult des Peyote und am Ende auch zum Wahn des Mithras, dem Initiationsritus zum römischen Sonnengott, Sol Invictus.«

»Mithras? Ist das der Kult, dem Mutter anheimgefallen war?«

Merten nickte. »Die Römer hatten vor dem Christentum diesen Gott verehrt. Als sie sein Geheimnis entdeckten, verboten sie ihn, weil der Weg, den er offenbarte, zu gefährlich war. Sie wollten die Statuen wegbringen. Allerdings fielen diese hier in die Hände von Räubern. Der Samen, der bei den Riten verwendet wurde, klebte noch in den Furchen und Winkeln der Statuen. Als er hier auf Erde traf, trieb er aus und hat dieses Land verändert.«

»Aber das war doch immer, was ihr wolltet. Die Schwarze Familie. Einfluss, Macht, Unsterblichkeit«, sagte ich wütend.

»Teile von uns ja. Aber so, wie Marius sich gegen seine Mutter wandte, so tat es am Ende auch Konrad, als er die

Wahrheit erkannte, und ließ davon ab. Er war es, der mich bat, euch wegzubringen. Er und der alte Narr.«

»Viktor Castor?«

»Ja, er, der dem Wahn eurer Mutter ebenfalls anheimgefallen war.«

»Und warum dann das alles? Warum reißen Sie uns von unserer Mutter weg, wenn Sie uns am Ende wieder zu ihr führen?«

»Weil ich den Tod nicht mehr fürchte.«

Wir schwiegen und sahen einander an.

»Ich war der Einzige, der die Wahrheit wusste. Nicht einmal eure Väter wussten, wohin ich euch gebracht hatte. Auch wenn es seltsam klingt: Ich wollte euch beschützen. Deshalb habe ich mich in eure Leben geschlichen und sie an der einen oder anderen Stelle ein wenig gelenkt, damit ihr in Sicherheit seid. Doch dann habe ich erfahren, dass eure Mutter im Sterben liegt –«

»Und da ist Ihr Herz weich geworden, und Sie wollten uns zusammenführen, damit wir gemeinsam Abschied nehmen können?«, fauchte Dorothea Merten an.

»Mitnichten! Paul ist mir auf die Spur gekommen. Er war besessen von der Schwarzen Familie. Er hat Spektrum geleitet. Dabei ist er auf seinen vielen Reisen auf der Suche nach dem Samen auf mein altes Heimatdorf gestoßen und hat dort mein wahres Wesen gefunden. Das machte ihn stutzig, und er begann, Fragen zu stellen. Ich wusste, dass ihr in Gefahr wart. Also fasste ich einen Plan, um euch zu retten – und ja: auch, um euch von eurer Mutter Abschied nehmen zu lassen und euch wieder zusammenzuführen.«

»Welchen Plan?«, fragte ich.

»Hast du es übersehen?«, fragte Merten zurück.

Ein Schauer glitt über meine Haut. Der Zettel, den mir Merten nach dem Prozess zugesteckt hatte. Das Symbol. Die Linie war durch das Falten des Papiers entstanden. Doch es hatte sich überlagert mit meinem Trauma. Jetzt erinnerte ich mich. Er wollte, dass ich auf den Semmering fuhr. Dort würde ich die Wahrheit über das Spektrum finden. Es war ein Hinweis. Er stand auf dem Zettel. Merten war der Beginn, mit ihm kam alles in Gang.

»Und jetzt?«, fragte Greta und traute Merten noch immer nicht über den Weg.

»Jetzt werde ich für euch sorgen. Ich werde euch Lebensmittel zukommen lassen und alles tun, damit ihr nicht gefunden werdet.«

»Sie machen das, um Ihr Gewissen zu beruhigen?«

»Nicht ganz.«

»Wozu dann?«

»Ich brauche euch. Wir schließen alle Institute und lassen all die verschwundenen Mädchen und Frauen wieder frei. Auch wenn ein Teil der Schwarzen Familie protestieren wird, so werde ich dem Generalstaatsanwalt ein paar Hinweise geben. Allerdings ist das erst der Beginn.«

»Der Beginn?«

»Ich zeige es euch.«

Merten erhob sich und ging aus dem Haus. Wir folgten ihm. Vor dem Boot blieb er stehen und zeigte auf den Nebel, der sich langsam über dem Wasser zu bilden begann.

»Dort hinten sind die Ebenen. Die sechs Wege nach Edden. Könnt ihr sie sehen?«

Ich kniff die Augen zusammen. Konnte ich durch den Nebel etwas erkennen? Kamen meine Halluzinationen wieder? Meine Schwestern traten neben mich und suchten ebenfalls im Nebel nach Mertens Beschreibungen.

Und dann sahen wir es. In unserer gemeinsamen Halluzination. Edden. Die in der Nacht glitzernden Paläste der Schneehexen, die Geschwader der dunklen Sauger, die Armeen der Windreiter und die Wachtürme. Aber dahinter tat sich eine große schwarze Weite auf. Eine Dunkelheit, wie ich sie noch nie zuvor gesehen hatte, wie ein schwarzes Loch, das tief in das Universum reichte. Etwas bewegte sich darin.

»Was ist das?«, fragte Leo.

»Die Königin. Die Königin des Nachtvolkes«, sagte Merten. »Das ist der Grund, warum ich euch wegbringen ließ, das ist der Grund, warum wir alle abließen von unserer Suche.«

»Und was sollen wir tun?«

»Ihr seid die Einzigen, die das Tor kennen. Wenn sich die Schwarze Familie erhebt und ihre Pläne von der ›Neuen Ordnung‹ weiterverfolgt, dann ist das, was ihr dort seht, das Einzige, das sie aufhalten kann. Vereinigt die Völker der vergessenen Schöpfung und besiegt die Königin, führt die Rebellion an und bereitet die Invasion vor. Die Invasion gegen die Schwarze Familie! Bevor sich die Schwarze Familie gegen uns Menschen richtet.«

Ich dachte an den Pakt und blickte zu Merten. War auch er verrückt geworden? War auch er vom Panoptikum unserer Mutter erfasst worden und stand in einem Gebilde aus Wahn?

»Ich werde jetzt gehen und nehme immer wieder Kontakt zu euch auf. Ihr könnt mir vertrauen. So wie eure Väter mir vertraut haben. Lest in dem Tagebuch, dort findet ihr genug Beweise dafür, dass ich einer von euch bin.«

Das Tagebuch. Wo war das Tagebuch? Ich sah zu meinen Schwestern und war sicher, dass eine von ihnen es mitgenommen hatte.

Merten verabschiedete sich und ging hinter das Haus, wo er in ein zweites Boot stieg, mit dem er vorhin über den See gesetzt hatte.

Wir blickten ihm nach, als er im Osten verschwand. Rudernd. Noch einmal sah er zu uns, und dann verblasste er nach und nach in der Dunkelheit. Kurz bevor er uns allein ließ, hob er noch einmal die Hand zum Gruß.

Er, Merten, der Mann, der uns einst gerettet hatte, indem er uns voneinander trennte, und der uns jetzt erneut rettete, indem er uns wieder zusammengeführt hatte. Uns, die vier Mädchen, die mit vier Schüssen verschwunden waren und in denen ein Wesen herangewachsen war, das wir damals noch nicht verstanden hatten. Vier Mädchen, aus denen Frauen geworden waren, die sich gegen die Welt der Technik und des Fortschritts erheben sollten und die eine Welt betreten wollten, die durchflutet war von der Wahrheit der Natur, der Wahrheit der Schöpfung.

Vier Frauen. Dorothea, Greta. Leonora. Und ich, Marlene.

Und ich fühlte, dass auch sie hier waren. Sie hatten kupferne Farbe auf der Haut und trugen smaragdgrüne Striche. Sie standen hinter uns. Von uns erschaffen.

Jakob. Elias. Medora. Und etwas abseits – Lya.

Einst hatte ich mich verloren. Irgendwo in der alten Welt hinter den Wäldern. Aber hier, unter dem neuen Sternenzelt in Tannenfall, hatte ich mich wiedergefunden. Mich und meine Lya. Sie war bei mir. Sie würde von nun an immer bei mir sein. Heraklit sagte, dass das Wesen der Dinge die Angewohnheit habe, sich zu verbergen. Ich hatte es gefunden. Mein Wesen und meine Familie. In beiden Welten.

Der Morgen kam und mit ihm der Neuanfang.

EPILOG

5. Oktober 2019: Die Liebe. Sie ist der wahre Glaube. Sind nicht ihre Schönheit und die Ordnung der Dinge der große Beweis dafür, dass es Gott gibt? Dieser Glaube ruft den anderen zu sich. Dieser Glaube ist eine reine Freude, eine Kraft. Nur durch diesen Glauben tritt man ein in die Gilde der lebenden Menschen. Der wahren Menschen. Der Erlösten, der Erweckten, derer, die wissen, was das Dasein wert ist und welche Kraft in ihnen steckt. Die helle Kraft des ersten Schnees. Oder die dunkle.
Oh, Henri-Frédéric, wie groß deine Ahnung immer war! Ich kann alles klar erkennen, hier von meinem Turm aus. Ich werde bald sterben und bei dir sein. Aber meine Töchter werden sie sehen, die Wahrheit der Schöpfung.

10. Oktober 2019: Ich danke dir, liebes Tagebuch, dass du mich mit meiner fünften Handschrift aufgenommen hast. Ich habe durch dich erfahren, wie schön das Leben sein kann, wenn man versteht, es zu leben. Die Angst, sie war mein falscher Weg, den ich für immer auslöschen will.
In tiefer Schuld und Sünde
Barbara Khalberg

Die Polizistin saß oft im ehemaligen Schlafzimmer der Castors. Nach Viktors Tod war sie in das Haus gezogen. Sie dachte viel an den alten Mann und seinen Wahn. Und sie las viel. In dem Tagebuch, das sie seit Tagen in Händen hielt und das von der Unsterblichkeit und dem Paradies erzählte. Das Telefon klingelte.

Der Generalstaatsanwalt aus Berlin war am Telefon.

»Hast du etwas herausgefunden? Weißt du, wo sie sind?«

»Ich denke, ja.«

Der General schwieg. Er wusste, was sie dachte.

»Aber diesen Ort, den gibt es nicht. Wir finden ihn auf keiner Karte. Tannenfall existiert nicht«, sagte er.

Diesmal schwieg sie und sah auf das Tagebuch. Dann blickte sie hinaus in die tief verschneiten Wälder. Die Vorsitzende trat neben sie und nahm den Hörer.

»Das Spektrum ist ein elektromagnetisches Phänomen. Der für den Menschen sichtbare Anteil der Farben ist dabei stark beschränkt. Sie müssen Ihre Augen öffnen, General.«

Die Vorsitzende setzte sich an den Tisch, auf dem das Tagebuch lag. Sie drehte es unter dem Licht einer Kerze, während die Polizistin weiter mit dem General sprach. Eine Seite des Tagebuches war dünner als die anderen.

Es schien, als hätte jemand versucht, den Eintrag mit einem scharfen Gegenstand wegzukratzen. Unter dem Licht tauchten die Schatten der verborgenen Zeilen auf.

21. Juli 1976: »Eines Tages wird es zwei Gesellschaften geben. Eine, die führt, und eine, die dient. Da es für beide Gesellschaften zu wenige Ressourcen auf dieser Welt geben wird, werden wir der dienenden die Anzahl der Luftzüge vorgeben, die jeder Mensch pro Tag zu sich nehmen darf. Das wird sie sein. Die Neue Ordnung.« Ich werde die Worte der Elften nie vergessen. Ich hatte solche Angst um euch. Meine vier kleinen Lieblinge. Meine Amsel, meine Drossel, mein Falke, meine Lerche. Eines Tages werden sich meine Kinder erheben und die Menschen befreien, die die Schwarze Familie mit ihrer »Neuen Ordnung« zu unterwerfen versucht. Sie werden den Weg in die andere Welt der vergessenen Schöpfung finden und den Pakt schließen. Sie werden die Tannen zu Fall bringen. Denn sie werden lernen, was es heißt, die Entscheidung zu treffen, frei zu sein und auf ewig frei zu atmen. Sie werden die großen Konflikte überwinden, die unsere Welt quälen. Vor allem werden sie nicht zulassen, dass es Herrschende und Dienende gibt.

Sie werden die Welt neu denken. Denn sie wissen, wo die blaue Blume ist.
Ich, Barbara Khalberg, schwöre, dass sich meine Kinder gegen meine eigene Familie erheben werden, die die Welt in den Abgrund zerrt.

Die Schrift brach ab.

»Wir brauchen neues Licht«, sagte die Vorsitzende der Schwarzen Familie mehr zu sich selbst. Sie war die Elfte, die den Familienrat anführte, und seit Jahrhunderten die erste Frau. »Wir brauchen neues Licht. Ein anderes Licht.«

Eine etwas längere Danksagung

Ein Mann jagt einen Hirsch. Damit hat alles begonnen. Ich habe damals, als ich diese Idee hatte, zu meiner Frau gesagt, dass ich daraus eine kleine Geschichte machen wollte. Dreißig Seiten. Vielleicht vierzig. Jetzt, da der erste Band der Tannenfall-Saga erschienen ist, ist daraus mehr geworden. Viel mehr.

Ich war damals meinem Helden Viktor Castor gefolgt und hatte mit ihm eine Welt entdeckt, die mich selbst so überrascht und überwältigt hat, dass ich nicht mehr aufhören konnte, davon zu erzählen. Ich betrat die Welt von Tannenfall und habe versucht, sie mit dem Stil, der Form und Farbe zu beschreiben, wie sie sich mir offenbarte. Worte und Satzmelodien für ihre Andersheit zu finden. Und je tiefer ich in diese Welt eintauchte, desto mehr forderte mich auch diese Welt und zwang mich täglich, an mir zu arbeiten, um der Geschichte gerecht zu werden. Ja, mehr noch: Die Geschichte von Tannenfall forderte mich auf, die Welt, in der ich lebe, neu zu denken. Ein Unterfangen, dem ich nur mit Demut begegnen kann. Die Geschichte um Tannenfall wollte erzählt werden, und sie hat mich ausgesucht, das zu tun. So fühlt es sich an, und dafür bin ich dankbar.

Und weil das Erzählte nicht allein in die Welt findet, gilt mein Dank auch all meinen Unterstützern – allen voran dem wunderbaren Team von Emons: Herrn Hejo Emons, Frau Franziska Emons-Hausen, Frau Steinmetz, Frau Rahnfeld, Frau Simandi, Frau Naumann, Frau Schmidt, Frau Schulze, Frau Schäfer, Frau Gaberdan und alle anderen. Nachdem ich vor Jahren als Self-Publisher begonnen hatte, war ich schon glücklich, als ein Werk von mir in ihre professionellen Hände fiel und der Verlag im Jahre 2018 »Tannenfall« als Taschenbuch veröffentlichte. Dass Emons als Verlag dann auch noch dem Ruf von Tannenfall ebenso gefolgt ist wie ich als Autor, ist für mich so großartig, dass ich nur ein ganz großes Dankeschön nach Köln sagen kann – für Ihr Vertrauen und Ihren Mut, die vier Teile der »Tannenfall«-Saga ins Programm zu nehmen, und natürlich für Ihr Engagement.

Weiter gilt mein Dank meinem Lektor Lothar Strüh. Als er mir eines Morgens eine Mail mit dem Betreff »Besuch vom Nachtvolk« schrieb und mir darin erzählte, dass er letzte Nacht eine Weile wach gelegen und über den ersten Teil der Saga nachgedacht habe, spürte ich, dass er sich nicht nur professionell, sondern auch persönlich für die Welt von Tannenfall und die vierteilige Saga engagiert. In vielen Mails und Gesprächen hat Herr Strüh es mit seinem Scharfsinn verstanden, dass die Geschichte der Saga sich immer mehr entwickelt. Er hat mich auf Dinge hingewiesen, die ich zuvor nicht gesehen hatte, und er hat es geschafft, wie ein Mentor, mir Mut zu geben, noch tiefer in die Welt einzutauchen. Vielen Dank an dieser Stelle für Ihre Arbeit und Ihre Hartnäckigkeit. Ich freue mich schon sehr auf die weitere Zusammenarbeit bei den anderen Teilen.

Letztendlich bleibt mir noch Danke zu sagen an die Menschen, die »Tannenfall« von der ersten Zeile an begleitet haben. Da ist natürlich der Journalist Christian Triller, der mit seinem kritischen Blick und seinem Verständnis für die für mich oft unsichtbaren Zusammenhänge ein wertvoller Begleiter auf meinem Weg ist. Ich danke dir, Christian! Du bist ein unverzichtbarer Teil der wunderbaren Reise durch die Welt von Tannenfall.

Und dann, natürlich: mein Herz, meine Liebe, mein Leben. Meine Frau Anna. Ohne sie würde keine einzige Zeile je das Licht der Welt erblickt haben. Ohne sie wäre die Welt von Tannenfall für immer verborgen geblieben. Ich kann nicht in Worte fassen, wie dankbar ich dafür bin. Ich liebe dich.

Ja, wir Österreicher und das Pathos. Ich liebe das Pathos. Ich liebe es, wenn mich große Gefühle und Bilder erfassen und mich umwerfen, mich mitnehmen und meinen ganzen Körper elektrisieren. Insofern will ich noch einmal ausholen und meinen Kindern danken. Larissa und Alma. Dass ihr da seid, dass es mir eine Ehre ist, euch ein Werk zu hinterlassen, und dass ihr für mich die Besten seid, die ich mir wünschen konnte. Macht bitte stets euer Ding, folgt dem, wonach ihr euch sehnt, was euch erfüllt und wofür ihr euch bestimmt fühlt. Wenn ich als euer Vater ein Wegweiser sein darf, dann macht mich das sehr stolz.

Danke auch an meinen eigenen Vater und meine Mutter und Schwester. Es ist schön, dass ihr stolz auf mich seid.

Und zu guter Letzt bedanke ich mich bei all meinen Lesern. Ich hoffe, dass euch der erste Teil der Saga gefallen hat. Während ich diese Zeilen schreibe, arbeite ich am zweiten – »Tannenfall. Das andere Licht« –, in der Hoffnung, dass es euch Freude macht, mir in die Welt von Tannenfall zu folgen und sie mit ihren Geheimnissen und Überraschungen zu entdecken.

Ich denke, es ist die Zeit, die Welt, in der wir leben, neu zu denken. Bei all den Horrormeldungen vergessen wir leider zu oft, wie wunderbar sie ist.

Und noch einmal: Vielen Dank an alle da draußen.

Potsdam, 13. Juli 2019

Bernhard Hofer